Chaînon manquant

1. Retour aux sources

Alice de Méneville

Droits d'auteur– 2018 Alice de Méneville

© Tous droits réservés

« Écrire, c'est aussi ne pas parler. C'est se taire. C'est hurler sans bruit. »

Marguerite Duras

À mon Papa, grâce à qui « sa petite bulle » est devenue celle que je suis aujourd'hui.
Tu me manques profondément et un peu plus chaque jour...

À mon mari adoré et mes deux filles chéries... Je vous aime « encore plus loin que la lune et tout l'univers ».

Table des matières

Avant propos... p 9
Prologue... p 11
Nina Marry me
Chapitre 1.. p 19
Martin Rencontre avec Sequana
Chapitre 2.. p 29
Nina Retour aux sources
Chapitre 3.. p 45
Martin Trésor et sentiments
Chapitre4.. p 54
Nina A livre ouvert
Chapitre 5 .... p 68
Martin Encre et attirance
Chapitre 6... p 77
Nina Maraude
Chapitre 7... p 94
Martin Labo chaud
Chapitre 8.. p 102
Nina Tartines et romance
Chapitre 9.. p 122
Martin Révélations
Chapitre 10.. p 138
Nina "Love si in the air"
Chapitre 11.. p 157
Martin Sources de plaisir
Chapitre 12.. p 177
Nina Entre rêve et réalité
Chapitre 13.. p 201
Martin Beauté retrouvée
Chapitre 14.. p 217
Nina Amérique dramatique
Remerciements.. p 235

Avant-propos

L'Afrique a toujours fait partie de ma vie, indirectement, à travers les récits de mon père. Aujourd'hui encore, je peux imaginer les paysages, les endroits où il a vécu, les couleurs, les odeurs, comme lorsqu'il me racontait ses années passées à fouler le sol africain.

Ne dit-on pas parfois « tel père, telle fille » ? J'ai toujours rêvé de marcher sur ses traces, là où la terre serait chaude et ocre...

L'Ethiopie m'a toujours appelée et m'appelle encore, comme une petite voix, logée tout au creux de moi. Longtemps, je me suis demandé pourquoi elle m'appelait si fort, ce qu'elle voulait exactement. Pourquoi elle restait là, alors que ma vie, prenant une tout autre direction que celle que j'avais souhaité prendre, m'éloignait toujours un peu plus de ma quête africaine.

L'archéologie a fait partie de mes ambitions, de mes rêves et de mes envies, vibrantes et profondes. Le chaînon manquant, cet Homme qui aurait pu lever le voile sur notre avant pour comprendre notre maintenant et anticipé notre après, j'ai passé des nuits entières à l'imaginer, à recouper les éléments, tantôt fragments de crâne ou de mâchoire, tantôt molaire retrouvée au hasard d'une limite de carroyage... En vain. Si j'ai dû faire le deuil de cette vocation, j'ai compris finalement que ce chaînon manquant n'était peut-être pas ce que j'imaginais au départ.

Dans mes « célèbres » insomnies méditatives, m'est alors venue une question : « Et si l'Humanité, née dans son berceau africain, n'était pas où on l'attendait ? Si elle était autre chose qu'une transmission d'ADN ? Et si l'Humanité se trouvait en chacun de nous, résonnant comme un héritage primaire fait de valeurs et de qualités exceptionnelles que l'on se devrait de réveiller pour faire évoluer le monde ? C'est ainsi qu'a germé l'idée de ce premier roman. J'ai voulu ce dernier, drôle, touchant, empreint du quotidien d'un homme et d'une femme luttant pour ne plus revivre les douleurs de leur passé. Enfin, je souhaitais voir évoluer mes personnages, leur psychologie et leurs sentiments, pour que chaque lecteur puisse à son tour, réfléchir à sa propre vie.

Objectif ambitieux ? Peut-être... Prétentieux ? Je ne pense pas. Ce roman est tout simplement ce que je n'arrivais pas à exprimer en parlant. Il représente toute la gratitude que je ressens, pour mes parents, mes proches, mes amis, mes mentors, qui ont semé sur mon chemin, de très forts points d'ancrage et de repères. Il est la représentation de la générosité, de la grandeur d'âme et de toute l'abnégation dont peut faire preuve une personne.

Je vous souhaite au fil de votre lecture, d'identifier en vous, votre petite étincelle vitale et de la faire grandir, de l'entretenir, pour qu'elle vous pousse à entreprendre de grandes choses et atteindre ce qui pour vous, est le bonheur...

Prologue

Nina

Fejej, juin 2000

Le soleil est à peine levé et la chaleur est déjà étouffante. Du haut du campement où mon équipe est installée, j'admire le paysage et savoure le calme qui s'en dégage. La brume s'étire comme un léger voile s'accrochant à la cime des quelques arbres qui contrastent avec le sable et la poussière dorée qui composent cette vallée que j'aime tant. Fejej est située au sud de l'Ethiopie.

La basse vallée de l'Omo ou l'Omo-Turkana m'appelle depuis toujours. Du plus profond de mes souvenirs, il n'y a pas une seule image, un seul rêve où les fossiles préhistoriques n'étaient pas présents. Pas une nuit, je n'ai rêvé de trouver un jour le squelette de celui qui représenterait la charnière entre les premiers singes devenus bipèdes et les premiers Homo Sapiens. Pas une seule minute je n'ai envisagé faire autre chose dans ma vie, que trouver mes trésors, éclats fossiles, morceaux de fémur ou encore fragments de crâne... Et pourtant ce matin, je suis mitigée. Partagée entre l'envie de trouver mon chaînon manquant et celle de retrouver la France.

5600 kilomètres me séparent de Stephen et je dois avouer que je commence à avoir le mal du pays. Le mal de mon chez moi, de ses bras et de sa musique. Qui est Stephen ? Il est l'homme qui remplit ma vie, qui fait évoluer mes sentiments au rythme de ses mélodies. Stephen est musicien, et, plus précisément c'est le pianiste chanteur du groupe très en vogue en ce moment, *The Proud*.

Je sais, vous vous dîtes que je suis une veinarde. Ne vous en faites pas, j'en suis parfaitement consciente et je peux vous assurer que je profite de chaque instant passé auprès de lui, même si pour le moment, je suis installée en Ethiopie pour mon métier.

Stephen comprend cette passion viscérale qui m'anime et m'encourage chaque jour à atteindre mon but : celui de découvrir l'hominidé qui a fait que notre espèce a évolué pour devenir ceux que nous sommes aujourd'hui

– Nina ! Il faut t'envoyer un fax pour que tu daignes sortir de ta bulle ce matin ? La réunion de chantier a commencé depuis vingt bonnes minutes et Picquet est furieux !

– Merde la réunion... les fragments... mes objectifs de la journée ! Picquet va me descendre sur place en souhaitant me voir mourir de honte devant toute l'équipe telle un top model qui tomberait du podium à un défilé pour Lagerfeld !

– Super la comparaison ! Allez, dépêche-toi si tu ne veux pas avoir la médaille d'or sur le podium des carrières brisées par les foudres de Picquet !

– Merci Benoît, je te revaudrai ça !

– Contente-toi d'être régulière et de faire ton job et tu ne me devras rien.

Benoît est mon collègue, je l'adore ! Grand, châtain, fin et musclé. Mais surtout, il est sympathique et drôle, sans parler du fait qu'il couvre mes écarts de rêveries intempestives, depuis quelques jours.

Eh ! je le trouve chouette c'est tout ! Bon d'accord, il est aussi très séduisant avec son regard noisette et son sourire de star pudique. Mais je suis fidèle et ne fait aucun mal ! Et puis, ce n'est pas parce qu'on est au régime qu'on n'a pas le droit de regarder le menu, non ? Contempler ce n'est pas tromper !

Lorsque j'arrive sous la tente, Picquet, notre archéologue en chef, responsable du chantier de fouille de Fejej, me foudroie du regard. Il est vraisemblablement irrité par mon « léger » retard ou bien alors, il vient de s'apercevoir qu'il a un scorpion coincé dans le caleçon... Mauvaise théorie Nina Libartet, c'est bel et bien après toi qu'il en a ! Aller, ne te laisse pas impressionner par ce type, il n'est ni ton père, ni ton homme, juste ton supérieur. En plus il...

– Libartet ! Quand vous aurez fini de rêvasser, peut-être aurez-vous l'obligeance de nous proposer vos objectifs pour la journée ?

Il vient de m'aboyer dessus comme un chihuahua gueule de peur lorsqu' on approche de trop près sa maîtresse adorée. Je bous intérieurement... Personne ne me parle de la sorte ! En une nano seconde, je respire, exécute intérieurement une pirouette mentale et ma diablesse cachée cède sa place à ma Dame politesse... Enfin, presque !

– Monsieur Picquet, mon premier objectif de la journée, même si vous êtes mon supérieur, serait de ne pas subir vos remontrances infantilisantes. Je suis en retard et je m'en excuse. Mes recherches se poursuivront dans la zone s'étendant de C4 à E4, sur notre carroyage. C'est à cet endroit que j'ai pu commencer à dégager des ossements qui ressemblent fort à un bassin.

Le visage de Picquet commence à se crisper, ce dernier se retenant très certainement de ne pas me fusiller sur place.

– Bien. Je ne répondrai pas à votre arrogance, ce serait lui donner bien trop d'importance ! Mais faites attention Libartet, vous avez beau être talentueuse, vous n'en êtes pas moins insolente. Je vous ai à l'œil...

– Parfait, dis-je. Je peux y aller ? Je ne voudrais pas risquer de faire chuter votre vue...

– Dehors Libartet !

– Bonne journée à vous aussi Monsieur Picquet, lancé-je avec un sourire de diablesse, en sortant de la tente pour aller m'installer à mon poste.

Si vous ne l'aviez pas encore compris, je m'appelle Nina Libartet. Sans doute mon nom ne vous dit il rien du tout. C'est tout à fait normal, étant donné que c'est un nom très peu répandu, ce qui le rend encore plus cher à mon cœur. Mais plus encore que sa rareté, il signifie liberté en patois bourguignon, ce qui, selon mes parents ne pouvait pas mieux m'aller ! Je suis née à Dijon. Ce terroir généreux mais parfois rustre m'a appris la vie à la dure. Se plaindre et s'apitoyer sur son sort ne font pas vraiment partie des principes d'éducation par chez nous.

Oui, je sais, j'ai un fichu caractère. Mais croyez-moi, il en faut pour faire sa place dans ce monde essentiellement masculin, où certains ne manquent pas de vous mettre plus bas que terre, simplement pour vous prouver que leur intelligence est « supérieure » à la vôtre. Supérieure ! Mais de qui se moque-t-on ? Si mes souvenirs sont bons, c'est le squelette de Lucy qu'on a mis au jour, pas celui de Lucien ! Lucien lui, aura flippé de quitter la savane pour rejoindre la forêt, pleine de fruits succulents à déguster ! Et paf ! Dévoré par un lion le Lucien ! Tandis que Lucy, elle, fonçait déjà vers son destin, se redressant sur ses pattes arrière pour quitter au plus vite cette savane hostile, afin que son espèce survive. Et après ça, on voudrait nous faire croire que nous représentons le sexe faible ? Merci bien messieurs les scienti(macho)fiques ! Mais votre théorie sur la non-égalité des sexes, vous pouvez vous la mettre où je pense ! Quant à votre fichue parité, celle qui devrait nous faire culpabiliser, car nous l'avons suffisamment revendiquée dans le but de vous « arriver à la cheville » selon vous, je m'en tamponne ! Je m'indigne et m'indignerai toujours de tels propos. S'il y a bien une chose qui n'évolue plus depuis la nuit des temps, et je suis convaincue de ce que j'avance, c'est votre unité centrale Messieurs : votre égocentrisme. Autrement dit le moteur de votre vie ! Cet égo est pour certains d'entre vous plus imposant et plus solide qu'un des premiers chopping-tools découvert dans la vallée de l'Olduvai. Ne vous faites pas d'illusion, c'est simplement pour cette raison que votre cerveau est en moyenne plus gros que le nôtre, pas parce que vous êtes plus intelligent ! C'est simplement qu'il faut un volume important de stockage de votre propre connerie...

Alors que mes pensées divaguent, je finis par dégager une partie des ossements découverts hier : je le savais, c'est bien un bassin ! Et de femme qui plus est, vue sa faible hauteur et son importante largeur... je suis peut-être une insolente mais je connais bien mon métier. Piquet pourra dire ce qu'il veut, mon intuition me fait rarement défaut.

En fin de journée, j'ai dégagé le bassin de ma mystérieuse ancêtre ainsi que son fémur gauche, son tibia et chose tout à fait surprenante, son pied, quasiment complet. Je suis stupéfaite de constater que ce dernier est beaucoup plus évolué que celui d'un individu appartenant au genre Australopithecus.

– C'est impossible... me dis-je intérieurement.

Nous sommes sur un site où les ossements trouvés ces dernières années appartiennent à Afarensis. Mais ici le gros orteil semble plus droit. Je n'y comprends rien et fronce les sourcils comme pour me concentrer davantage.

Je décide de continuer à dégager avec une infinie précaution la zone au-dessus du bassin. Je veux absolument savoir s'il y a d'autres restes fossiles qui pourraient m'éclairer sur une possible et folle théorie : serais-je en train de voir naître sous la caresse de mes outils, celle qui serait l'être conservant encore certaines caractéristiques d'Afarensis mais qui tendrait déjà vers Homo Habilis ? C'est tout bonnement impossible. On nous a toujours appris que l'ancêtre d'Homo Erectus était Australopithecus Africanus... Comment puis-je découvrir des ossements qui ont tous les attraits d'Homo Habilis, ici et sur une période qui ne lui correspond pas ? Homo Habilis serait-il finalement l'ancêtre direct d'Homo Erectus ? Toutes ces idées se percutent dans ma tête et défilent à la vitesse de la lumière. Je n'y comprends plus rien, absorbée, surexcitée par cette idée et pourtant dépassée par l'hypothèse que la lignée de l'évolution humaine telle que l'ont conçue mes pairs avant moi, puisse être erronée, faussée.

– Mince alors, je n'y crois pas ! me répété-je de nouveau, les yeux pétillants d'excitation.

Je reste plantée là, dans la fosse sur laquelle je travaille depuis des jours, fixant les ossements qui peu à peu se découvrent à coup de pinceau et d'outils de dentiste.

– J'ai besoin d'un signe, d'un tout petit signe qui me prouvera que je suis sur la bonne voie Papa s'il te plaît, de là-haut, indique-moi que je me rapproche de mon but...

En levant les yeux vers le ciel, je m'aperçois que le crépuscule est en train de peindre son décor, comme une aquarelle... Tons orangés sur tons améthystes… C'est magique, tout simplement et abso-bordel-ument magique.

J'ai hâte d'être à demain pour continuer de faire renaître ma merveilleuse inconnue. Quel âge pouvait-elle avoir lorsqu'elle est morte ? Comment a-t-elle vécu sa vie de femme à l'époque d'Australopithecus Afarensis ? Vais-je trouver son crâne ou tout au moins un fragment ?

Autant de questions qui commencent à tourner en boucle dans ma tête et qui plantent déjà dans mon imagination le décor de vie de mon inconnue. Je l'imagine vivant sur une berge meuble du fleuve Omo, appartenant à un petit groupe de bipèdes, découvrant la savane arborée et commençant, pourquoi pas, à tailler les premiers outils dans des galets. Oui, je sais, cela revient à penser qu'elle serait plus évoluée qu'une Australopithecus Afarensis… Mais pourquoi pas après tout ! Caressant son fémur, je lui parle doucement, comme à une enfant endormie.

– Qui étais-tu vraiment, hein ? Que vas-tu me faire découvrir sur ton espèce ? Et si tu étais celle que j'attendais depuis tout ce temps ? Si le chaînon manquant était….

– Hey Libartet ! Elle te répond au moins ton Afarensis ?

– Une femme ? soupiré-je un brin agacé. Merde à la fin ! C'est possible de réfléchir en paix sur ce foutu chantier ? m'exclamé-je en jetant à la figure de Benoît, ma truelle et mon pinceau, qu'il esquive de justesse, heureusement pour moi.

Après avoir été qualifiée d'insolente, je ne voudrais pas passer au grade de psychopathe !

– Tu vises sacrément bien Nina ! Mais explique-moi comment une femme aussi jolie que toi peut-elle jurer autant en une seule phrase ? me dit Benoît en me tendant la main pour m'aider à m'extirper de ma fosse et en ramassant mes outils de sa main libre.

– Je n'en sais rien moi ! Tu demanderas ça à mes parents un de ces jours ! fis-je d'un clin d'œil.

– Tu me connais depuis 3 mois et tu veux déjà me présenter à tes parents ? ironise Benoît en bombant le torse comme un gorille qu'il est pourtant loin d'être.

– Tu es vraiment con quand tu veux Bartoli ! dis-je en rougissant de culpabilité.

Pourquoi ai-je dit ça ? Si Stephen avait été présent, il n'aurait sans doute pas supporté. Et je ne veux surtout pas que Benoît s'imagine que je lui fais des avances…

C'est fou comme je dois être expressive quand je réfléchis, car ma tourmente intérieure est soudainement interrompue par mon collègue qui me prend doucement par le bras et me retourne pour lui faire face.

– Hey, Nina... Je plaisantais, me rassure-t-il. Je sais que ton cœur est pris... Je suis un homme de valeur : jamais je ne prends ce qui ne peut être pris, me dit-il droit dans les yeux et d'une voix très douce, ce qui a le don de m'apaiser instantanément. Au fait, en parlant de ton amoureux, tu ne voulais pas aller l'appeler hier soir déjà ?

– Bon sang ! Quelle heure est-il ?

– 19 heures, donc 20 heures à Paris chère charretière insolente et sniper à ses heures perdues !

Je fais fis de ces dernières remarques.

– Merde ! Stephen sera sûrement en studio ! Accélère Benoît, ce soir on va à Omoraté, boire une bonne bière artisanale bien tiède et je vais téléphoner ! Cela fait des jours que Stephen doit attendre mon appel et je t'avoue que je m'en veux un peu de lui faire vivre une telle attente. On se retrouve dans 30 minutes à la sortie du campement près des 4x4 ! Et demande à Tamara si elle veut nous accompagner ! dis-je alors que je cours déjà jusqu'à ma tente.

Trente minutes plus tard, je suis douchée et porte des habits propres que l'intendante du campement m'a redéposé durant l'après-midi. Je suis fin prête à me rendre à Omoraté.

C'est un village typique des bords du fleuve Omo, le pays du peuple Dassanetch, un incontournable pour les touristes. Mais c'est le seul village où le chef possède un téléphone satellite. Bien que le campement soit pourvu de ce genre d'appareil, il sert uniquement à contacter nos unités respectives en France ou bien encore à demander de l'aide en cas d'urgence. Le chef du village, lui, nous le prête en échange de deux heures par semaine, passées auprès des enfants de sa tribu pour que nous leur apprenions à lire et à écrire, Tamara et moi. C'est un service que nous ne pouvions pas refuser. Les enfants sont tellement mignons lorsqu'ils répètent nos mots, et, voir leurs yeux pleins d'étoiles lorsque nous apportons feuilles crayons et livres, devient à chaque fois, un moment magique que je ne raterais pour rien au monde.

Omoraté est connu des gens comme nous, comme étant un repère de brigands. Jamais vous ne croiserez un Dassanetch sans son fusil à l'épaule ! Cherchant à vous échanger une vache ou des objets de leur artisanat contre des biens matériels européens, ils mettent tout en œuvre pour accéder à un peu plus de richesses. Je suppose que c'est de la sorte que le chef du village a obtenu son téléphone satellite et le petit groupe électrogène qui lui permet d'avoir accès plus facilement à des biens électriques. Mais, je m'en fous ! Les Dassanetchs d'Omoraté m'ont acceptée et ici, au moins, je peux rester en contact avec Stephen.

Après vingt minutes passées en brousse dans notre 4x4, nous arrivons tous les trois au village.

Les enfants et les jeunes filles dansent autour de nous et nous accueillent avec un chant chaleureux. Nous nous laissons emporter par la générosité et l'euphorie de ce moment.

Gagnés par le rire insouciant des enfants, nous avançons tous les trois au rythme de leur danse, jusqu'à la case du chef du village. Et tandis que Benoît et Tamara sont accueillis par des habitants qu'ils connaissent bien maintenant, j'attends patiemment que le chef m'autorise à entrer.

Un petit garçon m'annonce et je suis enfin récompensée par la porte de la case qui s'ouvre devant moi. J'y entre et m'agenouille en saluant poliment le chef que l'on nomme ici Eshetu, ce qui signifie « l'envoyé ». Il me répond chaleureusement en parlant un anglais très correct et me tend le téléphone, après s'être assuré que nous viendrions dans deux jours, Tamara et moi, pour passer du temps auprès des enfants.

Je compose, les doigts tremblants et le cœur au bord de l'implosion, le numéro de téléphone portable de Stephen. Trois sonneries retentissent à mon oreille et enfin, sa voix vient me délivrer :

– Brady, j'écoute ! Son ton est comme à l'accoutumée direct et assuré. Je frissonne agréablement comme si c'était la première fois que je l'entendais.

– Euh... Mon chéri, c'est moi...C'est Nina ! dis-je le cœur et la gorge serrés d'émoi. Comme ça fait du bien de t'entendre, je m'excuse de ne pas avoir appelé avant, mais...

Stephen ne me laisse pas finir.

– Eh Bébé ! Je suis si heureux de t'entendre moi aussi, tout va bien ma belle ? Dis-moi que tu rentres s'il te plaît...

Sa voix est douce, ses mots, pour quelques secondes, me laissent comme en suspens dans les airs, comme si l'espace-temps ici, en Afrique s'était figé. En fermant les yeux, je pourrais presque le rejoindre en volant, tant je l'aime. Mais tout cela retombe aussi rapidement qu'un soufflé, car mon instinct de chercheuse reprend le dessus.

– Eh bien.... C'est que ce n'est pas si facile que ça tu sais ! Cela fait trois jours que je mets au jour un squelette de femme. L'aspect des ossements me semble si différent et tellement plus avancé que ceux découverts jusqu'ici ! Je crois vraiment que je suis sur la bonne voie, pour ne pas dire sur la « bone » voie !

Je me mets à ricaner, fière de mon petit jeu de mots. Mais Stephen est distant, comme s'il se fichait de ma découverte ...

– Épouse-moi Nina… Je t'en supplie sois mienne ! Je ne supporte plus cette distance, ton absence… Tes silences me rendent dingues ! Ne pas pouvoir faire pianoter mes doigts sur ton corps devient un vrai calvaire… Je t'en prie dis-moi oui.

Ses mots parviennent à mon cerveau avec une lenteur infinie, comme s'ils avaient le temps de faire trois tours devant mes yeux avant de me percuter de plein fouet. Putain de bordel…

– Quoi ? dis-je complètement sonnée.
– Épouse-moi, s'il te plaît. Cela fait trois années que nous vivons une parfaite idylle, malgré mes tournées et tes voyages en Afrique. Tu ne crois pas qu'il serait grand temps que nous soyons réunis ?

Les larmes commencent à monter, et mes yeux, barrages que je croyais indestructibles, menacent de lâcher.
Je ne sais pas quoi dire… Les mots me manquent, ma tête se vide de tout son sang, mais je finis par prononcer malgré moi, malgré mon envie viscérale d'aller au bout de mes recherches, dans un souffle chaud et plein de larmes ce petit mot de trois lettres.

– Oui.
– Oh, Bébé, ma douce…. Oui ? Putain, c'est trop bon ! s'exclame Stephen. Les mecs ! Nina m'a dit oui !

J'entends alors tout autour de lui des applaudissements et des cris de joie. On me félicite et me salue à travers le combiné, ce qui me fait pleurer et rire de plus belle. Le chef du village, ne semble plus rien y comprendre lui non plus.

– Ecoute mon ange, je dois reprendre l'enregistrement de mon dernier titre, tu connais Paul, question réalisation et production, il ne plaisante pas ! Je t'aime, reviens moi vite…
– Je t'aime…Aussi, dis-je.

Trop tard, il a déjà raccroché. Je demeure plantée là, fixant le téléphone, un sourire béat accroché aux lèvres, un tourbillon dans le ventre. C'est une sensation que je n'avais encore jamais vécue auparavant. Serait-ce ça la plénitude ? A moins que ce ne soit de l'appréhension, la peur de l'inconnu … Car finalement quand on y réfléchit bien, Stephen et moi, nous nous connaissons très peu.
Puis mon courage, armé de ma ténacité, refait surface. Je me dis que tout ira bien. J'irai au bout de ma découverte et je serai une bonne épouse. J'y arriverai, ce n'est pas une impression. C'est une conviction…

21

Chapitre 1

Martin

Dijon, 20 Mai 2004.

Comme tous les lundis, je revois mon travail pour la semaine. Et cette semaine, si on écoute les prévisions des services de météo, sera très belle. Ça tombe vraiment bien, car j'ai très envie d'aller faire un peu de photos dans les vieilles rues du centre-ville : les ruelles pavées, les vieilles enseignes, les bâtisses médiévales et leurs colombages. Je me demande vers quel quartier mon cœur va balancer. Peut-être que j'irai traîner dans le quartier Montchapet... Ouais, ça me plaît bien !

Mais au fait ! Je suis vraiment impoli. Je reviendrai à mes passe-temps un peu plus tard si vous le voulez bien. Moi, c'est Martin. Je suis restaurateur d'objets d'art au Musée Archéologique de Dijon.

Quoi, vous ne me voyez pas ? Mais si ! Le type, grand et baraqué au fond de la pièce, en train d'épousseter, l'air rêveur, un objet que vous prenez sans doute pour un vulgaire morceau de bois ! Et bien c'est moi, Martin de Villandière. Célibataire, 37 ans, passionné par mon boulot au point que mes amis pensent tous que je vis dans mon laboratoire au musée.

C'est un peu vrai quelque part, tant je passe d'heures à nettoyer, reformer, polir, tous ces morceaux de vestiges, que sans moi, vous ne verriez même plus aujourd'hui exposés dans les vitrines, parce qu'ils seraient tombés en poussière.

Vous me trouvez prétentieux, c'est ça ? Non, je suis désolé pour vous, mais, vous n'y êtes pas du tout Même si pour certaines personnes, j'ai un physique « très avantageux » et que je fais preuve d'un parfait contrôle de mon travail, je n'aime pas me mettre en avant. Non, moi, je suis plutôt du genre discret, solitaire et calme, très calme... Trop calme si l'on en croit mon assistante Eléonore.

C'est sans doute à cause de ce contrôle permanent à mon boulot que je me défoule à l'extérieur : canyoning, parachutisme, course à pied. Mais seul... C'est comme ça que je me retrouve et que j'évacue le stress dû à la précision que m'impose mon métier. En plus, je ne suis pas du genre à pouvoir supporter les potins de filles comme ceux d'Ida, ma collègue qui se trouve à l'accueil du musée, ou les soirées entre mecs à ressasser de vieilles histoires de fac ou à se lamenter sur nos échecs « cœur et cul ».

J'ai besoin d'air, d'avancer mais en même temps de rêver... Rêver à elle. À ma déesse, à Sequana. C'est la seule femme qui me fascine.

Ouais, je sais, elle a plus de 2200 ans, mais je n'ai jamais dit que je n'aimais pas les femmes plus mûres que moi !

Bon, d'accord...je l'avoue. Je n'ai pas encore rencontré celle qui fera battre mon cœur plus fort que cette statuette de bronze ne le fait déjà depuis que je l'ai découverte.

Debout, sur sa barque à tête d'oiseau, Sequana reste droite et tranquille. Une force sereine... et si belle. Elle m'apaise. Elle a des traits parfaits, fins, graciles. Des traits que je connais maintenant par cœur. Elle est la beauté incarnée, celle que je recherche : de taille moyenne, fine mais offrant des courbes généreuses, sous sa toge drapée.

Mais plus que tout autre chose, j'ai l'intime conviction qu'elle me protège. Elle est mon talisman...

– De Villandière, bonjour ! me lance Parigot en entrant dans mon laboratoire.

Paul-Louis Parigot est le conservateur du musée. Tout en longueur et en finesse, il semble sorti d'un Toulouse Lautrec. Dandy de la tête au pied, il n'en est pas hautain pour autant. C'est un très bon conservateur, qui a du nez comme on dit chez nous et chose non négligeable, c'est un putain de visionnaire ! Il sait quelle exposition organiser, quelle pièce faire entrer au musée et à qui s'adresser pour obtenir ce qu'il veut. Monsieur Parigot a, semble-t-il, de très belles relations en plus de son flair. Mais voilà, comme tous les grands patrons, Parigot a ses humeurs, ses exigences. Autrement dit, il est chiant. Et sa venue si matinale dans MON antre, n'annonce rien de bon.

– Bonjour Paul-Louis... Que me vaut le plaisir de votre visite aujourd'hui ? le sondé-je avec une mine de gamin arrogant.
– Je passais juste vous annoncer qu'aujourd'hui, nous accueillons une nouvelle personne en ces murs. Je compte, bien évidemment, sur vous et Eléonore pour honorer sa venue...

Honorer ? Non mais, c'est une blague ? Qui parle encore comme ça aujourd'hui ? Honorer...Compte là-dessus et bois de l'eau Parigot !

– Martin ? Vous êtes avec moi mon vieux ? Je ne me répèterai pas... cette fille est une perle ! Elle représente une incroyable bénédiction pour notre musée. Ah oui ! Et j'allais oublier : laissez votre impertinence au placard, de grâce !

Et voilà ! Il est parti ! Je reste là comme le con trop rêveur que je suis... Et comme d'habitude, en pleine discussion avec mon double intérieur, je n'ai pas écouté un traître mot de ce qu'il me servait ce matin en after du p'tit dèj !

Une bénédiction ? Mon impertinence ! Putain, je t'en foutrais moi de l'impertinence ! Et puis c'est qui encore celle-là ? Une nouvelle venue qui va essayer de révolutionner notre façon de travailler Une sale gosse qui doit croire qu'elle vaut mieux que les petites mains comme moi, j'en suis sûr... Eh bien, c'est ce qu'on verra ! Je vais te l'accueillir ta bille de nacre Parigot, fais-moi confiance... Je refuse qu'une bécasse toute droit sortie de la fac vienne me donner des leçons sur un terrain que je maîtrise mieux que personne !

Bon allez Martin, laisse tomber, tu verras bien, me lance mon double furax. Je décide de retourner vaquer à mes occupations de ce matin : je me suis prévu l'analyse d'un ex-voto des sources de la Seine. C'est une statuette en bois de chêne, représentant un buste.

Elle a été trouvée il y a quelques mois dans la zone marécageuse du sanctuaire des sources, c'est ce qui a d'ailleurs permis son état de conservation exceptionnel. Seulement voilà, un objet façonné au premier siècle après Jésus-Christ, que l'on sort d'un endroit qui lui permettait de conserver sa structure, ne peut que se désagréger avec le temps. Et cette statuette se trouve recouverte d'une pellicule blanchâtre, virant par endroit au beige.

Malgré notre salle à atmosphère confinée qui pourra l'accueillir dès qu'elle sera restaurée, cette statuette présente certains stigmates. Et je refuse de la voir partir en poussière !

J'ai donc pour obligation d'effectuer des analyses pour comprendre quel mal l'atteint et surtout comment je vais pouvoir résoudre le problème. J'en fais mon devoir et une affaire personnelle.

– Mince !

Un vacarme tonitruant provient soudain du sas.

Ah Eléonore ! Dans quoi s'est-elle pris les pieds ce matin ?

Cette fille est incroyable ! Belle comme un cœur, discrète, compétente dans son boulot... Mais elle est d'une maladresse ! Un peu comme si un mec bourré et monté sur des patins à glace était, parfois, coincé dans son corps...

– Bonjour Martin ! Euh... Dés... Désolée pour tout ce bruit dans le sas, balbutie-t-elle. Ma ceinture s'est accrochée dans la poignée de la porte et...

– Et tu as bien failli faire un vol plané c'est ça ? Bonjour Eléonore, dis-je dans un sourire tendre.

– Oui c'est à peu près ça ! J'ai vraiment l'impression que mes pieds vont plus vite que ma tête parfois... me dit-elle en baissant les yeux pour regarder ses chaussures.

– C'est à peu près ça, effectivement ! lui lancé-je pour faire écho à sa tourmente matinale. Tu ne peux pas savoir à quel point tu es rafraîchissante ! Tu es la lumière de mon labo, lui dis-je, en prenant un malin plaisir à voir le rouge lui monter aux joues.

Éléonore se transforme en petite fille lorsqu'on lui adresse un mot gentil. C'est comme si elle n'avait absolument pas conscience de la personne qu'elle est, avec ses atouts et ses qualités... Discrète et humble, cette fille est un rayon de soleil.

– Bon ! Finis les compliments ! Au boulot Mademoiselle Dupuits ! On a du pain sur la planche aujourd'hui !

Ses grands yeux bleus s'éclairent soudain, lorsque j'évoque les ex-voto du sanctuaire des sources de la Seine. Je sais que ce sont les vestiges qu'elle préfère au musée. Cette fille m'émeut, elle me touche. Je la trouve sympa mais au-delà de ça, c'est une assistante formidable.

J'aime bien bosser avec elle, car elle me fout la paix. Elle n'est pas du genre à bavarder pour rien et ça me va bien. En plus, elle reste correcte, ne cherche pas à m'allumer comme certaines. Elle fait ce que je lui demande, point.

Toute la matinée nous cherchons ensemble la nature des dégâts sur notre statuette. Nous procédons à d'infimes prélèvements, que nous déposons dans des éprouvettes afin d'isoler un germe, un champignon ou une bactérie. Cela me met dans un état de stress intense. Je déteste voir des trésors anciens se désagréger, sans que je ne puisse rien y faire.

Bien décidé à comprendre pourquoi cette pellicule blanche et sèche s'apparentant à de la pourriture, s'est invitée sur cette représentation du buste d'une femme, je mets les bouchées doubles pour obtenir ma réponse : anciens rapports scientifiques de dendrologie, archives photographiques, recherches sur le web... Tout y passe.

– Martin, m'interpelle Éléonore. Je viens d'observer un minuscule fragment de ce drôle d'invité mystère. Tu ne vas pas le croire : c'est un champignon. Et de forme cubique en plus ! Comme la...

Mais Eléonore n'a pas le temps de finir sa phrase car je la termine pour elle.

– Mérule, dis-je. Mais c'est impossible... Ce champignon n'a pas pu se développer en plein air et encore moins dans un marécage... Il faut absolument isoler la nature de ce champignon. Ainsi, nous trouverons le traitement adapté. Hors de question qu'on perde une seule pièce de ce musée !

– Ah ce que j'aimerais qu'un homme fasse tout ça pour moi ! soupire Eléonore en se rasseyant. On dirait parfois que tu t'adresses à des êtres humains Martin. Tu prends tellement bien soin d'eux... C'est touchant, vraiment touchant... et je suis un peu jalouse à dire vrai !

– Ça y est, tu as fini de te moquer de moi ? Je fais juste mon boulot, et j'adore ça !

– Je sais et je ne me moquais pas. Je constatais c'est tout, reprends Eléonore d'un ton bougon, en retournant à son poste d'analyse. Tu sais, Martin…Euh… Sans vouloir te vexer, certains disent que tu aimes plus tes trésors que les gens…

– Quoi ? Et on peut avoir le nom de celui qui balance de telles inepties ? Non mais, je rêve !

– On te surnomme même « le gaulois » parfois… reprend elle, ou « le Dieu grec », rajoute-telle le rose aux joues.

– Le…Gaulois ? dis-je sur le ton de la surprise, comme si j'entendais ces deux mots pour la première fois. C'est plutôt flatteur à bien y réfléchir, surtout quand on sait que nous tirons encore aujourd'hui de nombreux enseignements de nos ancêtres moustachus !

Mais pas question de ne pas savoir qui est à l'origine de ces conneries. Je vais cuisiner Eléonore et vu comme elle se tortille de honte, ça ne devrait pas être trop long…

– Alors, j'attends… Qui, Eléonore ? dis-je d'un ton plus ferme que je ne l'aurais souhaité.

– Et bien c'est une femme en fait, et, comme tu dis, c'est plutôt flatteur si on en croit les regards énamourés qu'elle te lance à chacun de tes passages, me confie Eléonore le regard empli d'une certaine gêne. Mais laisse tomber Martin, je n'ai rien dit ! Je ne voulais simplement pas que cela te vienne aux oreilles un de ces jours, là-haut, à l'accueil du musée.

– Enamourés… L'accueil… Pas besoin d'en dire plus ma grande. Ida ! Cette fille est complètement frappée ! Elle ne peut pas trouver un autre, comment dis-tu déjà ? Ah oui ! Un autre dieu grec ! Je t'en foutrais moi des gaulois et des dieux grecs ! Je suis sûr qu'elle n'y connait rien en la matière par-dessus le marché ! dis-je furieux que cette poupée fabriquée à coup de superflu et d'artifices me court après.

Si elle savait comme je m'en tape de tout son cirque ! Elle se fatigue vraiment pour rien…

– Tu sais Martin, moi, je suis persuadée que tu aimes ton prochain… Je trouvais juste magnifique et passionnante, la façon dont tu cherchais à sauver cet ex-voto. J'apprends beaucoup à tes côtés, me confie Eléonore, tout en finesse, de sa voix la plus douce et la plus sincère.

Comme je sais, qu'elle, elle ne me court pas après, que c'est juste de la gentillesse, peut-être même de l'amitié, de collègue à collègue, ça, je l'accepte.

– Je pense que ton cœur est grand et qu'il a dû beaucoup souffrir pour que tu te passionnes autant pour des objets vieux de 2000 ans. Quand on a une personnalité aussi belle que la tienne, on a autre chose à faire que de se réfugier dans un laboratoire douze heures par jour, comme un ours se réfugie au fond de sa tanière.

– Ah parce que maintenant, je suis un ours ? m'exclamé-je. De mieux en mieux ! Et demain je ressemblerai à quoi : à un Homo Erectus ? dis-je d'un air furibond mais amusé tout de même. Et puis dis-moi Dupuits, depuis quand es-tu si loquace ?

– Depuis que le collègue que j'assiste et que j'apprécie se trouve être la risée du musée.

Merde alors... Ce n'est pas le genre réponse que j'attendais. La petite Eléonore sait lire entre les lignes et dans les attitudes des gens... Je savais que j'avais bien fait d'appuyer sa candidature auprès de Parigot, mais là, elle me tue ! Elle vient juste de mettre le doigt sur LA corde sensible : mon histoire familiale.

On est tous attablés sous la pergola de la terrasse. C'est le jour de mes dix-huit ans. Maman, comme à son habitude, a préparé un gâteau pour tout le domaine viticole. Il est magnifique, c'est un fraisier au chocolat blanc. Le gâteau que je préfère au monde. Il est décoré de feux de Bengale, j'adore ça depuis que je suis môme. J'ai toujours eu l'impression qu'on m'offrait un feu d'artifice, rien qu'à moi et que je comptais un peu plus que mes deux autres frères.

Maman est repartie en cuisine chercher les petites cuillères. Tout le reste de la famille se trouve près de moi et je suis impatient de souffler mes dix-huit bougies. Sauf que, comme d'habitude, mon père en a décidé tout autrement...

J'entends soudain des cris venant de la maison. Comme un félin se jetant sur sa proie, je bondis de ma chaise pour courir dans la cuisine, suivi de mes frangins.

– Mais qu'est-ce qui se passe encore ici ? m'exclamé-je en constatant que ma mère est à genoux devant mon père.
Elle se tient la joue. Elle pleure.
– Ferme-la, petit morveux, ça ne te regarde pas !

Je suis fou de rage. Mon père est encore ivre mort et vient indéniablement de gifler ma mère qui me supplie du regard de ne pas rétorquer. Paul, mon frère aîné crispe les mâchoires et me retient par l'épaule.

– Aller petit frère, ça va aller. Ne jette pas d'huile sur le feu, ça va passer, comme à chaque fois, me dit-il.

Putain, mais quel homme digne de ce nom peut accepter de fermer les yeux sur des coups portés à une femme ? Et qui plus est, à sa propre mère ?

– Mais bordel Paul ! Comment peux-tu fermer les yeux sur la souffrance de Maman ? lui lancé-je au visage d'un ton cinglant. Je n'en reviens tout simplement pas ! Je sais que cela n'est pas notre histoire mais je ne laisserai plus passer ça !

– Allons, Martin, soit raisonnable... me suggère Luc, mon second frère.

Mais trop tard, je suis déjà sorti de mon propre corps et m'apprête à ce que mon père, n'aie plus jamais un geste violent sur ma mère.

– Putain, mais qu'est-ce qu'elle t'a fait cette fois-ci ? Elle n'a pas suffisamment passé de pommade à Monsieur de Villandière pendant le repas ? Laisse-moi deviner : elle a eu le malheur d'adresser la parole un peu plus qu'elle n'aurait dû à l'un de tes clients ?

Je suis hors de moi et tout en aidant ma mère à se relever, je fixe cet alcoolique qui il y a six ans maintenant, a tué mon « véritable père », celui qu'il était avant de s'être dégradé à ce point. Mes yeux sont exorbités, mes mains tremblantes.

Ma mère s'est réfugiée derrière moi et retient ses sanglots. Elle presse ma main et je sais que c'est pour me supplier de ne plus parler, de le laisser aller cuver dans son lit. Mais je ne peux plus rien contenir et dans un élan de rage, je poursuis pour asséner le coup ultime à mon père.

– Regarde-toi putain de bordel de merde ! Tu n'es plus qu'une épave ! Tu n'es plus là pour ta famille et pour le domaine ! C'est Maman qui gère tout, qui récupère les loupés avec tes clients, qui se plie en quatre pour exhausser le moindre de tes désirs ! Tu me dégoûtes, tu n'es plus mon père... Tu es insignifiant.

Je pleure à présent, face à cette évidence que j'ai déjà perdu mon père depuis bien longtemps.

Mes frères restent plantés là, mutiques spectateurs de cette scène tragique se jouant sous leurs yeux.

– Petit fils de pute ! bégaie mon père en me lançant son poing au visage.

Mais celui-ci ne m'atteint pas, tant mon père est une loque, en cet instant.

– Barre-toi de chez moi, pauvre petit con !

Nous nous défions du regard encore quelques secondes. La tension est palpable dans la pièce, plus personne ne parle. Tout semble suspendu dans les airs, comme si la vie s'était mise en veille une fraction de seconde.
Je contiens ma rage autant que je le peux pour ne pas lui rendre son coup. Seulement, Il a beau être l'ombre de lui-même, je respecte son patriarcat.

– Si c'est ce que tu veux, je ne vais pas te contrarier plus longtemps... sifflé-je entre mes dents.
– Martin, non ! Je t'en supplie mon fils... Reste ! hurle ma mère dans un cri venu du plus profond de son être, qui m'explose le cœur en mille morceaux.

Trop tard, je ne me suis jamais retourné et cette fois-ci, plus que les autres, je me retournerai encore moins. De toute façon, cette maison sera mon tombeau si j'y reste...

– Hé Martin, tu m'écoutes ? m'interroge Eléonore, les yeux écarquillés comme si je ressemblais à un cerbère. Mais qu'est-ce qui t'arrive ? me demande-t-elle en posant sa main sur mon avant-bras.
– Euh... Rien ne t'en fais pas, rétorqué-je en secouant la tête comme pour gommer ce souvenir qui me hante depuis 19 ans. Tout va bien. Alors cet examen bactériologique ?

Je me passe la main dans les cheveux pour tenter de reprendre une contenance, mais cela s'avère très difficile.
Dès lors que je me projette dans mon passé, je suis foutu, et bizarrement je ne peux plus voir mon avenir. Je pense que c'est pour cette raison que je vis l'instant présent. Ça me permet de masquer mes émotions passées et de ne pas envisager celles que je vivrai demain.

– C'est bon ! s'exclame mon assistante. Les tests biologiques sont formels : il s'agit d'un *Phellinus Megaloporus*, autrement dit...
– Un polypore des caves, dis-je avant qu'elle n'ait le temps de terminer sa phrase. J'en étais sûr et je préfère ça à un autre champignon lignivore. Cela ne nous posera pas trop de difficulté, qu'en penses-tu ?

– J'en pense que même si tu es ailleurs aujourd'hui, tu as totalement raison. Il suffira de nettoyer la pourriture, d'assécher le bois intensivement et de traiter grâce à un fongicide puissant mais pas trop agressif. Nous devons respecter la nature fragile de ce chêne humide vieux de deux millénaires.

J'ai beau travailler avec Eléonore depuis deux ans, je suis toujours aussi épaté par ses compétences de biochimiste. Elle fait un travail remarquable dans ce laboratoire et me permet d'effectuer des restaurations complexes.

Des voix et un mouvement dans le coin de mon œil droit me tirent tout à coup de ma rêverie. Il s'agit de Paul-Louis qui vient d'entrer dans la pièce. Il est accompagné d'une personne dont je ne distingue pas le visage, car elle se tient en retrait derrière lui. Sans doute s'agit-il de la nouvelle chieuse, qui va venir me casser les bonbons pour un oui ou pour un non.
Super ! Il ne manquait plus que ça !

– Martin, Eléonore, je vous présente Mademoiselle Libartet, ma nouvelle adjointe au patrimoine.

Un mètre soixante-dix de sensualité pure vient de débouler dans mon labo. Brune, fine, aux courbes généreuses. Sa peau est légèrement dorée, comme si elle venait de prendre un bain de soleil. Elle semble douce et soyeuse, tout comme ses cheveux longs et ondulés aux étonnants reflets de miel dans la lueur du soleil. Elle porte une tunique drapée sur l'épaule gauche. Ses bijoux sont discrets, ce qui me laisse penser qu'elle n'a pas besoin d'apparat pour être séduisante. Qu'est-ce qu'elle est jolie...
Je ressens brièvement un curieux pincement au cœur. Tout s'emballe dans ma poitrine et sous ma peau. Toute la mécanique de mon corps déraille. Moi qui ne perds jamais mon aplomb... Putain ! Je ne vais quand même pas être déstabilisé par cette nana, je ne la connais même pas !
C'est au tour de mon ventre de se manifester : je ressens une douce chaleur s'y répandre et redescendre jusque dans mon bassin. Je me sens léger tout à coup. Lorsqu'elle me tend une poignée de main ferme et tonique, ce qui me surprend réellement, je perds tous mes moyens.

– Bonjour, appelez-moi Nina, je vous en prie.
– Non, euh... Oui, bonjour, moi c'est Martin, je travaille ici.
– Je m'en doutais un peu s'exclame-t-elle en prenant l'air de se foutre royalement de moi.

Je reprends mes esprits en tentant de comprendre ce qui m'arrive tout à coup et, en désignant Eléonore d'un geste de la main, je la lui présente.

– Bonjour Eléonore, ravie de faire votre connaissance, lui dit-elle.

Je profite du fait qu'Eléonore lui fasse faire le tour du propriétaire, pour l'observer plus en détail.

Elle a des courbes généreuses comme je les aime, une taille fine, les yeux d'un vert menthe incroyable. Tout comme le ferait un piercing de la Madone, un petit grain de beauté situé au-dessus de sa lèvre supérieure, met en valeur sa bouche pleine et parfaitement sculptée. Ses épaules fines et veloutées, sont dans l'alignement exact de son bassin. C'est dingue comme son corps respecte les canons de beauté de la sculpture. Si j'étais un pervers de première, j'irais jusqu'à me demander ce que cache cette tunique, comme dessous Mais je ne suis pas comme ça. Alors, comme un gamin qui ne sait pas quoi faire de son corps, je fixe ses pieds, dansant à pas légers au milieu de mon laboratoire. Elle porte de très fines sandales en cuir, comme les gauloises devait en porter à l'époque de Sequ... Mais attendez un peu... Tunique drapée, courbes de folie, charme divin... Mon souffle se coupe et je réalise subitement que c'est elle : c'est Sequana !

La journée est passée à toute vitesse et je suis resté empli de ce sentiment étrange, mi-figue, mi-raisin. Une sensation de chaleur enveloppante qui vous jette de la poussière d'étoiles dans les yeux... Je n'ai fait que revivre son entrée dans mon laboratoire. Putain, mais c'est quoi ce délire ? J'ai l'impression que depuis qu'elle a fait son apparition dans les parages, je fonctionne comme un vieux vinyle rayé, ne pouvant que revenir inlassablement au même endroit de la chanson. Bordel... Qu'est-ce qui m'arrive ?

Changer d'air, c'est ce qu'il me faut ! Allez Martin, pars à la recherche d'autres images !

Je repasse très vite à mon appartement, prends une douche pour que l'eau fraîche efface l'empreinte de cette rencontre inattendue.

Une fois douché (non, plutôt récuré !) et habillé, je me sens mieux. Je bois un grand verre d'eau pétillante au citron, empoigne mon appareil photo et claque la porte de mon chez moi.

Finalement mon cœur me guide jusqu'à la rue de la chouette. Je ne sais pas pourquoi, je ressens le besoin urgent d'aller lui chuchoter un vœu tout en la caressant... Moi qui ai toujours souri à la vue des touristes qui affluaient devant elle ! Comme quoi, seuls les abrutis ne changent jamais d'avis !

Mon vœu n'est pas compliqué en soi : je souhaite simplement que mon bonheur présent persiste. J'en profite pour immortaliser cet instant : ma main posée sur la chouette, je règle mon objectif de manière à créer un bel effet de contraste entre la netteté et le flou et j'appuie sur l'obturateur.

Et là... Dans cette ruelle... Cette brune ! Mon cœur s'emballe, je me liquéfie littéralement... Elle avance vers moi. Non, attendez... Cette démarche, ce décolleté trop vulgaire, cette peau un peu trop blanche... Ce n'est pas Nina ! Bordel de merde, voilà que j'ai des visions à présent !

Tandis que je reprends mon souffle et mes esprits, je décide de poursuivre ma chasse aux images, en essayant d'oublier cette rencontre fortuite. Je me dirige vers la rue Rabot, avec ses maisons à colombages, si typiques de la région je prends quelques clichés, jouant avec la lumière douce de cette fin de journée printanière, mais je ne suis pas satisfait. Tous ces endroits que je connais et que j'aime rendre immortels à travers mon objectif, me semblent si ordinaires ce soir... Rien ne me parle... Rien ne me transcende, pour la simple et bonne raison que depuis « elle », tout me semble fade à côté de ses yeux extraordinaires.

Convaincu que je ne ferai pas la photo du siècle ce soir et alors que le ciel commence à se parer de ses plus belles teintes orangées, je m'arrête à la terrasse d'un petit bistrot du quartier pour faire le tour de mes photos.

Tout en sirotant un panaché bien frais, je fais défiler les images sur l'écran de mon appareil numérique. Les couleurs sont belles, les points de vue sympas... Et là, je ne peux plus dire que c'est quelqu'un d'autre... Je zoome sur l'arrière-plan de ma dernière photo, celle que j'ai prise à l'angle de la rue Rabot, juste avant d'arriver au square des Ducs. C'est elle ! Comment Nina a-t-elle fait pour se retrouver sur mon cliché ? Et comment moi, je ne l'ai pas remarquée ?

Putain ! C'est complètement dingue... Je connais cette fille depuis quelques secondes et elle hante déjà ma vie ! Mon cœur se met à tambouriner de nouveau... J'ai chaud, j'ai froid... J'ai l'impression d'avoir un ascenseur dans le ventre et un grand huit dans la tête. Cette sensation excitante de vertige que je n'avais jamais ressentie jusqu'à présent, c'est divin, mais complètement flippant aussi ! Je me reconnais à peine tellement je me sens tout bizarre...

Je n'ai pas arrêté de penser à son entrée dans mon labo ce matin et alors que je parvenais à changer de cap, la voilà qui se pointe, ni vue, ni connue sur une de mes photographies ! Et comme un con, je suis heureux de cette coïncidence... Putain de merde... Ce serait donc ça, être amoureux ? Penser à une personne autant que les gonzesses pensent à dévorer du chocolat en cachette ? Si tel est le cas, je demande à la minute même, à être inscrit en tête sur la liste des chocolatomaniaques. Amoureux... Moi ? Putain...

Chapitre 2

Nina

20 mai 2004.

On est lundi, il fait un temps magnifique. Je suis revenue au bercail après 3 années passées en Ethiopie. Dijon s'étale à perte de vue depuis la fenêtre de mon petit appartement. D'ici, je peux même apercevoir une partie des collines verdoyantes de la vallée de l'Ouche.

Dijon m'a toujours convenue avant que je ne la quitte pour découvrir l'immensité du monde. Depuis j'ai l'impression d'être revenue à l'état sauvage, dans une civilisation inconnue. Le bruit, le mouvement, les lumières, les gens individualistes, égoïstes, pris dans leur routine quotidienne, qui se battent pour une place assise dans le bus ou pour la dernière baguette chez le boulanger. S'ils pouvaient vivre ne serait-ce qu'une heure avec le peule d'Omoraté... S'ils pouvaient voir à quel point la nourriture est sacrée, qu'on ne la gâche pas, mais qu'on la bénie chaque jour, en remerciant la terre de nous l'avoir offerte... S'ils pouvaient seulement constater que la priorité dans la vie n'est pas de penser à soi, mais vivre en harmonie avec ce qui vous entoure... Alors peut-être que tous ces individus me sembleraient moins antipathiques et que la vie en ville m'apparaîtrait moins brutale.

La Vallée de l'Omo est si loin déjà... Plus que jamais j'ai l'intime conviction que mon cœur et mon âme sont restés là-bas, me rappelant à la moindre occasion pour que je retourne à eux et que je sorte de cet état de non-vivance.

Je ne ressens rien ici, ni au lever du soleil, ni au crépuscule. Le ciel est bien trop clair, il me manque comme un morceau de la carte des étoiles. Je me sens vide, les idées en berne mais surtout, aujourd'hui, j'ai un trac fou : je suis engagée au musée archéologique de la ville, en tant qu'Assistante de Conservation du Patrimoine.

Reconnaissante envers Denis qui me devait une faveur immense et qui a dû remuer ciel et terre pour que j'obtienne cet emploi, je n'en suis pas moins triste. Pire même, c'est comme si une infime mort s'était tatouée dans ma chair, passant dans mon sang et venant réduire mon oxygène. C'est ça, je suis peut-être déjà un peu morte. Après tout, je ne souffre plus... Je ne ressens plus rien pour personne... Je suis juste une enveloppe qui ne se remplit plus de rien. Peut-être que c'est ça finalement, mourir... S'asphyxier en pleine conscience et lâcher prise au bout du tunnel.

Au moment où mes ruminations morbides s'évaporent dans mon esprit, mon téléphone sonne sur ma coiffeuse. Certaine que c'est ma mère, je ne me rue pas sur mon portable, car je dois l'avouer, je n'ai pas vraiment envie de lui parler. Je finis par décrocher et par émettre quelques mots, monocordes, à l'image de mon état d'esprit.

– Nina, j'écoute...
– Hello ma belle ! Alors, ça y est c'est le grand jour ? Tu retournes à la vraie vie ?

C'est finalement ma meilleure amie qui arrive à point nommé pour m'encourager et me remettre un peu de baume au cœur. Ça me fait du bien d'entendre sa voix, chaleureuse et enjouée.

– Salut toi ! Je suis heureuse de t'entendre.
– Attends, ne me dis pas que tu pensais que ta vieille copine n'allait pas penser à toi pour ton premier jour de boulot ?

Lénaïc me détend instantanément. Elle est ma meilleure amie depuis que nous nous sommes rencontrées au Lycée, en première. Elle a ce don de me rassurer, de me faire rire. J'ai tout découvert avec elle : les soirées de lycéens, les manifestations à Paris pour défendre nos droits, mon premier amour... Non pas l'amour. La passion devenue déchéance, l'enfer sur terre. Mais Lénaïc a toujours été là, même à distance. Elle est mon âme sœur, l'être qui vous complète et vous comprend sans avoir à parler. Je l'aime tellement. Elle est ma sœur de cœur, nous nous le sommes dit puis écrit, il y a de ça fort longtemps. C'est en nous, gravé dans nos cellules, comme un héritage spirituel.

– Alors, je ne te le dis pas ! Merci de m'appeler, tu es la première à y avoir pensé.

Un court silence s'installe et Lénaïc le rompt par un profond soupir qui en dit bien trop long sur ce qu'elle s'apprête à me dire.

– Ma chérie... Tu sais bien que je suis là... J'ai ressenti ton stress toute la nuit et si je m'étais écoutée, j'aurais déboulé chez toi, en chaussons roses et en pyjama bariolé ! s'exclame-t-elle.

Ce qui m'arrache enfin un sourire.

– Plus sérieusement, je sais que tu n'as pas la famille rêvée et que tu attends toujours d'être réparée par quelques petits mots... mais ce sont tes racines et tu dois faire avec. Rappelle-toi ce que Maman nous disait quand on était môme :

« On a beau vouloir faire le plus beau gâteau du monde, si la levure a tourné, il ne lèvera jamais ! », finissons-nous par dire ensemble, en riant comme les deux ados que nous ne sommes plus.

− Voilà, je préfère t'entendre rire tu sais, me dit Lénaïc d'un ton presque maternel. Et puis, qui est la plus belle et la plus forte des archéologues ? C'est toi ! Alors, remue-toi Libartet, tu as une victoire à remporter sur la vie aujourd'hui ! Je dois te laisser ma première patiente va arriver, celle qui as peur des fruits, je te raconterai ! Ciao Bella et déchire tout ! crie-t-elle dans le téléphone avant de raccrocher.

Qu'est-ce que je l'aime celle-ci ! Quoi que je vive ou quoi que je fasse de ma vie, Lénaïc est toujours là, à mes côtés, m'accordant son soutien inconditionnel...

Elle a raison, il est temps de me remuer. L'heure n'est plus aux lamentations. Il faut que je reprenne le cours de ma vie. Celle que j'avais... Avant lui. Cette pensée me stoppe soudainement. Finalement, lorsque je vous disais que mon cœur était resté à Fejej, je me trompais, il est bien là, dans ma poitrine et il ne s'est pas fossilisé. Il se serre à chaque fois que je repense à Stephen et la douleur qui s'y trouve stockée, irradie dans tout mon corps. J'ai la sensation de passer sur la chaise électrique dès lors que son prénom s'écrit dans ma tête. Puis la colère reprend le dessus, aidée de son amie nommée trahison.

Il faut que je me serve de cette colère pour avancer, pas pour m'enfoncer. Allez Libartet, en piste !

Après un bon petit déjeuner, je file m'habiller. Je choisis une tenue chic mais décontractée : une tunique couleur crème, drapée sur l'épaule gauche, que je porte sur un legging noir, m'arrivant sous le genou. Cela mettra mes mollets et mes chevilles en valeur, mais surtout, cela donnera le ton : « c'est une fille cool mais impressionnante ». Voilà ce que je souhaite qu'on voie de moi : je veux qu'on se dise que je suis sympathique mais respectable. Autrement dit, je veux passer pour une adorable porte de prison. Je veux qu'on respecte ma distance professionnelle.

Je choisis un maquillage léger : un peu de fard à paupière taupe, du mascara et du blush irisé pour faire ressortir mon teint hâlé. Un bracelet fin et doré serpentant autour de mon poignet, des puces assorties et je suis prête. Je laisse mes cheveux lâchés, comme s'il me confectionnait une couverture rassurante. Je prends mon sac à main Desigual, mes lunettes de soleil et je ferme la porte de ce qui est devenu mon refuge.

L'air tiède de ce matin de mai, me caresse la peau. Je redécouvre l'architecture typique de ma ville natale, les façades sculptées, les pierres de taille.

Arrivée place Darcy, je me dirige rue du Docteur Maret, où se situe le musée. J'ai toujours aimé flâner dans cette rue, admirer la cathédrale Sainte Bégnine, l'architecture médiévale qui y règne encore par endroit. La place Saint Bégnine est magnifiquement arborée. Le calme qui s'en dégage fait s'évaporer mes derniers doutes quant à ce poste au musée. Je sais que j'en suis capable. J'ai affronté des tempêtes de sable, enduré des températures frôlant les cinquante degrés et surtout, j'ai travaillé sous les ordres de Monsieur Piquet, un des archéologues les plus doués de ces deux dernières décennies, mais surtout le plus cinglant de tous les chefs que j'ai pu rencontrer.

Ce poste d'Assistant de Conservation du Patrimoine ne me rebute pas, je sais que je vais être à la hauteur. Mais seulement voilà, il ne m'emballe pas plus que ça... Il ne me fait pas vibrer. J'aurais tant aimé retrouver les terrains de fouilles, l'Afrique et mon équipe. Malheureusement mon départ précipité et je l'avoue aujourd'hui, forcé par la demande en mariage de Stephen, a désintégré ma carrière et la réputation que je m'étais solidement bâtie après la découverte d'un nouveau genre Homo qui aurait enfin pu me mettre sur la piste de mon chaînon manquant.

Je m'en veux tellement d'avoir tout quitté, d'avoir laissé à mes pairs, le goût amer de la déception et pour certains, celui de la trahison.

J'ai perdu ce qui comptait le plus dans ma vie : mon passionnant métier, celui que j'avais choisi à l'âge de cinq ans, après avoir vu pour la première fois, le premier volet de la saga Indiana Jones... Mais Denis m'a sortie de la misère dans laquelle je me suis plongée en suivant aveuglément mon amoureux de l'époque et en le quittant pour finalement revenir à la case départ. Je pense que je lui en serai éternellement reconnaissante...

– *Salut Denis c'est Nina !*
– *Nina ? Comment vas-tu ma jolie ? Alors, c'est comment la vie d'une femme de rock star ?*
– *Hé bien, c'est.... Comment te dire... Compliqué.... Non, délicat. Non, c'est... Pourri, vraiment pourri !*
– *Ha...* s'étonne Denis.
– *J'ai quitté Stephen il y a quelques semaines et je t'avoue que je me sens très mal. J'ai tout perdu, l'amour qui en fait n'avait de ça que le nom, mon boulot, ma réputation.... Plus rien... je n'ai plus rien.*

J'ai tellement honte de moi à ce moment précis, que j'aimerais me réfugier dans un terrier de suricate. Je n'ai jamais demandé d'aide à personne auparavant. Je me suis faite toute seule, comme une grande, à la force de mes mains et de mon esprit de guerrière.

– *Et... Tu souhaiterais que je tienne ma promesse aujourd'hui, c'est bien ça ?*
– *Je crois oui... En fait, j'en suis sûre !* dis-je dans un petit rire gêné.

Lorsque nous étions en Ethiopie, Denis faisait partie de mon équipe. Un soir, alors qu'il avait un peu trop abusé de l'alcool local, il décida d'aller faire un tour sur le chantier de fouille. Force était de constater ce soir-là, que d'essayer de l'en dissuader, revenait à faire aimer le camembert à un anglais. Autrement dit, c'était impossible. Dans son élan euphorique, il se prit le pied dans le carroyage et tomba de toute sa hauteur sur les ossements dégagés un peu plus tôt par deux collègues.

– Oh merde, Nina ! Je crois que je viens d'anéantir deux millions d'années d'évolution humaine, s'esclaffa-t-il, sur le ton du mec complètement bourré qu'il était à ce moment précis.
– Oui, si ce n'est pas trois millions d'années, bougre d'andouille, lui lançais-je en l'aidant à se relever et en constatant que les ossements étaient broyés.
– Allez va te coucher faux ivrogne que tu es et ne fais pas de bruit, je crois que tu as fait assez de dégâts pour ce soir !

Au moment où il entrait dans sa tente, j'entendis le ton acerbe de Piquet, arrivant dans mon dos armé de sa lampe torche.

– Mais qu'est-ce qui s'est passé ici Libartet ? me lança-t-il, laissant dériver son regard sur les dégâts provoqués par Denis.
– Monsieur Piquet, je crois que c'était une hyène ! J'ai entendu du bruit, me suis approchée et ai vu la bestiole s'aventurer dans le carroyage. J'ai fait du bruit à mon tour pour lui faire peur et elle s'est enfuie, laissant derrière elle ce que vous pouvez constater ici.

Je tendis alors la main pour lui désigner le carroyage détendu et les ossements broyés. Contre toute attente, Piquet crut à ma version des faits et regagna ses quartiers en soupirant, marmonnant quelques grossièretés au passage.
Je lâchai moi aussi un long et profond soupir en regagnant la tente de Denis, pour m'assurer qu'il soit couché.
Poussant le tissu pour entrer, j'entendis la voix de Denis, douce, empreinte de gratitude et de reconnaissance.

– Merci Nina de m'avoir couvert… Sans toi Piquet m'aurait lapidé en place publique ! Si un jour tu es en galère, appelle-moi, je serai là pour toi, et, peu importe ta demande, je t'aiderai. J'en fais la promesse.
– Merci Denis, je suis touchée. Dors maintenant. J'espère que la chaleur de cette nuit fera s'évaporer ton trop plein de Tej, face de hyène! lui dis-je-je dans un clin d'œil complice.

Prise d'un sentiment aigre-doux, je me sors de ce souvenir empreint de trop de nostalgie pour un lundi matin et traverse le square des

Bénédictins. Ça y est, j'y suis. Je n'en reviens pas de vivre ce retour aux sources...

Je prends une bonne inspiration, souffle très lentement comme si je tenais une paille entre mes lèvres et je ressens instantanément la pression retomber.

Il est 8h40 et mon rendez-vous n'est qu'à 9h. Je vais donc m'assoir à l'abri d'un tilleul sous lequel, je décide de faire quelques exercices de respiration et de relaxation que j'ai appris dans mes cours de sophrologie.

Un prana et une bulle de bien-être plus tard, je rejoins l'entrée du musée, en contemplant les bas-reliefs exposés dans la cour. L'atmosphère sacrée de cet endroit n'a pas faibli. Si je ferme les yeux, je peux presque sentir l'odeur des herbes aromatiques cultivées par les moines bénédictins au 12ème siècle. L'abbaye initiale devait être splendide...

Je suis maintenant devant la porte, que je pousse énergiquement. Mon sourire de guerrière a sculpté mes lèvres, mon regard est aiguisé jusqu'au bout de mes cils. Je me dirige d'un pas assuré vers l'hôtesse d'accueil pour me présenter. Celle-ci me décoche un regard suspicieux lorsque je l'interpelle. Peut-être que cette blonde bourrée d'artifices n'a jamais vu de brunes ? Je souris intérieurement de mon petit trait d'humour matinal.

– Bonjour, je suis Nina Libartet, je commence aujourd'hui au musée. J'ai rendez-vous avec Monsieur le Conservateur.

Silence de mort d'une nano seconde qui me paraît durer une éternité. La blonde sait comment plomber l'ambiance... Je ne sais pas pourquoi, mais j'ai l'affreuse sensation de m'être tout juste fait une ennemie, même si les raisons potentielles de ce curieux constat m'échappent quelque peu.

Ok, j'en prends note. Cette micro-offensive passive de sa part, pourra me servir de missile nucléaire si la blonde du nom de Ida (je regarde son badge), passe à la vitesse supérieure.

Elle me scrute de la tête aux pieds, puis se décide enfin à me dégoiser un bonjour.

– Bonjour, Mademoiselle Libartet, je suis Ida, c'est moi qui gère l'accueil des visiteurs mais aussi du personnel.

Super, j'avais vachement envie de me faire conduire et expliquer comment me comporter dans ces lieux, par Mademoiselle Barbie Pouff. Ravalant mon humour noir et ma conscience de vipère, je lui souris poliment et l'écoute d'une oreille, l'autre étant à l'affût de signes de vie dans ce musée.

- Ceci est votre badge électronique, vous devrez vous en servir pour accéder à l'entrée du personnel, qui se trouve sur le côté du musée. L'entrée par laquelle vous êtes arrivée ce matin est réservée aux visiteurs.

Non mais appelle-moi Abrutie tant que tu y es Ida l'hideuse ! Je rêve, elle se la joue petit chef ou quoi là ?

- Venez avec moi, je dois, avant de vous conduire au bureau de Monsieur Parigot, scanner vos empreintes digitales, pour enregistrer votre arrivée et votre sortie du musée. Ceci, afin de comptabiliser vos heures de travail, tout simplement ! lance-t-elle dans un petit rire pincé.

Autrement-dit pour me fliquer oui ! Putain, ça va être la prison ici, je le sens... Un peu nerveuse, je daigne suivre Mademoiselle gloss jusqu'à un drôle de cube accroché au mur du bureau du personnel. C'est une machine d'aspect métallique composé d'un écran et d'une plateforme où je perçois la forme d'une main. Ida entre un numéro dans la base de données pénitencière et m'invite à poser ma main droite par-dessus l'empreinte gravée sur la plateforme. « Posez la main droite et dites amen ! ».

Non mais, comment peut-on accepter une pointeuse dans nos métiers respectifs ?! Nous vivons notre passion chaque jour, sans compter nos heures, sans écouter notre corps qui fatigue et on nous colle une pointeuse ? Dites-moi que je rêve ! Amenez-moi l'abruti qui a pondu une telle invention que je lui dise le fond de ma pensée ! Encore un de ses bureaucrates qui n'y connaît rien au terrain je suis sûre... Mon humeur ne pourrait pas être plus noire qu'en ce moment.

Un bip retentit alors, me sortant de ma transe volcanique et Mademoiselle trop bien brushée m'explique que mon empreinte est enregistrée dans les fichiers du musée et que je devrai m'identifier de cette façon pour entrer dans le laboratoire de restauration et au service des archives. Bien mon adjudant ! J'ai tout compris, merci.

- Suivez-moi à présent, je vais vous conduire jusqu'au bureau de Monsieur le Conservateur.

Son ton est sarcastique, presque moqueur... Elle n'est donc pas bien élevée Dame « je dandine du postérieur » ?! Elle ne sait pas que dans le monde de l'archéologie, on respecte certains protocoles ?! Non, elle ne doit pas le savoir, sinon, elle serait à un autre poste que celui d'hôtesse d'accueil. Et vlan ! Ramasse tes dents Mademoiselle je scanne tes empreintes digitales ! Du calme Nina... Respire... Respire à fond ! Attend au moins la fin de la journée pour l'aligner !

En haut de l'escalier que nous venons de monter, elle toque à une porte, ce qui a au moins le mérite de me faire sortir de ma bagarre intérieure avec cette.... Restons-en là ! Avec Ida.

Elle pousse la porte après que Monsieur Parigot l'ait autorisée à entrer.

– Monsieur, Mademoiselle Libartet est arrivée.
– Oh ! Parfait. Merci Ida, vous pouvez disposer.

Clair, net, précis. Monsieur le Conservateur ne fait pas dans le superflu, j'approuve.

Il s'approche d'un pas déterminé et me donne une poignée de main énergique et franche. J'approuve, numéro bis.

– Monsieur le Conservateur… lui réponds-je droit dans les yeux, ne flanchant pas non plus au niveau du tonus de ma main.
– Entrez, je vous en prie ! Installez-vous… me dit-il en m'indiquant de son bras tendu, les chaises disposées devant son bureau.

La pièce, aux allures de boudoir masculin, n'est ni trop vaste, ni trop petite. Elle est décorée avec raffinement. Les murs peints dans des tons lin et grenat, mettent en valeur les pierres apparentes du mur d'époque gothique. Le mobilier est de facture noble, créé dans du merisier. Une large bibliothèque contient de nombreux ouvrages qui me semblent assez anciens à en juger par leurs couvertures en cuir, passées par le temps et les mains qui les ont manipulées avec soin.

Je me sens soudain très à l'aise dans cette pièce, un peu comme si je l'avais toujours connue. Comme si je m'étais déjà assise à ce bureau et que j'avais déjà eu cette conversation qui n'a pourtant pas encore débuté. C'est une sensation étrange mais fascinante…

– Bienvenue Mademoiselle Libartet ! Je suis ravi de vous accueillir et de vous compter dans notre effectif.

Son ton est chaleureux, sincère. Approbation numéro ter.

– Merci Monsieur le Conservateur. C'est un honneur de pouvoir travailler à vos côtés.

Et ben dis donc, je pense qu'il n'y a pas plus faux cul que cette phrase ! Mais, bon point pour moi, ces quelques mots semblent ravir mon supérieur.

– Allons, allons… Laissons tomber un peu les protocoles ! Cela est d'un ennui ma chère… Appelez-moi Paul-Louis, je vous en prie. Nous allons passer suffisamment de temps ensemble pour pouvoir faire abstraction de ces règles édictées par nos prédécesseurs il y a fort longtemps, n'est-ce pas ?

Ce type d'une petite quarantaine, aux allures de dandy chic, est surprenant : il semble tout droit sorti d'un poème de Ronsard, mais, dès qu'il s'adresse à vous, il adopte un ton de PDG, ferme mais rassurant. Ce qui me le rend instantanément sympathique. Seulement, après autant de déceptions passées, mon radar à connards est activé en permanence, prêt à donner l'alerte, 24h/24h. Je suis sûre que sous ces airs de bobo chic, se cache un homme exigeant et perfectionniste. Je l'ai senti à sa poignée de main et au ton employé avec Ida. Je reste donc sur mes gardes...

– Votre venue dans ce Musée a attisé bien des jalousies, vous savez... Nous nous réjouissons donc de pouvoir collaborer avec celle qui a pu faire évoluer l'étude de la lignée humaine. J'espère que vous vous plairez ici.

Je suis touchée qu'il connaisse si bien mon parcours et je rougis à ces quelques mots gentils. Ça fait du bien de retrouver un peu d'humanité dans ce monde de brutes épaisses que sont les humains.

– Merci Monsieur le... Euh, Paul-Louis, navrée...
– Ne vous excusez-pas ! Cela viendra ! Puis-je me permettre de vous appeler Nina ?
– Oui bien sûr, j'apprécie assez le sens de l'équité...
– Bien, vous m'en voyez ravi ! Alors chère Nina, que diriez-vous que je vous fasse visiter votre résidence secondaire ? me lance-t-il, un brin taquin. À moins que vous ne préfériez que nous abordions immédiatement vos missions.

La première partie de sa question m'en dit bien plus long sur ce qu'il attend de moi : que je me dévoue complètement à mes nouvelles fonctions... Courage Libartet, ta grand-mère a milité pour le droit des femmes dans les années 1960, tu vas bien réussir à ne pas te laisser marcher dessus et te faire respecter, non ?!

Je décide d'adopter un ton et une posture fermes, qui ne laisse pas de place à la négociation : tête droite, dos droit, regard vif, et jambes détendues. Mes mains quant à elles, parlent tout autant que moi.

– Hé bien, si cela ne vous ennuie pas, j'aimerais assez que nous définissions d'abord ma fiche de poste.

Mon ton est calme mais assuré, mes yeux ne quittent pas les siens, je veux qu'il comprenne à qui il a à faire. Je serai son assistante, pas son esclave, point barre.

– Entendu. Comme vous pourrez le constater, les collections n'ont pas forcément de lien avec la nature et l'époque de construction du bâtiment qui les abrite. J'aime cette originalité, ce décalage chronologique et stylistique.

Paul-Louis est un vrai passionné, ça se sent...

— Vous devrez donc dans un premier temps, vous assurer que les futures expositions se fondent dans cette originalité, m'explique-t-il.

Ok, ça je peux le faire... Paul-Louis reprend.

— D'autre part, vous aurez à gérer les relations avec la presse et organiser la communication autour des collections et des expositions à venir.

La presse... Bon. Même si cela me donne envie de vomir, je pense que je m'en sortirai.

— Enfin, vous travaillerez en étroite collaboration avec l'équipe de restauration des objets. Vous possédez d'excellentes références et connaissances en matière d'époques archéologiques. Il sera donc important d'encadrer le travail du labo, pour minimiser les pertes et permettre au restaurateur de replacer l'objet dans son contexte d'origine.

Il fait une pause, paraissant jauger mes réactions, mais je demeure calme et attentive.

— Ah oui ! J'allais oublier : vous devrez organiser, classer et parfois publier certaines recherches effectuées, en lien avec le mobilier exposé. Cela vous replongera légèrement dans vos missions d'archéologue... Avez-vous des questions ma chère ?

Il est synthétique, clair et va droit au but. J'en reste bouche bée.

— Euh... Je pense que tout est clair ! Mais, oui une question : aurais-je des missions à l'extérieur du musée ? Je veux dire... Pourrais-je travailler directement avec les chantiers de fouille, pour évaluer la pertinence de répertorier du mobilier pour enrichir nos collections, par exemple ?

Je sens que mon sang vient taper dans mes pommettes et que je suis en train de rougir comme une gamine qui a été surprise en train de voler des bonbons dans le placard de sa grand-mère.

— Nina, me dit-il d'une voix douce. Je peux comprendre que les chantiers archéologiques vous manquent et que cette absence terrasse une bonne partie de votre cœur (ce con est poète par-dessus le marché !).

Malheureusement cette mission ne figure pas complètement dans votre fiche de poste.

– « Pas complètement ? », c'est-à-dire ?

Je reste interloquée par cette moitié de révélation.

– C'est-à-dire que vous pourriez reprendre le chemin des fouilles si, et seulement si, une découverte majeure venait à être faite et que cette dernière puisse compléter et approfondir le sens de certaines pièces du mobilier exposé au musée. Comme certains des ex-votos du sanctuaire des sources de la Seine, qui ont été mis au jour il y a quelques semaines.

Il me scrute. Je sens comme une étincelle renaître dans mon cœur fossile. Je sais déjà que je ferai tout pour retrouver le terrain.

– Bien, si nous avons terminé, je vous invite à me suivre. Je souhaiterais vous présenter Monsieur de Villandière et Mademoiselle Dupuits. Il s'agit du restaurateur d'objets d'art et de son assistante.

J'acquiesce d'un signe de tête et me lève en jetant un dernier regard à ce bureau. Il est vraiment somptueux. Après tout, peut-être que je me plairai ici…

Paul-Louis me précède et nous traversons la première salle. J'en perds mes mots au vu de la splendeur et de la pureté de ces lieux. Je fais partie de ces gens qui n'ont aucun attrait pour les églises et la chrétienté, je ne suis d'ailleurs pas croyante en ce mec barbu, mais dès que je me retrouve dans un lieu sacré, je me sens minuscule. Les pierres et leur magnétisme m'envoûtent. La beauté de l'architecture me bouleverse. Et c'est exactement ce que je ressens en ce moment, dans cette ancienne salle du prieuré de l'église Sainte Bégnine.

Nous parvenons enfin à la partie cachée du niveau 2. Dans un couloir éclairé par des néons au plafond, je constate qu'il y a trois portes. Sur la première, je peux voir qu'il s'agit des archives. En face, sur la seconde, je suis stupéfaite ! Quoi ? Mon nom, ici ? Je suis, je dois bien l'avouer, totalement excitée d'avoir mon propre bureau. Je n'en reviens pas ! Arrivés devant ce qui semble être un laboratoire, je profite de mon reflet dans la porte vitrée pour m'assurer que je suis présentable et que je n'ai pas perdu mon regard de guerrière. Je ne veux laisser aucune place à une potentielle mauvaise impression de la part de mes collègues.

Paul-Louis scanne ses empreintes digitales et la porte se déverrouille. Il se tourne vers moi et je me demande ce qui le rend si enjoué le bobo sympathique.

– Voilà, nous y sommes. Ici, nous nous trouvons dans ma partie préférée du musée, car c'est là que sous les doigts de ces deux experts, certains vestiges que l'on croyait perdus, reprennent vie. Ces deux là ont de l'or dans les mains. Ils accomplissent de véritables miracles chaque jour.

Je rêve ou je détecte de la gentillesse et de l'admiration chez lui ? De mieux en mieux... Ce type est vraiment déconcertant ! Il est à lui seul une myriade des personnages que doit rencontrer Lénaic, tous les jours à son cabinet de psychologie.

Nous passons la première porte, Paul-Louis toque à la seconde et nous entrons. Nous sommes accueillis par un homme d'à peine quarante ans et une jeune femme vêtue d'une blouse blanche et d'une paire de gants en latex. Ok. C'est donc ici que ces deux scientifiques font mumuse et restaurent tout ce qui en a besoin.

— Martin, Eléonore, je vous présente Mademoiselle Libartet, ma nouvelle assistante. Approchez donc Nina, je vous en prie !

Et j'approche, comme une gamine qui aurait sa jupe coincée dans sa petite culotte et qui ne veut pas réciter ses tables de multiplication au tableau, devant une bordée d'abrutis à lunettes. Mais je suis là et je dois faire mes preuves. Je commence par serrer la main du restaurateur.

— Bonjour, Nina. Enchantée !

Le spécimen qui se trouve planté devant moi, s'accroche à ma main comme des cochenilles à une feuille d'orchidée. Soit il est bridé du caleçon, soit il est complètement tordu. Peut-être même les deux ! Ce qui me fait sourire. Pourtant, cela me surprend : à bien le regarder, il cultive plutôt le style surfeur ou baroudeur qui n'a besoin de personne. Ses cheveux sont longs et bruns et j'avoue que ça ne me laisse pas indifférente. J'ai toujours aimé les chevelus quand j'y réfléchis ! Bon... Il me la rend maintenant ma main, l'homme des labos ?

— Non, euh... Oui, bonjour, moi c'est Martin, je travaille ici.

Qu'est-ce que je vous disais ? Totalement abruti le Martin !

— Je m'en doutais un peu ! dis-je en souriant tout en récupérant ma main dans un geste d'une douceur infinie qui me surprend.
— Voici Eléonore, mon assistante.
— Bonjour Mademoiselle Libartet. Ravie de vous accueillir dans notre équipe ! me lance-t-elle chaleureusement.

La jeune femme est blonde et fine, un peu plus petite que moi. Je la trouve sympathique et agréable avec ses airs de petite poupée. On aurait presque envie de la promener dans un landau des années 50 !

Non mais Libartet, tu déjantes complètement là !

– Appelez-moi Nina, je vous en prie... Euh, Eléonore, c'est bien ça ?

– Tout à fait ! Suivez-moi, je vais vous faire faire le tour du labo, la seconde maison de Martin ! dit-elle dans un clin d'œil en direction de son collègue.

Décidément, c'est une habitude chez ces hommes-là, de considérer le musée comme une résidence secondaire ? Ils n'ont donc pas de vie à l'extérieur ? Cela dit, cette idée me réconforte, car je ne serai pas le seul bourreau de travail dans cet endroit.

En suivant Eléonore, je jette un coup d'œil à Martin. Il discute avec son patron tout en m'observant du coin de l'œil. Ne t'en fais pas de Vil... Truc bidule ! Je ne te piquerai pas ta place au musée, ni ton assistante ! Mon truc à moi, c'est de sortir des trésors des entrailles de la terre, pas de les réparer. Avec moi, tu ne crains rien du tout !

Grâce à mon guide, je découvre un univers dans lequel je n'avais encore jamais vraiment pénétré. Je note un ordre et un rangement parfait. Dans mon esprit, les ateliers de restauration ressemblaient tous à des brocantes intérieures : meubles d'imprimeur, cordes, lacets et autres bouts de ficelles suspendus à un crochet, flacons contenant diverses solutions pour nettoyer, décaper et lustrer. Et tout ça bien sûr, dans des teintes de marron et de rouille ! Mais ici, tout est zen, épuré. Je suis agréablement surprise, pour la énième fois de la matinée. Bien que j'aie remué la terre aux quatre coins du globe, porté des seaux, poussé des brouettes et tenu mes carnets à même le chantier, qu'il pleuve ou qu'il vente, mon travail a toujours été propre et organisé. Malgré mon caractère aérien et profondément humaniste (entendez par-là chers lecteurs « trop bonne, trop conne ») selon Lénaic, j'aime travailler dans un environnement propre et ordonné. Cela me sécurise et me permet de mieux réfléchir.

Je me sens donc à mon aise ici, dans ce laboratoire, car c'est bien de cela qu'il s'agit et non d'un bric à brac tout droit sorti de mon imaginaire : plan de travail en inox, flacons étiquetés, éprouvettes... Tous les outils et les différents matériaux sont judicieusement rangés et catégorisés. J'approuve ! Un gros luminaire comme ceux qu'on peut voir dans les blocs opératoires descend sur le plan de travail qui trône au milieu de la pièce aux murs blanc et bleu ciel. On se croirait dans un laboratoire de police scientifique, comme ceux où les légistes pratiquent les autopsies ! C'est tout bonnement excitant !

– Eléonore ?
– Oui Mademoiselle... Nina ? se rattrappe-t-elle comme si elle venait de manquer une marche invisible.

- Pourquoi me disiez-vous que ce labo était la seconde maison de Martin ?
- Ohhhh, dit-elle dans un soupir que je sens comme admiratif. C'est que Martin est un passionné ! Je n'ai jamais rencontré quelqu'un avant lui, qui aimait autant ce qu'il fait. C'est un artiste, un magicien... Il maîtrise parfaitement son travail. Sa technique est extraordinaire, j'apprends tous les jours à ses côtés.

Eh bien, voilà qui me laisse sans voix ! Apparemment, je me suis complètement plantée sur notre homme des labos ! Mais qu'est-ce qui lui a pris tout à l'heure de bafouiller comme ça ? L'appréhension sans doute d'accueillir une nouvelle collègue...

- Je vois, dis-je. Et vous que faites-vous exactement ? Vous êtes également restauratrice ?
- Non, moi, je suis biochimiste. J'étudie les pièces que l'on nous apporte, soit quand elles sont extraites du sol et que l'archéologue de secteur juge qu'un objet pourrait apporter un plus à nos collections, soit lorsqu'une pièce déjà exposée au musée se détériore.
- Ce doit être passionnant ! Et quelles sont les grandes étapes de votre travail à tous les deux ?
- Et bien, je constate la nature des dégâts et je propose à Martin un plan d'actions pour nettoyer ou réparer sans agresser l'objet. Je suis un peu son numéro complémentaire ! me dit-elle dans un éclat de rire joyeux et sincère
- Je comprends donc mieux pourquoi j'avais la sensation de me trouver dans une morgue de la police scientifique ! lancé-je à mon tour en riant.
- Oui, c'est un peu ça en quelque sorte. Martin pourra vous expliquer tout ça de son point de vue. Vous verrez, il est fascinant !

Ok, si tu le dis Bouffie ! On verra ça...
Alors que nous nous rapprochons de Paul-Louis et de Martin, je ne peux m'empêcher de tendre l'oreille. Les deux hommes ont l'air en grande conversation. Et je ne sais pas pourquoi, j'ai la sensation bizarre que cela me concerne...

- Vous voyez Martin ! Une perle rare, je vous le disais ! C'est un privilège que nous puissions travailler avec une archéologue de cette renommée.
- Paul-Louis, expliquez-moi pourquoi vous faites de telles éloges sur cette fille ! Elle a découvert un nouveau Machupichu ? Prouvé que les chinois faisaient déjà du commerce alors qu'ils n'étaient encore que des primates ?

Ce type me fait rire avec son humour cinglant. On dirait moi, en masculin... Mais ce qui me plait d'avantage, c'est qu'il ne semble pas savoir qui je suis, ni ce que j'ai pu faire de ma carrière. Tant mieux ! Au moins ici, je pourrai faire peau neuve.

– Enfin Martin ! Ne me dîtes pas que vous n'avez pas connaissance des travaux de Nina Libartet en Ethiopie !
– Eh bien... Non ! Je devrais les connaître ?

Le dandy soupire et affiche une mine consternée.

– Martin, quand sortirez-vous de cette grotte ? dit Paul-Louis en désignant le laboratoire d'un geste de la main. Nina a mis au jour des fragments de squelette qui ont enfin fait le lien entre les premiers hommes et nous. Autrement dit, elle a ouvert une nouvelle voie dans la théorie du chaînon manquant !

Eh ouais mon gars ! Sa mine décomposée me fait jubiler, mais en même temps, il me touche ce grand dadet de scientifique. Sinon, merci Paul-Louis, maintenant Martin va pouvoir chercher à loisir sur le net, tout ce qui me concerne ! Après on dira que ce sont les filles qui sont bavardes ascendant commères...

– Vous avez là un bien joli laboratoire ! dis-je en m'approchant de Martin. Vous êtes spécialisé dans une période spécifique ?
– La... Euh... Gaule, essaie-t-il d'aligner sans bafouiller.
– Mais encore ? me moqué-je légèrement, un sourcil arqué et un sourire malicieux le mettant immédiatement mal à l'aise.
– Gaule romaine ! dégaine-t-il comme un vieux cow-boy.
– Enfin mon vieux, reprenez-vous ! C'est bien la première fois que je vous vois sans votre compagne, la fée impertinence ! lui envoie Paul-Louis en riant. Je ne vous connaissais pas si timide Martin !
– Je ne suis pas...
– Susceptible ? lui soufflé-je dans un clin d'œil.

Il me lance un regard mi orageux, mi pluvieux. Mince, moi et ma provoc à la con... Je l'ai vexé ou quoi ?
Il tourne les talons et file à son bureau. Je reste plantée là, me sentant un peu coupable de jouer les vipères auprès de mon nouveau collègue. Je sens que mes joues sont en combustion spontanée et je revois son regard... Ce grand brun à des yeux fascinants. Des yeux hétérochromes ou si vous préférez, des yeux vairons : un bleu dont l'iris se pare d'un liseré doré et un marron tirant sur la couleur de l'ambre. Je me demande quel gène a pu subir une mutation pour obtenir un tel résultat... En tous cas, je trouve ça magnifique, comme la carte postale d'un lagon tropical. Eh bien,

me voilà fleur bleue maintenant... Curieux ça... Ce ne sont que des yeux, ne déconne pas Libartet ! Et puis, je suis convaincue après sa réaction à ma petite pique, qu'il est plutôt du genre coincé ! Si tel est le cas, tant mieux, au moins, il ne me tournera pas autour. La séduction et les histoires d'amour seront désormais chez moi aux abonnés absents.

La journée a filé à une vitesse folle. Paul-Louis, mon supérieur, m'a trimballée partout dans le musée, présentée aux guides, aux agents du service d'entretien en passant par « Mademoiselle je me la pète et je suis une peste », comprenez Ida, même si je l'ai déjà rencontrée ce matin.

Donc :
-Connaître le musée comme ma poche : check.
-Retenir le prénom et la fonction de chaque employé : check.
-Me sentir heureuse de remettre un pied dans le milieu : re-check.
-Avoir la sensation d'être en liberté conditionnelle : check final.

J'observe mon petit bureau aux murs jaune pâle. Sa forme rectangulaire et son agencement ne me conviennent pas vraiment. Même s'il a la couleur du soleil de printemps, il ressemble trop à un couloir. « Le couloir de la mort ! » ironise ma petite diablesse posée comme une pétasse sur mon épaule droite. Je l'agencerai à ma façon demain pensé-je. Une illustration du beau gosse indien nommé Bouddha et quelques objets ethniques plus tard et je serai comme chez moi. Mais pour le moment, après avoir rangé ma fiche de poste dans mon sac pour pouvoir l'étudier plus calmement à la maison, je conviens qu'il est grand temps de partir.

Direction la sortie, sans oublier de passer par la boîte à mimines et go to the centre-ville ! J'ai envie de me changer les idées et de m'imprégner de nouveau de l'ambiance des vieilles rues. Quitte à être de retour aux sources, autant le faire en bonne et due forme. Allez hop ! Notre Dame de Dijon et la chouette, me voilà !

Quel bonheur, bien que l'Ethiopie me manque à en crever, de fouler les pavés des vieilles rues. Après avoir traversé la rue de la Liberté, je rejoins très vite la rue des Forges. L'ambiance qui y règne me transporte dans mon univers de petite fille et je sais instantanément où j'ai envie d'aller... La maison Carbillet, un célèbre pâtissier-chocolatier dijonnais.

La vitrine est splendide, comme toujours. Je pourrais l'observer pendant des heures : ses couleurs, ses nuances, ses lumières... Déjà les saveurs et les odeurs de mon enfance me reviennent. Je déguste visuellement chaque bocal où sont délicatement entreposés des chocolats d'une finesse incomparable, des rubans colorés de guimauves, des berlingots. Et, ohhhh ! Les toiles Renaissance sont toujours là, accrochées sur le flanc gauche de la boutique. Elles confèrent à cet endroit tout le charme et le caractère de cette époque. Les pâtisseries entreposées dans les vitrines réfrigérées ressortent sur le fond orangé des murs, comme une mosaïque succulente.

Une tartelette au cassis et une guimauve en main, je déguste ce goûter d'Antan en me rendant à l'église Notre-Dame et en direction de la Cathédrale Saint-Michel. J'avais promis à mon père avant sa mort, de retourner brûler un cierge quand je serai rentrée. Ainsi, il pourrait voir mon retour au pays. Ahhhh Papa. Tu me manques tant toi aussi…

Mon cierge brûle tranquillement, parmi des dizaines d'autres. Autant de prières à exaucer pour les dieux, qu'il y a de trésors à chercher sur notre planète…

Je préfère la philosophie bouddhiste aux discours moralisateurs de la Chrétienté. Mais je n'ai aucun mal à enter dans une église. Le Bouddhisme vous apprend à être en accord avec vous-même et avec ce qui vous entoure, à vivre pleinement chaque instant, le plus simplement possible, sans chercher à envier autrui. La Chrétienté, de mon point de vue, n'apprend qu'à avoir peur de choses qu'on ne peut jamais voir, à craindre l'autorité et non à la respecter… C'est une religion qui soumet l'Homme à la parole divine et déséquilibre son rapport au monde, à ses ressentis qu'il pourrait pourtant pleinement assumer. Mais je respecte la foi de chacun…

Alors que je m'apprête à rejoindre mon appartement, je croise sur la place Saint-Michel, un groupe de bénévoles du Samu Social. Je me demande ce qu'ils distribuent comme tracts aux passants et comme si elle avait déjà capté mon questionnement, une jeune femme m'aborde avec pour seul accessoire son sourire chaleureux. Même si j'avais très envie d'aller me réfugier dans mon petit chez-moi, je n'ose pas face à tant d'enthousiasme, l'envoyer balader.

– Bonjour Madame ! Je suis Camille et je fais partie de la maraude numéro 6 du Samu Social de Dijon. Connaissez-vous nos actions ? me demande-t-elle d'une voix assurée.

J'aime de suite cette attitude droite, confiante et avenante, même si la Demoiselle m'a appelée Madame, ce qui me laisse l'impression d'être la mère de Toutankhamon !

– Bonjour, eh bien, je pense oui, dans les grandes lignes ! Vous venez en aide aux personnes sans abri, c'est ça ? lui réponds-je, légèrement hésitante.

– Oui tout à fait ! Et saviez-vous que dans notre région, ce sont les femmes les plus souvent touchées par cette situation ? Et plus particulièrement les femmes ayant subi des violences conjugales.

Bah merde alors… Je tombe du cent-vingtième étage ! La féministe qui sommeille en moi ne met pas longtemps à se réveiller. Elle affiche déjà sa mine de guerrière amazone, perchées sur des rangers à talons aiguilles. Moi qui étais si zen en sortant de la cathédrale, encore dans ma brume philosophique… Cette révélation m'est tombée dessus comme une tempête de sable, obligeant la femme blessée que j'ai été et que j'avais enfouie dans mes brèches les plus profondes, à en ressurgir.

L'envie de vomir et le vertige me saisissent, mais je reprends le dessus et j'accorde toute mon attention à cette jeune Camille.

− Nous recherchons des bénévoles afin d'augmenter notre nombre de maraudes et pas seulement en hiver ! Il y a tellement de personnes qui nécessitent une écoute, un geste bienveillant… Plus que jamais, nous souhaitons renforcer le lien social, afin de remettre ces personnes sur les rails de leur vie.

− Je signe !

Les mots sont sortis de ma bouche sans que j'aie pu les contrôler, comme un cri venu de mes entrailles. Je suis bouleversée… Remuée… Motivée… Remuée et remuée, j'ai la sensation éprouvante d'être passée dans une centrifugeuse. Mais une petite étincelle que je croyais éteinte à tout jamais depuis mon départ d'Ethiopie, vient de se rallumer au creux de mon ventre. C'est une sensation douce et dure, rassurante et effrayante à la fois. C'est cette adrénaline qui se régénère en moi. C'est mon intuition qui vient de renaître et alimente de nouveau ma source vitale. Je me suis trop longtemps occupée des morts. Il est temps pour moi de passer au chapitre des vivants.

Chapitre 3

Martin

Je reste ébahi par ce que je lis et par les photos d'elle sur la toile... Bien que je ne possède internet chez moi que depuis quelques mois, Google est vite devenu mon fidèle serviteur. Et je dois dire que ce soir, il me sert un festin sur un plateau d'argent.

Moi qui croyait qu'elle était une emmerdeuse qui allait venir me casser les roudoudous à longueur de journée, sous le commandement de Paul-Louis... Cette fille n'a vraiment rien de tout ça. Elle est belle... Putain qu'est-ce qu'elle est belle ! En plus, elle a un humour de mec, ce que j'apprécie particulièrement. Elle est féminine mais pas mièvre, joueuse mais pas allumeuse. Que des bons points pour elle.

Mais ce qui me fascine le plus après tout ce qu'elle dégage, c'est son assurance et sa force tranquilles... Son charisme est impressionnant mais elle semble rester simple, humble. Elle ne transpire aucune fierté malgré un casier professionnel qui est loin d'être vierge ! Ça me plait vraiment ça !

Cette belle tête est aussi bien remplie Et la demoiselle semble avoir pris l'option instinct de tueuse à la fac, après le grec ancien et l'anthropologie !

Alors c'est toi, Mademoiselle Nina Libartet qui a découvert qu'Homo Habilis n'avait pas disparu à l'apparition d'Homo Erectus ? C'est toi qui as compris que ces deux espèces ont cohabité et que de ce fait, elles auraient un ancêtre commun ?

Cette femme me coupe le souffle. C'est comme si elle n'avait peur de rien, ni de personne. Et pourtant, sur certaines photos, elle paraît si triste, comme si son âme étincelante était emprisonnée dans une enveloppe trop sombre, trop terne.

Une question me vient subitement : pourquoi s'est-elle retrouvée parachutée au musée archéologique de Dijon si elle a un tel talent ? Pourquoi devenir Assistante de Conservation du Patrimoine, quand on est une archéologue de renom ?

Ma tasse de café à la main, je reste plongé dans cette interrogation qui ne semble pas avoir de réponse... Et puis, faisant défiler les titres dans mon moteur de recherche, je comprends : un article du Figaro datant de septembre 2001 et intitulé « Libartet : l'amour plus fort que la recherche ? », m'apporte la réponse à mes questionnements. Selon le journal, après sa découverte fondamentale dans l'arbre généalogique de l'Homme, Nina aurait choisi de mettre sa carrière au second plan pour pouvoir épouser un musicien... Un dénommé Stephen Brady, chanteur du groupe *The Proud*. Elle y explique qu'après avoir fait LA découverte de sa carrière, elle souhaite se consacrer davantage à sa vie privée, sans pour autant délaisser les terrains de fouille. Elle souhaite simplement pouvoir équilibrer les deux domaines.

Cette info me sidère... Et c'est qui ce trou du cul ? Son nom est inconnu au bataillon ! Comment une femme si brillante et passionnée a-t-elle fait pour reléguer ses recherches au second plan ? Elle devait être sacrément amoureuse... Mais j'y pense ! Elle est donc... Mariée ? Putain non !

Je suffoque presque. Quelqu'un vient de me priver d'air, en me transperçant le cœur. Je pose ma tasse et tente de reprendre mon calme.

Bordel, c'est dingue toute cette histoire ! Je ne la connais pas et pourtant tout mon corps devient avide d'elle... Mariée ? Je crois que je vais avoir du mal à le tolérer...

Je ferme les yeux en me pinçant l'arête du nez et je respire calmement pour faire le vide, comme avant un méga et jouissif saut à l'élastique. Je scanne alors toutes les images de ma journée dans ma tête. Je les passe en revue une par une, pour trouver le moindre petit indice qui viendra détruire ce doute quant à sa situation. Je la revois dans le labo : sa tunique drapée, ses boucles d'oreilles, son bracelet doré... Arrgh ! Je ne vois pas sa main ! Je suis excité, énervé, en transe d'ado qui cherche à inviter la plus belle fille du lycée mais qui ne sait pas comment s'y prendre ! Putain, je suis frustré comme le jour de mes dix ans, où je n'ai pas eu le vélo que je désirais par-dessus tout...

Je suis exaspéré de ressentir de telles émotions, ça n'a vraiment ni queue ni tête ! Je reprends mon souffle et fait baisser la tension en expirant très lentement. Je sens la pression redescendre et je peux me concentrer de nouveau. Je laisse les images défiler une à une devant mes yeux fermés... Et ça y est ! Une des images devient plus nette : son bras gauche, sa peau fine, sa main puis ses doigts longs et fins... Elle ne porte pas d'alliance !

Mon cœur s'emballe à nouveau, je vide ma tasse de café d'une traite et ris comme un con au milieu de mon salon, même si je sais que le fait de ne rien porter à l'annulaire ne veut plus trop rien dire de nos jours.

Stop ! Je chasse cette idée en tirant la chasse de mon cerveau de mec. Je veux y croire... Je continue donc mes recherches et tape dans la barre Google « *The Proud* ». Je découvre un article sur l'histoire du groupe, son ascension fulgurante et LE titre phare qui les a propulsés sur le devant de la scène *Kill the distance*. Je connais cette chanson, mais je ne savais pas qui l'interprétait. À dire vrai, je m'en foutais royalement jusqu'à ce soir ! Elle est sympa à écouter, c'est vrai. Elle raconte l'histoire d'un homme qui se languit de sa belle et souhaite que les distances disparaissent chaque nuit, pour pouvoir la rejoindre lorsqu'elle dort. Je n'avais jamais prêté attention aux paroles avant. Je l'écoutais en pensant à autre chose, juste pour me divertir. Mais aujourd'hui, cette chanson prend tout son sens si je la calque sur l'histoire de Nina : elle en Ethiopie et lui à Paris ou à New-York. Une sacrée drôle de vie en somme...

Je tape ensuite sur Google « compagne Stephen Brady ». Je découvre une liste impressionnante de photos dans la galerie d'images. De nombreuses photos le dévoilent avec Nina, en tenue de gala, à des cérémonies ou lors de soirées mondaines dans les clubs très prisés de la capitale. Sur ces images, elle paraît transparente. Lui, me laisse une sale impression. Je ne sais pas pourquoi, il a une tête à encaisser les pains.

Une tête de manipulateur ! Une tête qui ne me revient tout simplement pas...

En passant la souris sur les photos, je découvre certaines dates et certains intitulés. L'une d'entre-elles attise ma curiosité ; elle date de l'année dernière : « Brady et sa future ex-fiancée ? ». Donc, Nina n'aurait pas signé... Le soulagement après la joie et l'excitation, est immense, salvateur.

Je décide de clôturer mes recherches, sachant parfaitement que les médias racontent bien ce qu'ils veulent de toute façon et que tout ça, est mis à mijoter dans un bouillon d'affabulations sordides, saupoudré d'une pincée de méchanceté gratuite. Je déteste ce genre de magazines people et je remercie la vie de ne pas avoir à subir toute cette pression médiatique.

J'éteins mon PC, me sers une autre tasse de café puis, vais m'installer sur mon balcon pour prendre l'air de cette soirée douce et mystérieuse.

Nina Libartet, tu es une énigme ! Pourquoi ai-je la sensation que ton cœur est brisé ? Cela expliquerait peut-être pourquoi tu te foutais de moi ce matin... Un mécanisme de défense sans doute... Si c'est ça, je saurai te réparer, prendre soin de toi...

Je ferme de nouveau les yeux. L'air est frais sur mon visage. Il caresse doucement mes cheveux. Je me prends tout à coup à souhaiter que ce soit elle qui passe la main dans mes cheveux, mon cou... Qu'elle caresse mon torse. L'idée de sentir ses doigts délicats sur ma peau et sur mes muscles est tellement enivrante ! Je ne veux pas que cette image disparaisse de mon esprit ! Je veux sentir son parfum, son corps contre le mien et me remplir de son odeur.

Enfin Martin ! Mais tu déconnes ou quoi ? Intérieurement, je m'engueule. J'ai envie de me donner des baffes ! C'est ma collègue et je ne la connais pas, tenté-je de me raisonner. Mais toute cette raison est peine perdue ! Chaque fois que je ferme les yeux, elle apparaît, là, devant moi... Et c'est Sequana, ma déesse.

Le soleil éclaire ma chambre à travers les persiennes. J'en déduis qu'une autre splendide journée se profile à l'horizon. En m'étirant comme un chat, je suis surpris d'avoir aussi bien dormi, malgré tout ce remue-ménage cérébral de la soirée d'hier. J'ai la sensation d'avoir dormi enveloppé dans une douce chaleur, réconfortante comme un bonbon au miel, comme le parfum de ma mère quand j'étais gosse...

Après une douche vivifiante, qui m'a totalement rasséréné, je file prendre un petit déjeuner. Je me sens dynamique et en même temps très calme intérieurement. J'aime cette sensation d'être le maître de mon navire.

J'ai hâte d'arriver au bureau et de la croiser. Je dois m'occuper de l'ex-voto analysé hier et je devrai également lui trouver sa place dans la salle d'exposition, le mettre en valeur car c'est vraiment une très belle pièce... À moins que cette tâche ne revienne qu'à Nina désormais ? Quoi qu'il en soit, je ferai tout pour y bosser avec elle...

Quelques pensées érotiques que je ne parviens pas à maîtriser totalement et trois rues plus loin, j'arrive au musée. Je pointe, salue mes collègues guides, interprètes et agents d'entretien qui attendent l'heure exacte pour pouvoir démarrer leur journée de boulot. Quelle bande de feignasses !

Je me dirige vers mon bureau, à pas tranquilles et assurés. Pourvu que je ne bafouille pas comme hier ! J'ai vraiment dû passer pour le dernier des couillons !

— Bonjour Martin !

Eh merde ! Manquait plus qu'elle...

— Bonjour Ida, lui réponds-je du bout des lèvres.

Je n'ai pas le temps de me faire tenir la grappe par cette dinde, mi groupie, mi harpie. Sequa... Enfin, je veux dire, mon boulot m'attend !

— Tu as passé une bonne nuit ?

Mais qu'est-ce que ça peut lui foutre à elle ? Que me veut-elle encore ce matin ?

— Très bonne, merci Ida ! Bonne journée ! lui dis-je sans lui laisser le temps de poursuivre.

Je me fous de sa vie. Je me fous de ses goûts et de ses envies... Je veux juste qu'elle me fiche la paix !

Je l'entends pousser un petit cri étranglé de pimbêche BCBG qu'elle est, mais je m'en tape ! Quand comprendra-t-elle qu'elle ne m'intéresse pas bordel ?

J'arrive dans mon couloir et passe devant la porte où sont inscrits le nom et le prénom de Nina sur une petite plaque dorée, en métal brossé. Sa porte est ouverte et elle est là, charmante et désirable à en crever.

Elle porte un bermuda kaki, un chemisier blanc en coton très léger, à manches papillons. Petite parenthèse : ne pensez-pas que je me travestisse pour connaître de tels termes de mode féminine ! C'est juste qu'une de mes amies stylistes m'a bassiné durant toutes ses années d'études pour que je critique ses croquis… J'ai donc appris des tas de trucs avec elle, c'est tout ! Quoi ? Vous ne me croyez pas ? Ou alors, vous vous attendez à ce que mon côté « ours mal léché » se réveille, c'est ça ? Désolé de vous décevoir, mais ce matin, face à tant de beauté divine, il a décidé de rester cloîtré au fond de sa tanière en mode Teddy Bear… Et permettez-moi de revenir à celle qui capture toute mon attention dès la première heure aujourd'hui.

Assise sur le coin de son bureau, mordillant le bout de son crayon, Nina est plongée dans la lecture d'un document. Peut-être s'agit-il de son contrat de travail ? Elle ne semble même pas remarquer ma présence. Ses cheveux sont remontés en un chignon lâche, laissant s'échapper quelques mèches. Elle porte des petites créoles dorées qui mettent en valeur son cou dégagé et la forme de ses épaules. Putain, ses épaules… Elles sont juste magnifiques ! Son look d'archéologue sexy va me faire exploser la braguette si ça continue !

Après l'avoir reluquée comme un pervers je me décide enfin à toquer pour aller la saluer. Lorsqu'elle m'entend, elle relève le nez.

– Bonjour… Euh, Martin, c'est ça ? me dit-elle en me tendant une poignée de main avenante.
– C'est ça ! Bonjour Nina.

Sa main est chaude et s'accorde parfaitement à la mienne, comme si je l'avais toujours tenue. Mes yeux ne quittent pas les siens. Le temps est en suspens… Je suis en apesanteur.

– Vous désirez quelque chose ? me demande-t-elle, freinant soudain mon état second.

Je reprends vite le dessus, cachant mon émotion juvénile d'adolescent venant de recevoir son premier baiser.

– Non merci. Je passais simplement vous saluer. Hier nous n'avons pas vraiment eu le temps de faire les présentations dignes de ce nom ! Et puis ma journée avait commencé de façon curieuse, donc je n'ai sans doute pas été du meilleur accueil…

Ses épaules s'abaissent naturellement comme si elle venait de se détendre. Ses yeux me sourient gentiment.

— Ohhh, ne vous en faîtes pas, ce n'est rien ! Je n'ai moi-même, pas été vraiment à mon aise... Vous savez... Le trac du nouveau poste, les nouvelles responsabilités, tout ça ! Et hop, c'est le sarcasme qui prend le dessus sur ma politesse ! Je... Je suis navrée si je vous ai vexé ou parue familière hier... Je...

— Non, pas du tout ! Je comprends... lui dis-je dans un sourire sincère.

Elle me touche vraiment. Mais là, j'ai juste envie de rire, car elle a choisi le seul stylo de son bureau qui fuyait ! Si bien, qu'elle a de l'encre au coin de la lèvre et ne semble pas s'en être aperçue. Pour tout vous avouer, je lui nettoierais bien cette tache à ma façon, mais je ne sais pas pourquoi, je pense qu'elle ne le prendrait pas très bien !

— Euh...Nina... Vous... dis-je en pointant le coin de sa lèvre. Vous avez de l'encre, juste là.

— Oh ! Euh... Petit accident matinal ! lance-t-elle en riant, un brin gêné.

Elle frotte le coin de sa bouche mais l'encre est rebelle et la pauvre s'en étale un peu plus sur la joue.

— C'est bon comme ça ?

— Eh bien, si nous avions été à mardi gras, je vous aurais dit que oui !

Elle m'interroge de ses grands yeux verts et son visage se décompose immédiatement lorsqu'elle comprend que je me moque d'elle. Merde ! Tu es vraiment con Martin !

— Attendez... Je reviens tout de suite ! lui dis-je en filant à toute allure dans mon laboratoire.

À peine trente secondes plus tard, je suis de retour à son bureau, un flacon et un mouchoir à la main.

— Venez, nous allons réparer l'attaque vicelarde de votre stylo bleu !

Elle sourit légèrement et, semblant me faire totalement confiance, ce qui flatte bien évidemment mon ego de mec virilo-romantique, elle s'assied sur le bord de son bureau et me regarde, un sourcil levé comme pour me dire : « Tu es sûr de ce que tu fabriques ? Sinon, mon genou viendra saluer tes bijoux de famille ! ».

Je choisis de ne pas la taquiner davantage. Je ne veux pas qu'elle pense que je suis un mufle.

– C'est une lotion qu'a composé Eléonore, n'ayez pas peur... C'est juste un peu d'amande douce et de l'huile essentielle de citron. Cela devrait faire disparaitre cette vilaine tache !

Je suis tout près d'elle. Je sens son odeur, divine et envoûtante. Une odeur d'épices et d'ylang-ylang, de bois de rose et d'ambre aussi. Elle sent les crépuscules d'été à Bali, les nuits magiques de l'orient... Non, elle sent l'Egypte et son Nil si mystérieux...

Je frotte délicatement mon mouchoir imbibé de ma solution magique et je devine son regard posé sur moi. Une fois ma BA accomplie, je relève les yeux. Les siens sont comme perdus et viennent se river aux miens. Elle passe son index et son majeur à l'endroit où se trouvait la tache d'encre, sans me quitter du regard. Elle a l'air si fragile tout à coup.

– Merci, me dit-elle d'une voix hésitante, à la limite du murmure.
– Je vous en prie... Bonne journée.

Je la laisse là, totalement désarmée. Mais par quoi ? Par le fait que je me sois occupé d'elle durant quelques secondes ? Non... Je fais fausse route, c'est sûr ! Ce trou du cul a bien dû la traiter comme une princesse, non ?

L'idée du possible contraire vient réveiller le mec pas si cool qui dort en moi et qui veille au grain, comme un garde du corps en planque.

Je file à mon labo sans me retourner, rempli d'une énergie vibrante qui me donne l'envie d'enfoncer les portes aujourd'hui !

Éléonore est arrivée. Elle me jette un regard... Curieux !

– Salut chère assistante !
– Martin... Salut ! Tu vas bien ?
– Parfaitement bien merci !

Elle semble complètement estomaquée de me voir si enjoué. Quoi ? Je fais la gueule d'habitude ? C'est ça ? Eh bien pas du tout chers lecteurs ! Je suis juste un mec trop sérieux qui n'avait encore rien découvert de plus excitant que son boulot et ses loisirs extrêmes ! Je me sens pousser des ailes pour tout vous dire !

Nina Libartet vient de m'offrir une seconde naissance...

– J'ai commencé le traitement du buste en bois et l'archéologue du secteur a appelé pendant que tu étais... Mais au fait, tu étais où d'ailleurs ? Cela ne te ressemble absolument pas d'arriver après moi... Éléonore plisse ses yeux bleus de biche comme pour sonder mes pensées. Tu peux toujours y aller cocotte ! Je ne dirais rien ! Tu auras beau me laminer, me torturer ou me faire respirer une de tes potions alcalinauséabondes, je resterai de marbre !

— Ahhh Éléonore ! Il est des informations si secrètes, que ma discrétion arrive à la hauteur de ta maladresse... lui lancé-je dans un clin d'œil.
— Très drôle, Mister secret ! Bon... On s'y met maintenant ?
— Oui Éléonore, on s'y met ! dis-je dans un petit rire. Excuse-moi, tu es trop drôle avec ton petit air pincé !
— Je suis ravie de te faire rire autrement qu'en me vautrant à l'entrée du labo pour une fois ! ironise-telle, un sourire narquois accroché aux lèvres.

Tout le temps où nous travaillons au nettoyage de notre pièce de bois, je me concentre sur mes gestes. Enfin, j'essaie, je le jure ! À trois reprises, je manque de faire tomber le flacon de la solution qu'a mis au point Éléonore. Celle-ci, habituée à de tels gestes chez elle, me dévisage horrifiée, comme si j'avais un œil pendant ou que mon crâne avait été subitement rasé.

— Eh bien, qu'est-ce qu'il y a ? Pourquoi me fixes-tu avec ce drôle d'air ? demandé-je.
— Je... Bah... C'est-à-dire que d'habitude, c'est moi qui suis maladroite, pas toi ! Tu es sûr que tout roule pour toi Martin ? Tu m'inquiètes un peu depuis hier...

Éléonore est vraiment adorable... Mais impossible de lui parler de ce que je vis depuis la veille.

Soudain, on entre dans le sas. Un bruit métallique mais harmonieux résonne à l'entrée du labo et dans mon esprit. C'est un bruit de bracelets je crois. Je lève la tête, et, je la vois...

C'est Nina qui s'avance jusqu'à nous. Et comme à chaque fois que je l'aperçois, mon corps, pourtant si solide, me fait rapidement défaut. J'ai l'impression de me transformer en guimauve, puis en sirop de barbe à papa... Éléonore pourtant si discrète d'habitude, n'en perd pas une miette.

— Bonjour Éléonore, je ne vous dérange pas tous les deux ? C'est Paul-Louis qui m'envoie ici. Il m'a expliqué que vous travailliez sur la restauration d'un ex-voto en bois qui a beaucoup souffert depuis sa mise au jour. Je dois m'assurer même si je suis parfaitement consciente de la qualité exceptionnelle de votre travail, que cette pièce aura bien sa place dans la collection existante, et, que vous suivez bien le protocole de soins à apporter à cet objet.

Merde alors, c'est ça son boulot ? Qu'est-ce que ça a l'air chiant ! Ça ne lui correspond pas du tout !

- Justement, nous venons de commencer le nettoyage. Voulez-vous y assister ?
- Eh bien oui... Avec grand plaisir ! J'adore apprendre de nouvelles choses !

En une fraction de seconde, elle nous rejoint au plan de travail en inox, s'assoit sur un tabouret à mon côté et croise ses mains devant elle. Tous ses gestes sont harmonieux, grâcieux, maîtrisés. Je suis excité comme un gosse de la savoir là, tout près de moi.

Tout le long de notre tâche, Nina me questionne sur le nombre d'objets similaires trouvés dans le secteur, la partie du corps la plus représentée dans ces offrandes ou encore sur le matériau prioritairement employé. Elle s'intéresse réellement à ce que nous faisons, cochant sa grille d'évaluation, sans pour autant s'y enfermer. Elle s'intéresse à nous, à la façon dont nous vivons notre travail et dont nous le faisons vivre. Je lui montre à quel point je suis doux dans mes gestes et je sens que ça la touche. Tout comme moi, elle semble animée d'une passion dévorante pour nos ancêtres et d'un respect immuable pour ce qu'ils nous ont laissé en héritage. C'est écrit dans ses yeux, sa voix et sa respiration qui se fait plus profonde lorsque mon travail devient critique sur certaines parties de l'ouvrage. Nous sommes en accord parfait, totalement synchronisés, son souffle calqué à la précision de mes gestes.

Soudain, mon coton tige s'immobilise et je m'arrête de respirer. Je viens d'atteindre la surface du buste et je remarque de fines nervures, prenant tantôt la forme d'arabesques, tantôt la forme de symboles. Mon souffle reste en suspens et Nina me questionne de ses grands yeux verts tandis qu'Eléonore s'est déjà saisie de son appareil photo. Elle connaît mes réactions et lorsque je deviens mutique et immobile, c'est que je viens de découvrir quelque chose d'intéressant.

- Quoi ? Que se passe-t-il Martin ? me demande Nina, les sourcils froncés et son joli minois éclairé par la curiosité.
- Vous êtes archéologue Nina, c'est bien ça ?
- Oui... me dit-elle légèrement intriguée.
- Pour la simple et bonne raison que ceci devrait fortement vous intéresser, dis-je en tournant la pièce vers elle, pour qu'elle puisse la regarder de plus près.

Je suis fasciné par son visage qui s'ouvre comme une belle de jour aux premières lueurs du matin. Il se pare d'une lumière magique quand elle est regagnée par l'amour de son premier métier et par l'intérêt vif, viscéral qu'elle peut porter aux choses. Je ne la connais réellement que depuis 24 heures et pourtant, j'ai déjà pu observer toutes ses nuances.

- Eléonore, auriez-vous une loupe s'il vous plait ? lui demande-t-elle gentiment.
- Bien sûr ! Tenez...

J'observe chacun de ses gestes, son regard perçant et le sourire qui naît subtilement sur ses lèvres. Le temps vient de s'arrêter de nouveau. Nos regards sont suspendus à son œil expert, nos respirations sont ralenties, profondes, comme pour ne pas la gêner dans son observation.

- Martin, Eléonore, je crois que nous tenons quelque chose...

Chapitre 4

Nina

Je n'en reviens tout simplement pas ! Cet ex-voto est gravé. Une écriture fine et élancée. Cela me rappelle l'écriture découverte sur une tuile dans un petit village de Seine-et-Marne, en 1997.

– C'est un dialecte gaulois, aucun doute ! Je reconnais cette graphie si particulière, avec des lettres empruntées au grec ancien.
– Vous avez raison, me dit Martin. On dirait du galate... C'est exceptionnel !

En voyant son sourire et son émotion face à cette pièce, mes premières pensées envers lui s'évaporent complètement. Non, il n'est pas coincé... Il est juste très sensible. Sous ses airs de beau gosse scientifique, se cache j'en suis sûre, une magnifique personne à l'intérieur.

Plus je le regarde s'extasier, plus je me vois dans un miroir. Je sens cette flamme pour son métier qui l'anime, son émotion authentique et belle... Et ses yeux... Putain, ses yeux ! Deux lagons, un turquoise et un chocolat, qui me font fondre de l'intérieur, telle une motte de beurre au soleil. Mais stop ! Je ne peux plus ressentir de telles émotions. Je ne veux plus m'ouvrir... J'ai trop souffert et ma colère est immense, intarissable ! Peut-être qu'elle me tuera, mais pour l'instant, elle me permet de tenir debout.

Pour effacer ces souvenirs pleins de trahison et d'opportunisme, je me passe les deux mains sur le visage puis je respire doucement, profondément. Je sens au bord de mes narines, cet air frais qui vient pulvériser les images de Stephen qui peu à peu, se redessinaient devant mes yeux.

– Nina ? Tout va bien ?
– Oui... Pardon, dis-je en clignant des yeux. J'étais partie dans un souvenir lointain ! Tout va bien merci.
– Voulez-vous un verre d'eau ? me propose gentiment Eléonore.
– Non, je vous remercie, ça va aller... Je suis un peu fatiguée. J'ai mal dormi ces derniers jours à l'idée de commencer mon nouveau boulot ici, dans votre équipe. Mais reprenons l'étude de cette pièce splendide !

Martin, je ne sais pourquoi, m'observe en silence. Il a l'air... Inquiet. Pour moi ? Pour cette pièce qui devra trouver sa place au musée... Je ne saurais le dire. Tout ce que je vois en cet instant, c'est qu'il est beau à se damner. Ses cheveux attachés en une queue de cheval, sa mâchoire carrée, ses bras... Bordel ! Pourquoi n'ai-je pas vu ses bras puissants et si bien dessinés avant ce moment ?

Je m'imagine un instant, blottie contre lui, mais le petit ange qui dort sur mon épaule gauche me colle un uppercut comme pour me dire « ne déconne pas Libartet ! Tu n'as pas assez souffert comme ça ? ». Et je l'écoute. Je ferme les yeux un court instant et cette image s'en va. Mon cœur est cadenassé, vous vous souvenez ? Je ne veux plus souffrir... Alors il faut que j'arrête de me ramollir au moindre de ces regards, chauds comme une plage de Bora-Bora...

– Martin ?
– Oui ?

Il tourne son magnifique regard vers moi et semble surpris que je m'adresse à lui.

– Pensez-vous que cette pièce soit unique dans le secteur du sanctuaire ? lui demandé-je, l'air pensif.
– Eh bien, je le pense oui ! C'est la première fois que je vois passer un objet d'une telle exception... Et je ne crois pas en avoir vu à moins de 150 ou 200 kilomètres à la ronde.

Mon cerveau d'archéologue, mis en veille il y a trois ans, vient subitement de se rallumer. Je fais les cent pas autour de la table de travail, marmonnant de-ci de-là, quelques pensées inintelligibles.

– 150 à 200 kilomètres... Ok, dis-je en me rendant devant une carte de la région, accrochée derrière le bureau de Martin. Ce qui nous amène dans le secteur de Lyon au sud, de Troyes au nord, Baume-les Dames à l'est et Auxerre à l'ouest. C'est très intéressant... L'histoire de ces peuples pourrait sans doute nous être utile.

Martin me contemple, un petit sourire se dessinant sur ses lèvres. Il s'approche de moi pour observer la carte à son tour.

– Effectivement, cela pourrait nous indiquer les probables dialectes gaulois et l'influence des langues d'avantage écrites comme le romain, le grec...
– Ou l'étrusque !

Nous venons de parler ensemble et nos visages se tournent l'un vers l'autre. Une nano seconde s'écoule et je préfère m'éloigner de cet homme qui ressemble de plus en plus à mon double. Ça me trouble tant, que cela sème dans mon esprit des doutes, semblables à une tempête de sable.

Éléonore ne dit rien, elle semble absorbée par ses notes qu'elle griffonne, gomme et regriffonne.

– Où pensez-vous que cet ex-voto serait réellement mis en valeur ? me questionne Martin.

– Dans une vitrine individuelle, près de la déesse Sequana je pense... Avec une lumière douce venant de derrière la vitrine. Qu'en pensez-vous ? lui demandé-je en me tournant vers lui.

Martin me regarde. Un air très doux et contemplatif me semble-t-il se peint sur son visage. Je profite de ce moment de calme et de plénitude pour observer de plus près ce spécimen rare. Sa peau est fine et mate. Son nez droit semble parfaitement sculpté. Sa bouche rosée est pleine. Il est beau, naturel et je me surprends à me demander ce que cette blouse blanche peut bien cacher.

Nina, putain, non ! T'es pas bien ou quoi ? Heureusement la réponse de Martin ne se fait pas attendre et me remet illico presto à ma place, droite dans mes bottes, enfin, dans mes sandalettes.

– Je pense que c'est une très bonne idée. Ne perdons pas de temps et faisons partir au plus vite ce buste superbe en analyse. Un confrère spécialisé en histoire de la Gaule et ses différents dialectes, pourra sans doute nous aider à déchiffrer ce qui est inscrit au dos de l'ex-voto.

Je le fixe comme si je le rencontrais pour la première fois. Cet homme est d'un professionnalisme... Je suis soufflée...

– Il travaille à Bordeaux. Eléonore, peux-tu préparer la phase numéro 1 du traitement, simplement pour que la pièce ne soit pas abîmée pendant le transport ?

Eléonore qui était assise à son bureau, repose la feuille qu'elle griffonnait il y a encore quelques secondes.

– Oui bien sûr Martin ! Je m'en occupe tout de suite.

La journée est de nouveau passée à toute vitesse. Finalement, je m'y ferais peut-être à ce nouveau boulot. Il ne me comble pas comme lorsque je fouillais en Ethiopie, mais au moins, il a le mérite d'attiser ma curiosité, c'est déjà ça.

Alors que je quitte mon bureau pour rejoindre la sortie, je croise Martin.

– Au revoir Martin, à demain !

– Bonne soirée Nina. Euh… Je me demandais… Ça vous dirait qu'on discute un peu de cette découverte d'aujourd'hui ? Je veux dire… En buvant un café ou un jus de fruit ?

Alerte ! Je me fige. Mes boucliers sensoriels viennent de se déployer, mais en même temps, Martin ne semble pas avoir de mauvaises intentions. J'ai vu sa passion, sa douceur et sa patience dans ce laboratoire durant ces deux derniers jours. Je le jauge, comme pour lire en lui. Je pense qu'il est sincère, même si je reste sur mes gardes… Il y a longtemps que je n'ai pas papoté avec quelqu'un de bien, en dehors de Léna bien sûr ! Cela remonte à l'époque de Madame Rogers.

– D'accord, dis-je. Avec plaisir, je vous suis.

Les yeux de Martin viennent de s'illuminer, façon ciel d'été étoilé. Il a l'air d'un gosse qui déballe un cadeau inattendu au matin de Noël… Et cette attitude me touche d'autant plus. Il n'agit pas en coq de basse-cour. Il reste humble, simple et naturel… J'aime ça.

La fin de l'après-midi est douce. Je marche aux côtés de Martin sans dire un mot. Lui non-plus ne parle pas. Il règne entre nous, comme une tension agréable… C'est curieux mais sympa à ressentir.
Martin marche d'une façon décontractée et tonique à la fois. Sa démarche est droite, assurée. Cet homme a l'air bien dans ses baskets… Peut-être ne cache-t-il pas de mauvais côtés ou de casseroles ? Je ne ressens rien de faux chez lui… Pourtant, je ne sais pas pourquoi, j'ai la sensation que son côté mystérieux est en rapport avec son histoire personnelle…

– Voilà, nous sommes arrivés. Ce petit bistrot ne paie pas de mine, mais j'aime l'accueil des patrons et ici, je suis au calme. C'est important pour moi d'avoir un temps de décompression, où je peux méditer, penser à ce que j'ai envie de vivre, de faire, avant de rentrer chez moi.

– Et qu'avez-vous envie de vivre exactement ?

Il ne répond pas de suite. Ses yeux cherchent les miens. Son regard est perçant, sa mine secretosérieuse… Pourvu qu'il ne me drague pas… Pourvu qu'il ne me drague pas ! Je ne suis pas prête à mourir de chagrin une seconde fois, même si cet homme qui se tient là, devant moi, semble lui animé par la pureté et la simplicité de la vie. Et le pire dans tout ça, c'est que mon cœur rebelle et anarchiste, risquerait de succomber et de s'enflammer, tant ses valeurs ressemblent aux miennes. Et puis… Il est beau ce con !   Heureusement, sa voix chaude et profonde me sort de mes réflexions de pauvre fille échaudée par LA relation amoureuse, doublée de son ombre aventurière qui croit secrètement et malheureusement, encore au grand amour.

– Eh bien... Je crois que je ne cherche plus rien, sinon continuer de vivre au jour le jour, comme je sais si bien le faire, me contenter des petits plaisirs que chaque jour a à m'offrir. À mon tour, j'aimerais rendre tout ce bonheur qui m'est offert. Le partage et l'infini en somme !

Putain ! Comment est-ce possible ? Il m'espionne ou il lit en moi comme dans un livre trop bien ouvert ? Comment ce type arrive-t-il à tomber toujours juste ? Je reste là, comme si mes jambes ne pouvaient plus avancer, comme si ma bouche était paralysée... Je crois que quelque chose vient de me transpercer le cœur... J'ai chaud, j'ai froid et je plonge dans un lagon infini de douceur. Cette spirale me fait tourbillonner, monter, descendre, comme dans un grand huit. Mon ventre est monté dans un de ses wagons et c'est magique... Mortellement magique ! Enculé de petit con de Cupidon ! Je crois que tu essaies de me toucher avec tes flèches empoisonnées !

Les remparts dressés par ma raison, incarnée par ce petit ange situé à ma gauche, viennent de subir une sacrée offensive. Ils se fendillent, mais je tiens bon ! Je ne veux pas qu'ils cèdent. Je me suis juré que jamais plus je ne me laisserai détruire par un homme. Mais pour l'instant, je vous le confirme, mon cœur n'est pas fossile... Il est là, chaud dans ma poitrine, m'imposant son rythme infernal. Il saigne encore... Encore bien trop à mon goût. Mais celui qui pourrait bien le guérir se trouve peut-être devant moi... Même si je ne suis pas prête à ça, l'image d'une âme sœur vient de s'esquisser dans un coin de mon esprit...

– Nina ? Tout va bien ? Vous êtes pâle comme un linge...

Je reprends mes esprits et Martin finit par m'ouvrir la porte du bar pour que j'y entre.

– Je vous remercie, ça va... Je crois qu'une bonne nuit de sommeil me fera le plus grand bien !

Martin salue le patron en lui serrant une poignée de main franche, comme je les aime. Puis, il fait les présentations.

– Dimitri, je te présente Nina, ma nouvelle collègue, ou plutôt ma nouvelle supérieure hiérarchique ! Nina, voici Dimitri, le patron de mon refuge.
– Enchantée Dimitri, dis-je dans un sourire timide, tout en lui serrant une poignée de main digne de ce bon vieux Schwartzy !

Ce petit blond trapu, a tout l'air d'un ancien boxeur...

− Ahhhh ! J'aime les femmes qui ont de la poigne ! Soyez la bienvenue ! me lance-t-il d'une voix enjouée.

Martin me pose galamment une main au creux des reins pour m'inviter à avancer puis la laisse retomber le long de son corps, une fois que je lui ai emboîté le pas. Ce geste furtif et délicat vient d'allumer une toute petite flamme dans mon cœur... Il y a tellement longtemps qu'on ne m'a pas touchée... Tellement longtemps que je n'ai pas eu de contact tendre, dénué de tout intérêt...

Nous nous asseyons à une petite table dans un coin isolé du café. Les murs me semblent avoir été repeints il y a peu. C'est cosy et chaleureux, grâce à une déco subtile, toute en tons beiges et rouges.

− Que désirez-vous boire ? me demande Martin.
− J'adorerais un jus d'ananas avec un peu de lait de coco, comme quand j'étais en...

Je me tais. Le souvenir de l'Ethiopie est bien trop douloureux.

− Comme avant. Vous pensez qu'ils auraient ça ici ?
− Je pense que je vais pouvoir arranger ça...

Martin se lève et file au comptoir pour passer notre commande. Je l'observe discrètement. Sans sa blouse, je découvre ses cuisses puissantes, une taille fine et un putain de dos musclé, comme j'en ai rarement vu. Oh la la la la... Ses fesses ! Ses bon sang de fesses rebondies, que je suppose fermes... J'ai la sensation de m'envelopper dans du coton quand je le regarde... La sensation d'être dans un brouillard rose bisounours. Si Lénaïc était là, elle en tomberait raide dingue, c'est sûr ! Et aussi vite que cette pensée m'est venue, je la chasse. Je ne veux pas qu'elle en soit raide dingue. C'est mon collègue et je crois que ce serait malsain qu'elle fréquente quelqu'un de mon boulot.

« Allez Nina, arrête de te mentir ! Il te plaît ce grand gaillard, c'est tout ! ». Ma diablesse, bien assise sur mon épaule droite, vient de se manifester cette grognasse ! Je n'ai pas envie de réfléchir à ça ! Et bien qu'elle ait en partie raison cette petite garce rouge, je ne veux pas gâcher ce bon moment qui se profile.

Martin revient, avec un grand sourire aux lèvres, après avoir discuté un petit moment avec le patron du bar.

− C'est bon, Dimitri a tout ce qu'il faut pour préparer votre cocktail !
− Super ! Merci Martin, vous m'en voyez ravie.

Il s'assoit juste en face de moi et sans plus attendre, engage la conversation.

– Alors, que pensez-vous de notre découverte d'aujourd'hui ?
– Eh bien... Je dirais qu'elle est surprenante... Stupéfiante... Intrigante... Stupéfiante ! dis-je en riant de bon cœur.
– Je rajouterais volontiers grisante ! me lance Martin, tout sourire, ses yeux fascinants toujours accrochés aux miens. J'espère que Louis pourra nous aider à traduire cette inscription.
– Je l'espère aussi, dis-je en soupirant, les yeux brillants de curiosité et d'excitation.

Un ange passe. Le calme de ces lieux est apaisant, Martin avait raison. Si je fermais les yeux quelques secondes, je pourrais me projeter dans la bibliothèque de mon Papa. Il y régnait la même atmosphère.

Dimitri vient nous servir nos consommations et dépose l'addition au coin de la table. Je prends une grande gorgée de mon mélange tropico-équatorial. Il est divin et répand en moi un chemin de douceur sucrée. La fraîcheur de ce jus de fruit m'apaise instantanément. Martin lui, s'est commandé un grand café, un pur arabica à en juger par les arômes qui dansent jusqu'à mes narines. Ça sent bon l'Ethiopie et les grandes plaines de caféiers... La nostalgie me gagne cruellement.

– Sans vouloir vous manquer de respect Nina, qu'est-ce qu'une femme comme vous, fabrique dans un musée comme le nôtre ? Même si sa renommée n'est plus à faire !
– Une femme comme moi ? demandé-je en fronçant les yeux.
– Je veux dire, une archéologue de votre rang... Ici à Dijon.

Je soupire... Soit Paul-Louis lui en a trop dit, soit il s'est renseigné. Dans les deux cas, je vais devoir me replonger dans cette blessure interdite et ça, ça ne m'enchante vraiment pas. Mais Martin, au regard si sincère et bienveillant, ne me bloque pas comme les autres personnes. Je ne ressens aucun jugement, ni aucune indiscrétion de sa part.

– Pardon Nina... Je ne voulais pas vous mettre mal à l'aise.
– Non, je vous en prie, dis-je en posant ma main sur la sienne. Ça va, je ne suis pas mal à l'aise. C'est juste que...

Je m'arrête pour jeter un regard discret à nos mains qui se touchent. Ce geste m'étonne de ma part. Mon petit ange et ma diablesse eux, ont foutu le camp pour aller jouer au strip-poker je parie ! Ni Martin, ni moi, n'écartons nos mains. Peut-être qu'il est gêné et qu'il n'ose pas bouger ?

− C'est une très longue histoire… Je n'aime pas en parler, à part avec Lénaïc, ma meilleure amie. Mais avec vous, je me sens… En sécurité.

Je baisse les yeux pour pouvoir lâcher un long et doux soupir pour me soulager des tensions que cette immersion dans mon passé a provoqué en moi. Puis je reprends.

− Vous avez raison, j'étais archéologue.
− Pourquoi « étais » ? me demande Martin d'une voix si douce, qu'elle pourrait me faire faire le tour de la Terre en volant !
− Parce qu'aujourd'hui, je suis finie ! me confié-je en baissant de nouveau les yeux sur mon verre. J'ai été stupide en mettant de côté ma carrière pour une personne qui n'en valait pas la peine. Et mes pairs m'en tiendront rigueur toute leur vie ! J'ai tout perdu : mes recherches, mes collègues et amis, leur estime et leur respect.

Martin, qui n'a toujours pas enlevé sa main de sous la mienne, m'écoute avec une attention touchante, qui m'émeut profondément.

− Gamine, je ne rêvais que de deux choses : prouver qu'une fille pourrait devenir une grande « déterreuse de trésors », et, que cette même fille serait aussi forte que tout un tas de garçons réunis.

Je sens une larme s'échapper et rouler sur ma joue. Mon nez me pique et je sens la chaleur envahir ses ailes ainsi que mes joues. Mais la sensation la plus curieuse dans ce mélodrame inattendu, est que je n'en suis pas gênée. Je n'ai pas envie de fuir ou de me réfugier dans ma coquille… Sur une échelle de 1 à 10, la honte arrive à 2, la tristesse à 7, et chose nouvelle, l'espoir aussi surprenant que cela puisse paraître, est remonté à 8… C'est salvateur !

− Vous me trouvez pathétique, n'est-ce pas ?

Martin ne dit rien, il me regarde, l'air impassible. Sa main est passée par-dessus la mienne sans que je m'en aperçoive. Il caresse doucement le dessus de mes doigts, pour me réconforter et comme s'il voulait me transmettre un peu de sa force.

− Non Nina, je vous trouve… Admirable. Le sacrifice est un acte de bonté suprême, que peu de personnes de nos jours, sont capables d'accomplir. Pourquoi être aussi dure envers vous-même ? Ce qui est fait n'est plus à faire. Il faut pouvoir savourer le fruit de ses labeurs avant d'en ressentir l'amertume.

Ses paroles me font sourire. Il a l'air d'un moine tibétain quand il parle ainsi ! Et encore une fois, j'adore ça bien sûr !

− Bouddhiste ? lui demandé-je.
− Peut-être, mais avant tout, comment définir ça… Cultivateur de bonheur et de positif ! me lance-t-il dans un éclat de rire sincère, que j'accompagne bien volontiers d'un petit rire enjoué.
− Merci Martin, ça fait énormément de bien de rire.
− Et c'est très agréable de vous entendre…

À contre cœur, je romps le contact de nos mains pour prendre un mouchoir dans mon sac à main. C'est comme si la chaleur de sa peau s'était diffusée dans toutes les cellules de mon corps. Je plane littéralement et je me sens grisée… Je bois quelques gorgées de mon succulent cocktail et c'est à mon tour de le questionner.

− Et vous alors ? Quelle est cette passion qui vous anime pour ce musée ?

Il sourit généreusement, ce qui découvre une dentition parfaite, d'une blancheur incroyable. Il défait l'élastique de sa queue de cheval et se passe la main dans les cheveux. Ils sont soyeux et ont l'air tellement léger…

− Tout comme vous, mon histoire est quelque peu… Compliquée ! Disons que mon parcours est un peu atypique et la restauration d'objets d'art a été une révélation pour moi. Quant au musée, que dire… C'est mon refuge, mon sanctuaire… Je suis tombé sous le charme de notre Sequana et depuis, j'ai envie à travers les différents travaux que je mène, que les visiteurs ressentent la même chose que moi et se rendent compte de l'importance des trésors que cette terre nous a livrés.
− Je ressens effectivement à quel point vous êtes attaché à votre métier… Vous voir travailler est instructif et très plaisant. Pour tout vous dire, je trouve que l'on se ressemble beaucoup vous et moi, dans nos fonctions respectives.

Il me regarde fixement comme pour me dire « parle, femme ! Tu m'intrigues… ». Et bien sûr, ma petite diablesse, rouge écarlate de plaisir à ces pensées macho-érotiques, déverse dans mes veines des sensations qui boostent mes sens.

− Lorsque mes mains fouillaient la terre, je pouvais rester des heures entières à peaufiner, gratter et relever les plans d'une sépulture par exemple. J'aimais le calme que mon métier me procurait. Ça me manque terriblement vous savez… J'ai l'impression aujourd'hui d'être devenue bien inutile quant à la connaissance que nous pourrions avoir sur la naissance de l'Humanité...

Et c'est tellement vrai... Je retiens mes larmes qui forment une boule douloureuse au fond de ma gorge. J'ai peur de craquer, peur de ne pas pouvoir revenir de cette cachette intérieure que je me suis créée. Plus j'essaie de me contenir et plus j'ai mal. On m'a arraché une partie de mes entrailles le jour où j'ai arrêté de travailler. L'autre partie m'a été enlevée quand on m'a refusé de revenir sur le terrain. Je crois que je peux dire ce que signifie réellement le mot errance. Car c'est dans cet état que je me suis retrouvée : une morte vivante perdant de ses couleurs jour après jour, une ombre, transparente... Et c'en est trop ; j'éclate en sanglots entre mes mains pour cacher mon visage.

Martin vient s'assoir près de moi et me prend dans ses bras avec une douceur infinie, en poussant ma tête au creux de son cou.

– Eh Nina... Chut, souffle-t-il. Qu'est-ce qui vous met dans cet état ? Vous pouvez me parler si vous en ressentez le besoin. Ne vous gênez pas !

– C'est très gentil à vous, merci, dis-je en essuyant mes larmes et en reprenant mon souffle. Je ne veux pas vous ennuyer... Cette histoire est assez grotesque !

À en juger par son regard, j'en conclus qu'il ne faut pas que je joue à l'ultra-polie... Il n'a pas l'air d'aimer qu'on se fasse prier !

– Vous connaissez *The Proud* ?

Ses sourcils se froncent et il s'éclaircit la gorge. Puis ses yeux sont à nouveau plantés dans les miens.

– Euh... Jusqu'à hier soir, non... Je ne connaissais pas ce groupe. Je préfère vous avouer qu'après les révélations de Paul-Louis, j'ai fait quelques petites recherches sur votre passé professionnel...

J'en étais sûre ! Sacré Parigot, il ne pouvait pas tenir sa langue ! Dandy, je t'aurai !

– Et toutes « ces recherches » vous ont mené à des photos de Stephen Brady en ma compagnie, c'est ça ?
– Exactement... C'est de cette manière que j'ai appris le nom du groupe qui interprétait un titre que j'aimais bien en fait !

Il sourit mais a l'air gêné. Peut-être se sent-il mal de m'avoir espionnée ? « Arrête Libartet ! Ce type ne t'espionne pas ! Et je te rappelle que ces informations sont à la portée de tous ! ». Là, j'ai juste très envie de faire valser ma petite diablesse de mon épaule droite, d'un coup très sec...

Que faire maintenant ? Et puis, pourquoi est-ce que je me pose toutes ces questions à la con ? Si je lui en parlais, on n'y reviendrait pas !

– Nina, vous êtes toujours là ?

Je cligne des yeux, le regard dans le vide, comme une âme en peine en plein désert.

– Hum... Pardon, vous disiez ?

Décidément, je ne sais plus où j'en suis quand il est dans le secteur celui-là. Martin me sourit gentiment, les yeux attendris et la mine amusée... Le salaud, il ne se fout pas de moi quand même ?

– Je vous amuse maintenant ? demandé-je l'air renfrogné.
– Non, pas du tout, rassurez-vous ! Je vous trouve juste...

Il se tait, reprenant son air grave de scientifique. Putain, il me trouve « juste quoi » bordel ! Trop nulle ? Trop marrante ? Trop banale ? Et puis qu'est-ce que ça peut bien foutre à ma tête quand mon cœur lui demande d'arrêter de penser à tout ça ?

Merde alors... Je deviens complètement cinglée ma parole ! On est combien dans ma tête là au juste ? Il faut que je me calme, que je respire et que j'évacue tout ce stress, nouveau pour moi. J'ai l'impression de redevenir une petite fille, portée par l'envie de découvrir la cachette des cadeaux de Noël, mais terrifiée par l'idée de se faire prendre par ses parents, ou pire encore, par le vrai Père-Noël !

Quoi ? Vous n'y croyez plus, vous ? Dommage, j'ai le regret de vous annoncer que vous avez perdu votre âme d'enfant !

Mais revenons à nos moutons ! Ou plutôt à ce spécimen magnifique d'Homo Sapiens qui se tient devant moi et que tous les dieux confondus m'ont permis d'observer et qui me trouve « juste quelque chose » ! Finalement, je ne veux pas savoir. Ça me fait trop peur !

Alors que je me lance pour lui parler un peu de moi, une voix que j'ai déjà entendue m'interrompt. Je lève les yeux et je découvre Camille, la jeune bénévole du Samu social, rencontrée lors de sa campagne de recrutement devant la cathédrale Saint-Michel. Elle se souvient de moi on dirait... Je suis ravie de constater qu'il n'y a pas que des poissons rouges qui peuplent notre belle ville.

– Bonjour, vous vous souvenez de moi ? Je suis...
– Camille ! dis-je en lui souriant. Oui ! Je me souviens bien de vous...

– Et moi de vous, me dit-elle en riant délicatement. Je vous ai vue en quittant le bar, et, j'ai eu très envie de venir vous parler. Mais je ne voulais pas vous déranger, vous et votre fiancé... Désolée.

Martin et moi la fixons de nos yeux gros comme des soucoupes. Il a l'air abasourdi... Tout comme moi d'ailleurs ! Non rectification : je suis mortifiée ! « Mon fiancé » ? Elle est sérieuse là ?

– Martin est mon collègue. Martin, je vous présente Camille, une jeune bénévole du Samu social, que j'ai rencontrée hier.

Les deux se saluent poliment et se tournent de nouveau vers moi, elle, gênée par son erreur d'appréciation, lui, amusé et intrigué par cette confusion.

– Ravi de vous rencontrer Camille !
– Moi de même... Euh... Encore navrée pour ce malentendu. C'est que vous aviez l'air tellement complices tous les deux... Bon eh bien, je vous laisse ! Nina, à bientôt j'espère ?
– Oui Camille, ce sera avec plaisir que je ferai partie de votre équipe ! J'ai d'ailleurs hâte de commencer, dis-je en soutenant le regard de Martin, qui me fixe, l'air impressionné.

La jeune femme nous salue, encore rouge de honte et tourne les talons pour sortir du café. Elle est finalement arrivée à point nommé, me sortant de l'embarras dans lequel j'étais empêtrée.

– Le Samu social hein ? me demande Martin, un sourcil arqué et un léger sourire au bord des lèvres.
– Oui, le Samu social ! J'ai décidé de donner un peu de mon temps à ceux qui en ont vraiment besoin. Nous ne manquons de rien dans notre quotidien et peu de personnes ont connu la souffrance. De plus, j'ai appris que la majeure partie des femmes qui résident dans la rue, sont celles qui ont connu des violences conjugales, et ça, ça m'est réellement insupportable ! Donc, j'ai choisi de mettre à profit...

Je me tais. Je ne veux pas qu'il en sache davantage. Je le regarde discrètement en buvant les dernières gorgées de mon cocktail. Son visage s'est éteint, se coupant absolument de toute la lumière qu'il dégageait il y a encore quelques minutes. Que se trame-t-il dans sa belle tête, bien remplie et bien ordonnée ?

– Mettre à profit votre expérience ?

Mes yeux sont écarquillés et je sens la chaleur de mon sang qui arrive dans mes pommettes. Il me laisse le temps de reprendre mon souffle et mes esprits. Et puis, mes paroles, messagères de mon esprit voulant se libérer de tout ce poids, se mettent à couler à flot, autant que mon cœur saigne.

— Oui, exactement. J'ai vécu quatre ans avec Stephen. Trois années d'abord, d'idylle parfaite, rythmées par mes fouilles en Ethiopie et la création de son premier album. Nous nous sommes retrouvés peu de fois, mais à chaque retour à la maison, c'était magique, notre amour intact, comme au premier jour.

Martin ne dit rien. Il m'écoute attentivement, l'air peiné.

— Un soir de juin 2000, Stephen m'a demandée en mariage au téléphone, alors que j'étais encore à Fejej, près d'Omoraté. Ma raison me disait d'être prudente, mais je n'ai écouté que mon cœur et lui ai dit oui. À partir de ce jour, j'ai vécu sans la voir arriver, une vraie descente aux enfers.

Martin me regarde, tout son corps s'est crispé. Il ne sourit plus, son air est grave désormais. Il hoche imperceptiblement la tête pour me faire comprendre qu'il veut que je continue mon récit.

— Pour pouvoir profiter de notre bonheur et après une découverte majeure en Ethiopie, j'ai décidé d'arrêter pour un temps l'archéologie. Je ne savais alors pas que cette décision aurait des conséquences irréversibles. Je suis donc allée vivre avec lui, d'abord à Londres, puis à Paris où le groupe a travaillé à la composition de son deuxième album. Dès lors, je suis devenue en quelque sorte, le trophée de Stephen, son passe-muraille si vous préférez. Je lui ai permis d'entrer dans la cour des grands grâce à certaines connaissances et à la notoriété que je m'étais construite. La date du mariage quant à elle n'était toujours pas fixée et heureusement finalement !

— Je suis désolée que vous ayez eu à vivre tout ça Nina. Aucune femme ne devrait connaître de telles choses... Cela a dû être tellement difficile, dit-il en secouant la tête signe de son dégoût et de sa désapprobation.

— Oui, c'est ça... Il a commencé par me couper de certains amis et collègues, puis m'a interdit de sortir. Il ne voulait pas être sans moi, soi-disant. Mes sorties se sont donc résumées à l'accompagner à certaines cérémonies ou soirées très privées du show-business. Je ne m'y suis jamais sentie très à l'aise, mais j'étais heureuse, à son bras. Jusqu'au jour où il a eu le malheur de lever la main sur moi. À cet instant, j'ai su qu'il signait l'arrêt de mort de notre couple.

Martin sert les poings sur ses cuisses, je le vois à ses biceps qui se tendent et au muscle de sa mâchoire qui tressaute. Pourquoi cela semble-t-il si dur pour lui d'entendre tout ça ? Malgré la sensation que cela le dérange, sans trop comprendre pourquoi, je poursuis.

— J'ai continué à vivre à ses côtés encore quelques semaines, mais mon amour s'est tari, le soir de la gifle, sans que je m'en aperçoive de suite. C'est l'histoire de ma voisine de l'époque qui m'a fait comprendre que je devais partir. Alors, dès le lendemain, j'ai fait mes valises, lui ai laissé un mot sur le frigo et suis partie. Retour à Dijon et à la case départ, sans toucher le pactole !

Nerveusement, je me mets à rire, puis mes larmes glissent de nouveau sur mes joues, que Martin essuie de ses pouces.

— Ne pleurez pas Nina. Quel courage vous avez eu ! me souffle-t-il d'une voix profonde.

Je le regarde, mes yeux mouillés faisant dégouliner le peu de mascara qui restait sur mes cils. Ses mots me touchent et je sens mon ange et ma diablesse me botter les fesses pour que je me jette sur lui afin de l'embrasser... Non !

— Il est tard je crois... Je pense que je devrais rentrer. J'ai passé un délicieux moment, merci Martin...
— Je vous en prie Nina, c'est une sensation partagée, me dit-il en me tendant la main pour m'aider à me relever.

Le contact de ses doigts sur la pulpe de ma main me fait frissonner intérieurement. C'est si agréable cette proximité naissante. Lentement, je m'extirpe de ma chaise et le regarde avancer vers le bar. Je prends ma veste et mon sac puis file le rejoindre.
Au comptoir, je sors mon portefeuille, mais Martin me fait signe de le ranger, d'un non de la main.

— Cette fois-ci c'est pour moi, ça me fait plaisir !

Je soupire en bonne bourguignonne que je suis. Et oui, par ici, on n'aime pas trop ne pas rendre la pareille ou ne pas partager, même s'il s'agit d'une addition !

— Bien... mais la prochaine sera pour moi, entendu ? dis-je les lèvres légèrement pincées.
— Oui M'dame ! Avec plaisir...

Nous rions tous les deux en sortant du bar après avoir salué Dimitri. Puis, nous restons là, quelques secondes, à nous jauger, silencieusement. L'air est plus frais à cette heure-ci et un frisson me parcourt la peau.

− Vous avez froid ! Attendez… me dit Martin.

Il sort de son sac à dos un foulard en coton, style surfeur (j'adore !), et me le passe délicatement autour des épaules. Tout en me fixant du regard, il soulève mes cheveux pour les défaire de cette divine et subtile emprise et ça me fait fondre… J'aurais presque envie de me laisser faire pour que ça aille plus loin.

− Ça ira mieux comme ça, dit-il en repassant son sac sur ses épaules. Vous habitez loin ?
− Non, à quelques pas seulement. J'habite rue des roses.
− Oh ! Pas très loin de chez moi alors ! Je suis dans la rue Montmartre. Voulez-vous que je vous raccompagne ?

Il est si adorable… Attentionné… Prévenant… Mais il fout le totally bordeling dans mon crâne !

− Non, je vous remercie, ça va aller. C'est très gentil à vous… Alors, à demain ?
− À demain Nina, faites attention à vous.

Je le salue poliment et repars en direction de la place Darcy, le cœur et l'âme délestés du poids de toute mon histoire. Je me sens littéralement aérienne ce soir, comme sur un nuage ! Lénaïc n'en croira pas ses oreilles lorsque je lui raconterai tout ça !
Mais, tout à coup, je me sens coupable de l'avoir mal considéré au musée, lors de ma première journée de boulot. Martin est vraiment un chouette type. Il me paraît authentique et sincère, sans parler de son physique… Finalement, je n'en parlerai peut-être pas à ma sœur de cœur ! Et puis lui parler de quoi au juste ? De mon début de soirée, passé au bistrot avec mon collègue, à pleurer et à me sentir redevenir une minette de 15 ans, mouillant sa petite culotte devant le dernier film de Bruce Willis ? La belle affaire ! Non… Il n'y a rien à raconter de toute façon… Martin se montre gentil avec moi, et pour moi, ce n'est certainement pas un coup de foudre. Ce sont juste des émotions sympas, qui renaissent parce qu'un mec très sympa se montre vachement sympa avec moi… Rien de plus !
Arrivée chez moi, je file dans ma salle de bain pour me mettre à l'aise. L'eau de la douche me fait un bien fou, avec juste ce qu'il faut de chaleur. Je crois que c'est l'une des simplicités de la vie, que j'ai redécouvert comme un luxe à mon retour d'Omoraté.

Le gel douche ambré aux senteurs exquises d'argan et de rose blanche, glisse sur ma peau, comme une caresse. Un instant, je ferme les yeux et me transporte instantanément dans une oasis de sensualité, entre des bras musclés, où je me love avec plaisir.

Je ne vois pas le visage de celui qui caresse mon dos, la cambrure de mes reins, mais ses mains sont magiques ! C'est divin de sentir comme mon corps s'emboîte avec le sien... Je suis comme... En sécurité. Une sécurité grisante et érotique au possible ! Ma diablesse, rouge de pur plaisir, se prélasse dans un lagon de chocolat, un mojito à la main, qu'elle siffle à la paille. Mon petit ange quant à lui, pour me ramener à la raison, me colle une gifle à vous faire faire le tour de votre petite culotte sans en toucher les bords. Le connard ! J'étais si bien dans ce lieu refuge !

Quand je rouvre les yeux, la buée a envahi ma salle de bain, m'enveloppant totalement dans ma cabine de douche, comme pour m'habiller d'un drap de pudeur. Merde alors... Ça faisait une éternité que ce genre d'image ne m'était pas venu à l'esprit. Qu'est-ce qui se passe ?

Chapitre 5

Martin

Lorsque je la regarde s'en aller dans les lueurs magiques du crépuscule, ses courbes dansent avec grâce et légèreté. Cette femme est envoûtante, fragile et forte, mystérieuse... Je n'ai qu'une envie : la rattraper, la prendre dans mes bras et la supplier de passer la nuit avec moi.

Mais, je ne pense pas qu'elle approuverait ! Elle est si... Brisée. Quel enfoiré ce Brady de mes deux ! Comment a-t-il pu lui faire du mal à ce point ? Si je l'avais en face de moi, je lui décocherais bien une gifle moi aussi. Une bonne gifle, bien virile et bien humiliante. Car voyez-vous, pour un homme qui se respecte et qui vérifie chaque matin que ses bijoux de famille sont bien en place, un coup de poing est encaissé, pas une gifle. Pourquoi ? Parce qu'une bonne gifle qui vous met bien sur le cul, que vous soyez en présence d'autres personnes ou non, vient directement emplafonner votre égo ! Cela a cette connotation machiste, celle du mec qui domine sa gonzesse à coups de poignées de cinq feuilles. Ça fait écho à cette image je crois, quand un homme se prend une belle tarte en pleine face : il devient une femmelette ! Pas que vous soyez faibles Mesdames, ne vous méprenez surtout pas ! Mais pour résumer, un mec qui se prend une gifle est tout à coup privé de son service trois pièces. Il n'a plus qu'à pleurer dans les jupons de sa maman... C'est comme ça !

Mes réflexions s'évaporent en même temps que l'image de Nina se dissolve au bout de la rue. Je décide donc de me mettre en marche moi aussi. Mon appartement n'est qu'à quelques pas, dans la rue Montmartre. Ça me fait marrer de vivre dans une rue qui évoque la capitale et de bosser sous les ordres d'un type qui se nomme Parigot !

La lumière est vraiment fascinante... Elle scintille sur les arêtes des façades d'immeubles du XIXème siècle, pare la végétation d'une couverture tantôt dorée, tantôt mauve. Ce spectacle me ravit le cœur. J'en prends plein les yeux et il n'en faut pas plus pour raviver un souvenir amer, comme un vin rouge de notre région ayant mal vieilli : sa robe est belle, mais les arômes ont viré, laissant sur votre palais le goût âpre du tanin trop boisé...

Le soleil se couche. Je viens de quitter le domaine sans me retourner... Une seule chose pourtant m'arrache les tripes : les sanglots de ma mère, ses cris, sa détresse... Il fallait que je parte, car après tout, ma mère a choisi de rester, elle, auprès de son bourreau, mon père. Chacun fait ses propres choix et aujourd'hui, j'ai décidé d'avancer autrement : je ne veux plus qu'on me mette d'œillères, je refuse d'entendre les plaintes et les lamentations de chacun quand ces derniers ne peuvent même pas dire en face ce qu'ils pensent de tout ça ! Je me fous du domaine, de l'héritage et du vin ! Ma vie n'était pas écrite dans ces pages de toute façon. Ce que j'aime, c'est la pierre, le bois, la rénovation... Je sais que ces dernières pensées sonnent faux. Plus que tout, je sais que j'aimais m'occuper du domaine. J'adorais les caves voûtées, les fûts de chêne... L'alchimie des accords me fascinait. Tout ça, c'est perdu, out, exit... Je tourne la page et je vais me consacrer à une autre vie.

Voilà plusieurs heures que je marche et personne n'a réussi à me retrouver. Mes frères sont vraiment des brelles, ils ont toujours été nuls quand on jouait à cache-cache dans les vignes !

Je décide de passer la nuit dans une vieille grange, celle du père Da Costa. Au moins ici je serai tranquille. Je ne me trouve qu'à 6 km de la maison, mais personne n'aura l'idée de venir m'y chercher. C'était un endroit où je venais passer des heures au coucher du soleil quand j'étais ado. J'adorais observer les changements de couleurs dans le ciel, je photographiais dans mon esprit, toutes ces merveilleuses images, dignes des plus grands impressionnistes. Ce soir encore, la nature me comble... Tout est si beau ! Les rayons du soleil couchant viennent déposer des milliers de grains de poussière scintillante sur les feuillages, dans ce pré, où le temps s'est arrêté. La grange se pare de fils d'or, les fleurs et l'herbe, émeraude en pleine journée, se transforment en ambre. Malgré tout ce qui vient de se passer, la dispute, la lâcheté de mes frères, la douleur de ma mère, je me sens serein, au moins en cet instant magnifique de fin de journée. Demain, je partirai à la rencontre de mon destin...

Le jour se lève à peine sur Dijon. Il m'a été impossible de fermer l'œil de toute la nuit. Quelle soirée et que de révélations... J'ai rêvé d'elle toute la nuit. La sensation de la tenir dans mes bras en dormant était si intense. Son parfum m'a collé à la peau, alors que réellement, je ne l'ai même pas serrée contre mon cœur. Putain, elle m'enivre, me fait perdre la tête... J'en ai souillé mes draps. Merde ! C'est quoi ce délire ? J'ai dû faire un rêve érotique... Mais impossible de m'en souvenir. Et dire qu'il va falloir que je passe une journée de plus aux côtés de cette déesse vivante... La vie est vraiment trop dure, ironisé-je intérieurement.

Au cours de la matinée, je m'aperçois que j'ai passé mon temps à attendre sa venue au laboratoire puis à redouter cette dernière, partagé comme un ado de 15 ans, entre l'envie de croiser sa douce et celle de prendre ses jambes à son cou au moindre de ses regards.

C'est finalement lors d'une de mes rares pauses, que je croise ma Sequana à la machine à café. Bon Dieu... Comme elle est belle ! Je suis sûre qu'elle ne s'en rend même pas compte, et ça, ça la rend vraiment irrésistible. Elle s'approche de moi, un sourire à vous faire exploser la braguette, et ça y est, je me sens comme un caramel mou, je fonds et mon cœur entraîne mon sang dans un rock du tonnerre.

– Hello Martin…

Oh non… pas elle… pas maintenant ! Mais pourquoi cette sangsue vient toujours me briser les noix quand il ne le faut pas ! J'observe la mine de Nina qui change imperceptiblement et je me tourne vers cette (peu) chère Ida.

– Ida ! Dis-je fermement, ce qui lui fait froncer les sourcils. Que me vaut le plaisir de te croiser ce matin ?
– Oh, rien de spécial ! Juste le plaisir de venir te saluer, dit-elle en dévisageant Nina de la tête aux pieds, l'air amer et parée de son déhanché de paupiette de dinde.

Eh ouais Ida, je suis navré, mais cette fille, c'est de la dynamite, toi tu n'es qu'un vulgaire claque-doigt, pensé-je, un fin sourire se dessinant sur mes traits crispés.
Nina qui s'est installée à la petite table en face de moi, ne dit rien. Elle touille son café, en soufflant délicatement dessus, l'air absent, comme si elle cherchait à s'isoler de nous…

– C'est très aimable de ta part. Mais il me semble que tu me salues déjà le matin à mon arrivée…
– Eh bien oui… dit-elle en effleurant mon avant-bras de ses doigts trop bien manucurés et trop pleins de « trop » …

Ce geste me colle immédiatement la nausée. Nina qui a assisté à cette scène digne d'une série B, semble déroutée. Elle se lève délicatement, son teint a perdu de ses couleurs habituelles. Merde ! Elle ne pense quand même pas que Ida et Moi… ? Non, tout sauf ça ! hurlé-je dans ma tête. Il faut que je la rattrape !

– Eh bien je répondrais à ton allusion libidineuse comme ça : va voir chez les grecs si j'y suis ! Peut-être que tu te trouveras un autre « dieu » !

Ida n'en revient pas. Elle s'attendait très certainement à ce que je lui mange au creux de la main… Ben voyons !
C'est dans son bureau que je trouve Nina. Lorsque je frappe à sa porte ouverte, elle m'invite à entrer sans même lever les yeux du listing qu'elle est en train de consulter.

– Nina… Vous… Euh…

Putain qu'est-ce que je veux lui dire exactement ?

– Martin ? Je ? me répond-elle, l'air moqueur et sarcastique.

Je soupire en baissant les yeux, les poings et les mâchoires serrés. Puis, me pinçant l'arête du nez, je relève les yeux et reprends :

– Vous aviez l'air si enjoué tout à l'heure… Pourquoi être partie alors que…

Elle me fixe, les yeux malicieusement interrogateurs.

– Alors que quoi… Martin ? Vous étiez en plein tête à tête avec votre dulcinée, je me suis sentie de trop, c'est tout. Et puis, l'odeur de l'air est devenue un peu trop… Comment dire… Bestiale ? Féline ?

Je la contemple, abasourdi par l'interprétation de ce qu'elle a vu d'Ida et moi, mais surtout par ce qu'elle cherche à me dire, sans tout me dire.

– Bestial ? Que voulez-vous dire exactement ? Vous pensez qu'Ida est ma petite amie ? demandé-je, ma voix devenant plus aigüe que la normale.
– Assurément ! J'ai vu sa main sur votre bras… Et bestial car je n'aime pas les prédateurs opportunistes…
– Je ne comprends pas, dis-je les yeux pincés. Et même si Ida était ma petite amie, ce qu'elle n'est absolument pas je vous l'assure, pourquoi réagissez-vous de la sorte ? Et puis, qu'est-ce que c'est que cette histoire de prédateurs opportunistes ?

Décidément, je ne la suis plus du tout… Même si au fond de moi, une lueur d'espoir vient de s'allumer. Peut-être qu'elle ressent la même chose que moi ? Et voilà qu'elle rit maintenant ! Je n'en crois pas mes yeux, elle se fout de moi ou je rêve ?

– Désolée Martin, c'est juste que…. Enfin… Ce n'est pas grave oubliez !
– C'est juste que quoi ? Qu'est-ce qui n'est pas grave et qu'est-ce qui vous fait sourire à la fin ?

Elle éclate de rire. C'est comme si des milliers de pivoines venaient d'éclore dans mon cœur. Ce son délicat, fin comme du cristal ravit mes sens.

– J'étais tellement persuadée que vous et Ida étiez... Enfin vous voyez ! Amoureux... Et sincèrement, je ne comprenais pas pourquoi ! Elle est si... superficielle !

– Ida ? Et moi ? Excusez-moi Nina, mais c'est à mon tour de rire de vous ! dis-je en ricanant. Non mais regardez-la ! Vous pensez réellement qu'elle soit le style de femme qui pourrait me plaire ?

L'atmosphère vient d'augmenter de dix degrés. Tout se réchauffe en moi. Nina ne dit plus rien, elle me fixe, les yeux écarquillés. Elle a peur, ça se sent... Et cela conforte mon idée qu'elle ressent peut-être un peu plus que de l'amitié à mon égard.

– Nina... Vous êtes une si belle personne... Ne laissez pas votre passé gâcher votre vie. Je ne suis pas de ceux qui pourraient vous blesser, anéantir vos envies et dresser des murs autour de vous.

Nina se tourne vers la fenêtre, les bras croisés sur sa poitrine. Merde, j'ai dit une connerie c'est sûr !
Je l'entends renifler délicatement... Non ! Elle pleure... Et c'est ma faute !

– Eh Nina... dis-je doucement en lui posant la main sur l'épaule.

Elle pose aussitôt sa main délicate sur la mienne et se retourne. Ses yeux sont emplis de larmes, sa peau fine et dorée a légèrement rosi. Elle pose sur moi un regard d'une infinie tendresse, ce qui me remue les tripes comme jamais elles n'ont été remuées. Et je ne sais quoi lui dire. Si c'est moi qui la fais pleurer, alors je suis vraiment le dernier des connards ! Paul-Louis avait tort, cette femme est bien plus précieuse qu'une perle...

– Je vous prie de m'excuser Martin, je ne voulais pas pleurer.
– Et moi, je ne voulais pas vous arracher ces pleurs, dis-je en essuyant une larme qui vient finir sa course sur sa lèvre supérieure.
– Non Martin ! Vous n'y êtes pour rien ! Il y a tellement longtemps qu'on ne m'avait pas dit de choses si gentilles... Merci.
– Comment a-t-on pu passer à côté de vous sans voir tout ça ? Sans cerner vos failles et sans avoir eu envie de les combler ?

Nous sommes les yeux dans les yeux, ma main toujours posée sur sa joue et mon pouce caressant sa lèvre. Cela me démange de l'embrasser, mais non ! Pas ici... Et pas maintenant. Elle est secouée et je passerai pour un vulgaire salaud... Il faut qu'elle se reconstruise.

– Si vous avez besoin d'un ami, je veux bien être celui-là. Vous me touchez beaucoup et je n'aime pas l'idée en général, qu'une femme souffre à ce point…

– Je ne sais pas quoi dire, Martin… Merci. Vous êtes très touchant vous aussi… C'est la première fois que je me sens bien avec quelqu'un depuis… Enfin, vous voyez… Depuis très longtemps.

– Ne me remerciez pas Nina, je suis sincère quand je vous dis que j'ai envie de vous aider. N'hésitez pas ! Je suis juste à côté, dis-je, en repartant en direction de mon bureau.

– Martin ! Attendez ! me lance-t-elle d'une voix plus forte que d'habitude.

Je me retourne et elle est là, juste devant moi, ses grands yeux affolés. Soudain, elle plante un doux baiser sur ma joue et je n'en reviens tout simplement pas ! Nina Libartet, la femme la plus belle que j'aie jamais rencontrée, vient de poser ses lèvres douces comme du velours sur ma joue… Et elle semble honteuse à en juger par ses yeux baissés et la couleur rosée de ses joues.

– Pardon… Cela doit vous sembler très déplacé, mais j'ai écouté mon cœur qui voulait vous remercier pour toute votre gentillesse et votre grandeur d'âme.

– Alors écoutez votre cœur plus souvent et tout ira bien… Et s'il vous plaît, ne soyez pas gênée. Il n'y a de déplacé que le comportement de certaines… Comment dites-vous déjà ? Ah oui ! Prédatrices opportunistes ! lui dis-je dans un clin d'œil.

Elle sourit de nouveau et je peux repartir le cœur léger vers mon labo, porté par des milliers de papillons et des étoiles plein les yeux. Ce baiser restera gravé dans ma mémoire un sacré bon moment.

En fin de journée, je suis satisfait du boulot que j'ai accompli : avec l'aide d'Eléonore, j'ai pu répertorier tous les ex-votos sortis de terre au sanctuaire des sources et lister tous les soins que nous devrons leur administrer. Je n'ai pas croisé Nina depuis l'incident blondomatique de ce matin.

Comme j'ai décidé de sortir ce soir prendre quelques photos à la tombée de la nuit, je passe par son bureau, pour la saluer. Elle est debout, devant sa fenêtre. La lumière est douce en cette fin d'après-midi. Elle rend chaleureux son petit bureau, que Nina a décoré avec un raffinement exquis. Une statuette de Bouddha est disposée sur un coin de son bureau à côté d'un empilement de galets gris et beige. Alors la demoiselle serait de confession bouddhiste ? Ou peut-être zen ? Intéressant, ça me ressemble beaucoup, même si j'ai choisi de ne pas me réfugier dans une quelconque religion. Sur un des murs, de petits cadres carrés et colorés, dans les tons bordeaux, orange et doré, sont accrochés de manière à former un grand cercle. Tout respire l'harmonie. Ses bras croisés sur sa poitrine, ses mains reposant sur ses épaules, elle donne l'impression de se réconforter. Qu'est-ce que j'aimerais la tenir dans mes bras en cet instant...

— Hum hum... fais-je en me raclant la gorge.

Nina se retourne dans ma direction comme si elle avait eu peur, et, je m'en veux aussitôt.

— Martin ! Vous avez besoin de quelque chose ?

De toi... j'ai besoin de toi Nina Libartet. Putain, je ne vis plus, ne dors plus et ne mange plus sans que mes jours et mes nuits n'aient la saveur de ton image...

— Je passais simplement vous saluer. Il est 18 heures et je m'apprêtais à rentrer chez moi. Je passais juste... Vous dire bonsoir, dis-je en levant les épaules, l'air gêné.
— Oh... Eh bien c'est très aimable à vous. Je vais partir également, merci de m'avoir fait penser que j'ai une vie en dehors de mon travail !

Elle rit et ses yeux s'illuminent de nouveau. Qu'est-ce que j'aime la voir rire... C'est rassérénant, vivifiant... Mortellement et incroyablement... Bandant ! Je n'ai jamais ressenti une telle puissance émotionnelle, pas même pour mes recherches ! Mon sang bout dans mes veines... Je me sens enveloppé dans un cocon. Putain... Qu'est-ce que c'est bon !
Mais combien de temps vais-je tenir comme ça si je ne lui dis pas ce que je ressens pour elle ? Il est trop tôt, non ? Cela ne fait que quelques jours qu'on s'est rencontrés !
« Et Roméo et Juliette, tu crois qu'ils ont attendu de recevoir un mail de Cupidon pour se dire qu'ils s'aimaient ? Bien sûr que non, abruti ! Ces deux-là se sont trouvés, captés, absorbés... Juliette a su au premier regard que Roméo serait à elle jusqu'à la fin des temps ! »
Et moi je sais que je serai à elle. À Nina... À Sequana...
C'est après cette bagarre intérieure avec moi-même que je reprends mes esprits. Nina s'est approchée, elle n'est qu'à quelques centimètres de moi et je me liquéfie de la sentir si près.

— Martin ? Tout va bien ? me demande-t-elle l'air inquiet et ça me touche profondément.
— Euh... Oui, pardon ! J'étais perdu dans mes pensées ! dis-je en riant bêtement.

– J'ai cru comprendre à en voir votre tête ! Et où vous emmenaient vos pensées, dîtes-moi ?

Merde ! La question piège ! Si je lui dis, je vais passer pour un mec qui cherche à la mettre dans son lit au bout de quelques jours. Si je me tais j'aurais l'air d'un grand abruti, rêveur et complètement absent de son propre corps ! Autant dire que le choix est limité sur cette carte ! Merde... Tant pis je me lance !

Pris d'un élan de courage, dopé au parfum de Mademoiselle Libartet, j'avance ma main près de son visage, pose mon pouce sur sa lèvre inférieure et plante mes yeux dans les siens.

– Ici. C'est à cet endroit que m'ont emporté mes pensées...

Nina ne retire pas ma main et contre toute attente, elle vient poser la sienne par-dessus dans une infinie douceur. Son regard ne quitte pas le mien. Je sens sa respiration s'accélérer et sa peau frémir. Mais je ne veux pas la brusquer, même si à cet instant précis elle me montre qu'elle ne refuse pas d'avancer en même temps que moi. Alors, fermant les yeux au rythme d'un profond soupir, je la salue, amenant sa main jusqu'à mes lèvres pour y porter un doux et furtif baiser, juste à la naissance de ses phalanges. Je l'entends inspirer et constate qu'elle a fermé les yeux.

– Bonne soirée Nina, à demain.

Je tourne les talons et entend son silence... Un silence de plénitude me semble-t-il. Ouais ! Je ne la laisse pas indifférente ! Ce constat, qui vient de me faire pousser des ailes dans le dos, m'emporte jusqu'au paradis. Je suis un pégase et je vis le nirvana !

En sortant du musée, j'aperçois une grande blonde, fine mais avec des hanches bien dessinées, attendant sur un banc dans la cour des Bénédictins. Sans doute vient-elle savourer le calme des lieux. Après-tout, ce n'est pas interdit !

En arrivant à sa hauteur, je constate qu'elle a levé les yeux de son bouquin et qu'elle me fixe ouvertement. Aussi ouvertement que sa mâchoire est décrochée. Et ouais Mademoiselle, vous avez devant vous l'homme le plus heureux de la Terre !

Lorsque j'arrive à la porte donnant sur la rue du Docteur Maret, je peux encore sentir son regard. C'est agréable de se dire que je ne le dois pas forcément à mon physique mais plutôt à l'air heureux que je trimballe comme un con sur mon visage depuis ces dix dernières minutes.

En arpentant les quelques rues qui me mènent jusque chez moi, je peux savourer les couleurs, les odeurs et la lumière de ces instants de fin de journée.

Je retrouve mon appartement, que j'observe autrement pour la première fois. Tout me semble plus beau, plus clair... Plus Libartet. Nina est partout, son odeur et son sourire coulent désormais dans mon sang et se répandent partout en moi, jusque dans les tréfonds de mon âme.

Une douche et un sandwich au poulet plus tard et je suis reparti arpenter la ville, splendide à la tombée de la nuit. Je décide pour ce soir, d'aller laisser parler mon Nikon dans le quartier de la place de la République. J'aime l'ambiance qui y règne : les étudiants venus faire la fête jusqu'au bout de la nuit, les amoureux qui viennent trinquer à leur idylle, les passants qui prennent simplement l'air en cette saison si douce...

Arrivé place de la Rep', comme on l'appelle ici, je m'installe sur un banc, face au pub « La Jamaïque ». Les lumières orangées donnent un air de plage caribéenne à ce lieu.

Tout en réglant mon appareil, des voix provenant de ma droite attirent mon attention. Plus précisément, une de ces voix réchauffe mon sang instantanément. Je connais ce son pur comme du cristal, chaud comme le soleil d'été.

Automatiquement, comme une limaille de fer est attirée par un aimant, je tourne la tête et dans un halo de lumière douce, elle apparaît... Je n'en crois pas mes yeux. Nina, portant une chasuble du Samu social est en train de parler à une jeune femme, dans une empathie infinie.

Cette femme, humiliée, rabaissée au rang d'un simple objet dans son passé, est en train de donner un peu d'elle-même pour réparer les autres. C'est tout bonnement incroyable. Comment en étant si brisée, réussit-elle encore à aimer donner aux gens... Telle Sequana, Nina est une déesse protectrice, un ange envoyé de je ne sais où par je ne sais qui, mais putain, ce que je sais, c'est que ma vie n'est plus la même à présent.

Je ne peux laisser cet instant de pureté s'évaporer. Il faut que je le rende immortel, que je le couche sur du papier glacé, pour mieux la contempler. En maniaco-shooter que je suis, je la bombarde de prises, les cliquetis de l'obturateur se calquant aux moindres de ses mouvements.

Sa main est posée sur l'épaule de la jeune femme, elle lui sourit humblement en lui offrant une tasse de café me semble-t-il. Je zoome et je m'approche un peu plus d'elle. Encore un peu et je pourrais presque poser mes lèvres sur les siennes, que je devine souples et délicates. Cette pensée est tellement enivrante que je me sens tout chose à présent. Allons Martin, arrête de jouer les mecs fleurs bleues, avoue que tu as envie de cette fille, crétin ! Bon sang... C'est tellement vrai. Jamais je n'ai désiré quelqu'un comme je la désire, elle ! Elle me rend tout simplement... Accro ! Moi qui aie toujours revendiqué être libre et solitaire, je ne rêve plus à présent que de m'endormir et me réveiller aux côtés de Nina Libartet, respirer son odeur de dingue, être heureux de la voir heureuse et bosser avec elle toute la journée à mes côtés ! Putain ça craint vraiment là, non ?

Ce que j'essaie de vous dire c'est qu'elle a emprisonné mon cœur dans un de ces sarcophages de Babylone et que j'aime ça ! Moi, Martin de Vilandière, libre, rebelle et seul... Seul, ce mot vient de prendre une autre couleur dans mon esprit, une autre lumière aussi... A présent, je ne le vois plus clair entouré de lumière dorée... Non. Ce mot devient flou, sombre et disparait peu à peu de mon champ de vision. Ce n'est plus mon objectif tout simplement. Depuis le premier jour où je l'ai vue, son prénom a totalement occulté le reste...

Chapitre 6

Nina

Que vient-il de se passer dans mon bureau ? Le temps s'est arrêté… J'ai encore sur ma lèvre et sur ma joue la chaleur de ses doigts. Sur ma main, s'est tatouée la surprenante douceur de ses lèvres. Oh Martin ! Qu'est-ce que tu me fais… Je brûle de l'intérieur. Mon sang laisse sa place à un sirop de guimauve.

« Hé oh ? Ma petite diablesse féministe où te caches-tu ? ». Elle dort cette pétasse… Elle dort quand il est près de moi. C'est sur cette pensée douce comme une nuit étoilée, que je quitte mon bureau. En traversant le hall, Mademoiselle tripoteuse me fixe, comme un cobra, prête à me sauter dessus.

– Bonsoir Ida, à demain !

Je n'entends qu'un petit cri de gorge, pincé, comme elle. Et vlan morue ! C'est bon Nina, soit déterminée et ne t'arrête pas à son attitude d'hôtesse BCBG.

Je sors du musée et enfin l'air qui m'a manqué toute la journée vient emplir mes poumons et toutes les cellules de mon corps. C'est tellement bon de sentir le soleil de fin de journée sur mon front. Et soudain… Mais quelle surprise ! Je n'en crois pas mes yeux ! Lénaïc est là, assise sur un banc du square des Bénédictins, parée de son plus beau sourire… Un vrai sourire de sœur qui vient m'envelopper et déjà ce sont ses bras qui m'entourent…

– Surprise ! me lance-t-elle dans un élan de joie non dissimulé.
– Léna ! Je suis tellement heureuse de te voir ici !

Je m'aperçois qu'en une semaine elle m'a manqué comme en un an. Ma sœur de cœur… Je l'aime tellement.

– Dis-moi ma belle ! Tu ne m'avais pas dit que tu bossais dans un musée ?
– Euh… Je ne te suis pas là, Léna ! dis-je en fronçant les sourcils.
– Pourquoi tu m'as caché que tu bossais dans une agence de mannequins ?

Merde alors, qu'est-ce qui lui prend ? Elle n'a quand même pas attaqué le kir Cardinal à cette heure-ci ? Je me stoppe net et l'examine de la tête aux pieds, comme une mère apeurée au moindre éternuement de son bambin.

– Ma chérie tu es sûre que tu vas bien ? Tu as mal à la tête ? Tu t'es cognée, ou ?...

Lénaïc éclate de rire. Un rire franc venant du plus profond de son cœur. Elle me tient par les épaules à présent et plonge ses yeux malicieux dans les miens.

– Respire ma belle, respire ! Est-ce que tu as vu ce canon brun se balader dans le musée ? Cheveux longs, peau parfaite, et ses muscles... Huumm ! A croquer... Il vient d'en sortir, il y a quelques minutes !
– Non, je n'ai vu personne de ce genre... Je suis dans mon bureau la plupart du temps tu sais !
Lénaïc a l'air sur son petit nuage. Elle plane littéralement !

– Toi, tu es amoureuse ! Aller, annonce ! Qui est-ce ? lui demandé-je les yeux pleins de curiosité.
– Amoureuse, non ma chérie pas vraiment ! Mais subjuguée, oui !

Elle pousse un profond soupir en passant son bras sous le mien comme quand nous étions au lycée et vient se lover contre moi, sa tête penchée sur mon épaule. Nous nous mettons en marche, pour une balade que je n'avais pas programmée, mais qui me fait tant plaisir.

– En, plus, il avait des yeux... dit-elle en gémissant dans un soupir rêveur.

J'éclate de rire ! Lénaïc mordue d'un type qu'elle croise quelques secondes à la sortie de mon boulot !
Décidément, elle me fera tout vivre cette chipie !

– Eh bien jeune fille ! Je suspecte une beau-gossite aiguë ! dis-je en ricanant. Et de quoi avaient l'air ces yeux dis-moi. Non laisse-moi deviner : sombre comme un café d'Ethiopie. Non, attend... Vert jade ! Non ! Azúl ! m'écrié-je dans un accent espagnol exagéré et théâtral. Lena pouffe de rire et nous nous retrouvons projetées dix ans en arrière, quand nous nous retrouvions sur le campus. Cette image me rend nostalgique. Une belle nostalgie. Ce genre d'image auquel vous vous raccrochez plutôt que de prendre un antidépresseur.

– Tu n'y es pas du tout jolie brune ! Ses yeux étaient, comment dire... Dépareillés ! glousse-t-elle. Il me semble que l'un était plus clair que l'autre...

Tout à coup, avant qu'elle n'ait terminé sa phrase, je me fige. Une boule douloureuse se forme au creux de mon ventre, grossissant de plus en plus et venant asphyxier tous mes organes.

– Martin... soupiré-je.

Mes jambes n'arrivent plus à avancer, je suis stoppée, mais je ne comprends pas vraiment pourquoi. Ou plutôt, je ne veux pas le comprendre. Lénaïc me regarde, comme une poule qui vient de trouver un couteau. C'est à son tour de faire l'inventaire de mon être pas si fragile.

– Ma belle, ça va ? Et que marmonnes-tu dans les moustaches que tu n'as heureusement pas ?

Sa répartie fait naître en moi un sourire intérieur. Mais mon extérieur est tendu, verrouillé... Ce sourire n'arrive pas à animer mes lèvres.

– Martin, c'est Martin que tu as vu dans le square Léna...
– Martin ? Qui est-ce ?

Lénaïc, pinçant ses petits yeux ambrés, scanne mon visage, comme pour trouver une réponse dans le bordel intérieur de mon inconscient.

– Qu'est-ce qu'il t'a fait le chevelu ? me demande-t-elle d'un air inquiet.
– Martin est mon collègue. Ou plutôt, je suis un peu... Comme sa supérieure hiérarchique ! Et il ne m'a rien fait de mal Lena... Au contraire, avoué-je en baissant les yeux sur mes sandalettes.

Lénaïc écarquille ses yeux, avec l'air de celle qui dit « Est-ce que quelqu'un pourrait me taper dans le dos pour évacuer cette cacahuète coincée dans ma gorge s'il vous plaît ? »

– Parce qu'il t'a fait... Du bien ?
– Léna ! vociféré-je. Mais ça ne va pas bien non ? Martin est mon collègue !
– Nina... C'est officiel, je te déteste ! Pourquoi es-tu un aimant à potentiels amants, bordel ? glousse-t-elle tendrement, en prenant son air de peste vexée.

— Lena… Je… Je perds tous mes moyens quand il est dans les parages. Mon cœur s'emballe, je sens que mes pieds se décollent du sol… Et je le trouve tellement beau ! Qu'est-ce qui m'arrive Lena ? Hein ?

Mes yeux interrogent les siens et pourtant, je sais que la réponse se trouve au creux de mon ventre, mais je ne veux pas la laisser remonter.

— Eh bien Libartet ! Enfin ! J'ai cru que ça n'arriverait jamais ! s'écrie Lenaïc en me donnant un faux coup de poing sur l'épaule.
— Quoi ? De quoi tu parles ?

Dos au soleil qui se couche, Lénaïc se poste devant moi, tel un douanier bien décidé à effectuer une fouille approfondie.

— Le coup de foudre Nina, bordel ! lance-t-elle en levant les bras au ciel, en tournant sur elle-même et en riant.
— Merde Léna, tu veux nous coller la honte suprême ? On est en plein centre-ville ! m'exclamé-je tout en la ramenant à moi pour stopper son délire de psy. Et puis… Pfff, n'importe quoi ! C'est juste que… Et… Parce que….

Je soupire… Bien-sûr, elle a raison ma jolie blonde. Mais j'ai tellement peur. De nouveau, le temps s'arrête, comme si nous étions dans un monde parallèle au milieu des passants.

— Hé ma belle… Il est temps, tu ne crois pas ? me demande Lénaïc d'une voix douce, qui se veut rassurante.
— Il est temps de faire quoi, Lena ? Je n'ai plus de cœur, il est resté là-bas, avec mon équipe ! Et tout ce qui semblait en rester, s'est pulvérisé quand j'ai compris le jeu de ce connard de Brady !

Je crie ma haine de nouveau, moi qui me trouvais dans un cocon de douceur il y a encore vingt minutes. Lena me prend dans ses bras et me sert contre elle, pour apaiser ma tension, plus que palpable. Je laisse aller mes larmes et je tape de mes deux poings serrés contre les bras de mon amie qui encaisse ma souffrance, sans broncher. Je ne comprends vraiment plus mes réactions.

— Chut… Nina, chut… me calme Lénaïc en me caressant les cheveux.

Ce geste m'apaise lentement et mes larmes finissent au bout de quelques minutes par se tarir.

— Ma belle, tu ne pouvais pas savoir que ça se passerait comme ça ! Stephen est un fumier de première et on lui avait tous donné le Bon Dieu sans confession ! Il faut que tu passes à autre chose Nina !

— C'est justement parce qu'on ne sait pas ce que la vie nous réserve que je ne veux plus aimer Léna ! Plus jamais... dis-je en sentant de nouveau la menace de mes larmes.

— Nina, soupire-t-elle, tu ne pourras pas t'enfermer toute ta vie ! Laisse venir les choses... Laisse parler ton cœur... Celui qui recommence à battre dans ta poitrine, peu à peu. Carpe Diem ma chérie...

Ses yeux sont sincères, comme toujours, mais encore plus lorsqu'elle aborde avec moi les situations importantes. Je me souviens que pour cette raison, lorsque nous n'étions encore que des mômes, je lui avais peint une toile, composée de montagnes, de têtes de loups et du regard d'un indien, couleur ambre, comme son regard à elle. Sous ce dessin était inscrite la phrase « Le plus beau des regards est le regard le plus franc ». C'est tellement vrai en ce qui la concerne.

— J'ai peur Léna, tellement peur de souffrir à nouveau ! Je ne peux plus faire confiance ! Mais, lui... Martin... Il a l'air tellement différent !

— Il te plaît ! poursuit Lénaïc. La peur n'évite pas le danger Nina ! Tu as le droit au bonheur toi aussi et si ce n'est pas ce magnifique chevelu qui te l'apporte, ce sera quelqu'un d'autre ! La vie est belle Nina et elle est faite d'essais, qui nous font avancer. Ne te condamne pas ma chérie, s'il te plaît ! Comment pourrais-tu suivre la quête de ton chaînon manquant si tu n'aimes plus rien ni personne ?

Elle marque un point la bourrique...

— J'y réfléchirai, dis-je. Mais pour le moment, et pour soigner mes blessures, j'ai choisi d'aller soigner celles des autres. Je dois te laisser jolie blonde, ce soir j'ai rendez-vous avec mon carma ! Merci d'être passée me voir ce soir... Merci pour tout. Je t'aime Léna.

— Un rancart ? Et comment ça avec ton carma ? m'interroge-t-elle un sourcil arqué.

— Promis, je te raconterai tout ça !

Nous nous étreignons et reprenons chacune notre chemin. Tout au fond de moi, je sais que Lénaïc a raison : comment pourrais-je être heureuse si je ne laisse plus jamais parler mon cœur, ne serait-ce que pour mon métier ? Je dois me laisser une chance... Je dois lui laisser une chance de m'apprivoiser.

C'est après une douche bien fraîche durant laquelle j'ai médité à tout cela, que je me sens prête à jouer les oiseaux de nuit. Il y a trois jours, j'ai signé un contrat de bénévolat avec le Samu social. Je vais deux soirs par semaine, effectuer une maraude de 20 heures à trois heures du matin. Oui je sais ! Vous me trouvez dingue. Mais rassurez-vous, je ne le suis pas, j'en suis très loin même ! A avoir vu glisser mon bonheur vers le désespoir, côtoyé tant de pauvreté et pourtant tant de richesse humaine en Ethiopie, j'ai décidé de donner un autre sens à ma vie.

En sophrologie, il existe un exercice qui me comble autant qu'il m'apaise et me libère. C'est le « Prana », lors duquel on puise l'énergie, la lumière, que l'on redistribue ensuite.

Mon envie de vie peut exactement se résumer à ça désormais. J'ai eu mon heure dans la lumière, je veux maintenant la redéployer, la faire rayonner sur le monde.

Je fais partie de la maraude numéro 6. Oh pardon ! Vous désirez peut-être savoir ce qu'est une maraude, non ? Désolée... Mes pensées sont tellement complexes et si rapides parfois que j'oublie que tout le monde ne pense pas à ma façon et que personne ne peut lire dans ma tête...

Une maraude est en quelque sorte une sentinelle, un groupe assurant le lien et apportant nourriture et réconfort aux personnes vivant dans la rue. C'est une façon de préserver un peu d'humanité et d'humanisme dans ce milieu hostile qu'est la rue. N'allez pas croire que ceux qui y vivent sont tous des « loosers », des alcooliques ou des faignants ! Détrompez-vous : même si pour certaines personnes vivre dans la rue est une décision, un choix de vie final, car ils ne connaissent que ça, (ce qui reviendrait pour nous, à vivre dans un pays découvert la veille, sans manuel de survie), pour de nombreux autres, cela est un traumatisme, une exclusion, un échec. Pour les derniers, c'est la jungle, le danger, le fléau de la drogue et de la prostitution.

Même si je suis surexcitée à l'idée de donner un peu de moi, je redoute d'affronter la souffrance, la pauvreté... Serai-je assez forte pour supporter tout ça ? J'ai encore tant de rage en moi contre Stephen que ça me fait peur. Je ne veux pas que cette colère m'emmène dans mes ténèbres.

J'ai trop souffert. Je suis descendue bien trop bas dans l'obscurité, laissant s'éteindre mon étincelle vitale presque entièrement. C'est pour cette raison que je désire autant répandre ma lumière intérieure, celle qui adoucira mes craintes en ce monde et anéantira ma colère. Je me sens comme le yin et le yang : un côté sombre contenant ma rage et mes ombres passées, un côté blanc pour ma lumière, ma gratitude envers la vie et la paix intérieure que je veux retrouver. Et puis, il y a Martin, qui comme une pluie légère, arrive dans mon cœur trop aride.

En traversant le quartier de la rue Devosge, je sens monter en moi un trac fou, digne d'une actrice montant les marches du festival de Cannes. Mais je savoure cette excitation ! C'est presque aussi bon que... Que... Quand je suis avec Martin. Tout mon être est en émoi alors que j'entends résonner cette pensée en moi. C'est tellement vrai... Aller Nina ! Tu penseras à tout ça demain !

Arrivée devant le foyer où mon responsable m'a donné rendez-vous rue Sadi Carnot, je prends une profonde inspiration et souffle très lentement, comme dans une paille. Cet exercice de relaxation a le pouvoir de faire passer mon stress illico presto. En arrivant dans le bâtiment, je vais me présenter à l'accueil du foyer. Une jolie femme d'une cinquantaine d'année me reçoit avec un sourire éblouissant qui me va droit au cœur.

– Bonsoir, que puis-je faire pour vous ?
– Bonsoir Madame, je suis Nina Libartet, je dois commencer mon service de nuit ce soir. J'ai pour cela rendez-vous avec Monsieur Clément.
– Oh, bien Mademoiselle Libartet ! Bienvenue et félicitations pour votre engagement. Vous trouverez son bureau au fond de ce couloir, la troisième porte sur votre gauche, me dit-elle en désignant du doigt la direction à emprunter.
– Merci beaucoup, Madame ? lui demandé-je pour connaître son nom.
– Appelez-moi Martha, je vous en prie.
– Alors merci infiniment Martha ! Bonne soirée.

À gauche, le côté du cœur. La troisième porte. Trois, comme mon chiffre porte-bonheur. Et si tout cela était un heureux présage ? Devant la fameuse porte, je frappe, déterminée.

– Entrez !

Le ton de la voix de mon interlocuteur est ferme mais doux. Un peu comme Paul-Louis, le jour de mon arrivée au musée, et ça, ça me rassure un peu.

En entrant dans le bureau, un homme d'une quarantaine d'année, blond, la coupe courte impeccable, m'accueille. Sa tenue est décontractée et le sourire qui éclaire son visage, lui donne un air gentil... Gentil authentique, pas ce genre de gentil charmeur qui tente de copiner et tranquillement essaie de vous mettre dans sa poche avant de vous jeter dans son lit.

– Bonsoir, je suis Mademoiselle Libartet, nous avons rendez-vous pour ma première maraude.
– Bonsoir Mademoiselle Libartet, entrez, je vous en prie ! me dit-il après m'avoir serré une poignée de main énergique.

Je m'installe dans un des deux fauteuils et profite qu'il referme la porte pour observer un peu son bureau. Cela me paraît être... Comment dire... Un bazar organisé ! Oui c'est ça ! Des piles de papiers jonchent le bureau, des dossiers sont empilés à même le sol et des cartons s'entassent près de la fenêtre.

Je me demande si ce chaos ambiant règne aussi dans sa tête...

− Bien, à nous ! s'exclame-t-il en se laissant tomber dans son fauteuil. Je suis ravi de vous accueillir dans notre équipe. C'est une si belle démarche que de vouloir apporter du réconfort à ceux qui en ont besoin. Avez-vous des questions à ce propos ?

− Eh bien, je pense que Camille m'a déjà bien renseignée et j'ai de mon côté, effectué quelques recherches. Je me sens fin prête à tenir mon rôle de maraudeuse ! dis-je en riant.

− Tant mieux, j'en suis heureux. Car en effet, faire partie d'une maraude demande une grande empathie, mais également et surtout une certaine distance, qui se doit d'être juste et équilibrée. Vous sentez-vous totalement prête à affronter certaines blessures, sans pour autant vous laisser atteindre et porter cette souffrance comme la vôtre ? me demande-t-il droit dans les yeux.

− Je sais que je n'aurai pas de difficulté à mettre à distance mes émotions et l'histoire des personnes que je rencontrerai. J'ai travaillé trois ans en Afrique, plus précisément en Ethiopie. J'y ai côtoyé misère, pauvreté et rivalité entre les différents peuples de ce pays. Je pense donc être suffisamment armée, Monsieur Clément.

Il me regarde fixement maintenant, les mains jointes au niveau de son menton.

− Je n'en doute absolument pas. C'est pour cela que vous ferez équipe avec Camille et Bertrand. Ces deux là forment un binôme formidable qui ose arpenter les ghettos sociaux. Je vous fais entièrement confiance. Pour ce soir, vous vous rendrez tous les trois dans le secteur de la place de la République. Plusieurs femmes s'y sont installées et même si nous arrivons aux beaux jours, il est hors de question de les laisser définitivement dans la rue. Vous l'aurez compris, j'attends que ma maraude fasse preuve de détermination et de force de persuasion pour que ces personnes soient orientées vers le foyer. Personne ne devrait avoir à vivre un tel fléau que la rue, encore moins une femme...

Merde alors, ce type vient de me toucher en plein cœur, tel un archer devant une cible. Il a l'air de vivre à deux cents pour cent son rôle de directeur de foyer d'accueil d'urgence.

− Vous semblez très bien connaître ce dont vous me parlez... dis-je timidement. Auriez-vous...

− Absolument. Je suis un ancien SDF. Je me suis retrouvé à la rue à 17 ans après la mort de mes parents. Personne ne m'a aidé et seul, je n'ai rien pu faire pour sauver leurs biens. Je n'ai donc pas eu le choix que de vivre dehors. J'y suis resté dix longues années. Dix ans à me cacher, à manger ce que je trouvais, à vivre de quelques maigres pièces qu'on me jetait dans une gamelle, comme un chien enragé reçoit ses croquettes de loin, au cas où il vous sauterait dessus...

Je l'écoute sidérée, abasourdie par de tels aveux, alors qu'il ne me connaît même pas. Ce mec est réellement touchant et je comprends pourquoi il me semblait si authentique tout à l'heure. Comment peut-on tomber si bas alors que la veille nous étions dans une situation confortable ?
Ces propos font naître en moi, une énergie folle, remplissant chacune de mes veines, boostant tout mon système cardio-vasculaire. Je me sens comme une boule d'énergie prête à se déployer sur la ville entière.

− Et puis, j'ai eu la chance de rencontrer celle qui m'a sorti de la rue : l'ancienne directrice de ce foyer, qui a cru en moi au premier regard. Celle qui m'a poussé à venir m'y ressourcer lorsqu'il faisait trop froid, puis pour me remettre un pied à l'étrier de la société. J'ai travaillé pour le foyer, d'abord en tant qu'homme d'entretien, puis en tant que maraudeur. J'ai passé un diplôme d'éducateur spécialisé et Madame Moreau a tout fait pour me permettre de lui succéder à son départ en retraite. Voilà, vous savez tout...

− Je... Je ne sais pas quoi dire... prononcé-je tout en serrant ma nuque avec mes mains. Votre histoire est tellement poignante... Vous êtes admirable.

− Admirable est un grand mot ! Disons que je n'ai pas le parcours de « Monsieur Tout le monde » ! ajoute-t-il en se frottant la tête avec un sourire timide.

Décidément, ce gars-là, je l'aime déjà !
Quelqu'un frappe à la porte et nous nous retournons tous les deux. C'est Camille que je reconnais immédiatement, suivie d'un jeune homme d'une vingtaine d'années, Bertrand je présume. La jeune femme blonde m'adresse en entrant, un chaleureux sourire, comme lorsqu'elle m'avait interpelée à son stand de sensibilisation.

− Bonsoir tous les deux ! Camille, tu connais Nina. Nina, voici Bertrand.

Le jeune homme me serre une poignée de main comme je les apprécie, douce mais ferme à la fois.

- Bonsoir Bertrand, je suis ravie de vous rencontrer. Camille, heureuse de vous revoir !
- Moi de même Nina. Bienvenue dans notre maraude ! me dit Camille d'une voix emplie d'énergie et d'excitation.
- Heureux de faire votre connaissance également Nina. J'espère que vous vous plairez dans notre maraude, me lance-t-il dans un clin d'œil plein de malice.
- Aller vous trois, ne tardez pas ! La place de la République vous attend ce soir et je pense que vous aurez du monde à voir. Nina, tout va bien se passer j'en suis certain. Restez vous-même et vous ferez des miracles.

Ses paroles qui me vont droit au cœur, me laissent la sensation d'avoir des ailes qui poussent dans mon dos et c'est si bon ! Place de la Rep', à nous deux !

Vêtue de nos vestes chasubles aux couleurs du Samu social, nous arrivons Place de la République. Tout ici me rappelle mes années fac : les lumières, les passants, les rires et les bars. Ahhh ! La Jamaïque… j'ai tant de souvenirs avec ma promo d'archéologie et avec Lénaïc… Surtout ce fameux soir où elle a absolument voulu apprendre à parler le jamaïcain pour séduire le barman, qui selon elle était originaire de cette île. Le pauvre homme était juste un peu trop… Irlandais !

- Bien, Nina, me coupe Camille, en stoppant instantanément l'image de ce souvenir hilarant. On peut se tutoyer ?
- Oh bien sûr ! Avec grand plaisir.
- Alors, c'est parti ! Il faut d'abord observer un petit moment ce qui se passe. Nous sommes un peu les hommes de l'ombre qui entrons dans la lumière des ténèbres pour certains. Reste toi-même et laisse parler ton cœur. Il faut surtout repérer les endroits où sont tapies les personnes. Leur refuge se voit grâce à des cartons la plupart du temps, mais pas seulement. C'est surtout l'attitude des personnes sans abri qui va t'éclairer sur leur condition. Prend un moment et regarde autour de toi.
- Entendu, merci Camille.

En la regardant s'éloigner pour aller à la rencontre d'un homme qui semble la connaître, je prends conscience que ma situation personnelle n'est rien comparée à ce que peuvent vivre ces gens. Comment peut-on oser après avoir constaté les ravages de notre société compulsive et individualiste, se regarder dans son miroir pour se plaindre et s'attarder sur son nombril ?

Putain… Moi qui pensais que toute la misère du monde demeurait en Afrique… Bordel de bordel… J'étais si loin de la réalité. Si loin de penser que des femmes finissaient dans la rue, dans mon pays, dans ma ville… Abasourdie, je décide de m'assoir quelques minutes sur un banc, à l'abri de la lumière des réverbères. La tête entre mes mains, je me récite un mantra tibétain pour me donner la force de trouver les paroles justes et réconfortantes, car je ne souhaiterais pour rien au monde laisser penser les gens que je ne les comprends pas ou pire, que je les juge ou les prends de haut !

Non, non, non ! Nina Libartet ressaisis-toi ! Tu sais pourquoi tu es là, alors pas question de laisser ramollir ton cœur.

Je reprends mon souffle après ce début de guerre civile dans mon esprit et lève les yeux qui vont se poser sur un banc, non loin de moi. Un amas de tissus informe recouvre une silhouette. Des cheveux fins et gras, un repli sur soi... Pas de doute, cette femme est à la rue. Quel âge peut-elle avoir au juste ? Je décide de m'avancer vers elle, pour tenter une approche en douceur.

En m'asseyant près d'elle, un détail me saute aux yeux : la finesse de ses mains. Ses doigts sont longs, sa peau malgré une légère crasse, me semble fine et douce. Ses ongles sont taillés, soignés. Son visage est si fermé que j'en éprouve un brutal pincement au cœur. Qu'est-ce qui a bien pu pousser cette femme dans le monde de la rue ?

– Bonsoir... je peux partager ce banc avec vous ?

Elle tourne la tête dans ma direction. Ses yeux sont rougis par les larmes qu'elle a dû verser il y a peu de temps. Ses traits son fins, harmonieux. Elle est jolie, tout simplement, et pendant une fraction de seconde, je jurerais l'avoir déjà croisée quelque part. Pour toute réponse, elle se décale et rabat sur elle les pans de tissus qui jonchaient le banc.

– Merci, c'est très gentil de me faire une petite place.

Silence... Silence absolu. Ce n'est pas gagné on dirait ! Libartet, tu vas devoir faire preuve de tact...

– Il y a longtemps ?

Sa mine dubitative se tourne de nouveau vers moi, avant qu'elle ne replonge son regard dans le bitume. Silence intergalactique...

– Moi, c'est Nina. Et vous ?

Elle soupire, prenant sa tête entre ses mains. Pendant de longues secondes, elle semble se bagarrer avec elle-même. J'assiste, impuissante spectatrice, à son duel intérieur.

– Six mois... Six longs mois que j'arpente les rues. Au début, je me disais que ce ne serait que passager, que je reprendrais vite un boulot. Qu'il viendrait me chercher... Mais rien. Personne n'est venu...

Elle se livre enfin... Elle a l'air si désemparée. Je la regarde, s'enfoncer un peu plus dans ses ténèbres qui semblent l'aspirer de plus en plus profondément.

Ces yeux... Ces traits... Je les connais bon sang ! Pourquoi ai-je cette sensation quand je la regarde ?

Mon regard est tout à coup attiré par ce paquet de tissu qu'elle trimballe. A y regarder plus en détails, je crois distinguer de jolies étoffes, peut-être même du satin, ou du taffetas.

– C'est tout ce qu'il me reste. C'est le dernier trésor de ma vie auquel je peux me raccrocher. C'est beau n'est-ce pas ?

Putain, elle m'a grillé en train de reluquer ses affaires ! Je suis sûre que je suis cramoisie... Vite ! je respire discrètement pour reprendre mon attitude professionnelle habituelle.

– Oui, ces tissus ont l'air sublime... D'où viennent-ils, si ce n'est pas trop indiscret ? dis-je timidement.
– Ils proviennent de partout et de nulle part... De tous les endroits au monde où je suis passée et où je n'existe plus aujourd'hui. Mon monde s'est arrêté de tourner quand j'ai dit stop.

Cette phrase vient de résonner comme un coup de tonnerre dans mon esprit, telle une décharge électrique à l'échelle de la puissance nucléaire. Ce courant me parcourt tout le long de ma colonne vertébrale C'est aussi ce que j'ai vécu ! Moi aussi, j'ai dit stop ! Et pour moi aussi le monde s'est arrêté ! Par tous les dieux que je connaisse et que je ne prie pas, qu'a donc connu cette femme qui fasse écho en moi à ce point ?

Soudain, j'ai un flash. Tout au fond de mon esprit, je vois ces mains fines, graciles qui se promènent sur le clavier d'un piano noir... La femme blonde qui joue, est sublime, installée sur la scène d'un grand théâtre. Elle donne un concert au profit d'une œuvre caritative. Il s'agit de Marie Berlstein ! Putain de bordel de dieu ! C'est elle ! J'ai juste à côté de moi une des plus grandes pianistes de sa génération...

Mon cœur se serre pour cette femme : connue et adulée hier, seule et oubliée aujourd'hui. Mais comment est-ce possible ? Pourquoi ? A en croire son expression lorsqu'elle me fixe à son tour, soit ma tête a été subitement remplacée par une cuvette de toilette, soit j'ai vraiment l'air stupide... Peut-être même les deux !

– Euh… Je…. Vous voulez boire quelque chose ? dis-je en me levant rapidement pour tenter de garder le contrôle de moi-même.
– Je ne veux pas vous faire perdre votre temps… Vous devriez aller voir d'autres personnes qui ont plus besoin d'aide que moi.

Son ton est ferme, plein de tristesse et de colère contenues. Ce n'est pas une affirmation transparente, c'est un appel à l'aide masqué. Non, je suis désolée, je ne vous lâcherai pas Madame Berlstein ! Je ne sais que trop ce que ça fait d'être au top et descendre dans les ombres abyssales de la vie. Et puis, elle ne doit pas être beaucoup plus âgée que moi, elle a encore toute la vie devant elle !

À la vue de sa mine fermée et totalement éteinte, je me rassois près d'elle, déterminée à lui faire entendre raison, après lui avoir servi une tasse de café. Surprise que je reste auprès d'elle, elle me dévisage. L'air faussement décontracté, je lui tends la tasse en plastique, appuie mes avant-bras sur mes cuisses et baisse la tête pour fixer le sol. Puis, je me lance…

– Je m'appelle Nina Libartet, mais mon nom ne vous dira sans doute rien, et à vrai dire, on s'en fout ! J'ai connu une carrière fulgurante, fait la plus belle découverte de ma vie, aimé comme je ne pourrai sans doute plus aimer aujourd'hui et du jour au lendemain, pouf ! Plus rien… J'ai tout perdu, connu la trahison et la douleur. Je sais ce que c'est que d'être au top niveau, au plus haut de la sphère sociale. J'ai connu moi aussi la déchéance, l'abandon, la haine et la souffrance… La douleur d'un cœur qui meurt un peu plus chaque jour pour se transformer en pierre.

Silence de mort. Seules les voix des passants et de mes collègues apportent un peu de vie à cette place en cet instant.

– Aussi ?
– Oui, moi aussi.

Yes ! On y est… Je commence à gagner son intérêt. Je relève la tête fièrement et constate qu'elle me fixe, les yeux plissés. Elle s'est redressée, laissant retomber légèrement tous les pans de tissus qui l'emmitouflaient jusqu'alors, son café brûlant à la main.

– Comment ça, vous aussi ? Que voulez-vous dire au juste ?

Je soupire pour évacuer la pression qui monte en moi, à constater que trop de femmes dans ce bas monde sont encore traitées comme de vulgaires objets. De quoi rendre dingue ma diablesse féministe !

– Eh bien je disais « moi aussi » car je pense savoir qui vous êtes et que si c'est le cas, nos histoires personnelles sont comparables en tous points. Vous êtes Marie Berlstein, n'est-ce pas ?

Son regard se perd sur moi, et ses larmes jaillissent. Mon petit ange qui est de retour sur mon épaule, me guide avec douceur, pour réconforter cette femme, belle, si seule et perdue. Je pose une main sur son épaule, l'autre essuie ses larmes sur ses joues. Elle me laisse faire, venant au contact de mes doigts.

Je suis étonnée par la douceur de sa peau, malgré la vie en pleine rue.

– Vous me connaissez ? me demande-t-elle interloquée.
– Parfaitement. Vos concertos ont toujours été pour moi un ravissement des sens. Je vous ai vue plusieurs fois au grand théâtre. Des moments magiques de la fin de mon adolescence…

Elle me fixe et la lumière vient subtilement éclairer son visage. Elle semble ne pas en croire ses oreilles. Tout naturellement, elle vient poser sa tête contre mon épaule. Puis sans que j'aie à lui poser la moindre question, elle se met à me raconter son histoire.

– Tout a démarré si vite pour moi. J'avais vingt ans lorsque j'ai commencé ma carrière de pianiste. Pour mes parents, j'étais une enfant prodige. Moi, je faisais simplement ce que j'aimais le plus au monde ! Alors, j'ai enchaîné les concerts, les voyages, à travers le monde entier. J'ai rencontré des milliers de belles personnes, d'âmes nobles et généreuses. J'ai tant appris de mes voyages et de ces rencontres. Je me fichais de l'argent que ces tournées mondiales pouvaient me rapporter. Je me nourrissais simplement des échanges et des petits bonheurs que la vie voulait bien m'offrir chaque jour.

Tant de points communs se dessinent entre nous… C'est incroyable ! J'ai à ce moment conscience qu'elle me raconte MA propre histoire…

– Et puis, l'année de mes 25 ans, je l'ai rencontré. L'homme qui a fait battre mon cœur, plus que n'importe qui. Il m'accompagnait dans mes tournées, était toujours là pour moi. Ce que je ne pouvais pas prévoir, c'est qu'il ferait le vide autour de moi, jusqu'à m'écarter de ma propre famille ! Au bout de deux ans, il est devenu violent, m'infligeant des coups lorsque je rentrais plus tard que prévu et que je passais un moment avec une amie musicienne. Au début, il me battait sur le corps, afin que personne ne remarque un seul de ses coups. Et puis, la rage l'emportant de plus en plus, il n'a plus hésité et s'en est pris à mes cheveux, mon visage, mes mains… Il disait que si je ne pouvais plus jouer de piano, je serais à lui pour toujours. Il m'a cassé le majeur et l'annulaire droits, ce qui m'a valu de rester immobilisée durant un mois et d'être coupée des salles de musique du conservatoire de Dijon. C'est ainsi qu'une jeune pianiste prometteuse a pu profiter de ma convalescence pour passer sur le devant de la scène. Petit à petit, mes tournées se sont réduites, le public adulant désormais cette nouvelle jeune prodige. Tout va si vite dans la musique, vous quittez la scène bien plus vite que vous n'y êtes entrée. Je n'ai donc eu d'autre choix que d'accepter un poste de professeur dans un conservatoire à Lyon.

Sa voix se brise, tout comme mon cœur se serre pour cette femme. Quelle vie de merde elle a subi...

– Les coups de mon compagnon ont continué de tomber une année encore, me faisant prétexter une chute dans l'escalier, la rencontre avec une fenêtre, une conjonctivite...

Je connais les excuses qu'elle me cite. C'était également celles de Madame Rogers ma voisine lorsque j'habitais à Paris. Puis Marie poursuit.

– Ce n'est qu'il y a six mois que j'ai réagi, un soir où sa perversité a atteint son paroxysme. Le coup de trop, il m'a brisé l'index gauche et la mandibule, avant de m'enlacer pour me couvrir de baisers et souhaiter un rapport sexuel. De peur qu'il ne me tue, je pense qu'il y serait parvenu tôt ou tard, je me suis laissée faire, en pleurant toutes les larmes de ce qui restait de mon corps, le laissant assouvir ses besoins de porc...

Je ne sais plus quoi dire. Quel autre choix pouvait-elle avoir ? Mon cœur est dévasté : le vent de ma rage vient de se lever et ne sera calmé que lorsque j'aurais mis cette femme à l'abri.

– J'ai ensuite attendu qu'il s'endorme et je suis partie le plus vite possible ne prenant pas la peine de réunir mes affaires. Je n'ai souhaité emporter que mes papiers d'identité et ces tissus précieux rapportés de chacun de mes voyages, fait-elle d'un geste de la main pour me les désigner.

Quelle sale ordure ce mec ! Je suis désormais un volcan en ébullition, prête à fracasser le premier connard qui manquera de respect à quiconque ! Si je l'avais en face de moi, je me ferais un malin plaisir à lui transformer son service trois pièces en Picasso, de sorte qu'il ne puisse plus rien faire d'autre que pisser à la façon cubiste !

Marie qui a dû ressentir ma tension grandissante se redresse et m'interroge du regard quelques secondes.

– Tout va bien, Nina ? me demande-t-elle l'air grave.

Je respire lentement pour faire redescendre la pression qui faisait méchamment grandir ma diablesse féministe. Inspire Libartet... Il faut que tu en saches davantage pour aider cette femme. Galvanisée par ma colère qui fait pulser l'adrénaline dans mes veines, je reprends ma constance habituelle et relève la tête pour reprendre notre conversation.

- Oui, tout va bien merci. Ce serait plutôt à moi de vous poser cette question !

Je lui souris et enfin ses yeux s'éclairent. Elle me rend mon sourire, et, je sens que nous venons de créer à présent une alliance aidant-aidé.

- Pourquoi n'êtes-vous pas allée demander de l'aide à votre famille Marie ?
- Mes parents ne m'ont pas revue depuis deux ans, car Sergio mon compagnon, m'a totalement écartée de ma famille. Je me sentais trop honteuse de reprendre contact avec eux dans de telles circonstances... La fierté féminine sans doute !
- Marie... vous méritez mieux que la rue, vous le savez non ?

Je sais qu'en prononçant de tels propos, je risque de rompre à tout instant notre précieuse alliance. Mais je dois vraiment la convaincre de reprendre les rênes de sa vie. Elle baisse les yeux, soupirant et semblant plongée dans un monologue intérieur. Ses larmes remontent à la surface et je me lance.

- Vous êtes Marie Berlstein bordel de merde ! soufflé-je, pour tout de même respecter son identité. Personne n'a le droit de vivre de nos jours, pareilles situations ! Bien sûr, vous me direz que vous n'êtes qu'une femme, comme toutes les autres. Que vous êtes en partie responsable de ce qui vous arrive car vous n'aviez qu'à être plus lucide... Ne vous accablez pas davantage s'il vous plaît... Vous avez été la marionnette d'un pervers narcissique ! Un putain de connard de pervers narcissique... Bien plus que la rue, personne n'a le droit en ce foutu monde, de subir de telles manipulations...

Je reprends mon souffle, histoire de calmer mes ardeurs... imperceptiblement, ma posture se modifie : le dos droit, la tête dans le prolongement de ma colonne vertébrale, les pieds ancrés au sol. Je suis reliée à l'énergie vitale du monde, forte, assurée et je veux réussir ma mission. Marie ne dit rien, mais elle ne s'est pas repliée sur elle ou n'a pas pris ses jambes à son cou.

– Marie, je suis vulgaire et je m'en excuse... Mais voyez-vous, savoir qu'un trésor humain tel que vous vit dehors, sans sécurité, sans amour, c'est comme.... Je cherche mes mots. C'est comme boire un Pommard dans un gobelet en plastique ! Ou entourer une émeraude de deux zirconiums... Votre place est ailleurs, sans aucun doute ! Peut-être que votre idéal d'hier est à recréer aujourd'hui. Mais pour cela vous devez vous laisser une seconde chance... Rien n'est votre faute. Il faut faire tomber ce lourd manteau de culpabilité et stopper votre autopunition.

Silence intersidéral... J'ai exprimé tout ce que je ressentais, et le plus bizarre dans cette histoire, c'est que je viens de faire la critique de ma propre vie... Je me sens si légère à présent, comme portée par des milliers de petits nuages remplis de poussière de fées... Un vrai prana en direct live ! Je viens tout bonnement de redistribuer ma foi en la vie... C'est pur, magique et cela me transporte ! Marie, une étincelle d'espoir dans les yeux me serre d'un coup contre elle, m'enlaçant comme une enfant enlacerait sa mère après qu'elle lui ait recousu son nounours préféré. C'est tellement bon de faire le bien autour de soi...

– Merci Nina... je suis touchée par tout ce que vous venez de me dire... mais par où commencer hein ? Je n'ai nulle part où aller, personne à contacter et sur qui compter... J'ai juste... Tout perdu...
– Non Marie, ne retombez pas dans l'ombre ! PO-SI-TI-VE ! Je suis ici pour vous aider... Vous me faites confiance ? lui demandé-je les yeux dans les yeux.

Silence d'après-négociations.

– Oui... sincèrement, je crois que oui ! Ou tout du moins, j'ai envie de vous faire confiance ! me répond-elle en riant timidement.
– Vous voulez bien m'accordez quelques minutes ?
Le regard un peu perdu qu'elle pose sur moi, comme si j'allais l'abandonner, m'émeut profondément.

– Ne vous inquiétez pas Marie, je vais juste demander une information à mes collègues de la maraude. Je reviens tout de suite, promis !

Le « oui » qu'elle souffle ne parvient pas jusqu'à moi, mais j'ai pu le lire sur ses lèvres.
Ni une, ni deux, je me presse pour retrouver Camille et Bertrand. Quelques minutes plus tard, l'information que je souhaitais en poche, je retourne sourire aux lèvres, retrouver Marie. Elle n'a pas bougé, telle une statue sous le ciel étoilé et bien trop citadin. De nouveau mon cœur se serre pour cette femme. Comme pétrifiée, elle est blottie dans cet amoncellement de tissus, comme une petite fille qui serrerait sa petite

couverture et tous les doudous du monde entier. Son regard se lève dans ma direction et je m'autorise enfin à me rasseoir à ses côtés.

– Marie, dis-je doucement. Je viens d'aller parler à Camille : si vous le souhaitez, vous pouvez trouver un refuge dès ce soir. En effet, le foyer d'accueil dispose encore de quelques places libres et la seule condition de votre accueil serait de vous remettre sur le chemin du travail ou de la formation. Toute l'équipe vous épaulera et vous pourrez bénéficier d'un soutien psychologique. Pensez-vous pouvoir entrer dans ce dispositif ?

Silence de mort... J'attends en respectant cet instant où tout me parait suspendu à un fil. Silence bis... Merde ! Cette fois-ci, c'est sûr, son cerveau a capoté ! Comment je fais, moi, pour sortir une pianiste virtuose d'un état hypnotique ? Réfléchis Libartet, par Vercingétorix ! Le calme... Le calme et la douceur, c'est tout ce dont elle a besoin ! Tout comme moi d'ailleurs... Vous m'excuserez du peu, mais pour une première maraude, je n'ai pas fait dans la dentelle !

– Marie ?
– Et bien...

Ouf ! elle respire !

– Je pense que si je veux m'en sortir, je n'ai pas vraiment le choix !
– Alors, vous acceptez de venir au refuge, c'est ça ? dis-je, les yeux grands écarquillés.
– Oui, j'accepte... Mais j'ai si peur Nina ! Tellement peur qu'on me juge, qu'on me rappelle tout ce que j'ai perdu. Je suis si fatiguée...
– Marie... personne ne vous jugera au foyer d'accueil. Vous êtes et serez toujours Marie Berlstein. Mais vous seule pouvez décider de celle que vous serez demain. Vous vivrez toujours avec votre passé. On ne vous demande pas de l'oublier, car il fait partie de vous. Mais vous apprendrez à le supporter à vos côtés, puis vous le tolèrerez, en le voyant s'éloigner de vous... Et beaucoup plus tard, vous le verrez au loin, comme on voit un bateau à l'horizon. Et vous serez apaisée... Sereine pour démarrer la vie que vous aurez choisie.

Le silence s'étend sur nous, comme de la poussière d'étoiles. Ce genre de silence enveloppant, réconfortant, comme un baume sur le cœur.

– Votre vision des choses est tellement poétique Nina... Vous me redonnez.... De l'espoir.

La lumière change dans le ciel. J'ai passé une bonne partie de la nuit auprès de cette femme. Ses yeux, remplis d'étoiles se sont rallumés. Juste le temps de récupérer Camille et Bertrand et Marie sera enfin à l'abri.

Installée dans la chambre numéro 23, Marie semble toute petite assise sur le lit. Ses robes sont déposées sur le petit bureau qui comble un coin de la pièce. Elle ne dit rien, semblant redécouvrir la signification du mot refuge.

– Cette chambre est assez impersonnelle, mais je suis persuadée que vous saurez la transformer.
– Je n'aurai jamais assez de mots pour vous remercier Nina...

Un sanglot étouffé se fait ressentir et ses larmes s'écoulent, tel un ruisseau qui renaît.

– Vous n'avez pas à me remercier Marie...
– Vous me rendrez visite, n'est-ce pas ?
– Comment pourrais-je refuser une si belle invitation ? dis-je dans un rire mi gêné, mi reconnaissant.

Reconnaissant, car si j'ai permis à Marie Berlstein d'en finir avec sa détresse et la rue, elle, m'a permis de me sentir utile. Utile et tellement en vie...

– Reposez-vous maintenant Marie. Vous êtes en sécurité et c'est tout ce qui compte.

Et comme une petite fille obéirait à sa mère, elle s'allonge dans son lit et ferme les yeux.

Ce soir, je n'ai pas seulement aidé une personne à reprendre le cours de sa vie. J'ai compris à quel point j'avais besoin de redonner un nouveau souffle à la mienne. J'ai compris que ma quête n'était peut-être pas celle que j'avais toujours imaginée...

Chapitre 7

Martin

Nina... Il faut que je lui parle. Je ne peux plus rester à côté d'elle une journée de plus sans lui avoir dit ce que je ressens pour elle. Sa peau, sa bouche... Oh bon sang sa bouche ! Qu'est-ce que j'aimerais la sentir contre moi...

– Bonjour Martin. Voici les résultats d'analyse que le laboratoire de Bordeaux nous a fait parvenir. C'est surprenant !

Paul-Louis... tellement doué pour interrompre des pensées vitalo-capitales !

– Bonjour Paul-louis. Merci, ils ont fait vite, dis-je en prenant l'enveloppe qu'il me tend.
– Effectivement...

Il me scrute comme si je venais de me transformer en femme.

– Euh... Oui Paul-Louis ? demandé-je avec l'air de celui qui ne comprend plus qui il est et où il vit.
– Eh bien dépêchez-vous mon vieux ! On dirait que cela vous passe par-dessus la tête ! C'est surprenant vous dis-je !

Paul-Louis a sorti de son tiroir son attitude de jeune dandy érudit, jubilant à l'annonce d'une sacro-sainte nouvelle. Il m'intriguera toujours ce type ! A lui seul, c'est un condensé de glace, d'aplomb d'homme d'état et du regard magique d'un enfant découvrant le trésor d'un pirate. Il me déroute... Comment peut-on former un cocktail si étrange et raffiné à la fois ? Bloody Paul-Louis me souffle le vilain garçon caché en moi !
Aller Martin, ne le fait pas attendre trop longtemps... Retrouvant tout mon dynamisme, je déchiquète l'enveloppe et en sort la précieuse trouvaille de mes collaborateurs bordelais. Je n'en reviens pas. À la lecture de ce document, mon corps s'électrifie. Ma colonne vertébrale se transforme en autoroute accueillant des véhicules circulant à l'énergie nucléaire. L'ex-voto que nous avons envoyé en analyse, est écrit en langue gauloise ! La même langue écrite que sur cette tuile découverte à

Châteaubleau ! Cette même tuile qui a transcendé tous les archéologues du pays... Il faut que je l'annonce à Nina !

— Alors, n'est-ce pas fascinant ? s'exclame Paul-Louis.
— Put... Mer... C'est...

Je me retiens de jurer, mais c'est complètement orgasmique !

— Bordel de Dieu, c'est ... Cataclysmique vous voulez dire ! reprend Paul-Louis, surexcité.

Si excité que soudain, il me prend dans ses bras, me faisant valser dans une accolade de rugbyman ! Qui a dit que les dandys étaient tous précieux ? Je me laisse porter par cette effusion de joie, sautant à travers le labo et rendant la pareille à mon patron !

— Hum hum...

Quelqu'un se racle la gorge à la porte du sas, ce qui a le pouvoir de nous arrêter net. Je me retourne et elle est là... Sublime comme toujours, dans une robe vaporeuse, couleur nacre. J'ai l'air d'un troll à cote d'elle, la tignasse ébouriffée et le t-shirt débraillé.
— Euh... Je repasserai plus tard, dit-elle en tournant les talons précipitamment.
— Non ! m'écrié-je d'un ton plus sec que je l'aurais voulu.

Merde, elle va avoir peur de moi ! Rattrape le coup Martin, fais pas le con ! Jetant un œil discrètement en direction de Paul-Louis, je me dirige vers elle, lui attrapant le poignet délicatement et le relâchant aussitôt au contact de sa peau venant de frissonner.

— Ne partez pas Nina, dis-je doucement comme si je rassurais une petite fille perdue. Les résultats du labo viennent d'arriver et je pense que vous allez beaucoup les apprécier...

Ses yeux verts sondent les miens lorsqu'elle se retourne, s'approchant tout près de moi. Je soutiens son regard, fasciné par cet iris doré et ses pupilles qui se dilatent.
— Ah oui ? souffle-t-elle, un sourcil arqué.

Ma gorge s'assèche, des frissons naissent au creux de mes reins... Bon sang, je la veux tellement !
La tension et la température augmentent peu à peu. Je sens ma peau devenir moite, et dans mon ventre, ça me fait l'effet d'avoir avalé des tas de ballons gonflés à l'hélium. Je ne touche plus le sol, c'est divin...

— Hum… Martin… Je vous laisse annoncer cette… Merveilleuse découverte… À notre…Collaboratrice.

Je ne la quitte pas des yeux… Je sens le regard interrogateur de Paul-Louis qui semble avoir compris ce qui se jouait dans le labo. Mais le prince qui sommeille en lui, lui fait quitter la pièce avec tout le panache qu'on lui connait. Je n'ose même pas imaginer quel bordel ce doit être dans sa tête à la vue de Nina et moi, l'un en face de l'autre, attiré par une énergie extraordinaire.

— Ok Paul-Louis, je m'en occupe. À plus tard, lancé-je, juste histoire qu'il n'ait pas envie de s'attarder dans les parages.
— Alors, cette nouvelle ? m'interroge-t-elle.

Son visage est brillant, on dirait qu'elle meurt de chaud. Sa bouche forme un petit cœur pour signifier qu'elle attend ma réponse. Très bien, ne la faisons pas attendre plus longtemps.
— Bien, dis-je en attrapant l'enveloppe posée sur le bureau. Vous vous souvenez de votre hypothèse sur la langue écrite sur cet ex-voto ?
— Vous m'intriguez Martin ! Que dit ce courrier enfin ?
— Jugez par vous-même ! Fais-je en lui remettant le sésame de tous nos espoirs.

Les pages à peine dépliées, ses yeux les parcourent à toute vitesse puis se mettent à briller comme deux étoiles et un rire à demi sanglotant la gagne déjà.

— Martin ! Vous vous rendez compte de ce que cela veut dire ?
— Je crois comprendre oui… Mais peut-être pas autant que vous ! lui dis-je en lui souriant timidement.

C'est elle l'archéologue ! Moi je ne suis que de petites mains.

— Cela signifie que les échanges et les mouvements des peuples gaulois étaient bien plus importants qu'on ne le croyait. Mais aussi que le peuple de cette petite bourgade de Seine et Marne devait avoir plus d'importance qu'on ne le supposait jusqu'ici !

Elle est fascinante, virevoltant dans mon labo comme un pétale de magnolia dans la brise printanière. Elle s'arrête soudain à mon niveau, sa poitrine se soulevant au rythme de sa respiration emplie de joie. Ses yeux se perdent à nouveau dans les miens. Son regard envoûtant m'appelle, comme le chant d'une sirène. Puis son air devient grave et elle se calme peu à peu lorsqu'elle me laisse m'approcher un peu plus d'elle.

— Nina... Vous êtes époustouflante, soufflé-je en caressant sa joue avec mon pouce.

Je la sens frissonner à mon contact, c'est tellement bon de la deviner fébrile sous mes doigts.
Elle passe sa main par-dessus la mienne et je n'en peux plus. Mes lèvres rencontrent enfin les siennes, doucement, délicatement et elle ne dit rien. C'est elle qui m'offre sa bouche un peu plus en l'entrouvrant légèrement. Elle a un goût fabuleux... Sucrée comme un bonbon, fraîche telle une feuille de menthe. Nos respirations s'accélèrent, nos baisers deviennent plus fougueux. Nina passe ses mains dans ma nuque et j'implose de bonheur. De bonheur et de désir... Enfin elle me touche, laissant aller ses mains dans mon dos, sur mes joues et mes bras, m'offrant tour à tour sa bouche et son cou.
Elle est maintenant contre moi, sa poitrine effleurant mon torse. Putain, c'est si bon, si fort... Je n'ai jamais ressenti ça pour personne !

— Oh Nina... Vous êtes tellement attirante, murmuré-je dans son cou alors que son parfum ambré exacerbe un peu plus mon désir pour elle.

Je la sens sourire contre ma tempe. C'est galvanisant... Suffisamment puissant pour me propulser très haut dans les airs.

— Martin... J'avais tellement envie de ça...

Ces quelques mots percutent mon cœur de plein fouet. Et alors que je continue à l'embrasser fougueusement, je sens une de mes larmes rouler sur ma joue. Pourquoi suis-je à ce point remué ?
Je sens ses mains sur mon torse, puis dans mon dos et elle m'enlève mon t-shirt. Elle ne bouge plus. Elle fixe mon torse et mon épaule gauche. Mon tatouage... Aïe ! Si ça se trouve elle n'aime pas les mecs tatoués ! Mais sans que je m'en aperçoive, ses doigts suivent les courbes de ce motif tribal, dans une délicatesse toute appréciatrice.
Ce n'est qu'un tatouage jolie brune... Et elle est loin d'avoir vu tous ceux qui recouvrent mon corps !
Soudain, un bruit se fait entendre dans le sas. Bordel non, pas ça !

— Merde, Éléonore ! dis-je nerveusement en enfilant mon t-shirt.

Nina, bien que l'air un peu frustré, se met à rire, les yeux malicieux et le teint rosi par le plaisir de nos préliminaires si prometteurs.

— Tout va bien Martin, vous êtes parfait ! Me lance-t-elle dans un clin d'œil complice.

Je ne peux pas la laisser ainsi, pleine de désir pour moi, sans lui faire comprendre que j'ai envie que ça continue.

— Ce n'est que partie remise jolie Nina, soufflé-je sur sa bouche en y déposant un petit baiser rapide.
— Je l'espère bien Martin. Je l'espère bien...

Sa main caresse ma mâchoire et je dois déjà me détacher d'elle, pour éviter qu'Eléonore ne nous surprenne.

— Merci Martin pour cette formidable découverte. Vous m'en voyez toute excitée ! J'ai hâte que nous poursuivions nos recherches, vraiment...

Oh ! La demoiselle est coquine et manie la phrase à double sens comme personne. Intéressant...

— Ce sera un véritable plaisir de me pencher sur ces recherches avec vous, croyez-moi ! lui dis-je, le regard brûlant.

Éléonore qui a fait son entrée sur ces quelques mots codés échangés avec Nina, nous scrute comme si nous étions en train de parler en grec ancien.

— Bonjour à tous les deux ! Et de quelles recherches parle-t-on au juste ? J'espère que je n'ai pas interrompu votre travail ?
— Non, non Eléonore pas du tout. Martin me faisait part des résultats parvenus du labo de Bordeaux. C'est... Fascinant, vous verrez !

Quoi, elle s'en va là ? Mon cœur s'affole, elle ne va pas me laisser en plan comme ça ? Sans prêter attention à Eléonore, je lui cours après dans le sas, avant qu'elle n'ait le temps de regagner son bureau.

— Nina ! Attendez... S'il vous plaît, dis-je en lui attrapant la main dans une tendresse que je ne me connais que trop peu.
— Eh bien, voyez-vous, j'aurais vraiment voulu poursuivre notre conversation de tout à l'heure, mais...

Et merde, tant pis pour le boulot ! Je pose mes lèvres sur sa bouche pour la faire taire.

– Ce soir... Chez moi... Laissez-moi une chance de rattraper ce moment.

Ses yeux se posent dans les miens. Son odeur m'enivre.

– Ce soir hein ?

Elle parait réfléchir et je meurs d'impatience. Elle va dire non, c'est sûr... Merde !

– Quelle heure ?

Non ! Elle est ok là ?

– 19 heures ?

Elle semble réfléchir... Allez Nina, ne me laisse pas bouillonnant comme ça !

– 19 heures c'est parfait. Et où dois-je...
– 24 rue de Montmartre, dernier étage, porte de gauche.
– C'est très... Précis ! A ce soir me souffle-t-elle tout contre mon oreille.

En un courant d'air gracile, elle est repartie dans son bureau et moi, je reste là, comme un grand con qui humerait jusqu'à la dernière note de son parfum mystérieux, aux notes égyptiennes.
Une fois revenu dans le laboratoire, je dois faire une tête façon mi gargouille, mi prince de conte de fée puisqu'Eléonore me fixe, un sourcil arqué.

– Tout va bien Martin ? Tu as l'air bouleversé...
– Oui... Non... Bon, on se met au travail ? dis-je pour couper court à cette conversation.

Eléonore ne dit rien. Elle se contente de retourner à son bureau et ne conteste même pas. Etrange...

– Elle est folle de toi.
– Pardon ? demandé-je en me retournant vers elle.
– Nina, elle est folle de toi ! répète-t-elle avec son air espiègle de poupée russe.
– Je... Je ne comprends pas Eléonore...

Mes yeux clignent comme des ailes de papillon, comme si elle venait de me mettre une gifle. Elle soupire et croise ses petits bras sur sa poitrine menue.

− Martin ! Tu es réellement con ou tu prends des cours du soir pour le devenir ? Nina Libartet est raide dingue de toi, ça se voit comme l'arc de triomphe au milieu de la place Darcy ! Et… Je pense que… Toi aussi… ajoute-t-elle timidement comme si elle venait de se souvenir qu'elle parlait à son supérieur.

Elle baisse les yeux lorsqu'elle retourne à son bureau. Un silence creuse l'atmosphère. C'est pesant comme un brouillard de novembre et vivifiant comme la rosée du matin en mai. A-t-elle raison ? Nina éprouve-t-elle quelque chose pour moi ? Et si c'était juste sexuel ? Elle est célibataire depuis un moment maintenant… Non. Impossible, Nina n'est pas le genre de fille à vouloir une aventure d'un soir. Eléonore doit avoir raison et ça c'est comment dire… Flippant ! Flippant et jouissif en même temps, comme un saut en parachute ou une pointe à 200 à l'heure en moto.

− Je ne prends pas de cours du soir Eléonore, désolé, lui dis-je en lui souriant.
− Pardon Martin, j'ai été indiscrète. Cela ne me regarde pas.
− Non pas du tout Eléonore ! Enfin, si un petit peu… Mais parfois, on a besoin de quelqu'un qui exprime ce qu'on ressent et qu'on n'ose pas s'avouer.

Elle me fixe, puis ses yeux s'agrandissent et elle rit. Un rire de petite fille ayant gagné l'accès à un magasin de bonbons pour la journée.

− Alors, j'ai raison ! dit-elle en sautillant sur place et en applaudissant énergiquement.
− En partie, oui… Moi, c'est sûr ! Je suis raide dingue de cette femme depuis la minute où elle a franchi le sas de ce laboratoire ! Elle est tellement… Si… Il n'y a pas de mot pour la décrire !
− Ben merde alors… J'aurais aimé qu'on parle de moi de cette façon ! Fonce Martin et ouvre-lui ton cœur ! Je pense que c'est vraiment quelqu'un de bien… Quelqu'un à la hauteur de ton âme. Bon, on peut bosser maintenant ? ajoute-t-elle en riant, un tantinet gênée.
− Merci Eléonore. Je suis très touché par ces compliments… Et oui, on peut bosser !

La journée a encore filé à toute allure. 17 heures, je peux partir. Cela me laissera juste le temps de préparer quelques bricoles pour le dîner de ce soir.

Excité comme un étudiant pour son premier rencart, je finis tant bien que mal à préparer quelques bruschettas aux poires et au roquefort, une salade de jeunes pousses et des crèmes au chocolat pour le dessert, si j'arrive à tenir jusque-là !

Une douche, un T-shirt sur un pantalon en lin blanc... Non, beige ! Non, blanc, c'est plus classe.

Bon, mes cheveux maintenant ! J'attache. Non, je les lâche ! Je soupire... Je rattache. Arrrrgh ! Mais ce n'est pas vrai ! Qu'est-ce que j'ai là ? Je m'énerve, je tergiverse dans tous les sens. J'ai chaud, j'ai froid et ces putains de ballons gonflés à l'hélium qui reviennent dans mon ventre... Il faut que je respire. Je suis plus tendu qu'une des cordes de ma vieille Gibson...

Alors, récapitulons ! Douché : ok. Coiffé : ok, mais pas sûr de mon choix. T-shirt noir sur pantalon blanc : ok et j'aime le look que ça me fait.

En cuisine, tout est prêt. J'ouvre une bouteille de Gevrey Chambertin et sort deux verres à dégustation. Les bruschettas sont préparées et attendent de passer au four.

Je choisis de dresser la table au salon, pour que l'atmosphère soit plus décontractée. Oui mais, elle va penser à coup sûr que cette proximité cosy, sera une bonne opportunité pour lui sauter dessus et je passerai pour un immonde goujat. Bon ! À la table de salle à manger. Au moins, en tête à tête, elle constatera que je sais garder mes distances. Mais peut-être aussi que je suis un petit joueur ennuyeux, incapable de prendre des risques. Merde ! Que faire ? Allez ! Le salon sera parfait...

Après on dira que les femmes sont indécises et que les hommes assument leurs choix ! Au fond de moi, je me marre, comme un ado provocateur et insolent qui rirait de ses propres conneries. « Driiing ! »

Oh putain, c'est elle ! Comme un champion se préparant pour LA compétition de sa vie, je prends une profonde inspiration comme si je pouvais absorber tout l'air de la pièce et je souffle lentement, pour sentir mes tensions nerveuses s'évacuer. Le calme... Le calme intérieur m'emplit. Après l'excitation du moment, je me sens posé, apaisé et présent à moi-même, dans la pleine maîtrise de mes moyens. Je suis un lion, je suis un arbre centenaire... La fougue et la force, la vie et la puissance. Allons-y.

Je suis devant la porte d'entrée. J'inspire, j'ouvre... Elle est là, juste devant moi, sublime à vous couper le souffle. La soirée promet d'être belle...

Chapitre 8

Nina

Tremblante comme une jeune première devant la porte de l'appartement de Martin, je ferme les yeux quelques secondes pour me recentrer, retrouver mon centre de gravité et synchroniser ma respiration aux battements de mon cœur, qui jusque-là s'exprimait d'une façon bien trop anarchique.

Je sonne... L'attente me semble durer des heures. Comment va-t-il me trouver ? À son goût j'espère... Nos baisers de ce matin étaient délicieux... Troublants et follement érotiques ! J'en suis sûre aujourd'hui, avec Stephen je n'ai jamais connu une telle passion, une attirance si forte. Martin est magnétique, énigmatique. Et je crois que suis en train de tomber amoureuse, moi qui disais avoir un cœur fossile il y a encore quelques jours. Lénaic avait raison, je dois me laisser une chance d'aimer encore. Je dois laisser à Martin la chance de me prouver qu'il n'est pas comme Stephen.

J'entends des pas derrière la porte et très vite, cette dernière s'ouvre enfin. Il se tient devant moi, sans dire un mot... Il soutient mon regard et je sens ma respiration s'accélérer de nouveau. Du calme Libartet... Du calme !

- Bonsoir Nina. Vous êtes superbe, me dit-il dans un souffle chaud qui vient se loger tout au creux de mon cou. Entrez, je vous en prie, reprend-il en m'indiquant la direction à prendre de son bras tendu.

Magnifique dans son pantalon en lin blanc et son t-shirt noir près du corps, Martin, très galamment, me laisse passer devant lui et j'entre timidement dans une pièce lumineuse, totalement zen, empreinte de quelques notes exotiques.

Le mélange du bois et des tissus chaleureux me confère un sentiment de sécurité immédiat. Je me sens bien, comme si j'avais toujours vécu ici. Sentiment étrange et bouleversant...

La lumière tamisée rend cette somptueuse pièce, apaisante et mystérieuse à la fois. Les objets, tout comme chez moi, semblent avoir été rapportés de pays du monde entier. Tout ça me plaît, ça me plaît même beaucoup ! J'ai chaud, j'ai froid... Je me sens décoller du sol en y étant pourtant si bien ancrée... C'est un sentiment magique !

- C'est... Très joli chez vous, dis-je en cherchant mes mots et en continuant mon aperçu de cet antre masculin et raffiné.

- Je vous remercie. C'est mon repère... Mon refuge. Je m'y sens bien. Et encore plus à présent que vous êtes là.

Je n'ose plus bouger. Je sens sa chaleur dans mon dos, son souffle qui caresse ma nuque. Martin se tient derrière moi. Je ressens comme un magnétisme entre nous. Il est tellement beau et sexy... J'ai envie de goûter ses lèvres à nouveau, sentir ses mains sur ma peau... Je veux être à lui. Et tant pis s'il trouve que je vais trop vite !

Soudain, je n'y tiens plus. Je me retourne et me retrouve tout contre lui. Nous sommes les yeux dans les yeux, nos respirations parfaitement accordées. Il soutient mon regard comme à chaque fois que nous sommes tous les deux. Je sens son parfum boisé et épicé et je ne peux m'empêcher de porter ma main à son visage parfait. Je n'entends plus rien autour de nous... Martin aveugle tous mes sens.

Sa peau est si douce. Et depuis fort longtemps, je ressens du désir pour un homme. Ce désir d'intimité... Celui de chérir, découvrir et s'épanouir ensemble, réglés sur le même métronome, guidés par la même boussole intérieure... Je caresse sa joue avec une infinie tendresse et il vient au contact de mes doigts, en fermant les yeux, comme s'il avait manqué d'affection toute sa vie. Cette pensée inattendue me bouleverse et je me love tout contre lui, enserrant sa taille.

Martin referme ses bras puissants sur moi et laisse sa joue reposer contre mes cheveux. Le temps vient de s'arrêter, tout est suspendu... Arrêt sur image. C'est grisant...

- Oh Nina... soupire Martin. Je souhaite que ce moment dure toujours.

En plus d'être beau, il sait parler à mon cœur, pourtant réduit en miette par le passé. Je ne peux pas me défaire de son étreinte et Martin, qui me caresse à présent le dos, ne m'y encourage clairement pas ! Son odeur, sa douceur et cette façon si pudique qu'il a de me toucher m'enivrent totalement. Si le paradis existe, il s'appelle Martin de Villandière.

Je relève la tête à contre cœur et Martin continue de me garder contre lui. Je le sens... Tremblant.

- Martin ? Est-ce que tout va bien ? Vous frissonnez...

Me reculant d'un pas, je l'observe quelques secondes avant de lui prendre les mains et les regarder dessus puis dessous. Elles sont glacées. Je passe ma main sur son front et constate qu'il n'a pas de fièvre. Il frissonne pourtant toujours autant. Que se passe-t-il bordel ? L'inquiétude doit se lire sur mon visage puisque Martin me regarde, les sourcils froncés.

- Nina, je vais bien. Je ne me suis jamais senti aussi vivant...

– Mais, vous êtes gelé, vous tremblez… Vous devriez…

Je n'ai pas le temps de finir ma phrase. Ses lèvres sont sur les miennes, comme pour me faire taire. Et j'en suis heureuse. Je passe mes bras autour de son cou et mes doigts vont à la rencontre de ses cheveux. Ses lèvres se font plus pressantes. Nous échangeons un baiser passionné, des caresses enveloppantes… L'un comme l'autre, nous partons à la découverte de nos sensations, du territoire corporel de l'autre. Le souffle court, je me défais de sa bouche avide et gourmande et pars sans plus attendre à la conquête de son cou, tout en continuant d'entremêler mes doigts dans ses cheveux.

Que le connard qui dira devant moi à présent que les mecs aux cheveux longs sont des gonzesses, se voie transformé en castra instantanément. Un homme comme Martin, je ne connais rien de plus viril.

– Nina… Si on n'arrête pas maintenant… Je ne répondrai plus… De rien ! souffle-t-il tout contre mon oreille.

Ravie d'entendre de telles confidences, je souris dans son cou, comme une bécasse. Il y a tellement longtemps que je ne me suis pas sentie autant désirée… Désirée et respectée. Martin est un gentleman, un homme magnifique et respectable.

Et comme si mon sourire tout contre sa peau désormais brûlante, était le message qu'il attendait, il passe ses mains sous mes fesses et me soulève pour me coller contre son ventre, mes jambes croisées dans son dos.

– C'est vraiment ce que tu veux ? me demande-t-il, ses yeux lagon-chocolat plongés dans les miens.
– Emmène-moi dans ta chambre, lui dis-je dans un souffle, tout en lui mordillant la lèvre.

Je ne me reconnais pas moi-même en cet instant. Jamais avant Martin, je n'avais eu envie de faire l'amour sans avoir pris le temps de connaître l'autre d'avantage. Je n'ai même jamais eu autant envie de quelqu'un… Jamais comme ça… Jamais d'une manière aussi animale. C'est bon signe ça ? Ma petite diablesse se réveille et fait de moi une tigresse.

Tout en marchant jusqu'à sa chambre, Martin m'embrasse dans le cou, sur la poitrine, c'est divin. Si ça continue, je vais finir en combustion spontanée tant je suis ardente de désir. À ce rythme ma petite culotte risquerait bien de prendre feu !

Sans me poser, Martin ouvre la porte et nous fait entrer dans sa chambre. J'ai l'impression d'être une plume dans ses bras tant il ne semble pas souffrir de mon poids. D'une main, il soutient mes fesses, de l'autre, il active un interrupteur qui embrase la pièce d'une douce lumière orangée.

Martin, sans me quitter des yeux fait encore quelques pas puis me repose en me faisant glisser contre son corps musclé. Ce corps qu'il me tarde de découvrir...

Traçant de son pouce le contour de ma bouche puis de ma mâchoire, il laisse ses doigts dériver dans mon cou, sur mes épaules, abaissant légèrement les bretelles de ma robe en voile de coton rose poudre et de mon soutien-gorge.

– Tu es si belle Nina... Tu es entrée dans ma vie comme la lumière...
– Je pourrais te dire la même chose tu sais... Mais j'ai bien plus envie de toi que d'un état des lieux de mes pensées ! Fais-moi l'amour Martin...
– Oh purée... redis-le, s'il te plaît ! J'ai tellement rêvé de ce moment, me dit-il en me serrant un peu plus fort contre lui.

Et comme galvanisée par un pouvoir de séduction que je ne soupçonnais pas avoir en moi, j'approche mes lèvres de son oreille en lui soufflant :

– Fais-moi l'amour Martin... Je te veux et je veux être à toi... Maintenant.

Inspirant brusquement, il passe ses mains dans mon dos, à la recherche des boutons de ma robe, mais n'en trouvant pas, cherche sur les côtés une fermeture éclair. Allez Nina, abrège son supplice !

Attend... Chez moi, quand c'est urgent, on fait comme ça ! dis-je en passant ma robe par-dessus ma tête.
– J'aime cette façon de faire... Simple... Efficace... Tu es...

À mon tour de le faire taire. Je l'embrasse langoureusement, attrape le bas de son t-shirt et le lui ôte. Ben merde alors... Que tous les dieux de ce fichu monde, rentrent chez leur mère ! THE dieu est là, devant moi, torse nu, tatoué et outrageusement sensuel...

Je défais le bouton de son pantalon le laisse glisser le long de ses jambes puissantes et Martin finit de s'en extirper.

Son tatouage tribal, naissant sur son bras gauche et soulignant la forme de son épaule, parcourt son flanc et se poursuit sur sa hanche, jusque sur sa cuisse. Habituellement j'aurais trouvé ça laid. Mais sur Martin, ce n'est qu'une empreinte de plus de sa virilité et de sa force. Je ne sais pas ce que signifie ce tatouage, et pour le moment je m'en contrefous, mais j'adore la façon dont il sculpte son corps... Et je ne résiste pas à l'envie de le suivre de mes lèvres.

Je dépose de petits baisers sur chaque centimètre de sa peau colorée par l'encre. Lorsque je passe sur sa hanche en m'agenouillant à son côté, il tressaille. Mes mains caressent ses fesses, puis ses cuisses et ses mollets. Ma langue dépose une trace humide le long des dessins qui ornent sa peau et je sens Martin frissonner.

Soudain, il m'attrape sous les bras, me relève et me dépose sur le lit en m'embrassant fougueusement.

J'aime ce qu'il me fait et l'effet qu'il a sur les parties de mon corps que je croyais endormies à tout jamais.

— Oh Nina... Tu es une déesse... Ma déesse ! Tu as un tel pouvoir sur moi...

Tout en continuant de m'embrasser dans le cou, de sa main droite il dégrafe mon soutien-gorge en dentelle et libère mes seins tendus. Il se place entre mes jambes et l'espace d'un instant semble me contempler, comme une toile inestimable.

Mon cœur se gonfle un peu plus en voyant l'étincelle d'admiration qui luit dans ses yeux.

Tout en douceur il caresse mes seins et semble vouloir attraper quelque chose sur sa droite. Ne supportant plus la distance qui se tient entre nos deux corps, je l'attrape par les épaules et le fais basculer sur moi en poussant ses fesses avec mes talons. Ses coudes viennent se poser de chaque côté de ma tête et enfin je sens sa peau sur la mienne. C'est... Hiroshimique ! Ultrapuissant... Nos deux corps se trouvent, se mélangent... Il est moi, je suis lui... Je perds pied et pour prolonger cet instant torrido-alchimique, je ferme les yeux pour savourer l'odeur et la douceur de nos deux peaux qui se font déjà l'amour. J'entends un emballage qui se déchire, je sens Martin qui se relève légèrement et qui enlève son boxer, puis ma petite culotte. Une fraction de seconde plus tard, il est en moi et je pousse un long râle de plaisir.

— Ça va ma belle ? me demande-t-il l'air inquiet.
— Oh oui ! soufflé-je. Tu... Tu me troubles tellement Martin ! C'est si bon !

À mon tour, je sens son sourire dans mon cou, sur mon épaule qu'il déguste centimètre après centimètre. Puis il bouge, lentement mais avec une puissance à m'en couper le souffle. Je viens à la rencontre de ses offensives délicieuses et bientôt, c'est un feu d'artifice qui se déploie de mon bas ventre jusqu'au sommet de ma tête.

Je ne comprends plus ce qui m'arrive et me laisse aller totalement, je ne réfléchis plus. Nos deux bassins, sur des accords sensuels et magnétiques, jouent une mélodie érotique que je n'avais encore jamais entendue. Le rythme s'accélère et Martin passe ses bras sous mon dos pour nous faire basculer afin que je me retrouve sur lui. Ma diablesse prend les commandes et je bouge à mon tour. Les mains de Martin passent de mon bassin à mes seins. Je me cambre, telle une amazone prête à en découdre avec le plaisir. Je ne suis plus que sensation... Mes cheveux me caressent le dos et lorsque je regarde Martin, il est beau à tomber, mâchoires serrées, muscles saillants... Et cela suffit pour me faire basculer dans un orgasme foudroyant. J'explose comme un canon à confettis et Martin me suit, m'enlaçant contre lui, fort et tendrement à la fois.

C'est couchée sur son torse perlant de sueur que je reprends mon souffle. Je suis morte... Mais bel et bien vivante. La Nina d'avant est morte. Elle fait place à cette femme libérée que je viens de découvrir. Je sais que désormais, mon histoire passée s'écrira 2000 avant Martin de Villandière...

Pour le dégager de mon poids, je coulisse sur le côté, venant me blottir tout contre son tatouage qui m'attire comme un aimant. Je caresse son torse et reprends peu à peu mes esprits... Martin se tourne vers moi après avoir ôté son préservatif. Nous sommes l'un en face de l'autre, dans notre plus simple appareil et curieusement, je n'en suis pas gênée. Moi qui cherche toujours à cacher mes courbes...

– Tu es magique Nina, me dit-il en caressant tendrement ma joue. Tu fais s'animer une partie de moi que je ne connaissais pas...

Ça alors, il ressent la même chose ! Et bordel de merde, qu'est-ce qu'il est beau ! Désarmant de sincérité et de douceur... Je dois rêver en fait... Un homme comme ça, ça n'existe pas pour de vrai, non ?

– Idem Martin. Je croyais que pour le reste de ma vie, mon cœur resterait fossilisé... Tu y as rallumé la lumière, puis la flamme vitale qui me manquait... Je... Euh... Je n'ai pas pour habitude de me dévoiler ainsi, mais, dès que je suis avec toi, je n'ai plus envie d'être ailleurs.

Mes yeux sont perdus dans les siens. J'assume totalement ce que je ressens ! Son regard est brillant... Je fonds devant une telle beauté, sentant la chaleur regagner mon ventre et mes joues. Eh oh, du calme petit volcan intérieur ! Mais où se trouve le petit ange qui me tempère habituellement ?

– Ma belle Nina... Je peux te dire la même chose. Depuis que tu as franchi le seuil de mon laboratoire, ton image est restée devant mes yeux, ton parfum aux odeurs mystérieuses du Nil a empli l'espace. Tu m'attires irrémédiablement...

Cet homme est sincère, je le sais et je n'ai pas peur de ce qui pourrait m'arriver... Un peu comme si nous étions les acteurs d'un scénario écrit pour nous il y a des siècles. C'est étrange, cette sensation de le connaître parfaitement. J'ai l'impression en cet instant qu'il a toujours fait partie de moi... Comme si tout ça avait été en sommeil pendant des années et que je m'étais réveillée un matin, le cœur empli de Martin...

– Je resterais bien au lit avec toi toute la nuit à te dévorer des yeux, mais...
– Moi aussi je meurs de faim ! dis-je, un peu comme si j'avais pu lire dans ses pensées. C'est troublant...
– Alors debout jolie dame ! Je vous invite dans un resto cinq étoiles, me dit-il en se relevant avec énergie et en me tendant le bras pour que je m'y accroche.

J'aime la galanterie dont il fait preuve. J'aime sa virilité... Sa douceur... La passion qui l'anime. Il me renverse complètement.
Je remets ma petite culotte et enfile ma robe, sans prendre la peine de me soucier de mon soutien-gorge. J'ai trop chaud ! Martin me dévore des yeux, l'air mi-intrigué, mi-subjugué. Il est magnifique, torse nu, dans son pantalon blanc, son tatouage gigantesque lui donnant une allure de guerrier du Pacifique.

– Quoi ? dis-je.
– Tu viens ou tu comptes prendre le repas ici ?
– Eh bien, ça dépend... De quel repas tu parles, dis-je taquine, un sourcil arqué.

Il expire en gonflant les joues et en faisant un tour sur lui-même, les deux mains posées sur la tête.

– Nina, tu vas me rendre dingue ! Sais-tu combien tu es sexy comme ça, dans ma chambre ? Tu es tout simplement... Irrésistible ! J'aimerais t'effeuiller, là, tout de suite, mais vois-tu, j'ai de nombreux autres talents dont j'aimerais te faire part avant, me lance-t-il dans un regard ténébreux tout en s'approchant de moi.

– Le problème c'est que, si tu restes avec pour seule chemise, l'encre qui te recouvre la peau, je n'arriverai jamais à me nourrir ! dis-je en effleurant son torse et son bras.
– Ce n'est que de l'encre Nina... Juste de l'encre.

Il pose un baiser tout doux au coin de ma bouche, me prend par la main et nous fait sortir de sa chambre.
Je le suis dans la cuisine et Martin m'invite à m'assoir sur un tabouret haut, à un comptoir surélevé, posé sur deux fûts de vin. J'adore ce style rustico-ingénieux ! Martin est vraiment surprenant. C'est le plus beau

mec de la Terre, qui a un goût hyper raffiné et délicat. J'aime beaucoup sa sensibilité... Et la façon qu'il a de me regarder, de poser ses mains sur moi... Humm ! C'est... Irrésistible pour reprendre son expression.

Je le regarde s'activer dans sa cuisine et c'est tout simplement magique !

« J'ai d'autres talents à te montrer avant »... Ces mots me reviennent en l'observant. Il sait cuisiner ! Putain.... Un putain de beau mec, sexy à en crever, qui sait cuisiner ! Au secours, je vais m'embraser ! Si ça, ça n'est pas LE mec parfait, qu'on me coupe la tête immédiatement ! Et en plus, il n'a pas remis son T-shirt.... Appelez les pompiers, un incendie ne va pas tarder à se déclarer dans cet appartement !

Si son âme est aussi belle que son corps, et je doute du contraire, je l'épouse ! Et pour une fois, mon ange et ma diablesse semble être d'accord avec moi ! Je ne sais pas ce qui m'arrive, mais c'est tout simplement merveilleux, magique... Orgasmique !

– Eh oh... Il y a quelqu'un ici ou la communication est coupée ? me lance-t-il dans un sourire à vous faire exploser les agrafes de soutien-gorge.

– Oh ! Euh.... Eh bien, peut-être que je passais sous un tunnel ? dis-je en gloussant tout en me tortillant sur mon tabouret.

Il rit de bon cœur, sans doute à me voir déstabilisée et rouge comme une pivoine.

– Tu rougis ! Enfin, je trouve quelque chose qui te fait perdre ton aplomb....

– Eh ! Je ne rougis pas d'abord ! J'ai juste chaud, à cause de l'exercice intensif que tu viens de m'imposer ! lancé-je en me redressant comme un général des armées.

– L'exercice que je t'ai imposé hein ? dit-il un sourcil arqué. Et bien je crois que je pourrais t'imposer ça autant de fois que tu me le demanderas ! Mais avant, voudrais-tu un verre de vin ?

Oh pétard ! Recommencer... Autant de fois que je le voudrais ! C'est sûr, ce mec est un dieu, cousin d'Apollon et d'Arès. C'est Vulcain... C'est Martin. Et pour la première fois de toute ma vie, je veux qu'il soit « MON Martin ». Ben merde alors... Lénaïc n'en reviendra pas !

– Hum... Aussi tentant sois-tu, je crois que je me contenterai d'un verre de vin !

Il sourit, tout en me servant un verre de vin rouge.

– Gevrey-Chambertin et Nina… Je crois que ce sera mon repas préféré jusqu'à la fin des temps !

Ne me dîtes pas qu'en plus, il connaît les vins ? Tout le monde ne vous sert pas un grand cru avec la classe d'un sommelier et le charisme d'un grand œnologue. Je suis sûre que c'est un loisir pour lui… Instinct de chercheuse sans doute…

– Tu as l'air de connaître les vins ou je me trompe ? demandé-je, intriguée.
– Oh… Eh bien…

Il semble embarrassé. Tiens donc ! Aurais-je mis le doigt sur quelque chose ?

– Disons que, cet élément a fait partie de ma vie un jour….

Je le regarde, l'air étonné. Martin nous sert ce qui semble être des tartines chaudes et une salade, disposées sur deux grandes assiettes puis vient s'asseoir à côté de moi. Cela sent divinement bon. Du roquefort je crois. J'adore ! Mais pas question de passer à côté de ce qui m'intrigue ! Ma nature de « découvreuse de trésor » reprenant le dessus, je lève les yeux vers lui et j'attends… Martin se gratte la tête et comme s'il avait senti qu'il ne pouvait pas faire marche-arrière, il choisit de se lancer, après un long soupir.

– Ma famille possède un domaine viticole, au sud de Dijon. Il y a longtemps, une dispute a éclaté, entre mon père et moi. J'ai choisi de tout plaquer. J'aimais la culture du vin, l'alchimie des notes boisées des fûts de chêne et du raisin. J'adorais l'atmosphère secrète et mystérieuse des caves en pierre voutées… Mais dans ma famille c'était compliqué. Il n'y a pas un jour où je ne pense pas à ma mère.

La tristesse semble emplir son regard… Je ressens un vif pincement au cœur pour cet homme sublime et mystérieux. Pas étonnant que j'aie senti son manque d'amour tout à l'heure !

– Martin, je suis désolée… Je ne voulais pas éveiller des souvenirs difficiles, dis-je en posant ma main sur la sienne.

À ce contact, il lève les yeux vers moi… Ils se sont embrasés et je peux sentir de légers frissons sur sa peau. Bordel, il est si sensuel et réceptif à mon contact !

– Ne t'excuse pas Nina. Cette histoire fait partie de mon passé. Mais elle fait aussi partie de moi, tout court. Je la porte chaque jour, comme un sac à dos trop lourd. C'est comme ça… Bon ! s'exclame-t-il, si on dégustait ce petit repas ! Bruschettas poire roquefort et salade de jeunes pousses. Cela plaît-il à Madame ? dit-il en s'inclinant légèrement devant moi.

– Tout cela me semble parfait très Cher ! rétorqué-je en m'inclinant à mon tour, gloussant comme une ado pré-pubère.

Je prends une bouchée de bruschetta et…. Huuummm ! Qu'est-ce que c'est bon ! Je ferme les yeux pour savourer les parfums qui percutent mes papilles… Un long soupire s'en suit et je rouvre les yeux. Martin me fixe, comme à son habitude, l'air amusé.

– On dirait que ça te plaît ?
– Plus que ça ! C'est succulent Martin ! Et si tu me fais à manger tous les jours, je t'épouse ! dis-je en riant.
– Alors je crois que je vais te faire des bruschettas chaque jour à partir de demain, me lance-t-il, l'air sérieux, grave… Torride !

Et c'est reparti, l'orage commence à gronder tout au fond de mon ventre. Chaud… Froid…. Chaud…. Froid ! C'est fou ce que ces paroles viennent de me faire. Moi qui, il y a encore quelques jours de ça, aurais flippé littéralement d'entendre de telles choses, je suis au contraire heureuse.

Je crois que c'est ça en fait, le bonheur : savourer de petits instants précieux, avec une personne que l'on a envie de chérir et qui vous chérira en retour. Je me sens… Invincible !

– Mon passé aussi fait partie de moi. C'est difficile d'y repenser sans creuser un peu plus cette faille, qui s'insinue dans mon cœur comme une dague orientale. Je ne veux plus souffrir à ce point.

C'est plus fort que moi, à la simple évocation de ce que j'ai vécu, je fonds en larmes, prenant mon visage dans mes mains. Je craque et c'est libérateur. Martin me prend dans ses bras avec une infinie tendresse… Une douceur que personne n'avait encore jamais eue à mon égard. Cela suffit à me faire pleurer de plus belle.

– Chut ma belle… Ça va aller, me dit Martin en me caressant les cheveux. Je suis là. Laisse-moi te réparer Nina… Fais-moi confiance.

Il me soulève le menton et de ces deux pouces, essuie les larmes qui roulent sur mes joues.

– Mais pourquoi es-tu si parfait Martin ? Pourquoi est-ce que dans tes yeux, j'ai la sensation d'être un trésor ? Moi, qui suis banale et ordinaire, avec mes casseroles en plus.

– Banale ? Ordinaire ? Mais enfin Nina…

Il s'arrête un instant. Ses yeux me sondent et me dévorent en même temps. Il semble désorienté… Merde ! Qu'est-ce que j'ai encore dit comme ânerie…

Il prend ma main et la pose sur son cœur tout en refermant la sienne sur mes doigts. Sa peau est si brûlante…

– Tu sens cette musique intérieure Nina ?
– Euh… Oui, je crois…
– C'est la mélodie que joue mon cœur dès que je te vois. Ça ne m'a jamais fait ça. Tu es tellement belle ! Ce que je vois extérieurement est le reflet exact de ce que tu es intérieurement, de ce que tu donnes et transmets aux gens. L'autre soir, je t'ai vue place de la Rep'.

Attendez une seconde ! Comment ça il m'a vue place de la Rep' ? Là, il faut éclairer ma lanterne et vite !

– Quoi ? Tu me suivais, c'est ça ? dis-je en m'écartant légèrement de lui.
– Non, rassures-toi ! me dit-il en riant et en me ramenant près de lui. Je ne suis ni un voyeur, ni un harceleur ! Tout ça n'est qu'un concours de circonstances…
– Un concours de circonstances ? Explique-toi Martin… Tu m'intrigues et me fais un peu peur ! rétorqué-je.
– La photo.
– Quoi la photo ?

Qu'est-ce que c'est que cette conversation délirante ? On passe du coq à l'âne. Mais ils sont combien dans sa tête ?

– J'adore photographier Dijon, surtout la nuit. L'autre soir, j'avais décidé d'immortaliser les lumières et les passants, leurs émotions, leurs sourires… Et tu étais là, sur ce banc, assise au côté d'une personne. Tu étais sublime… Tellement touchante et authentique… Je suis resté là, à t'observer et à fixer ton image dans mon appareil. C'était magique Nina… Tellement surprenant, déroutant de me retrouver encore au même endroit que toi.

– Encore ?
– Quoi, « encore » ?

Ça y est je l'ai perdu ! On ne va pas entrer dans un dialogue de sourd maintenant ?

131

– Tu as dit « de me retrouver encore au même endroit que toi ». Que veux-tu dire Martin ?

Un sourire se dessine sur ses lèvres. Pendant une fraction de seconde, il fixe ses doigts avant de relever les yeux vers moi.

– Eh bien, à deux reprises, tu t'es retrouvée sur mes clichés, et ce, totalement par hasard ! La première fois, c'était près de la cathédrale. Et tu vois, ce jour-là, j'avais la sensation que tu étais partout autour de moi, dans l'air, dans la pierre… C'est à cet instant que j'ai compris…

Oh punaise, qu'est-ce qu'il va m'annoncer maintenant ! J'ai la gorge qui se serre, mon souffle est suspendu… Je n'ose plus parler… Je n'ose plus bouger… Son air est grave, il déglutit péniblement…

Je n'y résiste pas et me jette sur lui. Son inspiration et le son sauvage provenant de sa gorge m'indiquent qu'il apprécie. Déjà, nos bouches se retrouvent, nous nous explorons, nous nous dévorons…. Martin me serre plus fort contre lui. Je m'enivre de son odeur, de la douceur de sa peau, les doigts entremêlés dans ses cheveux, à califourchon sur ses cuisses.

Cet instant torride me renverse totalement, me remplit de sensations nouvelles mais auxquelles je suis déjà complètement accro…

Soudain, Martin me soulève et me dépose sur le bar, envoyant valser nos assiettes sur le sol de la cuisine, d'un revers de bras. Putain qu'est-ce que c'est sexy !

– J'aurais bien dégusté les petites crèmes au chocolat, que j'ai spécialement concoctées pour toi, mais… Je crois que… Mon dessert… Ce sera toi ! me dit-il tout en m'embrassant dans le cou.

– Hum… J'aime beaucoup la carte de ton restaurant !

C'est repue mais épuisée que je somnole dans les bras de Martin. Nous sommes allongés sur le carrelage de la cuisine et la fraîcheur du sol apaise ma peau brûlante, échauffée à l'extrême par ce repas gastrosexonomique…. Je n'arrive plus à bouger, je veux rester là, tout contre lui… Sans rien dire… Juste là, à savourer l'instant… À prendre conscience de mes émotions et savourer chacun de mes ressentis, seconde après seconde.

Soudain, je me demande quelle heure il peut être. Je devrais rentrer, histoire de me reposer et de pouvoir méditer à cette soirée de folie. C'est comme ça pour tout le monde quand on entame une relation ? C'est comme ça qu'on doit faire, non ? Couper la magie, histoire de donner envie à son partenaire de vous retrouver, de vous faire la cour… Pour qu'il vous envoie des mots doux, vous surprenne et que ça fasse naître des millions de papillons dans votre ventre… Je ne me trompe pas, hein ?

Bon, aller, je vais y aller, c'est décidé. Doucement, je me relève, m'étirant comme un chat engourdi, sortant d'une après-midi à siester.

Martin laisse sa main glisser le long de mon dos et se poser tout contre mes fesses. Puis, j'attrape ma robe et ma petite culotte qui avaient rejoint le sol de la cuisine tout à l'heure et je les enfile. Martin se relève à son tour et remet son boxer et son jean.

– Tu veux du dessert ? me demande Martin un sourire ravageur accroché aux lèvres.

Merde, je vais le décevoir c'est sûr ! Comment faire... Re merde ! Et si toutes ces croyances à la con sur « comment draguer » ou « comment rendre son homme dingue », n'étaient que des conneries finalement ?
Je me mords les lèvres car ça m'aide à réfléchir. Dans ma tête tout défile à toute vitesse... Arrg ! Je ne sais plus et je sens ma petite diablesse fulminante, en train de s'arracher les cheveux. Je soupire, les yeux fixés sur mes mains.

– Je crois que je devrais y aller Martin...

Il se tourne vers moi, les yeux écarquillés.

– Quoi, déjà ? dit-il.

Son visage a subitement changé d'expression. Ses traits sont graves, tendus. Je peux lire dans ses yeux, une sorte de mélange de tristesse et de panique. Curieux ça... Je ne pensais pas pouvoir lire ce type d'émotions dans son regard. Merde alors...

– Passe la nuit avec moi Nina... S'il te plaît. Je ne sais pas pourquoi, mais l'idée que tu t'en ailles est insupportable.

Et voilà ! Mon cœur refuse d'écouter ma tête, et, je capitule, face à tant de sincérité. Comment se fait-il que je ne puisse lui résister ?

– Ce n'est pas toi qui me parlais de dessert au chocolat tout à l'heure ? dis-je dans une moue taquine.

Son sourire réapparait comme par magie, il est beau à tomber cet Apollon... Il me tend une main et m'aide à me relever puis m'enlace, m'enveloppant de la douce force de ses bras.

– Alors, comme ça, tu as envie de chocolat ? souffle-t-il, son front collé au mien.
– Entre-autre, oui...
– « Entre-autre ? », répète-t-il en m'interrogeant du regard.

– Eh bien oui et sous toutes ses formes : crème, glace, tablette, dis-je en caressant ses abdominaux sculptés. Mais vois-tu, pour le moment je crois que j'ai très envie de...

Ma voix langoureuse au creux de son oreille, additionnée de caresses sur son torse, le font immédiatement tressaillir et frissonner. Ses mâchoires se crispent, ses yeux sont clos, sa respiration s'accélère...

– Je crois que j'adorerais... Un autre verre de vin ! m'exclamé-je en riant.
– Alors ça, ce n'est pas juste du tout Nina ! Mais bravo, tu m'as bien eu. Je m'incline face à une adversaire de taille, me lance-t-il dans une élégante révérence. Un autre verre de vin pour Madame donc ? Accompagnée d'une délicate crème au chocolat, c'est cela ?

Martin joue les serveurs huppés des grands restos. Qu'est-ce qu'il est drôle ! Très élégamment il tire mon tabouret pour que je m'y installe. La fraîcheur de l'assise en bois me rappelle subitement que je suis totalement nue ! Oh la vache... Je ne m'en étais même pas rendue compte, tant ce moment était intime, naturel et... Agréable ! Je suis là, dans la cuisine d'un dieu vivant, nu comme un ver lui aussi, en train de me servir mon dessert ainsi qu'un très grand vin et je ne me sens pas gênée... Aucune honte ne s'empare de moi... C'est comme si nous étions dans une bulle, un environnement sécurisant, rassurant... Et soudain, cela me frappe : c'est lui ma bulle ! Celui avec qui je me sens vivre... Exister pour ce que je suis, sans avoir à choisir mes mots... Sans avoir à jouer un rôle. Je suis Nina Libartet, libre comme l'air et ce soir, heureuse d'avoir trouvée mon port, ma boussole... Mon nord.

Confiante, même pas méfiante... Je me fous que ce soit normal ou non ! Je me sens vivre ! Je savoure chaque seconde passée auprès de Martin, je prends pleinement conscience de mes sensations galvanisantes, salvatrices...

– Merci infiniment Martin, pour cette soirée... J'avais tellement peur, avant d'entrer... Et là...

Ses yeux ne me quittent pas. Ma gorge s'assèche, tout au fond de mon esprit, je sais quelles pensées sont en train de prendre forme. Je les entends grossir et devenir plus claires. Je sais, tout au fond de moi, que c'est l'amour qui prend place. Un amour électrique, foudroyant, mais que je ne suis pas encore prête à admettre.

– Tout va bien Nina... me réconforte Martin en me caressant la joue. Alors, on les mange ces crèmes au chocolat ?

— Avec plaisir ! m'exclamé-je, le cœur gonflé de gratitude que Martin ne m'ait pas laissée continuer sur ma lancée, Dieu sait ce que j'aurais pu dire !

Ces petites crèmes m'ont l'air succulentes. Je plonge ma cuillère dans cette préparation satinée aux saveurs de mon enfance, humant cette odeur que j'adore avec gourmandise. Enfin, je porte ma cuillère à mes lèvres et…. Oh la vache ! C'est…. Hum… Excellentissime !

— Oh Martin… C'est… dis-je en soupirant. Mais où as-tu appris à cuisiner bon sang ? C'est tellement… Hum !
— Bref, ça te plait ! dit-il en riant et en me regardant me délecter de ce dessert si simple mais si parfait.
— Je ne sais pas si je vais pouvoir te résister longtemps si tu me dévoiles de telles qualités dis-je tout bas en fixant ma cuillère.

Mais qu'est-ce que je dis là ? Je m'emballe ! Je ne me reconnais pas. «Carpe diem Nina». Les mots de Léna me reviennent tout à coup. Après quelques secondes de réflexion, je me dis qu'elle a raison. Je ne dois pas me poser trop de questions et laisser venir les choses.

— Alors, je rajoute les crèmes au chocolat à la liste « dis-moi oui Nina », et, promis, je ne me dévoilerai pas trop vite. Je ne voudrais pas avoir une groupie de plus au musée !

Nom d'un fossile ! Ce mec va me tuer. S'il continue à provoquer le désir en moi à coup de phrases séductrices, je risque l'A.O.F : Abus d'Orgasmes Foudroyants !

— Mais quel prétentieux celui-là ! Une groupie de plus hein ? Ne me parle pas de cette blonde écervelée, je t'en supplie… lui lancé-je l'air exagérément courroucé, une main sur le front, la seconde plaquée sur la poitrine.
— Ahhh Ida ! Quel personnage n'est-ce pas ? J'aurais peut-être dû céder à ses avances…

Le salaud ! Il me cherche ! Ok de Villandière, prépare-toi à être envoyé au tapis…

— Eh bien, si tu aimes les spécimens rares, ou les espèces mutantes, pourquoi pas… Je ne sais pas de quelle espèce descend cette chère Ida, mais ce serait intéressant de remonter dans l'histoire de ses ancêtres.

Je le regarde du coin de l'œil pour observer s'il entre dans mon jeu. Regard pétillant, sourire en coin… Feu vert Nina… Fonce !

– Laisse-moi réfléchir ! Je me demande quelles espèces se sont croisées à un moment donné… Peut-être la garçus vulgaris et la neopestis… Non ça ne va pas…. Ces espèces sont bien trop archaïques, elles n'auraient jamais pu atteindre un niveau d'exacerbation de ces caractéristiques propres à la blondis petassis…

Martin, les bras croisés sur son tabouret rit de bon cœur, et je ne résiste pas…

– Non, en fait, je pencherais plutôt pour un mélange marin et terrestre… Oui, attend ! Je crois que j'y suis… Voilà, c'est ça ! m'exclamé-je en claquant des doigts et en scrutant mon auditeur privilégié, du coin de l'œil. Prenez l'ADN d'une hyène et le QI d'un bulot… Et paf ! Vous obtenez IDA ! C'est tout à fait ça !

Il secoue la tête en riant, ses bras toujours croisés sur son torse. Il me regarde l'air subjugué je crois. Et je poursuis. J'assène le coup fatal.

– Maintenant à toi de voir si tu as envie de faire un safari à chasser une créature mutante… dis-je en ouvrant mes deux mains comme pour lui dire « Alors de Villandière, ça te tente ou pas ? ».

Martin éclate de rire. Un rire franc, qui dévoile ses dents parfaites. Et tout en prenant mon visage entre ses mains, il pose son front contre le mien, son nez épousant parfaitement les ailes du mien.

– C'est toi mon spécimen rare Nina, mon Graal, mon arche perdue… Et je veux te découvrir chaque jour qui passera… Maintenant et demain…

Son souffle tiède caresse mes lèvres et s'en est trop, mes larmes roulent sur mes joues… Après tant d'émotions vécues dans la soirée, je suis submergée, par le désir, l'envie de sentir sa peau contre la mienne et la paix intérieure…

– Martin…
– Nina, je crois que je t'…

Non ! Il va le dire ! Non, stop ! Attend un peu, ne me fais pas peur ! Je ne veux pas entendre ces mots et je ne vois qu'une solution pour qu'il arrête de parler : l'embrasser… Passionnément, tendrement… Sincèrement. Il me rend mon baiser, c'est merveilleux…

Je me recule pour reprendre mon souffle en rouvrant les yeux... Ceux de Martin sont encore clos par l'émotion. Pour une fois, c'est moi qui peux contempler ses traits parfaits, sa peau fine et son teint hâlé.

Il ouvre les yeux quelques secondes plus tard. Il a l'air complètement déboussolé et reprend son souffle calmement... Je pose mon index sur ses lèvres et il comprend que je ne suis pas prête à entendre de telles déclarations, car il acquiesce d'un battement de paupières. Il a la gentillesse de ne rien rajouter, ni excuse, ni justification. Cet homme a vraiment un très grand savoir-vivre... « Sauf quand il te prend sur le bar de la cuisine en cassant la vaisselle ! », se marre ma petite diablesse.

Tout à coup, je me sens vidée, complètement lessivée et je baille à m'en décrocher la mâchoire. Mes yeux sont brûlants de sommeil, je sens mes jambes devenir celles d'une poupée de chiffon...

− Tu as l'air épuisée... Morphée est en train de t'emmener et je refuse qu'il te tienne dans ses bras ! Morphée, ce soir, ce sera moi ! me dit Martin tout en me soulevant dans ses bras.

Mes bras croisés autour de son cou, je me laisse bercer par l'assurance de ses pas, sa force tranquille et brûlante. Je sens qu'il me pose dans son lit mais je suis déjà plongée dans un demi-sommeil. J'entends, je sens, mais mon corps ne répond plus. Martin m'allonge et repose le drap sur moi. Je me sens si bien en cet instant, et elle revient, la sensation d'être cette petite fille qui vient de recevoir le baiser du soir de ses parents, blottie, tout au fond de son lit.

C'est dans une pièce baignée de lumière douce que j'ouvre les yeux... J'ai dormi comme un bébé. Je me tourne dans le lit, mais Martin n'y est plus. J'en sors en repoussant les draps et constate que je porte de nouveau ma robe. Pas étonnant que j'aie eu la sensation d'être sous les Tropiques cette nuit !

Essayant de remettre un peu d'ordre dans ma tignasse, j'avance jusqu'à la cuisine. C'est aux fourneaux que je le trouve et les odeurs qui s'en dégagent me promettent encore un moment plus que gourmand...

− Bonjour, dis-je timidement en m'asseyant sur un des deux tabourets de bar.
− Salut, jolie brune ! Bien dormi ?
− Hum, comme un bébé ! m'exclamé-je en m'étirant.
− Oui, il me semble que tu as dormi profondément. Et c'était très agréable d'être tout contre toi, durant toutes ces heures.

Il s'approche de moi, l'air confiant en contournant le bar et se penche sur moi.

- Je peux ? me demande-t-il ?
- Tu peux... Quoi ?
- T'embrasser jolie dame !

Oh putain, je fonds ! Je me liquéfie tant ses paroles douces et liquoreuses imbibent mon cœur. Mais quel mec aujourd'hui est capable de tant de galanterie et de séduction ? Léna, il faut que tu m'éclaires !

- Eh bien, je pense beau damoiseau, que tu as obtenu hier soir un pass VIP pour cela !
- VIP ? Rien que ça ? me demande-t-il un sourcil relevé.
- Exactement... Cela signifie que tu es le seul à pouvoir faire ça... Et quand tu le chantes lui chuchoté-je à l'oreille.

Sa respiration et le grognement sexy qui provient de sa gorge, m'indiquent qu'il n'est pas indifférent à ce badino-marivaudage, et ça, ça me plaît plus que tout...

- Alors je compte bien en profiter entre le café et les croissants, affirme-t-il avant de poser un doux baiser sur mes lèvres déjà bien trop avides de lui.

Je le regarde se mouvoir avec grâce et assurance dans sa cuisine. Il est à croquer dans son pantalon en coton blanc et son T-shirt bleu turquoise.

Il attrape deux grandes tasses dans un placard au-dessus du plan de travail et nous verse un café fumant, aux saveurs raffinées, que je ne connais que trop bien : du Sidamo, c'est sûr ! C'est mon préféré : un moka pur arabica, cultivé sur les hauts plateaux éthiopiens. Je suis toute chamboulée à l'idée que mon café préféré se trouve ici, chez Martin...

Ce dernier pose une corbeille devant nous, ainsi qu'une baguette viennoise, du beurre de campagne, moulé en baratte, comme j'aime et un pot de gelée de cassis. Eh bien, s'il ne vient pas de remporter le match contre ma raison, je ne sais plus comment je m'appelle ! C'est incroyable, il vient juste de composer mon petit déjeuner préféré, sans le savoir ! Je sens que mes yeux sont brillants, mon nez me pique et une boule dans ma gorge grossit... Oh non ! Je vais encore me mettre à pleurer ! Un sanglot étouffé parvient à se faire la belle et je ressens une certaine honte de me mettre à pleurer comme ça, sans raison. Martin se retourne, l'air surpris et relève mon menton de son pouce.

- Eh ma belle... que se passe-t-il ? demande-t-il l'air inquiet.
- Pas grand-chose à vrai dire... Je suis juste... Émue, balbutié-je entre deux sanglots. Tu m'as servi mon petit déjeuner préféré... Celui que je n'ai pas pris depuis une éternité ! Cela me ramène à tant de souvenirs...

Il s'approche et me prend dans ses bras, m'enveloppant d'un mélange de tendresse et de sensualité, dont il semble avoir le secret.

− De bons souvenirs ? chuchote-t-il.
− Oh oui ! Le café me rappelle l'Ethiopie et tout le reste, mon enfance. C'est un mélange magique... Mon père me manque tant...

Il ne dit rien. Il me regarde simplement... On dirait qu'il essaie de lire en moi. C'est... intimidant ! Bon changeons de sujet... Après tout, je n'ai pas vraiment envie de parler de tout ça.

− C'est quelque chose que je peux comprendre...

Il finit par s'asseoir à côté de moi, sans ajouter un mot de plus et nous prenons un petit déjeuner, comme deux ados qui apprennent à se connaître.
Soudain, une idée me frappe : comment allons-nous nous comporter maintenant ? Ma tartine reste suspendue dans les airs, je reste ainsi quelques secondes, comme une grande bécasse que je suis, avant que Martin ne me ramène à notre petit déjeuner.

− Eh oh ? Il y a quelqu'un ici ? dit-il en tapotant légèrement mon front de son index, ce qui me fait sourire.
− Oui, je pense que je suis là ! Mais, je me demandais... Euh... Comment ... Euh...
− Oui ? Comment quoi, Nina ?
− Eh bien... Tu sais... Le boulot... Paul-Louis... Tu vois bien ! Quelle attitude devrons-nous adopter au travail ?

Je déballe tout mon sac émotionnel et ça me fait un bien fou... Martin, lui, reste calme, un léger sourire se dessinant sur ses lèvres.

− C'est ça qui a créé cet arrêt sur image ?

Il se moque de moi maintenant ? Bien sûr que ça m'interpelle !

− Cela ne semble pas t'inquiéter... Moi, j'ai l'impression d'avoir piqué les bijoux de la reine !

Il éclate de rire en manquant recracher son café.

− Eh bien, il n'y a à ma connaissance, aucun code de conduite qui interdit au personnel de tomber amoureux... Enfin de se fréquenter.

« Amoureux »... Je le fixe. Alors, c'est bien ça... Ces mots qu'il allait prononcer hier... Et ce que je ressens... C'est la même chose. Depuis que je l'ai vu différemment du jour de notre rencontre, il n'a cessé de m'éblouir, de me toucher, me surprendre...

Je ferme les yeux, et fait un rapide inventaire de moi-même : trac, couleur verte... Joie intense aux couleurs de l'arc en ciel... Désir, rouge passion... Pas de couleur sombre... Pas de zone inconfortable... Mais surtout... Plus de peur ! Je soupire de soulagement et de bonheur.

- Moi aussi Martin !

Il lève les yeux sur moi, l'air absolument surpris. Son souffle est suspendu, le mien devient de plus en plus chaud et irrégulier.

- Nina... Tu...

Abrège son supplice Libartet !

- Martin... dis-je en prenant ses mains. Je crois que... Je t'aime !

J'arrive à peine à prononcer ces quelques mots, provenant du plus profond de moi. Des mots que je n'aurais jamais pensé entendre et dire de nouveau.

Son inspiration se fait sifflante et son regard se perd dans le mien. Son sourire rejoint mon sourire et de nouveau, nous nous embrassons tendrement, passionnément. Nos souffles s'accordent à l'unisson et nos cœurs semblent battre un rythme parfait, sur des accords rock n'roll. Martin reprend son souffle les yeux brillants de larmes et mon cœur se sert, manquant une mesure.

- Oh Nina! Si tu savais ce que ces mots font naître en moi... Des sentiments que je n'ai encore jamais connus... Des sensations inégalables... Mon cœur est monté dans un grand huit depuis que je t'ai vue... Et moi aussi, je t'aime...souffle-t-il tout près de mes lèvres, ses deux mains posées de part et d'autre de mon visage. Alors, pour répondre à ta question de tout à l'heure, au travail, je serai ton amoureux. Et peu importe si ça emmerde quelqu'un ! Si tu veux, je parlerai à Paul-Louis.

- Ok... Alors, si tout est clair pour toi, tout est clair pour moi ! Je serai moi aussi ton amoureuse...Ton amoureuse... C'est fou non ?

Je pars dans un rire empreint de joie. Un de ces rires qui vous fait décoller du sol, tant il vous rend légère. Bouddha, attention me voilà !

- Oui, ça paraît tellement irréel... Nina, tu es entrée dans ma vie et depuis, je ne pense qu'à te chérir, te combler... Te réparer.

– Je sais... Je l'ai compris. Et pour une fois, j'ai envie de me laisser apprivoiser... Alors, peut-être que je vais me laisser porter par tout ça... Je t'aime ! Je te l'ai déjà dit, non ?

Nous rions tous les deux en nous enlaçant. Nos mains se font caresses, nos deux peaux se cherchent, c'est électrique... L'alchimie opère encore... Je ne peux m'empêcher de me demander si ce sera chaque jour comme ça. Et s'il vous plaît, remarquez que je ne dis pas « toujours », mais « chaque jour ». « Carpe diem » et « A chaque jour suffit sa peine ». Je profiterai au jour le jour.
Soudain, Martin s'arrête et je reste sur ma faim.

– Je passerai volontiers la matinée à te consommer au petit déjeuner, mais je crois que ça va poser un problème... Ou peut-être deux !
– Deux ? Tu m'intrigues...
– Eh bien... Le premier est que je n'aurai pas assez de confiture pour enduire ton corps de déesse et je serai obligé de te manger « nature ». Le second, c'est que nous avons une contrainte de taille aujourd'hui et qu'il nous reste peu de temps, jolie brune...

Sa main caressant mon dos agit comme un filtre antiparasite, je ne capte que la moitié des messages, me concentrant seulement sur sa peau, son odeur... Sa bouche. Hum... Sa bouche exquise et sucrée...
– Peu de temps... D'accord... Pour quoi faire ? dis-je l'air absent et absorbé par le dieu vivant qui me tient entre ses bras.
– Pour aller travailler ! Tu sais, le musée... Les ex-votos... Le labo... Ton bureau... Notre patron Paul-Louis...
– Hum hum... Les ex-votos... Paul-Louis... soufflé-je en l'embrassant dans le cou.

Soudain, je percute. Bordel ! Le musée !

– Putain de bordel de merde ! Quelle heure est-il ? Je vais être en retard !
– Du calme ma belle ! Il est 8h15... On ne doit aller au musée que pour 9h... Tu as le temps de prendre une bonne douche, de t'habiller... Et pour la mise en beauté, crois-moi, tu n'en as pas besoin !

Il est adorable... Comment aurais-je pu passer à côté d'un tel trésor ? Et il a raison bien sûr... Une bonne douche et à 9h, je serai à mon poste.

Nous arrivons devant le musée, main dans la main, comme si elles avaient été moulées dans la même empreinte... Elles se confondent presque, enveloppées par nos deux auras.

- Eh bien voilà, nous y sommes ! dis-je tout de même un peu crispée et frustrée de devoir l'abandonner déjà.
- Tu vas me manquer jolie brune... J'ai hâte de te retrouver. On y va ou bien on passe notre journée à se bécoter devant l'entrée ?
- Eh bien, aussi alléchante que soit la seconde option, je pense qu'il est préférable que nous passions cette porte... Sinon, nous risquons de nous faire arrêter pour attentat à la pudeur !

Martin rit et dépose un baiser léger sur mes lèvres, puis un sur chaque joue.

- Le plein pour la journée... dit-il.
- Hum... J'aime ce carburant !

Nous finissons par entrer dans le musée en nous tenant par la main. Et là... Mais quelle sensation magique ! Ida l'hideuse nous fixe avec des yeux qui n'ont rien à envier à ceux de Maître Hibou dans Winnie l'Ourson ! Eh ouais grosse pétasse... C'est moi qu'il a choisi ! Martin, comme s'il avait ressenti la même chose que moi, en rajoute une bonne louche en m'embrassant furtivement sur les lèvres.

- A ce soir... Mon ange.

Il me fait un clin d'œil de conspirateur et je ne peux m'empêcher de sourire à l'écoute de ce surnom, doux comme un bonbon au miel. Je le regarde s'éloigner en direction de la pointeuse et je savoure cet instant. J'admire sa silhouette athlétique, sa démarche assurée... Je suis accro, c'est sûr ! J'avance à mon tour vers la salle du personnel et je ne peux résister à l'envie d'achever Ida.

- Bonjour Ida... Belle journée, non ?

Elle pince les yeux et prend son air guindé.

- Oh ! Et... Vous devriez fermer la bouche... Un accident salivaire est si vite arrivé... Bonne journée !
Et vlan ! Ramasse tes dents Mademoiselle la garce ! Mon travaille m'appelle et ma journée promet d'être merveilleuse...

Chapitre 9

Martin

Je m'éloigne de Nina à contrecœur mais rien que la vision de cette pimbêche qui s'étouffe de jalousie, me redonne des ailes. Je l'ai promis à Nina, je vais parler à Paul-Louis. Comme j'aime que les choses soient réglées en temps et en heure, je décide de me rendre dans son bureau immédiatement. Ainsi tout sera plus clair, pour tout le monde.

Je frappe à sa porte énergiquement, ce qui traduit mon impatience mais ma joie aussi. Cette putain de joie que j'ai envie de crier à tout le monde ! Il répond, j'entre.

– Martin, que me vaut l'honneur…
– Stop Paul-Louis ! Je ne suis pas venu vous réclamer une augmentation ou un changement radical de mes missions. Pas de ton cérémonieux entre nous, s'il vous plait, ma venue matinale n'a rien à voir avec le boulot… Enfin presque… Ou pas tout à fait… dis-je l'air confus.

– Eh bien asseyez-vous, je vous en prie.

Il se lève tout en m'indiquant les chaises devant son bureau, comme à son habitude. J'ai un nœud dans le ventre et une boule dans la gorge. Jamais je n'aurais pensé avoir à parler «relation amoureuse » avec mon patron un jour. Mais je suis là maintenant, et ce n'est pas le moment de se dégonfler, d'autant que Paul-Louis attend que je l'ouvre enfin…

– Bien, merci ! Alors voilà… dis-je en prenant place face à lui.

Il se rassoit enfin et attend, les yeux interrogateurs.

– Comme vous l'avez souhaité, je travaille sous la direction de Nina… Euh, Mademoiselle Libartet ! Et… euh…. Tout se passe bien, ne vous en faîtes surtout pas !

Je soupire et essaie de contrôler mon rythme cardiaque. Pourquoi mon dandy de patron m'impressionne-t-il autant aujourd'hui ? Putain, ce n'est quand même pas si compliqué de lui dire que j'aime cette femme à en crever, non ? Paul-Louis me fixe, un discret sourire accroché aux lèvres…

— Bien... Tout va bien... Bon ! Venez-en au fait Martin ! Quelle info vous donne cet air constipé que je ne vous connaissais pas encore ? Vous qui êtes toujours si sûr de vous...

Le connard... « L'air constipé »... Je t'en foutrais moi ! A ce ton moqueur, je sens mes mâchoires se crisper et tous les muscles de mon cou se tendre.

— Ok... Nina et moi sommes aujourd'hui plus que des collègues...
— Oh ! Très bien ! Vous avez sympathisé, quelle excellente idée ! lance-t-il avec son air enjoué de bobo.
— Non... Euh...
— Vous avez découvert que vous étiez parents, c'est ça ?
— Non ! Arrrg ! Mais, arrêtez de me couper la parole enfin ! Je voulais vous dire que Mademoiselle Libartet et moi avons eu un coup de cœur, l'un pour l'autre et qu'aujourd'hui, nous souhaitons entretenir une relation... Intime. Nous souhaitions juste vous en informer et vous assurer que cela ne changera rien dans notre travail ! Voilà...

Paul-Louis me fixe, l'air détendu et guilleret. Qu'est-ce qu'il a maintenant ?

— Eh bien ! s'exclame-t-il en riant, il vous en aura fallu du temps pour m'annoncer ce que je savais déjà !
— Qu... Quoi ? bégayé-je. Comment ça, ce que vous saviez déjà ?

Je sens mes yeux s'arrondir autant que ceux de notre bonne vieille chouette.

— Mais enfin mon vieux... Vous êtes tombé raide dingue de cette fille dès qu'elle a franchi la porte de votre laboratoire ! Vous le faites exprès d'être con à ce point ?
— Merci, Paul-Louis c'est...Très agréable... dis-je, un brin vexé, en croisant les bras sur mon torse.
— Et susceptible en plus ? Martin... Depuis combien de temps nous connaissons-nous déjà ? Quatre, cinq ans ?
— Huit ans, Paul-Louis. Ça fait huit ans.
— C'est exactement ce que je disais mon cher ! Ecoutez... Je vous ai vu travailler d'arrache-pied, progresser et évoluer à votre poste. Je sais quel trésor vous représentez pour notre équipe... Sans vous, certains vestiges seraient partis en fumée ! En plus de votre professionnalisme, j'ai énormément d'estime pour l'homme que vous êtes, pour votre bonté, votre

courage et votre volonté. Alors, pour Nina, considérez que l'or attire la lumière... Que la lumière attire la lumière...

— Autrement dit ? demandé-je les sourcils froncés.
— Autrement dit, c'était votre destin, votre carma ! Donc, je ne suis absolument pas surpris mon cher Martin ! En engageant cette fille, j'ai compris immédiatement qu'elle était votre alter ego... Et puis, franchement, comment résister à une telle beauté ? Bon, bien sûr, ne répétez pas cela à Rodrigue, il serait profondément contrarié le pauvre chéri...

Rodrigue est le petit ami de Paul-Louis. C'est un magnifique antillais de dix ans son cadet. Ils sont très discrets sur leur vie personnelle. Ici au musée, nous ne sommes que trois à être au courant que Paul-Louis est homosexuel et je dois dire que cela me touche profondément que mon patron m'accorde autant de confiance. Alors, même si ses paroles me sonnent littéralement, c'est le cœur gonflé de gratitude que je ressens un immense soulagement. Mon patron comprend ce que je vis et ça, ça n'a pas de prix !

— Soyez rassuré Paul-Louis, Rodrigue n'en saura rien, c'est promis ! Merci infiniment, dis-je humblement. Nina appréhendait beaucoup le bouleversement que notre relation naissante aurait pu créer ici, au musée. Alors, encore une fois, je peux vous assurer que nous fournirons le même travail qu'auparavant. Je voulais juste être transparent avec vous Cher Paul-Louis... C'était important pour Nina comme pour moi. Et désolé pour cette « tension électrique » hier, dans mon labo...
— Ne vous en faites pas pour cela. C'est moi qui vous remercie pour la confiance que vous m'accordez, Martin.

Ce type me surprendra toujours. Sous ses airs d'anglais coincé, se cache un grand cœur et des valeurs humaines que j'apprécie profondément et que je partage.

— Alors, restons sur cette magnifique idée que cette confiance est réciproque, lui chuchoté-je dans un clin d'œil complice. Je vous souhaite une bonne journée Paul-louis, dis-je en tournant les talons.
— Martin ? Une dernière chose... me lance Paul-louis.

Je me retourne pour le regarder.

— Oui ?
— Je suis heureux pour vous, sincèrement. Après tout ce que vous avez enduré ces dernières années, vous avez droit à votre part de bonheur. Bonne journée à vous aussi Martin.

J'en reste complètement baba... Mon patron est heureux pour moi. C'est à ce moment précis que je réalise qu'il compte pour moi, comme un ami cher... Peut-être même comme un frère... Voire encore plus...Comme un père, malgré notre petite différence d'âge. Cette soudaine prise de conscience me chamboule, me ramène à une époque, pas si lointaine... Une époque que j'aimerais sentir s'évaporer peu à peu, dans ce champ de bataille qu'est mon esprit meurtri...

C'est le deuxième jour de ma fuite, de l'abandon de mes racines... Je suis là, à contempler le paysage et pour la première fois depuis ces dernières heures, j'ai le bide en vrac. C'est un vrai nid de vipères qui loge dans mes tripes ! Elles me mordent encore et encore pour m'injecter leur venin de la souffrance... Comme pour me dire : « Bien fait pour toi pauvre petit con ! »...

Avancer... Je n'ai pas le choix. Je ne reviendrai pas en arrière. Ce que je ressens en ce moment ? Ce que je ressens, c'est comme être le seul survivant d'une guerre mondiale. C'est le chaos complet. C'est la haine, la rage. C'est la terrible douleur d'avoir abandonné ma mère. Et cette colère... Cette putain d'enfoirée de colère qui me prend à la gorge, aux tripes... Il faut qu'elle devienne un moteur. Sinon, je vais mal finir. Et toi, « Cher Père », je ne voudrais pas te laisser savourer ma mort si les cow-boys en bleu étaient amenés à venir vous l'annoncer au domaine. Non ! Je refuse cette sombre idée ! Je vais me battre et je ferai ma place. Point final !

Les tripes nouées, la bouche sèche, je reprends mes esprits et me passe les mains sur le visage. Ce sont sûrement les derniers mots de Paul-Louis qui m'ont replongé dans ce sombre souvenir. « Vous avez droit à votre part de bonheur ». Putain... C'est tellement vrai ! Après toute cette période de sombre merde, de nouveau départ, de remise à zéro des compteurs. Qu'est-ce que j'en ai sué pour en arriver à cette place aujourd'hui. Et malgré toute cette daube, je remercie la vie de m'avoir donné la chance de rebondir. Je ne m'en suis jamais enorgueilli... Tout est si fragile en ce monde. Peu de gens ont conscience de la gratitude que nous nous devons d'avoir pour l'univers. Alors aujourd'hui, la mienne est infinie : je remercie la vie d'avoir mis Nina sur ma route. Cette femme, magnifique, douce et fragile, qu'il me tarde de découvrir chaque minute qui me sera donnée de passer auprès d'elle. Je veux l'aimer, la chérir et guérir son cœur... Je comprends soudainement au moment où je m'entends penser intérieurement, que c'est en l'aidant à soigner son cœur que je pourrai guérir mon âme écorchée vive.

Moi qui ai toujours été solitaire depuis mon départ du domaine viticole, je ne pense plus qu'à être avec elle, la voir, la sentir, la toucher... Je me sens... Transformé... Avec une envie intense de lui faire découvrir mes passions : la rando, le canyoning, la photo... Rendre immortelle sa beauté de déesse... De Sequana. D'ailleurs, tiens, j'irais bien lui rendre une petite visite à ma belle de bronze... Je décide donc de me diriger dans ma partie préférée du musée, le niveau gallo-romain.

Les odeurs de bois lustré et de la pierre éveillent en moi, comme à chaque fois que je m'y rends, une émotion particulière, qui fait vibrer quelque chose, là, tout au fond de mon ventre. Peut-être est-ce la force de mes ancêtres bourguignons qui m'appellent. Peut-être que c'est la puissance de ce peuple qui jadis a su ancrer sa culture et résister à l'ennemi. Et même si Rome a finalement eu raison de nos racines, je reste convaincu qu'une certaine résistance a perduré lorsque nous sommes tous devenus latins. Cela m'aide sans doute à m'accrocher à l'idée que nous étions les plus forts, comme un enfant qui reste persuadé que le Père Noël existe, alors qu'il a grillé ses parents en train de déposer ses cadeaux sous le sapin !

Sequana est là, dans sa vitrine, sur sa barque à tête d'oiseau. Sa beauté et ses courbes me touchent, comme à chaque fois que je la regarde. Et brusquement, je me sens ingrat envers elle, comme quand j'étais môme et que ma mère pleurait après s'être tuée à la tâche au domaine, et que mes frangins et moi, étions trois petits cons qui la poussaient à bout, dans nos jeux stupides de sales gosses.

– Salut toi, belle gauloise, il y a plusieurs semaines que je n'admire plus ta beauté. Je suis désolé... Mais voilà, MA déesse est arrivée dans ma vie et elle te ressemble tant... Peut-être que c'est toi finalement, plus que la providence, qui l'a amenée sur mon chemin ! Sûrement parce que tu en avais marre de me voir t'observer, comme un pervers sexuel guette sa proie ! Tu as raison, ça craignait vraiment ! Merci ma belle... soufflé-je dans un soupir de bonheur pur, tout en posant ma main sur la vitrine.

Le cœur léger et empli d'un mélange de nostalgie et d'excitation, je décide de repartir au labo, mais, en me retournant, je la trouve là... Nina, adossée au chambranle de la porte de la pièce. Merde ! Je me sens pris la main dans la bonbonnière... Ça craint, elle va me trouver bidon maintenant !

– Salut, dit-elle timidement.
– Salut...

Je n'ose pas m'avancer vers elle, honteux de m'être adressé à une statuette, mais surtout parce que je sais que son corps m'appelle et je ne veux pas déraper de nouveau sur notre lieu de travail.

– C'était très... Touchant ce que tu as dit de moi, murmure-t-elle en s'avançant doucement vers moi.
– Tu trouves ça nul, n'est-ce pas ?

– Oh Martin, non ! Bien sûr que non ! C'est tellement… Magnifique et…

– Cucu ? demandé-je la mine renfrognée.

Elle éclate de rire, puis en déposant sa main sur mon cœur me regarde droit dans les yeux, l'air troublé.

– J'allais dire romantique. Tu es si beau Martin… Et tellement sincère. C'est moi qui ai de la chance de t'avoir rencontré.

– Oh ma beauté… soupiré-je en posant mon front sur le sien. Il faut que je lutte de toutes mes forces, pour ne pas te faire l'amour maintenant, ici, sur les dalles de pierre de Bourgogne ! J'ai promis à Paul-Louis qu'on serait irréprochable l'un comme l'autre au boulot. Mais quand je te vois, si belle et si pure… Grrrrr ! J'ai envie de te dévorer !

Nous rions tous deux en nous décollant l'un de l'autre et je vois passer dans son regard un éclair subtil de gourmandise et d'envie. Je la trouble autant qu'elle me chamboule ! Eléonore avait raison… Putain, comme c'est bon ces sensations enivrantes… Et cet effet qu'elle a sur moi !

– Donc, tu ne me trouves pas ringard ? demandé-je un sourcil arqué, les mains dans les poches de mon jean.

– Et non mon chéri ! Tu es trop attirant pour que je te trouve ringard !

« Mon chéri » ? Elle vient vraiment de m'appeler « mon chéri » ? J'en reste bouche bée. Le truc qui m'aurait laissé penser que je n'appartiens à personne, il y a encore quelques temps, vient de provoquer en moi, un violent tsunami cardiaque ! Je suis parcouru par une vague d'euphorie qui déferle dans tout mon corps, irradiant mes cellules, mes synapses… C'est orgasmique ! Hyperultrasuper excitant ! Mes yeux clignotent comme un stroboscope et je n'ai plus devant les yeux, que l'image de Nina en version caléidoscopique.

– Martin, tout va bien ? Eh ho ? Tu es avec moi ?

Elle me caresse la joue du dos de la main et je viens à la rencontre de ce geste blindé d'affection. Cette femme va me tuer de bonheur !

– Oh oui, ma belle, je suis là… Bel et bien là ! dis-je en la serrant contre moi à la façon d'un danseur de tango.

Cela la fait rire de plus belle. Qu'est-ce que j'aime l'entendre éclater de rire…

- Eh bien j'ai cru que ta connexion était perdue !
- C'est la tête que je vais perdre si tu continues à m'envoûter de la sorte !
- Moi, je t'envoûte ? Et comment est-ce que je fais ça, dis-moi ? me demande-t-elle en battant des cils.

Oh, elle me provoque la petite diablesse ! Comme j'ai cru le deviner hier, elle est joueuse... Et j'adore ça !

- En te trémoussant devant moi, comme tu viens de le faire... en me donnant des surnoms adorables...
- Oh... je vois, dit-elle. C'est dérangeant ça, MON chéri. Car plus le temps va passer et plus, je crois, je vais avoir envie de t'appeler par de petits noms, très tendres... Je crois que j'aurais même pu dire « mon chou ». Mais j'avais peur que tu trouves ça... Cucu !

Oh bordel de merde ! Qu'on m'amène un extincteur, mon désir va embraser l'étage !

Fou d'elle, je la serre contre mon torse et dépose sur ses lèvres, un baiser ardent et fort comme pour lui dire « Arrête tes conneries Libartet... Non ! Continue c'est un ordre ! ». Elle y répond immédiatement avec autant de vigueur et de passion puis, reprenant notre souffle, nous nous écartons l'un de l'autre une nouvelle fois.

- Je crois que je devrais y aller, dis-je en contemplant ses joues rosies par le désir et ses yeux émeraude étincelant comme deux étoiles. A ce soir... MA chérie.

Ses yeux s'agrandissent et sa mâchoire en tombe ! Je tourne les talons et quitte la pièce. J'adore ce petit jeu !

Arrivé dans le labo en sifflant, je me jette sur mon fauteuil de bureau tel Fred Astaire nageant dans le bonheur dans « Singing in the rain » et me laisse glisser jusqu'à mon plan de travail. Eléonore qui préparait sans doute une de ses potions miraculeuses en reste clouée sur place, une éprouvette à la main. Je ris en voyant son air ahuri.

- Quoi ? demandé-je l'air innocent, les deux mains ouvertes de part et d'autre de ma tête.
- Où est Martin de Villandière ? Qu'avez-vous fait de lui ?

J'éclate de rire et je soupire en croisant les mains derrière la tête.

– Il est là, ne vous en faites pas Mademoiselle... Plus que jamais, il est là !

Eléonore m'observe, une moue suspicieuse et les yeux plissés...

– Ah oui ? Très bien, voyons ça tout de suite ! Quel gâteau préfère-t-il ?
– Le flan aux abricots !
– Quelle est sa spécialité en restauration d'objets ?
– La pierre !
– Son moyen de transport préféré ?
– La moto... Bon, ça va durer encore longtemps ton interrogatoire à deux balles ?
– Comment s'appelle son ours de compagnie ?
– Eléonore, qu'est-ce que c'est que cette connerie à la fin ! Tu sais bien que je n'ai aucun animal à la maison !
– Ah oui, mince ! J'ai dû confondre avec le propriétaire des lieux... Cet ours mal léché qui s'appelle Martin !

La bougresse ! Elle se fout de moi ! Je n'en crois pas mes oreilles !

– Pardon Martin, mais je n'ai pas pu résister à te taquiner un peu...
– J'avais remarqué figure-toi ! Mais, peu importe ! Amuse-toi, l'air est à la fête aujourd'hui, dis-je en scrutant sa réaction.

Elle semble ne pas en revenir ! Je viens miraculeusement de trouver le bouton off de la poupée russe ! Ah oui pardon ! Il faut que je vous explique : j'appelle Eléonore la poupée russe car elle est blonde, le teint pâle, les yeux bleus et peut se montrer cinglante et efficace tel un agent du KGB. Donnez-lui n'importe quelle mission impossible à remplir, elle, elle y parviendra. Et puis, sa petite taille me fait marrer... J'ai toujours l'impression qu'on pourrait la placer dans l'une de ces poupées gigognes qu'on voit dans les magasins de jouets traditionnels !

– L'air est à la fête ? reprend-elle.
– Parfaitement ! Zen, décontract', on est léger...
– Ok, c'est rare chez toi cette attitude cool. Alors, peut-être que tu vas pouvoir me dire à quoi tu carbures ce matin ? dit-elle en s'asseyant sur un coin du plan de travail, son éprouvette toujours à la main.

Ahhh Eléonore ! Si tu savais... Je ne sais pas si tout cela est à confier à de petites oreilles chastes et innocentes ! La soirée et la nuit.... Bordel ! C'était du délire ! Non c'était... C'était de l'extase à l'état brut !

– Je fonctionne à l'énergie Libartet, dis-je un grand sourire fendant mon visage.
– Oh merde ce n'est pas vrai ! Toi et… Nina, ça y est ?

Mon visage radieux lui apporte la réponse escomptée et Eléonore se jette à mon cou pour me féliciter. Je la réceptionne tant bien que mal sur mon fauteuil de bureau qui manque se retourner face à cet élan d'énergie blonde !

– Merci Eléonore, c'est très gentil ! Mais là, tu m'étouffes un peu ! Je ne suis pas fana des prises de catch !
– Pardon, pardon ! Je ne t'ai pas fait mal au moins ? C'est que je suis si contente pour vous deux !
– Tu avais raison pour… Euh… Tu sais… Nina… Et moi. Nina ressent quelque chose pour moi…
– Oh mais Martin, c'est évident enfin ! Cette femme n'est vraiment pas indifférente à ton charme… Enfin à toi quoi !

Eléonore se cache les yeux une fraction de seconde, sans doute parce qu'elle est gênée de cette familiarité, que je prends comme un compliment masqué. Elle est tellement touchante avec sa naïveté et son punch. J'ai beaucoup d'affection pour elle.

C'est une totale prise de conscience de tout ce que je peux ressentir aujourd'hui, alors que j'ai passé mon temps à enfouir mes sentiments ces dernières années.

Nina et moi nous ressemblons énormément pour cette raison, elle qui lutte encore contre ses démons passés, son expérience avec ce raté de musicien mais surtout l'abandon de ses fouilles en Ethiopie…

Elle m'a dit « je crois que je t'aime ». Jamais je n'avais ressenti une telle douceur dans le cœur. J'espère maintenant pouvoir l'aider à dépasser ce drôle de merdier émotionnel et à lui remettre du baume au cœur concernant son métier. Tout à coup, tout devient clair. Mais c'est bien sûr ! Nina a besoin de retomber dedans et d'être surprise ! Je dois l'emmener… Aux sources !

Pas peu fier de mon idée subite, je ris la tête en arrière, les mains posées sur ma tête. Eléonore, elle, me regarde, la tête penchée sur le côté, ses petits yeux pincés, aiguisés comme des couperets. Elle doit penser que je pète les plombs, que je suis en transe, complètement sorti de mon corps… L'âme partie en sucette, dispersée dans l'air comme de la poussière d'étoiles… Et c'est si vrai !

J'ai passé mon temps à jouer les ours solitaires et mal-léchés, le cœur desséché et explosé par la colère… Pour tout avouer, je ne me reconnais pas… C'est lui, le mec qui dormait dans mon corps armé de tellement de boucliers qu'il ne voyait plus la lumière du jour ? Lui, ce grand con avec une guimauve à la place du cœur dès qu'il la voit ? Lui qui ne pense plus qu'à elle, à lui faire une place dans son existence ? Je soupire... Et ouais, je le reconnais... C'est carrément moi ! C'est cette part de mon être que je n'avais jamais ressentie... Cette part pleine de lumière... Et je ne veux plus jamais qu'elle s'éteigne. Nina... Nina. Son nom est un talisman... Un baume sur mon cœur. Son corps de rêve, sa voix si douce, son caractère caché... Son humour... Son aura m'enveloppe à la manière d'une couverture moelleuse... Me réchauffe, me transporte... Putain, je l'ai dans la peau ! Et j'aime ça... Je l'aime, point-barre.

— Bon ! Alors... Quel est le programme de la journée Martin ? On se boit un café et on rêve de tout ce qui nous fait vibrer ? Aller, chef ! Hop ! On a du taf !

Eléonore me sort de ma torpeur, postée devant moi, les mains posées sur ses hanches adolescentes et le regard mitrailleur. L'agent du KGB dans toute sa splendeur ! Elle, si maladroite au quotidien, gauche et gênée, vient de sortir son flingue et a chaussé ses rangers façon Lara Croft ! L'ambivalence en personne !

— Ok, ok ! Je me rends mon colonel ! Tu as raison... Je sais que je suis sur mon nuage, mais Nina, c'est comme...
— Fort Nox, le Panthéon et la réserve mondiale des substances hallucinogènes ?

J'éclate de rire... Décidément, Eléonore est en forme ce matin...
Totalement transporté par ce cocktail sentimentalohallucinogène, pour reprendre sa répartie, je me décide enfin à mettre le nez dans le dossier « Urgent ». L'ex-voto envoyé en analyse, ne devrait pas tarder à nous revenir.
Tout en potassant ma liste de travaux à effectuer, notamment la restauration d'un chapiteau corinthien, je me dis qu'il faudra trouver une place de choix pour mettre en valeur cette statuette superbe. Je me demande ce que décidera Nina à ce propos...
Non, stop ! Il faut que je me concentre... Rien que de me dire son prénom je me sens fébrile et ces fichus frissons viennent me chatouiller la moelle épinière. Cette fille est vraiment dévorante... Et à dévorer !
Bon, aller, je tranche le brouillard de ce prologue érotique et décide de m'attaquer à cette pièce de colonne corinthienne qui, il est vrai, a bien besoin d'une remise en beauté.

— Eléonore ? Pourrais-tu me préparer une solution nettoyante avec un litre d'eau chaude et une tasse de cristaux de soude s'il te plaît ? On verra ensuite pour une solution d'huile de lin et de citron.

– Ah ! Enfin, tu as démarré ton moteur ! On s'attaque à de la restauration sur pierre ce matin ? Ok, ça me va ! Et une solution nettoyante pour la trois, une ! s'exclame Eléonore en partant vers son plan de travail, au-dessus duquel sont entreposés des tas de produits.

Les éprouvettes, les pipettes et autres ustensiles de chimiste aguerrie, sont ordonnés, rangés par taille sur des présentoirs transparents.
Encore une fois, je me dis que c'est fou comme cette organisation est l'opposé de ce que montre Eléonore au quotidien. C'est franchement curieux ce contraste en elle, comme si on passait constamment d'une photo couleur à son négatif...

– Aïe ! Merde ! Bordel !

Bah tiens qu'est-ce que je disais ? Que lui est-il arrivé cette fois-ci ? Le petit sifflement d'air entre ses lèvres m'indique qu'elle a mal et franchement je n'aime pas ça. Et ouais, désolé, mais mes tatouages, ma crinière et mes muscles ne font pas de moi un mec insensible et sanguinaire. Une femme, ne devrait jamais souffrir... Jamais ! Elles sont l'essence même de notre Terre. Et nous, pauvres cons que nous sommes, nous devons les aimer et les protéger. C'est comme ça... Et ce sera toujours comme ça... Pour moi, en tous cas.
Je me retourne et je vois Eléonore, se tenant la main, qui pisse le sang, littéralement.

– Merde Eléonore qu'est-ce que tu as foutu ? demandé-je l'air inquiet.
– Euh... C'est ma main... J'ai eu un mouvement incontrôlé et ma main a tapé sur le bord du plan de travail. Mon verre doseur s'est brisé... Et voilà le résultat !

Elle tend la main vers moi afin que je constate l'étendue des dégâts. Une belle coupure se dessine dans la paume de sa main ainsi que sur son majeur, ce qui me fait sourire en fait...

– Au moins, dis-je, si tu dois lever ce doigt en cas d'opposition, tu auras maintenant un signe distinctif !
– Ha ha ha... Trop drôle ! Bon il faut appeler les urgences ou mon cher supérieur va-t-il se décider à sortir notre trousse de premiers secours ?

Elle est furibonde ! Et drôle doublée de son ironie et de son sarcasme !

– Allez, ne le prend pas comme ça, Mademoiselle Pierre Susceptible Richard ! Tend ta main.

À l'aide d'une pince à épiler je retire les plus gros morceaux de verre et je passe sa main sous l'eau pour ne pas risquer d'enfoncer dans sa chair de fines paillettes. Ses plaies ne sont pas profondes, pas besoin d'aller aux urgences.

– Et voilà ! Ton pansement est le plus beau de la ville !
– Pfffff ! Aller au boulot ! Et… Euh… Merci, pour ça, me dit-elle en pointant de l'index sa main pansée.

Elle a beau me faire son petit numéro de « tout va bien, ne t'inquiète pas », je perçois comme un non-dit entre nous. Comme une drôle d'impression qu'elle veut cacher quelque chose… Alors, les bras croisés, je l'invite du regard, à s'assoir quelques instants pour essayer de creuser un peu.

– Eléonore, sans vouloir être indiscret, je me demandais… Enfin… tes maladresses, tes chutes, tout ça…

Eléonore baisse les yeux, le visage totalement figé. Et boum bébé, en plein dans le mille ! Je viens de mettre le doigt sur un sujet tabou apparemment…

– Eh… dis-je tout bas. Je ne veux pas t'embarrasser mais je m'inquiète pour toi. Tu me parles de gestes incontrôlés et chaque jour, il n'y a pas une minute où tu ne te cognes pas. Tu n'as pas de problèmes de santé au moins ?

Mutique… Elle reste mutique. Et moi, je me sens trop con ! Qu'est-ce qu'elle peut bien avoir ? À voir sa tête, ça n'a pas l'air d'être quelque chose de gentillet. Merde… Qu'est-ce qui se passe ?

– Ecoute, je ne voulais pas t'embarrasser. Oublie, on se met au boulot, dis-je pour rompre ce silence pesant.

Je tourne les talons pour me rendre à la réserve, mais la voix d'Eléonore me coupe dans mon élan, comme si je venais de freiner subitement au guidon de mon bolide.

– Je souffre du syndrome d'Ehlers-Danlos. Je ressens mal mon corps, comme si je n'avais pas de limites corporelles. Comme si tous les gens avaient un radar de détection des obstacles et que chez moi, le constructeur avait oublié d'en installer un. J'ai de nombreuses douleurs et besoin d'oxygène trois fois par jour car mon corps ne le garde pas. C'est assez handicapant mais je vis ça aussi bien que je le peux.

Je reste cloué sur place à l'entendre me révéler de telles choses. Sa voix est basse, son ton grave. Je me retourne et la regarde quelques secondes. Comment peut-on passer ses journées aux côtés d'une personne sans même se douter que physiquement parlant, quelque chose cloche ? Et puis c'est quoi cette histoire « de l'air dans l'os » ? Je ne suis pas médecin, mais ça je sais que c'est impossible !

– C'est quoi ce syndrome ? Et ce nom, il vient d'où ? demandé-je, soucieux de son bien-être.
– Comme beaucoup de gens, tu dois te demander comment j'ai pu avoir de l'air dans les os, c'est ça ? Elle rit, se moquant gentiment de moi.
– Ben, ça, je sais que ce n'est pas possible !
– Excuse-moi... Je préfère en rire. Le nom est constitué de celui des deux médecins qui ont découvert cette maladie au début des années 1900. C'est une maladie génétique qui atteint les tissus conjonctifs dans tout le corps. Ils sont en quelque sorte trop lâches et ça crée un certain nombre de difficultés au quotidien. Dont une fatigue importante et des chutes. Mais ça, je crois que tu l'avais déjà compris, depuis ces deux dernières années !

Je suis sans voix... La pauvre. Merde, j'espère que je ne suis pas trop dur avec elle... Elle qui ne montre jamais rien de ce qui lui arrive et c'est seulement maintenant que j'en prends conscience. Et par-dessus tout ça, elle continue de rire et faire de l'humour... Je l'admire !
L'Homme est vraiment bouché... Centré sur lui-même... Enfermé dans son petit univers... Fait-on exprès de ne pas voir ce qui se passe autour de soi ? Est-on si égoïste que nous ne prenons même pas le temps d'accorder un peu de notre attention aux personnes qui en ont besoin ? Et moi, je ne vaux pas mieux qu'un autre en cet instant...

– Euh... Je suis désolé, Eléonore. Je ne sais pas quoi dire... Y a-t-il un risque vital ?
– Non, absolument pas... Et ne sois pas désolé, tu ne pouvais pas le deviner ! Fais-moi plaisir s'il te plaît, ne change pas d'attitude envers moi. Je ne veux pas que mon état de santé change quoi que ce soit à notre collaboration.

Décidément, dans ce musée, tout le monde a un secret qu'il veut garder bien au chaud !

– C'est promis ! Par contre, à ton tour, promets-moi de me dire si tu te sens mal ou si tu as besoin de faire une pause.

— Est-ce que j'en ai eu besoin jusqu'ici ? me demande-t-elle un air de défi peint sur son joli minois.

La bougresse, elle a raison, bien sûr ! Je souris en secouant la tête, les mains levées vers le ciel, en signe d'abandon.

— C'est bon ! Je capitule ! Je comprends... Je ne veux surtout pas être pesant, ou avoir une attitude déplacée. Mais, si tu as besoin de quoi que ce soit, ici ou en dehors, n'hésite pas... Je suis là.
— Je te remercie. Ça me touche beaucoup.

Nous finissons par nous mettre enfin au travail de restauration d'un magnifique chapiteau corinthien. Il est daté du XIème siècle, et provient très probablement du chantier de reconstruction de l'abbatiale Sainte Bégnine, ordonnée par Guillaume de Volpiano, abbé de Sainte Bégnine. Un Saint Homme pour les archéologues et les historiens tant il a œuvré à la rénovation et à la reconstruction du patrimoine religieux de la région !
Protégée par des gants en latex, Eléonore m'apporte la solution que je lui avais demandé de préparer tout à l'heure. Je dois être plus que prudent, car ce chef d'œuvre de l'art roman est en calcaire et donc très, très fragile.
À l'aide d'un coton tige trempé dans ma solution, je commence par nettoyer un petit centimètre carré, sur un côté, là où, si je venais à merder, mon erreur serait la moins visible. Je suis d'une douceur infinie, tout en délicatesse, lorsque je passe mon outil sur cette pierre sculptée d'une beauté exceptionnelle.
Toutes ces observations qui se percutent dans ma tête, le fait de toucher cette pierre comme s'il s'agissait du corps d'une femme, me ramènent à Nina... La douceur de sa peau veloutée, ses traits parfaits, ses courbes... Putain de bordel ! C'est pas vrai ! Elle va squatter ma tête longtemps comme ça ? Je bosse là... Exaspéré par la tournure que prennent mes pensées, je respire profondément pour m'aérer l'esprit, histoire de changer totalement de sujet.

— Martin ? Tu as des regrets toi ? Je veux dire... dans tes choix de vie ?

Je m'arrête une fraction de seconde, le coton levé en l'air, comme si on m'avait mis en pause. Bien sûr que j'ai des regrets ! Avoir quitté ma mère par exemple, ne plus parler à mes frangins, m'être enfermé totalement dans mon job toutes ces années, alors que la vie devait avoir tant de choses à m'offrir en dehors de ces murs... je soupire brièvement en souriant.

— Oui, j'en ai... Concernant ma famille notamment. Et toi ?

Elle prend quelques secondes pour réfléchir, tout en essuyant la petite partie que je viens de nettoyer délicatement.

- J'en ai un... Un seul ! En dehors de lui, je suis très heureuse de mon parcours, de tout ce que j'ai remporté comme bataille pour en arriver là...

Elle semble nostalgique tout d'un coup... Et encore un changement d'humeur de la poupée russe !

- Ah oui, un seul ? Et quel est-il alors ? Enfin, si tu veux en parler bien sûr !

Elle rit doucement, en baissant les yeux et prend son air de jeune femme gênée et pudique...

- J'ai toujours aimé dessiner... Mais mes parents disaient toujours que ce ne serait pas un métier. Alors, je n'ai pas osé les contredire et me suis engagée dans la voie qui me semblait la plus cohérente après les Beaux-arts : la chimie ! Mais le dessin... C'est tout pour moi ! Cela me permet d'évacuer, de ressentir ce qu'il y a au plus profond de moi. Ça me donne... De l'espoir... Pour mon avenir.

Comme je la comprends. Moi, mon truc, c'était la culture du vin. Ça me prenait les tripes, remplissait mes pensées, jour et nuit... Je sais ce que ça fait d'avoir dû abandonner une route qui vous semblait être la seule à exister...

- Pourquoi tu ne continues pas ? Tu pourrais exposer !
- Moi ? Exposer ? Non...non non non non non ! Je ne pense pas... Il faut être doué pour ça ! me dit-elle.
- Je suis sûr que tu as un vrai talent. Si tu dessines comme tu composes en chimie, alors, ça ne fait aucun doute !

Eléonore me regarde... Les mots semblent lui manquer. Elle file jusqu'à son bureau où elle semble chercher quelque chose. Après avoir retourné la moitié de ses dossiers, elle revient vers moi et me tend une pochette cartonnée.

- Tiens... Juges-en par toi-même ! Avant que je ne change d'avis, dit-elle d'un ton très énergique, comme si elle voulait masquer son embarras.
- Ok... Merci !

Je la regarde, interdit, attendant son autorisation pour ouvrir le porte-documents aux teintes marbrées de vert et de noir, fermé par deux rubans de coton noir noués en une boucle parfaite. D'un discret signe de tête, Eléonore m'invite à déballer le contenu de son « coffre au trésor » et je dois dire que cela m'intrigue de plus en plus.

Ce que j'y découvre me stupéfait ! Sur la première feuille, c'est un portrait de Nina, penchée sur l'ex-voto que nous avons envoyé en analyse. La seconde est un portrait... De Nina et moi ! Les yeux dans les yeux, assis au plan de travail du laboratoire.

Je m'apprête à tourner une autre page lorsqu'Eléonore me stoppe en refermant la pochette et en poussant un cri étouffé comme si elle venait de se souvenir qu'elle marchait sur des oursins...

Étrange cette réaction... Cela me pousse un peu plus à rouvrir cette boîte de Pandore. Eléonore baisse la tête pour fixer ses pieds... Qu'est-ce que je vais découvrir maintenant...

Je retiens mon souffle à la vue de ce troisième croquis... Nina, sur le dos, la tête penchée en arrière, la bouche entrouverte... Et moi sur elle, le visage dans son cou, les muscles bandés... Mes lèvres sur sa peau... Bon sang ! Qu'est-ce que....

− Désolée... Je suis désolée ! lance-t-elle en me reprenant le carton des mains pour le serrer contre sa poitrine. Je ne sais absolument pas pourquoi je t'ai montré tout ça ! Oublie ! C'était une erreur...

− Une erreur ? Une erreur ? Mais tu plaisantes ou quoi, Eléonore ?

Elle me fixe, les yeux écarquillés, comme un chat qui vient de découvrir l'océan.

− Mais enfin, ce sont les plus belles esquisses que je n'ai jamais vues ! Pourquoi tu perds ton temps ici ? dis-je, surpris qu'elle ne se rende même pas compte de tout l'or qu'elle tient entre les mains.

− Euh... tu es sincère, quand tu dis ça ?

− Non, non, je veux juste te faire plaisir bien sûr ! Mais Bordel Eléonore... Bien sûr que c'est sincère ! Tu sais, si j'étais toi, je demanderais à Paul-Louis si par hasard, il ne connaîtrait pas quelqu'un qui tient une galerie !

− Oh la la ! On se calme ! Non, non, non, et non ! Paul-Louis ne m'aidera jamais de toute façon...

− Eh bien cache ton optimiste jeune fille ! On dirait Ida qui vient de découvrir qu'elle est l'heureuse porteuse d'un cerveau de poulpe !

Elle éclate de rire et paraît se détendre un peu. Je la suis sur la voie de la rigolade car je visualise l'image qu'a créée ma pensée démoniaque.

- Je crois que je pourrais tirer un sacré portrait de tes propos Martin !

- J'en suis sûr et je n'ose même pas imaginer ! dis-je en secouant la tête. Allez, chiche !

Nous reprenons notre souffle tout en savourant le silence qui s'en suit. Je regarde Eléonore une fraction de seconde... Pourquoi n'a-t-elle jamais tenu tête à ses parents ? Et pourquoi n'a-t-elle jamais été remarquée ? Pourquoi les gens talentueux doivent-ils toujours en baver pour faire leur place, hein ? Peut-être qu'en étudiant notre ADN depuis la nuit des temps, on parviendrait peut-être à résoudre cette équation ? « Le chaînon manquant » de Nina n'est peut-être pas celui qu'elle imagine après tout... Peut-être que ce sont des molécules, qui créeraient en chacun d'entre nous un don, une singularité ? Des molécules uniques partagées par tous les hommes de la Terre...

Punaise, mais c'est un bordel sans nom dans ma tête aujourd'hui ! Est-ce que ces Messieurs Voltaire et Diderot pourraient arrêter leur conversation dans l'auberge de la laitière qu'est mon cerveau ce matin ?! Et toutes ces émotions qui font le grand huit dans mon corps... Quel vacarme à l'intérieur !

Après cette longue parenthèse, nous réussissons tout de même à nettoyer ce chapiteau d'une beauté typiquement romane. Je ne m'étais pas trompé en pensant que le motif à stries qui recouvre les surfaces planes était assez endommagé. Je vais avoir un sacré boulot de recherche et de sculpture fine à effectuer. Mais c'est tant mieux car j'adore ça ! Caresser la pierre, sentir ses courbes et ses pores sous mes doigts... La voir s'affiner, prendre forme et resplendir une fois que j'ai laissé mes mains s'emparer d'elle pour qu'elle la sublime. C'est comme... Bordel, ça revient ! Peu importe ce que je suis en train de faire, tout me ramène à elle... Elle est partout. Elle a laissé une empreinte indélébile sur ma peau, dans mon cœur et dans mon âme. Et vous savez quoi ? J'en suis heureux, bordel !

Sentir cette pierre sous mes doigts, c'est comme faire l'amour à Nina... C'est sentir sa peau frémir sous ma caresse, entendre sa peau me dire oui quand je l'embrasse... C'est trop là ! Je n'arrive plus à bosser. Il faut que je trouve quelque chose pour faire taire ce désir... Ou le faire grandir ! Peu importe. Du moment que cela me ramène ma belle. Paul-Louis, je vous en supplie accordez-moi une dernière faveur... Pris d'une inspiration soudaine, je lui passe un coup de fil. Ce sera bref.

- Paul-Louis, je vous prie de m'excuser pour ce nouveau dérangement. Je crois que j'aurais bien besoin de me rendre aux sources de la Seine pour comprendre certains éléments qui m'échappent dans la restauration d'un des ex-votos de notre collection. M'autoriseriez-vous à me rendre sur place cette après-midi ?

– Sans problème Martin... Vous savez bien que dans l'intérêt du musée, je ne peux rien vous refuser ! Posez vos heures, vous en avez un stock trop encombrant dans mon bureau de toute façon !
– Merci beaucoup...

Il raccroche et je savoure cet élan de folie qui me prend subitement. Si l'archéologie ne vient pas à Nina, alors Nina viendra à l'archéologie.

– Eléonore, cet après-midi je serai absent.
– C'est ce que j'ai cru comprendre... Un ex-voto, hein ? dit-elle un sourcil relevé et le sourire en coin d'une complice silencieuse qui aurait tout compris de l'évasion qui se prépare entre ces murs.

Je ne peux pas lui mentir, pas après ce qu'elle m'a montré de son jardin secret tout à l'heure...

– Bon, ok, j'avoue ! Je pars aux sources, pour... Euh... préparer une surprise pour Nina. Voilà... Je veux lui rendre au centuple la beauté des émotions qu'elle fait naître en moi... Alors, je ne connais rien de plus beau que les sources de la Seine pour faire jaillir de telles sensations.

Je me sens rougir légèrement. C'est étrange, moi qui suis toujours dans le contrôle. J'ai l'impression de me mettre à poil devant tout le monde depuis que Nina est entrée dans ma vie !

– Et romantique avec ça ? Eh bien, elle en a vraiment de la chance... Ne t'inquiète pas, file ! Je gère le labo !
– Merci Eléonore... Et fais attention à toi, d'accord ?
– Promis Papa Martin ! me lance-t-elle au signe du garde à vous. Bonne fin de journée Martin... Profitez tous les deux de chaque seconde que la vie vous offre... C'est ça le bonheur...

Je reste planté là, sans savoir quoi répondre. Seul un sourire timide naît sur mes lèvres et j'acquiesce d'un léger signe de tête avant de tourner les talons pour sortir du labo. Maintenant à moi de jouer...

Chapitre 10

Nina

Soriana avait raison... Le bonheur est à la portée de tous, il suffit de savoir le cueillir. Qu'est-ce que j'aime cette femme ! Elle est la mère de Lénaïc et a remplacé ma propre mère à bien des égards, de nombreuses fois. J'ai de ce fait, une maman biologique et une maman spirituelle !

L'énergie qui a subitement envahi mon corps lorsque Martin a pris possession du mien, est un souffle vital qui fait jaillir la lumière dans les moindres recoins de mon être.

Martin... Quel homme ! Je culpabilise tellement de l'avoir pris pour un mec coincé et stupide... Aujourd'hui, je suis sûre qu'il est tout sauf coincé ! Huuum... Son corps tatoué... Sa bouche... Sa peau... Sa langue ! Je n'ai jamais reçu autant d'attention et de plaisir en une seule soirée. C'est Bon... Non ! Extraordinaire... Non, non ! Succulent... Non, non, non ! C'est de la dynamite, de l'or en barre... C'est le patrimoine mondial de l'Unsexco ! Oui c'est ça... il est mon Machu Picchu, mes jardins de Babylone, mon Alexandrie... Le roi de mon univers intérieur et je veux être sa reine...

Mon téléphone interrompt soudainement mon état méditatif. Qui que ce soit, je vais lui faire payer l'éclatement de cette bulle de bonheur !

– Libartet, j'écoute !
– Salut belle brune !

Je reconnais immédiatement la voix de Léna, ma sœur de cœur... Adieu vengeance, bonjour clémence ! Je ne peux décidément rien lui reprocher à celle-ci !

– Salut jolie blonde ! Comment ça va sur ta planète aujourd'hui ? dis-je en riant.
– Eh bien, à entendre ta voix, c'est à toi qu'il faut demander ça ! Quel trésor as-tu déniché hein ?

Je m'empourpre, rien qu'à l'idée de lui répondre. Si elle savait...

– Eh bien... Comment dire...
– Toi... Tu as goûté au fruit défendu ! Le chevelu ? demande-t-elle excitée comme jamais.
– Oh Lena ! C'était tellement... Si... pfiou !

Je l'entends rire dans le téléphone et je suis sûre qu'elle a la tête rejetée en arrière, comme à son habitude.

– Ok, c'est le chevelu ! Tellement, si, pfiou ? Eh ben, on dirait bien qu'il te fait perdre ton latin !
– Martin est la lumière qui me sort de l'ombre Léna... Et il a un corps, tu ne peux pas savoir !
– Non, mais j'aimerais bien ! Que dirais-tu qu'on en discute autour d'un déjeuner aujourd'hui ? Je suis libre pour une fois... Ce Martin m'a l'air plus qu'appétissant, ça me met l'eau à la bouche !
– Léna ! m'écrié-je en ricanant. Tu es incorrigible !
– Et toi tu es bien trop pudique ! Laisse parler la tigresse qui est en toi bellissima ! me lance-t-elle avec un accent italien sur-exagéré.
– On se retrouve au « Chez nous » ? Comme d'hab ?
– Ok ! vers 12h30, ça ira pour toi ?
– C'est parfait, ça me laissera le temps de clôturer un dossier important.
– Et moi, de me débarrasser d'un dernier zinzin pour la matinée !

Nous rions toutes les deux comme deux mômes. Je sais que vus de l'extérieur, les propos de Lénaïc peuvent être choquants. Mais je sais que c'est sa façon à elle de se préserver, de prendre de la distance. « Le sarcasme est le meilleur des boucliers » selon elle. Ça me fait tellement de bien de l'entendre et de la savoir près de moi. Je ferais n'importe quoi pour elle...

– A tout à l'heure ma belle, j't'aime !

Et elle raccroche, comme le tourbillon de cheveux blonds qu'elle est : aussi vite qu'elle est arrivée !
Je sais qu'il n'est que 11h et que j'ai croisé Martin il y a à peine une heure dans la salle gallo-romaine, mais c'est plus fort que moi, il faut que je le voie ! Je vais aller faire un petit tour au labo, comme ça je lui dirai que je déjeune sur l'extérieur... au moins il ne me cherchera pas !

« Eh Libartet ! Peut-être qu'il n'aura pas envie de te chercher ou qu'il avait déjà prévu quelque chose pour ce midi ! Tu n'es peut-être pas le nombril de son monde ! »

Ah non hein ! Stop ! Mon petit ange logé sur mon épaule gauche, celle de la raison, ne va quand même pas venir m'emmerder maintenant ? Petite diablesse, eh ho ? Tu ne voudrais pas le jeter dans les flammes de l'enfer pour une fois ?

La sonnerie de mon poste de téléphone retentit. Ouf, juste à temps avant que n'éclose ma catharsis habituelle !

- Libartet, je vous écoute !
- Bonjour Chère Nina !

C'est Paul-Louis. Que me veut-il avec cette voix enjouée... Pas bon ça !

- Bonjour Paul-Louis, que puis-je faire pour vous ?
- Pourriez-vous venir dans mon bureau d'ici dix minutes ? Il faut que nous réglions ensemble un problème d'organisation pour la prochaine exposition au musée.
- Oh ! Euh... Entendu ! Dans dix minutes. À tout de suite !

Je raccroche quelque peu soulagée, mais je me demande ce qu'il veut qu'on règle ensemble... Tout ce que j'espère c'est qu'il me libèrera avant 12h30 ! J'ai trop besoin de voir Lénaïc...

Tout en me rendant au bureau de Paul-Louis, je décide d'effectuer un petit détour par le labo de Martin. Je veux juste sentir son odeur encore une fois avant d'aller déjeuner. Et même si tout mon corps en est totalement imprégné, je suis comme une junkie en manque de sa dose horaire...

Je pousse la porte du sas et c'est sur Eléonore que je tombe. Elle est de dos, à son bureau.

- Bonjour Eléonore, comment vas-tu ce matin ?

Elle sursaute et se retourne vivement lorsqu'elle entend ma voix, les mains dans le dos essayant de ranger des documents sur son bureau. Ça m'intrigue...

- Oh bonjour Nina ! Bien et vous ?

Qu'est-ce que c'est que ce rougissement soudain et cette voix hésitante ? Elle cache un réfugié politique sous son bureau ou quoi ?

- Bien... Je te remercie, dis-je d'un ton mi méfiant, mi curieux. Je venais voir si le labo de Bordeaux nous avait retourné l'ex-voto parti en analyse. J'aimerais pouvoir le placer dans la salle des vestiges gallo-romains et éditer sa fiche descriptive.

« Wouah ! Nina, tu deviens experte en excuse bidon ! Tu sais parfaitement qu'il n'est pas revenu ! ». Et c'est reparti... Je t'en supplie petit ange, va astiquer ton auréole et dépoussiérer tes ailes, ce n'est pas le moment, là !

Je respire discrètement pour reprendre une contenance et m'avance tranquillement vers elle.

– Martin n'est pas là ?
– Eh bien… non ! Il a été envoyé sur un chantier pour revoir quelques critères et certaines références quant à une restauration prévue. Et, je ne sais absolument pas s'il va rentrer ! Enfin… Je veux dire… Quand ! Ou plutôt à quelle heure !

Mais elle a avalé quoi ce matin Miss blondinette ? Elle est vraiment bizarre aujourd'hui… Enfin, un peu plus que d'habitude je veux dire !

– Tu es sûre que tu vas bien Eléonore ? Tu sembles toute chose… dis-je doucement en fronçant les sourcils.
– Oui, oui ! Tout va bien ! J'ai juste été surprise de ne pas entendre la porte du sas…
– Oh pardon c'est ma faute ! Je suis navrée de t'avoir fait peur… Tu m'excuses ?
– Bien sûr ! Ce n'est pas grave… J'étais simplement plongée dans…
– Une nouvelle préparation pour tester une oxydation quelconque ? Tu as du charbon plein les doigts ! dis-je en pointant sa main, dont l'index et le majeur sont noircis comme si elle écrivait avec une substance carbonisée.
– Oh ! Mince alors ! Je vais aller me laver les mains… Et ensuite je suis à vous promis !

Quel étrange comportement… Elle me cache un truc… Mais quoi ? J'espère que ce n'est pas à propos de Martin… Car ça me serre le cœur de savoir qu'il est absent. Et insidieusement, mes démons passés recommencent à gronder au fond de moi… J'espère juste que Martin est sincère.

Tournant sur moi-même pour observer ce lieu qui m'est familier à présent, je fais tomber une pochette cartonnée, de laquelle s'échappent quelques feuilles, qui finissent leur virevolte sur le carrelage blanc. Je me baisse pour les ramasser alors qu'Eléonore est encore dans la petite pièce à côté. Ce que je vois quand je retourne les feuilles me fait bondir ! Je me relève avec l'agilité d'un félin et mes yeux restent fixés sur ces croquis, comme hypnotisés par les traits noircis qui remplissent les feuilles. C'est tellement beau ! Et… C'est moi surtout ! Moi, encore moi… Moi et Martin… Moi… Et Martin en train de… Putain de… ! C'est quoi tout ça ? Je sens mes yeux complètement écarquillés, à mesure où je passe de page en page. Et je la sens… cette émotion pure, brute… Primaire, entre lui et moi. C'est croqué, noir sur blanc, là, juste sous mes yeux… Bon sang de bois… Je sens ma respiration haute, comme si j'étais en altitude, le vertige me prend… Mais un beau vertige. Celui qui vous saisit lorsque le bonheur se jette sur vous… Lorsque vous réalisez que tout ce qui vous avait toujours manqué est enfin là... Dans le regard d'une personne à laquelle vous vous sentez immédiatement connectée... Ces croquis sont fabuleux...

Lorsque je me décide à relever les yeux, je vois Eléonore, le teint blafard, les yeux exorbités...

Je connais ce visage, c'est celui de la peur... Celle qu'on ressent quand vous savez qu'on va vous faire du mal. Non, je ne veux pas qu'elle ait cette impression ! Pas avec moi ! Immédiatement j'abaisse mes épaules, pose les croquis sur le bureau et m'approche d'elle dans une douceur infinie, un léger sourire aux lèvres et les yeux emplis de lumière et d'admiration.

– C'est toi qui dessine comme ça ? lui demandé-je d'une voix calme et douce. Je suis désolée, j'ai maladroitement accroché ta pochette en me retournant et l'ai faite tomber. Pardon...

– C'est moi qui m'excuse... J'espère que vous ne m'en voulez pas de vous avoir choisis comme modèle, vous et Martin...

– Non absolument pas ! C'est... Splendide Eléonore ! Tu as déjà pensé à exposer ? Bon, peut-être pas mon portrait et ce croquis avec Martin... Tu vois ! dis-je embarrassée et interloquée qu'elle ait pu percevoir en nous cet érotisme. Mais, si tu avais d'autres esquisses... Tu ferais un carton plein !

Elle semble ne pas en revenir... Elle paraît tellement fragile tout à coup ! Qu'y a-t-il en elle, qui la freine autant ? Je suis persuadée que sa timidité est due à quelque chose de précis... Je dois l'aider ! Poussée par cette même force qui m'a permis de venir en aide à Marie Berlstein l'autre soir lors de ma première maraude, je ne peux pas laisser dormir en elle tout ce potentiel, tout cet or...

– Si tu veux, je peux te présenter un ami. Il tient une galerie rue Musette. Je suis convaincue que ton style lui plairait !

Ses yeux s'illuminent comme un ciel rempli de lanternes volantes un soir d'été. Et mon cœur se serre devant la fragilité de cette jeune femme, dont je ne connais pas l'histoire, mais qui me touche profondément...

– Nina... Vous feriez ça pour moi ? me demande-t-elle, d'une voix de toute petite fille à qui on viendrait de promettre tout le système solaire.

– Absolument ! Je ne suis pas grand-chose sur cette Terre, mais je sais que si je peux guider de quelques pas des personnes, pour qu'elles atteignent leur « objectif bonheur », alors je le fais... Et pour toi, je le ferai.

Elle fond subitement en larmes et je n'ai d'autre réflexe que de la prendre dans mes bras. Je ne sais pas ce qu'elle peut vivre dans son monde à elle, mais quoi qu'il y ait de négatif ou de destructeur, je l'aiderai à le surmonter, à lui prouver qu'elle existe ici et maintenant et que rien ne pourra détruire sa lumière intérieure...

- Ne pleure pas, je t'en prie... Je dois partir voir Paul-Louis, il m'attend pour un point important. Tu veux bien qu'on reprenne cette conversation plus tard ?
- Oui ! me dit-elle dans un souffle, tout en essuyant ses larmes du dos de sa main.
- Alors, je t'appelle dès que j'aurai parlé de toi à Marc, ça te va ?
- Et comment ! Merci infiniment Nina... J'avais tellement peur de votre réaction... Quant au dessin... Enfin vous savez de quel dessin je parle hein ?
- Oui je vois tout à fait ! dis-je en lui lançant un clin d'œil. A plus tard, ok ?

Je me retourne et commence à sortir de la pièce pour regagner le couloir.

- A plus tard. Et au fait !

Je m'arrête et me tourne pour la regarder.

- Martin avait parfaitement raison... Vous portez en vous l'aura divine.

Je fronce les sourcils... Martin a déjà dit que j'étais sa déesse, mais pourquoi en aurait-il parlé à Eléonore ?

- Merci... dis-je timidement, tant ses paroles me scient.

Sortie du labo, j'emprunte le couloir qui mène jusqu'au bureau de mon supérieur. Mais, attendez voir une minute là ! Stop ! Arrêt sur image ! Elle est au courant pour nous ? Et ces dessins... D'où lui vient cette inspiration ? Elle a forcément échangé avec Martin !
Ah non ! Je refuse qu'il entre dans les détails de notre intimité ! Furibonde, je retourne jusqu'au labo, dans lequel j'entre avec un peu plus de dynamisme que je le souhaitais. La porte s'ouvre dans un fracas qui me surprend moi-même !

- Pardon de te faire peur à nouveau Eléonore ! Mais, comment as-tu su ? De quand datent ces dessins au juste ?

Mes mains parlent autant que moi et je pense que j'ai la tête d'une gorgone. Elle rit maintenant ! Décidément cette fille, c'est Docteur Jekyll et Mister Hyde !

– Ne craignez rien Nina... Ces dessins, je les ai croqués il y a plusieurs jours déjà !
– Qu... Quoi ? Mais Comment... ?
– Écoutez Nina... Dès que vous vous êtes rencontrés avec Martin, j'ai ressenti cette électricité entre vous. Pas besoin de s'appeler Einstein pour comprendre que deux êtres ont un coup de foudre ! me lance-t-elle en riant de bon cœur.
– C'est-à-dire... ?
– C'est-à-dire que je le savais bien avant que vous deux ne le compreniez ! Ensuite, c'est mon fusain qui a parlé...
– Et Martin n'a rien...
– Martin ne m'a rien dit... Enfin jusqu'à ce matin ! Il m'a simplement confié que vous étiez un peu plus que des collègues, c'est tout !

J'expire de soulagement. Je réalise que j'étais une vraie boule de nerfs ! Saletés de démons qui me retournent dès qu'ils le peuvent...

– Ok... Bon... Alors, je te laisse... dis-je en faisant un petit salut crispé de la main et en repartant sonnée comme un manchot qui aurait heurté un iceberg.

Je me sens niaise d'un seul coup ! Comment ai-je pu accuser Martin de révéler les détails croustillants de notre relation naissante ? Je suis vraiment conne parfois ! Putain de passé de merde ! Quand vas-tu arrêter de me hanter bordel !

Je marche comme un zombie jusqu'au bureau, le mot « fuck » imaginairement tatoué sur mon front, afin de contrer tous les « Bonjour Mademoiselle Libartet ! », auxquels je n'aurais pas envie de répondre.

Le bureau de Paul-Louis est ouvert, je frappe et, levant les yeux de son document, il m'invite à entrer.

– Nina ! Bienvenue très Chère ! Installez-vous, je vous en prie.
– Merci...

Nous nous asseyons l'un en face de l'autre et j'attends poliment, les mains croisées sur mes cuisses, que Paul-Louis me fasse part de ses infos.

J'ai l'impression d'être vidée en cet instant, tant les révélations d'Eléonore m'ont secouée. Est-ce si tangible qu'il se passe quelque chose quand nous sommes ensemble, Martin et moi ? L'électricité est-elle si forte et si palpable quand nous sommes dans la même pièce ? Bordel... C'est si fort que ça ? À tel point que tout le monde le sentait autour de nous ? Le coup de foudre... Ouais, elle a raison ma jolie Miss labo...

— Bien ! Allons-y !

Paul-Louis me sort de mes pensées et me fait sursauter. Quelle conne ! Il va me prendre pour une déjantée c'est sûr !

— Nina, mon petit, tout va bien ? Vous êtes blanche comme un linge !
— Oui, tout va bien... C'est juste un peu de fatigue... Il me considère un instant, avant de reprendre la parole.
— Vous faites-vous à votre nouveau rythme ? Votre poste vous convient-il ? Vous pouvez venir me voir à n'importe quel moment en cas de problème... Vous le savez n'est-ce pas ?
— Oui, dis-je. Et je vous en suis infiniment reconnaissante ! Alors, de quoi devions nous nous entretenir ce matin ?

Je retrouve mon sourire, touchée par la gentillesse de cet homme. J'ai beau le savoir perfectionniste, tatillon et ultra-exigeant, je le trouve vraiment sympa finalement ! Loin de l'image qu'il m'avait laissée lors de notre entretien initial.

— Comme vous le savez, en octobre, nous accueillerons l'exposition sur les potiers gallo-romains. Votre prédécesseur nous avait proposé une scène de reconstitution, dont voici les croquis.

Il dispose devant moi deux esquisses superbes, montrant sur la première, un homme travaillant ce qui me semble être de la terre glaise. La seconde met en scène ce même homme, ainsi que trois enfants l'observant, assis en tailleur autour du foyer de cuisson.

— Bien qu'il ait fait un travail remarquable sur la préparation de cette exposition, je pense qu'il y a une erreur d'interprétation sur ces esquisses. Qu'en pensez-vous Nina ?

Prenant mon temps j'observe en détail chaque plan de ces croquis. Les vêtements m'ont l'air en accord avec la période. Le décor naturel semble s'accorder à la chronologie... Que veut savoir Paul-Louis au juste ? Et soudain, mon regard se fixe sur un seul détail. Vas-y Poulette annonce la couleur !

— Eh bien, effectivement. Nous parlons d'époque et donc de technique gallo-romaine. Ici, nous pouvons observer une technique de poterie gauloise, moins évoluée, avec des poteries montées en colombins et un brasier. Or, nous savons qu'à partir du 1er siècle après Jésus Christ, des tours de potiers de plus en plus rapides sont apparus, ainsi que des fours à double entrées ou encore à tubulures. Je pense donc que le décor du premier plan, c'est-à-dire la forme du four, serait à réinterpréter.

Je relève les yeux et découvre que Paul-Louis me fixe, avec … Admiration ? Il me semble, oui…

– Je ne m'étais vraiment pas trompé lorsque je vous ai engagée Nina… Bravo ! Très bonne synthèse… Pensez-vous pouvoir reprendre ces esquisses afin que nous puissions obtenir une reconstitution au plus proche de la réalité ?

– Reprendre les esquisses ?

Il me prend de court… Je serai incapable d'atteindre un tel niveau ! Je peux détailler un plan de fouille, reproduire un schéma, mais dessiner… Comme ça… waouh ! C'est mission impossible ! C'est un peu comme demander à un nain de jardin de repeindre le plafond de la Chapelle Sixtine !

Mais attendez un peu ! Moi, je ne peux pas dessiner comme Léonard de Vinci… Mais Eléonore, elle, si !

– Paul-Louis, je suis flattée que vous me confiiez une telle responsabilité. Mais, je m'en sens totalement incapable ! Toutefois, je connais une personne qui pourrait remplir cette mission avec brio !

Il faut absolument qu'il accepte qu'Eléonore coopère ! L'exposition serait totalement transcendée grâce à la magie de ses doigts !

Paul-louis attend que je lui donne le nom de ma personne mystère et il semble plus qu'intéressé…

– C'est Eléonore. Elle a un talent à la hauteur de ce défi, dis-je en désignant de la main les esquisses sur le bureau. Je ne me permettrais pas de vous montrer ses croquis, mais je vous assure que c'est impressionnant.

« Impressionnant », c'est bien plus que ça ! Il faut absolument qu'il lui donne cette chance de sortir de l'ombre.

– De plus, je suis convaincue que cela aiderait vraiment Eléonore à se révéler et à prendre conscience de celle qu'elle est réellement… Une artiste !

– Eléonore ? Vraiment ?

Il semble réfléchir… Peser et sous-peser chacun des mots que je viens de prononcer. Aller Paul-Louis, ne jouez pas la carte du clivage, ne passez pas en mode « à chacun son boulot » !

− Eléonore… Ma foi, je fais confiance à votre instinct et votre œil aiguisé ! Tant que les esquisses reflètent la réalité, je n'y vois aucun inconvénient ! Je suppose que vous vous chargerez tout de même de lui décrire le plus précisément possible chacun des éléments à remplacer, n'est-ce pas ?

− Bien entendu Paul-Louis, je serai là pour la guider ! Ce sera un formidable travail de collaboration !

Génial ! Il accepte ! J'ai envie de grimper sur son bureau pour danser sur *Lady Marmelade*, juchée sur des escarpins de Barbie pouf, tellement je me sens soulagée !

− Alors sur cet accord, je vous libère ! L'heure du déjeuner approche, et, j'avoue avoir une faim de loup ! Peut-être pourrons nous partager un déjeuner un de ces prochains jours ?

− Ce sera avec grand plaisir Paul-Louis… Bonne journée !

Je m'apprête à rejoindre mon bureau lorsque la voix de Paul-Louis m'interrompt dans mon élan. Aïe, le nœud qui se forme dans mon ventre me dit que nous allons aborder un sujet personnel…

− Nina ?

Je me retourne et involontairement, mon regard passe en mode « petit chaton apeuré », tant je crains que nous parlions de Martin et moi. Léna a raison. Je dois réellement être trop pudique !

− Vous qui avez passé déjà une bonne partie de votre carrière à déterrer des trésors inestimables, vous en détenez un aujourd'hui qui n'a pas de prix… Je vous souhaite d'être heureux ensemble. Bonne journée Nina, me dit-il sur un ton paternaliste et gentil.

Je suis troublée par l'affection et l'estime qu'il semble porter à Martin. Ces deux hommes ont l'air de s'apprécier énormément…

− Je crois que nous ferons tout, tous les deux, pour remplir cette mission ! Merci infiniment Paul-Louis…

Il est douze heures, j'ai bouclé mon dossier de subventions, rédigé trois fiches descriptives pour certaines pièces des sources de la Seine et rêvé de longues minutes à Martin, à notre première nuit ensemble… Même si mon passé reste encore trop présent en moi, je me sens si bien avec lui, dans ses bras… Dans sa cuisine… Son salon… Et son lit ! Hum… Son lit…

La tête sur mon nuage rose barbe à papa, je quitte mon bureau pour enfin rejoindre Lénaïc. Il n'y a que quelques jours que je ne l'ai pas vue, mais elle me manque, comme quand j'étais en Ethiopie.

L'air extérieur est agréablement chaud sur ma peau pour un mois de juin. Juste ce qu'il faut pour caresser avec douceur mes cheveux et mon visage.

J'aime cette saison où tout renaît, où tout reprend sa place. Où la nature s'adoucit. Le printemps m'apaise, réconforte mon cœur. Cela me fait penser à mon amant merveilleux... S'il y avait une cinquième saison, c'est certain, je lui donnerais son nom.

Tout en arrivant à proximité de la rue Musette, j'observe les visages, les postures. Le parfum du renouveau se lit dans tous les regards, sur toutes les lèvres. C'est comme si tout le monde avait été contaminé par une poussière euphorisante et ça me donne de l'espoir pour l'avenir de l'humanité : au moins toutes les âmes ne sont pas sombres.

Le bistrot « Chez nous » est comme je l'aime, avec sa devanture colorée à l'ancienne. C'est le plus vieux café de Dijon et les propriétaires sont adorables. Je décide d'entrer et de prendre une table pour Léna et moi.

– Tiens voilà la plus belle de toute la ville ! s'exclame le patron en me voyant entrer.

Qu'est-ce que je vous disais ? Adorable mais un peu trop flatteur !

– Bonjour Philippe ! Comment vas-tu ?
– Bien et toi charmante Nina ? Ce sera une table pour combien aujourd'hui ?
– Je vais bien je te remercie... Nous serons deux pour le déjeuner.

Il m'invite à le suivre et m'indique une table côté rue. C'est mon côté préféré de la salle de restauration. Tout y est cosy, dans des tons chocolat, bordeaux et crème : les banquettes en toile de coton, les rideaux lourds, les lustres à la lumière feutrée... Je m'installe après que Philippe m'y ait invitée et profite de ce petit temps seule pour envoyer un message à Martin. Tant pis si ça fait groupie, je m'en tape ! Il me manque et je veux le voir !

« Juste un coucou en attendant de te revoir... Merci encore pour la magie d'hier soir. Bises ».

Je pose mon téléphone portable à côté de mes couverts. J'ouvre le clapet pour vérifier s'il m'a répondu. Pas de réponse. Je porte mes doigts à mes lèvres et les tapote légèrement. J'ouvre mon clapet. Toujours pas de réponse ! Pfff. Ça craint vraiment ! Je suis raide dingue de lui...

- Salut poulette ! s'exclame une voix familière que j'adore.
- Salut ma blonde ! Comme c'est bon de te voir dis-je en l'enlaçant.

Nous nous asseyons l'une en face de l'autre. J'observe Lena quelques secondes alors qu'elle dépose son gilet et son sac sur la chaise à côté d'elle. Ses longs cheveux blonds, ses yeux ambrés et sa peau fine reflètent tellement sa force indomptable, égale à celle d'une lionne. Elle est ma force, je le sais. Elle me donne tant depuis le lycée... Et moi, je me sens parfois ingrate car j'ai toujours la sensation de ne pas lui rendre le quart de ce qu'elle fait pour moi. Je sais que si je disais ça tout haut, je prendrais une sacrée soufflante de sa part ! Car pour elle, nous sommes sœurs... Des sœurs en fusion totale, et que dans ce cas, il ne doit pas y avoir de comptes à tenir... Qu'est-ce que je l'aime !

- Apéro ? me demande-t-elle d'une voix enjouée.
- Apéro ! réponds-je en riant.
- Philippe ? s'exclame-t-elle à la façon d'un trader, le bras légèrement levé pour appeler le patron.

Qu'est-ce qu'elle me fait rire avec ses mimiques franches et bien à elle...

- Mesdemoiselles, je vous écoute !
- Tu prends quoi Nina ?
- Un kir cassis s'il te plaît Philippe.
- Alors deux kirs cassis ! Et on enchaîne sur le plat du jour, ça te dit ma belle ?
- Ce sera parfait Lena !

J'aime son sens de l'organisation et son côté « je tranche dans le vif ». Avec elle, je me sens en sécurité. Philippe s'éloigne après avoir noté notre commande et nous restons toutes les deux quelques instants sans parler, juste à nous sourire. Je jette un coup d'œil à mon téléphone : toujours pas de réponse... Merde !

- Eh ben ! Tu es sacrément accro toi ! s'exclame Lena en croisant les bras sur sa poitrine menue.
- Pourquoi tu dis ça ?
- Voix guillerette + téléphone sous les mirettes = fille totally in love chérie !

Je ricane à l'entendre parler ainsi ! Et je crois qu'elle a tellement raison... Par où commencer sans avoir droit à son interrogatoire de tueuse...

- Accouche Libartet ! me presse-t-elle, le sourire étiré jusqu'aux oreilles, comme le chat d'Alice au pays des merveilles.

- Alors, il s'appelle Martin, il bosse sous mes ordres... Il mesure environ 1m90, a les yeux vairons les plus beaux de la Terre entière, un tatouage sur tout le côté gauche de son corps... Et... Et...

- Et au lit ? Aller Nina bordel ! Je meurs d'impatience de savoir tout ça ! Raconte !

- Oh la la... Lena ! Ce mec est un dieu !

- Bordel ! Je le savais ! dit-elle en tapant des deux mains sur la table, ce qui fait légèrement sursauter le couple qui déjeune à notre gauche.

- Chut ! Léna, tu veux nous afficher ou quoi ? soufflé-je, à demi-gênée. Bon, je reprends ! Tout a commencé hier dans son labo. Il devait m'annoncer un truc important. La tension sexuelle était à son comble... Nous nous sommes embrassés, je ne contrôlais plus rien ! Et puis, je te passe certains détails car il me faudrait plus du déjeuner pour tout te dire, nous avons été interrompus in extremis par l'assistante de Martin. Je suis sortie du labo, il m'a couru après pour me donner rendez-vous le soir même.

- Et ? Aller là ! Ne me laisse pas sur ma faim petite cachotière ! dit-elle en riant.

- Nous avons fait l'amour après qu'il m'ait portée jusqu'à son lit... Puis, il m'a fait à manger, c'était succulent ! Et la cuisine nous a inspirés alors nous avons visité le sol de cette pièce ... Enfin, nous avons parlé de nous et je me suis sentie épuisée. Alors comme un prince, il m'a déposée dans son lit et j'ai passé la plus belle des nuits. Voilà !

- Voilà... Voilà ? Et c'est tout ? Attend Nina, je t'ai laissée il y a trois jours dans ton habit de féministe amourophobe et je te retrouve aujourd'hui en costume de reine du sexe ! Il faut que tu m'expliques ce changement ! dit-elle dans toute l'extravagance dont elle est capable.

- Amourophobe, tu es sûre que ça se dit, ça ?

Je la taquine un peu pour qu'elle me lâche la grappe, mais elle est tenace cette petite teigne !

- On s'en fout de ce qui se dit ou pas ! Tu le revois quand ? Vous avez parlé de vous deux, d'une relation, d'un futur ? !

- Woh woh woh ! On se calme Léna ! Je ne sais pas quand je vais le revoir, mais j'en meurs d'envie si c'est ce que tu veux savoir ! Et on a beaucoup parlé oui... Il connait mes peurs, mon passé. Il semble vraiment sincère et authentique. De son côté il m'a fait comprendre très clairement qu'il en voulait plus... Et...

- Et... Quoi ?

Elle me sonde pour trouver la réponse en moi ! Bon courage chérie pour déblayer le bordel dans mon dressing émotionnel ! Elle inspire brusquement, et à son regard vif et plein d'étincelles, je sais qu'elle a compris.

– Non ! Tu lui as dit « je t'aime » !

Je baisse les yeux et tripote mon téléphone nerveusement. Je sens les larmes monter. Je résiste et parvient à les contenir en respirant calmement et en fixant mon attention sur mon lieu ressource : les plaines de la Vallée de l'Omo. Lorsque je relève les yeux, Léna me prend les mains et je sens son regard protecteur et réconfortant se poser sur moi.

– Eh ma belle... Je sais que tu es morte de trouille. Mais je te connais, tu n'aurais jamais prononcé ces trois mots si tu ne les avais pas ressentis profondément en toi ! Tu as le droit d'exister autrement qu'en étant cette femme fantôme qu'a créé cet enculé de Stephen Brady ! Laisse-toi aller chérie... C'est beau ce que tu vis en ce moment, non ?

Comment peut-elle toujours trouver les bons mots pour atténuer ma peine et apaiser mon cœur ? Ce qu'elle vient de me dire se dépose comme un pansement sur mes blessures. Elle est mon vaccin contre la peine, mon antidote !

– Oh Léna... Oui je lui ai dit que je l'aimais. C'était tellement puissant ! Tu as raison, je suis complètement flippée au fond, mais je veux être avec lui. C'est une certitude, claire comme de l'eau de roche.
– Alors vis ça à fond, Madame « Je suis une nouvelle déesse du sexe » !

J'éclate de rire. Je sais qu'elle a raison et je peux jurer que je ferai tout pour vivre sereinement l'amour que je porte à Martin.
Philippe nous apporte nos apéritifs ainsi qu'une petite coupelle d'olives provençales. Nous trinquons à ces révélations et à la nouvelle femme qui naît en moi. Je goûte ce kir délicieux, aux couleurs de ma région... Aux « couleurs de notre sang », comme le disait mon père. Tout en reposant mon verre devant moi, je touche machinalement mon téléphone. Ce dernier émet enfin les deux petit bips tant espérés. Excitée, je me jette dessus pour ouvrir le clapet, ce qui ne manque pas de faire rire Léna. C'est un sms de Martin. Des milliers de papillons dans le ventre, je l'ouvre et y découvre tout ce qui fait son charme mystérieux.
« Ma beauté, ce soir je t'enlève... RDV devant mon immeuble à 18h00. Prévoit un pantalon et un blouson. »
Mon cœur se serre légèrement lorsque je remarque qu'il ne m'embrasse pas ou que n'apparaissent pas ces trois petits mots devenus pour moi une sorte d'incantation. De nouveau, j'entends les deux petits bips qui me retournent l'estomac.

« *Et j'oubliais : il manque à mes lèvres la douceur de ta peau... Je t'aime* ».

Je sens mon visage s'illuminer et mon sang faire un looping complet dans tout mon corps. Bordel de nom de Dieu ! Comme l'après-midi va être longue ! Je me languis de le retrouver. Ces quelques mots ont fait se contracter tous les muscles au sud de mon nombril. J'ai tellement envie de lui... Ce n'est pas possible d'être dans cet état ! Une trentenaire dans un corps d'ado... Il ne manquait plus que ça !

Léna qui a assisté à la chute puis à la remontée de mon ascenseur émotionnel m'interroge du regard, la tête légèrement penchée sur son épaule et un sourcil relevé. Elle a carrément l'air de me dire « Tu vas parler ou je dois te torturer, là, maintenant ? ».

- Je n'arrive plus à parler Léna ! Ce mec me coupe le souffle... Et il m'aime ! Regarde, dis-je en lui tendant mon téléphone.

Elle lit les deux sms et semble ne pas en revenir.

- Que Freud et Jung ressuscitent sur le champ ! Ce mec est à devenir folle !

Elle se la joue « tragédie grecque », le dos de la main posé sur le front, les yeux fermés, le buste penché en arrière. Et je ris à la voir jouer en se moquant royalement des regards que pourraient porter les gens qui nous entourent dans le restaurant. Je crois que je n'ai pas ris comme ça depuis le lycée ! Comme cette fois où, bien décidées à faire la fête pour le nouvel an avec nos copines de classe, nous avions décidé d'aller faire les courses toutes ensemble. Observant toute notre petite troupe dans le rayon apéritif, j'avais dit à Léna :

- *On n'est pas bien là, toi la gueularde, moi la baleine rieuse, Boucle d'or, Madame gazon et Tata canette ?*

Ceci nous avait valu un fou-rire incontrôlable dans le supermarché, sous le regard médusé de nos copines et des clients qui passaient à côté de nous.
Léna me sort de cette nostalgie réparatrice en prenant mes mains dans les siennes.

- Je suis si heureuse pour toi ma chérie... Martin a l'air vraiment génial. Ne te pose pas trop de questions... Et s'il a, ne serait-ce qu'une seconde, l'envie de te briser le cœur, je m'occuperai personnellement de lui !
- Merci Léna... Je souhaite que tu trouves toi aussi celui qui te fera vibrer. Je ne veux que ton bonheur tu sais !

– Je sais ma puce...

Le repas était succulent, comme d'habitude, mais il est vrai que cette fois-ci, son entrecôte sauce roquefort accompagnée de frites, est entrée dans ma golden list !

Déjà il est l'heure de nous quitter. Comme à notre habitude, nous nous enlaçons quelques instants pour savourer jusqu'à la dernière seconde de notre moment rien qu'à nous. Nous reprenons chacune notre direction, elle place Wilson, moi, rue du Docteur Maret.

Je retrouve le musée, ressourcée et pleine d'espoir. À l'accueil, Madame snobinarde me jette un regard assassin. Elle est en compagnie d'une jeune femme que je ne connais pas. Une stagiaire peut-être ? Qu'est-ce que j'aimerais la voir se désintégrer à son guichet cette grosse pétasse ! Laisse tomber Nina, elle ne vaut pas la peine que tu t'attardes sur elle. Hum, pour une fois mon petit ange n'est pas trop con dans ses bons conseils. Je file à mon bureau, moins je la verrai et mieux je me porterai. Je passe sans même lui jeter un regard.

– Ah mais quelle odeur ! N'est-ce pas Cléa ? On dirait bien que ça sent la vermine...

Là, s'en est trop ! Je sais que ces propos me sont adressés. Elle n'a même pas le courage de me les balancer en face. Sale hyène que tu es Ida... Sournoise comme tous les individus de ton espèce, et sacrément conne ! En piste Nina, lime-lui un peu les dents à cette vipère !

– Pardon Ida, vous m'appeliez ?

Je l'entends glousser. C'est ça rit tant que tu le peux encore... Dans 45 secondes, tu vas te décomposer...

– Vous disiez très chère ?

Elle s'arrête de rire entre ses dents bien trop longues pour ne pas rayer la dalle du hall d'accueil et les bras semblent lui en tomber. Ouais, tremble connasse !

– Je croyais vous avoir entendu dire que ça sentait mauvais par ici... Comment déjà ? Ah, oui ! La vermine, c'est ça ?

La pauvre jeune femme assise à côté d'elle n'en revient pas et ne sait plus du tout où se mettre. Je poursuis, car c'est vraiment bien trop jouissif de voir sa tête d'enclume être frappée avec mon marteau divin.

— Mais... Attendez un peu, fais-je en reniflant par-dessus le comptoir, tout près d'elle. L'odeur est très forte par ici... Mais oui ! On dirait bien que... Ça vient de vous ! Moi qui croyait que les serpents n'avaient pas d'odeur...

Elle me fixe, l'air menaçant, avec sa bouche de suceuse de schtroumpfs... Mais je n'ai pas peur d'elle, bien au contraire !

— Comme quoi Mademoiselle Saint-Laurent, on peut porter le nom d'un créateur de génie et avoir l'aura d'une bouse de vache...

Elle se lève d'un bond pour me sauter à la gorge. Je m'écarte pour l'éviter et lui empoigne l'avant-bras. Je me sens forte comme Hercule, bon sang, que c'est bon !
— Ne vous avisez plus jamais de me manquer de respect Ida. Au cas où vous ne l'auriez pas encore compris, je n'ai pas peur de vous et je me fous totalement de votre faux rang de bobo coincée du cul. Ah oui, et pour Martin... Il n'aime ni les safaris, ni les fruits de mer !

Je la relâche en la repoussant vivement, histoire qu'elle comprenne définitivement qui je suis. La fameuse Cléa reste bouche bée, passant son regard de la hyène à coquille, à moi, qui retourne en direction de la pointeuse puis de mon bureau. J'espère qu'elle me foutra la paix pour longtemps après ça ! Je souris, victorieuse comme Athéna, en me repassant le film de ce qui vient de se passer. Dommage que Martin n'ait pas été là pour voir ça... Ou plutôt tant mieux ! Je ne voudrais pas lui faire peur lorsque mon visage est recouvert de peintures de guerre façon sioux !

À présent, il faut que je voie Eléonore pour lui parler de la demande de Paul-Louis. J'espère qu'elle va accepter car c'est vraiment un job pour elle. En plus, je suis bien trop nulle à côté de cette capacité qu'elle a pour retranscrire des émotions et des détails...

— Hello ! Eléonore tu es là ?

Je vois une jolie petite tête blonde sortir de derrière son bureau. Décidément, elle est déroutante, jamais là où on l'attend !

— Nina ?

Elle a l'air encore une fois surprise de me voir. Il est vrai que trois fois dans la même journée, je fais fort.

— Petite question : tu connais une certaine Cléa ?
— Oui, tout à fait, c'est une étudiante en archéologie qui vient animer des groupes pédagogiques pendant les vacances. Tu l'as rencontrée ?

- On peut dire ça oui... Elle était à l'accueil quand je suis rentrée de ma pause déjeuner.
- À cela, rien d'étonnant !

Je la regarde comme si elle venait subitement de perdre toutes ces dents. Pourquoi est-ce que ce n'est pas étonnant ? Eléonore qui sourit en voyant ma tête répond à ma question silencieuse.

- Ida se l'accapare tout le temps ! C'est normal, Cléa est la nièce du boss !

Bordel de merde... je viens de faire une sacrée boulette ! Je suis bonne pour un retour à la case départ moi...

La nièce du boss ? Merde, soupiré-je. Et cette Cléa, elle l'aime bien Ida ? Et Paul-louis ?

Elle éclate de rire cette chipie.

- Aimer Ida ! Celle-ci, elle est bien bonne Nina !

Elle se marre franchement et je me demande ce que j'ai pu dire de si drôle. J'attends les bras croisés et les yeux interrogateurs que sa petite crise de bouffonnade lui passe. Elle reprend son souffle et soupire un grand coup, le sourire relevé jusqu'aux yeux.

- C'est à mon tour de te demander de m'excuser. Tu sais, ici Ida n'est pas vraiment appréciée, même du boss ! Il la garde en poste car elle fait partie de la famille d'un grand donateur, c'est tout !

Ouf ! Ma tête vient de se vider de tout son sang et je le sens remonter aussitôt pour la remplir à nouveau.

- Pourquoi tu me demandais ça Nina ?
- Oh, euh... pour rien ! Tu l'apprendras bien assez tôt de toute façon dis-je d'une voix étouffée entre mes dents. J'étais venue te demander tout autre chose en fait...

Ressortie du labo, l'oxygène entre par mes narines comme une brise marine. Je suis la plus heureuse du monde ! Eléonore a accepté ma proposition et nous commencerons à travailler à ce projet dès lundi. Mais au-delà de cette bonne nouvelle, je sais que je vais l'aider à s'accomplir et ça, c'est une sensation indescriptible. Comme si venir en aide, réparer et guider avait toujours fait partie de moi. Je sais que quand j'étais petite, je pleurais quand un animal souffrait. Selon ma mère, j'aurais sauvé jusqu'au moindre petit escargot, empêchant toutes les petites bestioles de traverser la route, aidant mon chat à passer le pas de la porte... Je garde quelques souvenirs de mon enfance... C'était une belle période, j'étais insouciante. C'est ensuite que tout s'est gâté, quand mes parents ont tout perdu...

Je secoue la tête pour faire passer ces images bien trop sombres pour l'instant, je ne veux pas y replonger.

J'ai profité de mon après-midi pour revoir le descriptif de certains vestiges, notamment mérovingiens. J'ai adoré me promener dans ce qui reste de l'ancienne abbaye, pour définir une nouvelle disposition. C'est tellement apaisant, toutes ces pierres travaillées, ce silence ambiant, cette odeur de craie humide mélangée à celle du bois et du papier. J'ai même pu m'accorder quelques minutes à rêver à mes plaines d'Ethiopie... À toi, mon chaînon manquant. Toi, chère femelle *Paranthropus Boisei* que j'ai eu l'honneur de découvrir, dont le squelette fossile a été daté à 2,4 millions d'années avant notre ère. C'est-à-dire un peu avant *Homo Habilis*. Jusqu'ici, c'est le plus vieux fossile de son espèce à avoir été découvert, alors que cette branche était datée approximativement à 1,6 millions d'années. J'ai dû lutter sacrément pour faire valoir mes hypothèses. Tout au fond de moi, j'étais convaincue que les individus *Homo Habilis* avaient pu évoluer grâce à d'autres branches que celles descendant directement d'*Australopithecus Afarensis*. Et... J'avais raison. Dynastie Leakey :0-Nina : 1.

Mon chaînon manquant... Penser à toi me réchauffe le cœur mais le broie tout en même temps. J'ai tellement mal de ne pas avoir mené mes recherches jusqu'au bout. Reverrai-je l'Afrique un jour ? Pourtant, tout au fond de moi, dans mon ventre, les émotions que je ressens ont changé. J'ai toujours l'envie incurable et indescriptible de trouver la clé de voûte à toute l'évolution humaine, mais c'est comme si je changeais d'angle de vue ou de fusil d'épaule. C'est une curieuse sensation, moi qui ai toujours été animée par ce besoin de découvrir et dater nos racines humaines, d'enfin montrer au monde l'individu manquant de notre lignée. Peut-être que Darwin se sera planté jusqu'au bout finalement... Peut-être que ce chaînon manquant n'existe pas.

Au moment où est remontée cette idée, j'ai senti mes tripes se nouer, comme si elles avaient mis tous mes radars en alertes, brouillé toutes mes cartes et endommagé on matériel de navigation. C'est curieux comme mon corps peut me parler depuis que j'ai rencontré Martin ...

De retour dans mon bureau, j'ai clôturé l'agenda de la semaine prochaine : organisation des visites avec les groupes scolaires, rédaction d'un nouveau dépliant pour la future expo et rendez-vous avec la presse à l'occasion de l'édition d'un essai de l'un de mes « congénères », sur la place accordée aux enfants à l'époque gallo-romaine. Je sais, j'ai employé ce terme plutôt péjoratif pour parler d'un autre archéologue. Mais depuis ma mise à l'écart du métier, j'ai un peu de mal à les encaisser tous autant qu'ils sont.

Il est l'heure, je vais enfin pouvoir retrouver celui qui occupe toutes mes pensées depuis ces derniers jours.

« Prévois un pantalon et un blouson ». Je me demande ce que Martin a en tête…

Il est 17h45. J'ai enfilé un jean, un T-shirt en coton parme, avec un col en v, révélant la naissance de mes seins. J'ai relevé mes cheveux en une queue de cheval bohème et pris ma veste en cuir, que je porterai sur mon bras en allant chez Martin, vue la température plus qu'agréable en ce début de soirée. J'enfile des baskets, chose assez inhabituelle chez moi, et je sors en claquant la porte de mon appartement.

18h, j'arrive devant chez Martin et ne le voyant pas en bas de son immeuble, décide de l'attendre, adossée au mur, un pied posé sur ce dernier. Le bruit d'un moteur rutilant attire soudain mon attention sur la droite. Une moto sort du garage privé de l'immeuble de Martin et vient se stopper devant moi. Je ne sais pas pourquoi, mais une montée d'adrénaline me parcourt les veines. L'homme descend de son engin et arrive dans ma direction. Je commence à flipper un moment, mais à bien y regarder, je connais cette carrure, ces cuisses… Bord… ! C'est…

− Salut beauté, me dit-il d'une façon si sensuelle lorsqu'il enlève son casque, que je sens mes jambes se dérober sous moi.

− Salut… Tu… Moto ?

C'est tout ce que j'arrive à prononcer tant les mots me manquent lorsque je découvre que celui qui vient de me flanquer une trouille bleue n'est autre que celui que j'attendais : Martin !

Je suis soufflée à l'idée qu'il sache conduire une moto. Mais surtout… Je ne suis jamais montée sur une moto !

− Oui je fais de la moto ! me dit-il pour abréger mon supplice intérieur.

− Et donc, le pantalon, le blouson, c'était pour ça ? Pour que je monte derrière toi, là-dessus ?

Il sourit timidement en haussant les épaules.

− Viens par-là toi ! me dit-il d'une voix si douce, en me prenant dans ses bras.

Son contact m'a tant manqué toute la journée. Il est si tendre à cet instant que je lui rends toute cette affection en passant mes bras autour de sa taille fine et musclée et en posant ma joue sur sa poitrine. Je soupire de bonheur et j'ai envie de passer la nuit dans cette position, tout contre lui, de ne plus jamais le lâcher…

Il s'écarte pourtant, pour poser sur moi des yeux brillants et pétillants d'excitation.

− Tu m'as manqué...

Son front posé sur le mien, je sens la chaleur de son souffle tout au bord de mes lèvres. Je ferme les yeux pour savourer ce délicieux contact et je meurs d'envie qu'il m'embrasse, mais il ne le fait pas. Je relève les yeux vers lui et nos yeux se croisent alors que nos bouches sont si proches. Soudain je comprends. « Je peux ? ». Ses mots me reviennent en mémoire et je sais qu'il attend mon autorisation pour m'embrasser.

− Pass VIP... Perpétuel ! dis-je dans un souffle.

Ses lèvres fondent enfin sur les miennes et je peux lâcher les milliers de mégawatts qui attendaient d'être libérés dans ma tête. Je sens cette force et l'énergie magique qui nous enveloppent tous les deux. Son baiser est doux, tendre, avide à la fois. Il me serre fort contre lui et je passe mes mains sur ses joues, mes doigts glissant jusqu'au contour de ses oreilles. Il frémit puis s'écarte avec lenteur, comme s'il souhaitait profiter de chaque nanoseconde, jusqu'à ce que nos deux bouches soient séparées.

− Bon sang Nina... Tu me mets dans un de ces états. Si je m'écoutais, je te prendrais sur mon épaule comme un de tes hommes préhistoriques et je te jetterai sans retenue sur mon lit !

Je ris et j'apprécie de voir que le contact de l'un contre l'autre, le met en émoi autant que moi.

− Option validée ! dis-je en riant.

Il pose ses deux mains de part et d'autre de mon visage et me regarde intensément, comme s'il envisageait cette solution.

− C'est très alléchant en effet, mais je me languis trop de voir ta réaction face à ce qui t'attend maintenant.

Je sens mon cœur exploser dans ma poitrine. Que m'a-t-il préparé ? Cet homme est décidément très mystérieux... Follement sexy et abso-bordel-ument mystérieux ! Et je l'aime...

À l'idée de monter sur la moto, je me crispe. Martin le sens immédiatement puisqu'il relève mon menton de son pouce et de son index, puis me regarde droit dans les yeux.

− Tu me fais confiance ?

Je le fixe en cherchant à contrôler ma peur. Ce que je lis dans ses yeux, m'encourage et me donne envie de me surpasser pour lui.

− Oui... Oui ! Je te fais confiance.

Il m'indique où poser mes pieds et m'explique que pour me tenir j'ai le choix de passer les mains derrière mon dos pour m'accrocher à la poignée dédiée au passager, ou alors, de passer mes bras autour de sa taille et de me coller contre lui. Il va sans dire que le deuxième choix est validé à l'unanimité !

Je m'installe derrière lui, enserre sa taille et serre mes cuisses pour ne faire qu'un avec la moto et avec lui. Ses paroles sont claires et me rassurent. Je suis sûre que c'est un excellent conducteur.

− Prête ?
− Et comment !

Il met le contact et nous abaissons tous les deux la visière de notre casque. La moto rugit et nous nous élançons dans la circulation, le cœur à 200 à l'heure et l'envie de vivre à fond s'emparant un peu plus de moi.

Chapitre 11

Martin

Nina est accrochée à moi comme si sa vie en dépendait. Je me sens libre, comme à chaque fois que je suis au guidon de ma moto. Libre... Et ce soir, tellement puissant ! J'espère que tout sera prêt comme prévu lorsque nous arriverons. Eléonore m'a promis de me filer un petit coup de main en fonçant à Saint Germain-Source-Seine après le boulot. Elle devait y être pour 18 heures, comme nous l'avions convenu. Juste avant de sortir du garage de l'immeuble, je lui ai envoyé un sms pour lui dire que nous partions. Il faut environ 45 minutes en moto. Elle m'a assuré qu'à 18h45, tout serait ok. J'ai une totale confiance en elle... De mon côté, j'ai loué les services d'un traiteur que je connais bien et j'espère du fond du cœur que ça plaira à Nina.

Saint-Germain-Source-Seine est un tout petit village situé à 40 kilomètres au nord de Dijon, proche de Venarey-les-Laumes, vous savez, cette ville abritant Alésia, la mère patrie de Vercingétorix ! L'atmosphère y est magique... Pourvu que Nina apprécie ce paysage fait de hêtres et de boulots, au cœur d'une oasis de verdure et de fraîcheur, où prennent naissance les trois sources de la Seine. Je sais, sur ses propres aveux, qu'elle ne s'y est jamais rendue.

Nous roulons sur la D971. La lumière est magnifique en ce début de soirée, recouvrant les paysages d'un voile cuivré d'or et d'ambre. La verdure est déjà abondante en cette fin de printemps et me procure un sentiment de renouveau, d'envie de faire des choses totalement inédites... Avec Nina.

Nina... Je sens son corps serré contre le mien... Ses bras qui s'enroulent autour de ma taille, ses cuisses contre mon bassin. Putain, comme c'est excitant, enivrant... Je suis toujours pris de l'envie de sentir son odeur de reine d'Egypte, de toucher sa peau si douce et de parcourir du bout des doigts ses putains de courbes divines. Je ne sais pas ce que l'avenir nous réserve, mais je sais que d'office, elle fera partie de mon paysage, peu importe la manière et la forme que nous déciderons de donner à notre relation. Je ne peux déjà plus me passer d'elle et je sais que je suis foutu ! Si demain, elle décidait de ne plus faire partie de ma vie, je serai une loque, car elle est déjà bien trop importante à mes yeux pour que je puisse me passer d'elle. C'est totalement flippant ! Mon compteur d'adrénaline est au bord de la rupture tellement mon cœur tambourine dans ma poitrine quand je pense à elle, à nous.

Ma moto avale les kilomètres et je sais que nous approchons de notre destination. Vue la peur que Nina ressentait tout à l'heure lorsque nous sommes partis, je retiens la puissance de mon bolide et maintient une vitesse plus que raisonnable, car je ne veux pas qu'elle soit effrayée. Si d'autres motards me croisaient ils penseraient que c'est un vieillard grabataire qui tient cette grosse cylindrée entre ses mains arthrosiques. Mais à vrai dire, je m'en tape royalement, car plus je passerai de temps avec Nina lovée contre moi, plus je serai proche du paradis.

Je ralentis pour prendre une route sur notre gauche. En empruntant cette départementale, nous nous enfonçons un peu plus dans la forêt composant principalement ce territoire vallonné. La route est sinueuse, je sens que Nina se crispe, bien qu'elle suive le mouvement comme je le lui ai expliqué en partant. Je devine sa tête appuyée sur mon épaule, les yeux grands ouverts pour ne rien manquer du spectacle, malgré les sensations effrayantes qui la submergent. Je m'autorise à poser ma main sur son genou pour lui faire comprendre qu'elle n'a rien à craindre. Instinctivement à mon contact, je la sens se détendre et soupirer pour relâcher la pression. N'allez surtout pas croire que je suis un obsédé sexuel, mais lorsqu'elle inspire et qu'elle soupire juste derrière, sa poitrine s'anime, pour faire parler sa sensualité et toutes les émotions que Nina porte en elle. C'est un spectacle hypnotique !

Enfin, sur notre droite, j'aperçois la pancarte « Ville de Paris – Domaine des Sources de la Seine ». J'adore cet endroit, c'est mon petit coin de paradis. Mais qu'est-ce que ça me fout les cakes que ce territoire appartienne à la capitale !

Laissant ce bon vieux chauvinisme de côté (j'ai bien plus intéressant à faire maintenant), je gare la moto sur le parking. Nina se relâche et étire ses bras rapidement pour se dégourdir. Malgré le casque je l'entends gémir comme si elle venait de se réveiller. Je plie mon bras sur le côté et elle comprend immédiatement que c'est pour l'aider à descendre. Elle s'accroche et par-dessus mon épaule, je vois sa jambe gauche passer par-dessus la moto, comme la merveilleuse amazone qu'elle est, qui descendrait de son cheval. Bordel ! Sa souplesse va jusqu'où comme ça ? Rien que d'y penser, des images interdites aux moins de 18… Non, aux moins de 25 ans (!) surgissent dans ma tête… Bon sang Martin, relax ! Ne laisse pas ta testostérone tout foutre en l'air ! Putain, j'ai l'impression d'avoir 15 ans quand elle est avec moi !

Je descends à mon tour. Nina est de dos, figée sur place. Je me place à côté d'elle. Nous portons toujours nos casques, ce qui nous donne l'allure des membres de Daft Punk. D'une seule impulsion et sans que je la voie venir, Nina me saute dessus, entourant ma taille de ses jambes, comme un bébé koala agrippe le tronc d'un eucalyptus. Nous tombons à la renverse et je me retrouve sous elle, dans un fracas de corps et de casques, plein de joie, de folie et… De désir.

J'entends Nina s'exclamer des propos totalement incompréhensibles dans son casque, ce qui me fait éclater de rire. J'ouvre ma visière et elle fait de même.

— Tu sais, dis-je, ce serait carrément plus facile sans ces machins hypers gênants posés sur nos têtes !

Elle rit à son tour, venant seulement de se rendre compte de son coup de folie et du fait qu'elle portait encore son casque lorsqu'elle a voulu me parler.

Nous nous redressons et les ôtons enfin.

— Ah ! soupire Nina. Tu avais raison, c'est beaucoup plus simple sans ce machin !

— « Plus simple ? », demandé-je l'air intrigué.

— Oui ! Pour faire ça !

Et pour la seconde fois en 5 minutes, sans que je ne la voie faire, Nina me saute au cou. Elle m'embrasse passionnément. Sa bouche se fait pressante, elle réclame la mienne, tout comme son corps appelle ma peau. Mais bordel, elle va me consumer longtemps comme ça ? Je reprends mon souffle et pose mon front sur le sien, mon nez contre son nez, dans un silence criant notre envie de l'autre, au milieu de ce parking désert.

— On dirait que tu as apprécié la balade ?

— Apprécié... Apprécié ? Oh Martin, tu es loin du compte ! J'ai adoré !

Elle repousse son buste en arrière et balaie le paysage du bras ainsi que de son regard menthe à l'eau, qui me donne de plus en plus envie de la consommer sur place.

— Et tu m'as emmenée ici... Aux sources de la Seine ! Quelle merveilleuse idée... Je suis si touchée !

Elle plonge son regard brillant dans le mien. La lumière que j'y vois est tellement intense... Comme si personne ne lui avait jamais fait aucun cadeau dans la vie. Ça me donne envie de lui offrir la Terre entière, de déposer le monde et l'univers à ses pieds. De faire venir son Ethiopie ici, jusqu'à elle, pour combler le vide qui s'est creusé dans son âme et dans son cœur. Enfoiré de pianiste de mes deux, si je te croise un jour, juste un conseil : prends rendez-vous avec spécialiste en chirurgie faciale ! Car crois-moi, ta face aura un avant et un après...

Je sors de mes pensées trop venimeuses, pour me concentrer sur la beauté qui se tient devant moi et qui a mon cœur entre ses mains.

- Tu aimes ?
- J'adore ! Tu es fou Martin !
- Rien n'est trop beau pour toi Chérie...

Le vert de ses yeux s'ancre à mon hétérochromie. C'est désarmant tant c'est puissant. Je peux presque lire en elle et j'ai l'étrange sensation qu'elle peut tout deviner de moi. Je remarque une larme perler au coin de ses yeux. Je sais que c'est parce qu'elle est touchée... Touchée et morte de trouille de se faire avoir encore une fois. Ne t'en fais pas Bébé, jamais je ne te ferai de mal... J'en mourrai de culpabilité et de rage. De mes pouces, j'essuie ses larmes qui roulent sur ses joues et pose sur ses lèvres gonflées, un baiser léger comme un flocon de neige.

- Je t'aime... On y va ? demandé-je pour couper court à ses émotions qui la torturent.
- Moi aussi... Je te suis !

Main dans la main, nous descendons les quelques marches qui nous mènent sur les sentiers des parcours de randonnée GR2. La tiédeur de l'air est si agréable sur mon front.

Lorsque je viens ici, j'ai toujours la curieuse impression d'arriver au beau milieu d'un décor celtique, empreint de la magie mystérieuse des druides. Nina s'arrête brusquement en bas du sentier, lorsqu'elle découvre la plaine. Je l'observe et comme d'habitude sa beauté me souffle littéralement...

Elle est immobile, les yeux écarquillés, les bras en croix. Un sourire radieux s'est dessiné sur son visage... Elle inspire profondément en fermant les yeux, semblant absorber toute la plénitude de cet instant. Elle souffle en douceur par sa sublime bouche qui forme un cœur. Puis, lorsqu'elle a expiré tout l'air de ses poumons, elle relâche ses bras le long de son corps et ouvre les yeux lentement, se délectant de ce qu'elle vient de vivre.

Je reste muet à la vue de ce spectacle merveilleux qu'elle vient de m'offrir : elle, en accord total et parfait avec la nature. Et ça, ça me conforte un peu plus dans l'idée que nous avons de nombreux points communs.

Nina se retourne et porte son regard sur moi dans une douceur si infinie que mon cœur finit de fondre comme un carré de chocolat au soleil.

- Comment fais-tu ça hein ?
- Comment je fais quoi ? me demande-t-elle, m'interrogeant du regard.

Je m'approche un peu plus d'elle pour la contempler. La lumière irradie son visage et fait ressortir ses yeux verts magnifiques.

– Comment fais-tu pour être aussi belle à chaque instant de la journée ? Surtout quand tu ne fais plus qu'un avec l'univers comme tu viens de le faire...

Ses yeux s'agrandissent lorsque je prononce la fin de ma phrase.

– Tu connais ma méditation et la sophrologie Martin ?
– La méditation oui. La sophrologie non. Et la posture que tu avais à l'instant m'a fait penser à une séance de méditation que j'aime énormément...

C'est à son tour de me fixer. Elle reste sans voix et je me demande bien pourquoi...

– Tout va bien ?
– Oh oui... Oui ! Je suis tellement surprise que tu connaisses la méditation ! Enfin, je veux dire... Agréablement surprise ! Moi, mon truc, c'est la sophrologie. Cela m'apaise me remplit d'énergie positive et m'aide à être en harmonie avec mon monde extérieur. Je te ferai découvrir ça si tu veux !

Elle est heureuse... C'est enivrant, extasiant... Euphorisant de la voir ainsi !

– Ce sera avec plaisir ! Mais pour l'instant c'est à moi de te faire découvrir quelque chose...
– Ah oui ? Et... Est-ce que, ce quelque chose...

Elle avance d'un pas, jusqu'à coller son corps contre le mien.

– C'est toi ? rit-elle en déposant un baiser rapide dans mon cou.

J'éclate de rire !

– Moi, hein ? J'adore ton audace Chérie... Mais ça, ce sera pour plus tard ! Viens.

Je la prends par la main et la guide pour qu'elle me suive sur le petit sentier qui nous mène jusqu'au bassin de Sequana. Nous parcourons encore quelques centaines de mètres et enfin, le paysage se transforme, tel que celui que j'avais en tête.
Cette après-midi, je suis venu disposer une centaine de bougies chauffe-plats qui dessinent un chemin de lumière jusqu'à une tonnelle,

fermée par des rideaux de coton écru opacifiant. Avec ce que j'ai en tête, hors de question que quelqu'un ne découvre ne serait-ce qu'un centimètre de la silhouette de ma douce. Eléonore a assuré en allumant toutes les bougies. C'est magnifique !

Je m'arrête à l'entrée de cette seconde clairière et Nina me lâche la main pour se positionner à côté de moi. Pour la deuxième fois de ce début de soirée, je la retrouve immobile, le souffle coupé. Ses yeux brillent et lorsqu'elle semble comprendre ce qui se trame ici, elle porte ses deux mains à sa bouche, dans une brusque inspiration.

− Surprise… dis-je doucement en passant une main dans son dos.
− Oh Martin ! C'est absolument magique !

Elle tourne son visage vers moi et son regard plonge dans le mien. Je la désire tellement, bordel ! Elle est si belle !

− Pourquoi Martin ? En quel honneur ?
− Faut-il à tout prix une raison pour faire plaisir à la femme qu'on aime ? lui réponds-je en prenant son visage entre mes mains.

Une larme roule de chaque côté de ses yeux. Puis elle se presse contre moi en enfouissant son visage dans mon cou, afin de laisser ses larmes aller librement. Je lui caresse les cheveux et le dos, sans rien dire, pour ne pas la brusquer et la laisser reprendre ses esprits.

Au bout de quelques minutes, ses larmes se tarissent. Le crépuscule descend doucement sur la clairière, esquissant dans le ciel un ballet somptueux d'ombres et de lumière rose-orangée. Tout est calme, il n'y a plus de promeneur à cette heure-ci… Je pense que nous serons tranquilles. Nina relève enfin ses yeux vers moi.

− On n'a jamais fait ça pour moi Martin… Je ne sais pas comment te remercier !

Je dépose un petit baiser sur ses lèvres et essuie ses joues de mes pouces, en ne la quittant pas du regard.

− Tu n'as pas à me remercier Nina. Je veux te traiter avec tout l'amour et toute la bienveillance que tu mérites… Et ça, c'est juste un cadeau. Accepte-le comme tel s'il te plaît.

Ses yeux toujours rivés aux miens, elle a déposé ses mains sur les miennes. Elles sont si douces comme tout le reste de sa peau.

− Martin… Tu n'as pas à faire tout ça…

– Chut ! dis-je en posant mon index sur ses lèvres. Ce soir, on savoure l'instant...

Elle acquiesce d'un hochement de tête, tout en poussant la pulpe de ses lèvres sur le bout de mon index, pour l'embrasser avec délicatesse...

En passant mon bras sur ses épaules, je l'invite à me suivre jusqu'à la tonnelle. Le traiteur que j'ai totalement pris au dépourvu, m'a assuré qu'il concocterait un repas froid, simple mais raffiné. Je lui ai demandé de nous déposer dans le panier repas en osier, une bouteille d'Aloxe-Corton. Je sais que ça me coûte un bras, mais je ne peux pas résister à ce vin... Et au regard de Nina, aux étoiles que j'espère voir dans ses yeux lorsque nous entrerons dans notre maison de fortune pour cette soirée.

À chaque pas que nous faisons, je sens que Nina savoure chaque seconde : elle tourne la tête de gauche à droite, comme si elle s'amusait à compter toutes les bougies ! Elle n'arrête pas de sourire tout en caressant ma main posée sur son épaule. J'ai l'impression de serrer contre moi, une femme qui n'aurait encore jamais vu le monde. Tout est resplendissant dans son regard. Elle semble absorber la beauté de tout ce qui l'entoure.

Arrivés devant la tonnelle, je la prends dans mes bras et l'embrasse avec douceur. Ce moment plein d'intimité ravive cette sensation de l'avoir toujours connue, d'avoir toujours été son amoureux, de l'avoir toujours chérie. C'est une émotion très particulière, mais si excitante. J'entrouvre le rideau lorsque nos bouches se séparent et tend ma main à l'intérieur pour lui indiquer d'entrer.

J'entends un long soupir lorsque Nina découvre l'atmosphère de la tente. Des fleurs des champs sont accrochées à l'armature de la tonnelle et compose de somptueuses guirlandes végétales. De nombreuses bougies piliers sont disposées à même le sol et créent une ambiance chaleureuse et intimiste. Au milieu du sol naturel, sont placés un grand plaid en coton et un panier en osier, contenant nos victuailles. J'abaisse la fermeture éclair des rideaux, et les bloque grâce à un petit système de sécurité. Je reste à l'entrée, les mains glissées dans les poches de mon jean.

Je n'ai jamais organisé de soirée comme celle-ci pour personne. J'espère qu'elle appréciera et pour tout avouer, je commence à stresser un peu.

Nina tourne sur elle-même, comme pour prendre une photographie panoramique dans son esprit.

Elle se tourne vers moi et me lance un sourire ravageur. Je m'avance enfin et Nina me serre contre elle.

– C'est fabuleux Martin... Je n'ai plus de mots ! C'est somptueux.

– Je suis heureux que ça te plaise ma beauté. Et tellement ravi de te voir le sourire aux lèvres depuis tout à l'heure.

Elle a passé ses doigts dans mes cheveux et me caresse la nuque. Un petit sourire espiègle se dessine sur son visage et ses yeux se mettent à pétiller de malice.

– Et tu sais ce que j'aime faire encore avec mes lèvres ? dit-elle la tête penchée de côté et un sourcil relevé.

Non ! Elle m'allume ! Ce n'est pas supposé être romantique une nana ? Je ris en approchant très lentement ma bouche de son oreille, puis je chuchote :

– Non, mais tu vas me l'expliquer...

Sans plus attendre, elle se presse plus fort contre moi et m'embrasse avidement. Et je n'en peux plus. Je relève une de ses jambes et passe son pied derrière mon genou, afin qu'elle m'offre un accès plus facile pour que je puisse caresser ses fesses magnifiques. Nina me caresse le dos, remonte le long de ma nuque et de mon cou, puis viens poser ses lèvres sous mon oreille. Elle a compris, hier soir que cet endroit me faisait tressaillir. Je penche la tête en arrière pour qu'elle ait un accès plus aisé à cette parcelle de ma peau si réceptive. Tout contre son bassin, je pousse mon érection se faisant de plus en plus avide d'elle. Nos deux corps se fondent déjà, suivant un rythme parfait et entêtant. J'ai trop envie d'elle depuis que nous nous sommes croisés dans la salle des ex-votos ce matin.

Je la prends dans mes bras, comme une princesse en détresse et je l'allonge sur le plaid. Nous enlevons avec empressement nos blousons et nos chaussures que nous jetons à côté de nous. Nina retire son T-shirt, découvrant sa poitrine généreuse, relevée par un soutien-gorge rose poudré, en dentelle, avec entre ses deux seins, un petit nœud en satin, habillé de deux chaînettes réhaussées de fines pierres roses. Ce petit bijou inattendu descend jusqu'à son nombril et vient un peu plus exciter mes terminaisons nerveuses. Mes sens exacerbés par ce spectacle, je lui retire son jean dans une tendresse devenant une habitude lorsqu'elle se trouve près de moi. Je découvre une toute petite culotte, assortie à son soutien-gorge, couvrant juste ce qu'il faut et fermée sur les hanches par deux jolis nœuds de satin rose. Les mêmes bijoux caressent ses hanches et le haut de ses cuisses. Putain... Elle va définitivement me faire basculer dans la folie ! J'enlève mon T-shirt et ôte mon jean. Du coin de l'œil je vois que Nina observe mon tatouage, qu'elle m'a confié apprécier « +++ » selon son expression.

Je m'installe à côté d'elle, passe mon bras sous sa nuque et la relève légèrement, de manière à ce que sa tête soit penchée en arrière et son buste pointé dans ma direction. Du bout des doigts j'effleure son décolleté, me promène sur son sternum, son diaphragme et glisse jusqu'à ses cotes. Je la sens frissonner, c'est grisant. Sa respiration se fait haletante et sa peau me supplie de l'embrasser et de la prendre jusqu'à ce que je lui offre l'ultime délivrance. Mais non, désolée ma beauté… Tu vas devoir attendre pour ça !

Ma main remonte le long de son cou et caresse sa mâchoire. Nina gémit en savourant chacun de mes gestes lents et sensuels. Sa main vient à la rencontre de mon épaule tatouée et d'un seul mouvement, elle me pousse en arrière et me chevauche. Elle se penche dans mon cou et dessine une pluie de baisers de mon oreille jusqu'à mon nombril. Ses mains caressent ma peau brûlante. Je l'enlace, la serre contre mon cœur. Et nous restons ainsi quelques minutes, sa main posées sur ma joue, mes doigts caressant ses cheveux.

Elle bouge timidement et mon corps se remet en éveil… Je la soulève et la repose sur le plaid. C'est moi qui mène la danse ! Tout en l'embrassant, je passe une main dans son dos et dégrafe son soutien-gorge que je lui ôte avec délicatesse. Ses seins sont tendus et hypersensibles. Ma bouche vient à la rencontre de ses tétons, puis je remonte dans son cou.

– Nina… Tu me rends dingue ! chuchoté-je à son oreille. J'aimerais tellement te prendre maintenant, te sentir, peau contre peau, sans barrière.

Je la regarde pour qu'elle voit ma sincérité et pour la rassurer.

– Je n'ai pas eu un grand nombre de partenaires, j'ai fait le test pour le VIH et tout est négatif. Tu me fais confiance ?
– Idem Martin ! Oui je te fais confiance… Je te veux, en moi, sans rien entre nous.

Sa réponse soulève la floppée de sentiments que j'éprouve pour elle, toutes les émotions, les sensations qui naissent en moi, dès qu'elle est dans mes bras. Les ballons gonflés à l'hélium, sont là, au creux de mon ventre et c'est divin putain !

Je défais les nœuds de sa petite culotte et ma main part à la rencontre de son triangle magique. Délicatement, je la caresse de haut en bas. Elle est prête pour moi, pour nous, pour que la danse de nos deux corps nous mène à l'extase. J'embrasse ses seins, ses cotes, son ventre, lèche son nombril et laisse glisser ma langue jusqu'à son entrejambe. Son inspiration sifflante entre ses dents m'incite à continuer, à la mener tout au bord du précipice. Qu'est-ce que c'est bon bordel…

Ses mains fourragent dans mes cheveux. Lorsque je sens ses jambes se tendre et son point sensible gonfler, je stoppe mon exquise torture et remonte en direction de son ventre, puis de son cou. Je crois, vu son petit hoquet, suivi d'un feulement de tigresse, qu'elle est frustrée. Tant mieux… JE mène la danse bébé.

– Martin ! Je t'en prie... s'exclame-t-elle dans un gémissement désespéré.

Je souris tout contre sa gorge, passe ma langue dans son cou jusqu'au lobe de son oreille.

– Tout vient à point à qui sait attendre ma belle.

Elle grogne, tente d'attirer mon bas-ventre contre le sien en poussant sur mes fesses avec ses pieds. Je résiste et me recule, interrompant notre torride connexion. J'enlève mon boxer et m'assois sur mes talons. Attrapant ses mains, je l'aide à se relever vers moi et la guide pour qu'elle vienne s'asseoir à califourchon sur moi.

– Je veux que ce soit long, chérie, que nous comptions chaque seconde passée à nous faire l'amour.

Assuré qu'elle a saisi le message, elle s'installe lentement sur moi, prenant en elle, mon membre, dans une lenteur infinie. Je la serre fort contre moi, histoire de calmer mes émotions et mes sensations physiques.

Elle a croisé ses pieds dans mon dos et me contemple avec... Tendresse ? Amour ? désir ? À bien y réfléchir, je crois qu'il s'agit des trois.

Nous bougeons lentement d'abord, en savourant chaque poussée, chaque corps à corps. J'attrape ses hanches et la soulève de haut en bas. Le contact de nos deux peaux est délicieusement envoûtant. Nina bouge de plus en plus vite, les bras tendus en arrière. Son corps parfait m'hypnotise, m'ensorcelle. Putain...

Elle m'invite à continuer et à accélérer le rythme, je sens ses parois se contracter autour de moi. Je suis le rythme de la mélodie corporelle qu'elle m'impose et lorsque je l'entends crier mon nom et se vriller sous la force de son orgasme, je la rejoins, muscles tendus, en grognant dents serrées tout contre sa poitrine. Je l'enlace comme une liane s'enroule autour d'un arbre de la canopée malaisienne. Nous restons ainsi, plusieurs minutes à apprécier le contact et la chaleur que chacun dégage.

Nos respirations se calment, nous nous caressons le dos... C'est un moment de plénitude que je n'ai jamais vécu. Mille images me traversent la tête, comme des éclairs dans un ciel d'orage. Je vois Nina, vêtue de blanc, une petite tête brune, pieds nus, qui court sur la terre chaude d'Afrique... Et moi... Ma main gauche... Une alliance... Mais putain ça sort d'où tout ça ? Cette fille me possède, m'a ensorcelé... Si c'est ça l'amour, si le vrai bonheur ressemble à ça... Alors je signe immédiatement.

Nina a le pouvoir d'apaiser mes blessures. Je suis un mec, je parle peu de tout ce qui s'est passé dans ma vie... D'autant plus que je suis plutôt en mode « loup solitaire » et que j'aime cette solitude... Enfin, que j'aimais cette solitude plutôt, avant que Nina n'entre dans ma vie.

Elle relève sa tête et rive son regard au mien. Elle est magnifique... J'en ai le souffle coupé comme la première fois où je l'ai vue. L'émotion me submerge... Et là, tout au bord de mes cils, je sens des larmes ruisseler... Il y a plus de 20 ans que ça ne m'était pas arrivé. C'est... Libérateur.

– Martin... Que se passe-t-il ?

Ses yeux sont pleins d'inquiétude. Non... Je ne veux pas qu'elle s'inquiète...

– Tout va bien Nina... Tout va tellement bien ! C'est juste que...

Je cherche mes mots tout en essayant de mettre mes idées au clair... Un seul et unique mot me vient à l'esprit, rien d'autre que ... Le bonheur !

– C'est juste que quoi Martin ? Parle-moi, tu me fais peur....
– Rassures-toi Chérie... C'est juste que mon cœur déborde de bonheur et que je ne suis pas habitué à gérer ça... Tu transformes ma vie Nina... Tu la magnifies depuis que tu y es entrée, que tu m'as laissé t'approcher, t'apprivoiser... Je n'ai jamais ressenti ça pour personne. Tu es la première femme à me faire vibrer, à me faire ressentir la vie en moi...

Je m'arrête et contemple ses traits parfaits. Elle est émue, je le vois dans ses yeux verts, aussi clairs que les sources qui sillonnent cette vallée. Je vois les larmes les emplir de nouveau. Merde ! Quel connard, je la fais pleurer maintenant ! Ça me fend le cœur à chaque fois qu'elle est dans cet état de vulnérabilité.

– Oh... Martin ! sanglote-t-elle. J'ai si peur... Mais en même temps, tu panses mon cœur... Tu le remplis d'une énergie folle, d'une lumière qui était éteinte et que je croyais à jamais morte. Tu m'as ramenée à la vie... Et, pour la première fois depuis une éternité, ces mots que je ne pensais plus pouvoir prononcer, renaissent...

J'ai chaud, de la tête aux pieds tellement mon corps s'embrase à entendre de si belles choses. L'un pour l'autre, nous représentons la vie, la renaissance. Je ne pensais pas que ce serait possible me concernant. Je la veux, maintenant, après, demain, plus tard...

– Je te veux dans ma vie Nina. Pour aujourd'hui et pour demain. Je veux qu'on prenne notre temps, sans se poser trop de questions... Je veux que ce temps nous consume lentement quand nous sommes ensemble et qu'il file comme les comètes lorsque nous sommes séparés, pour qu'on se retrouve plus vite. Et puis surtout, je veux te rendre heureuse... Je veux te voir vivre ce qui t'anime, être là pour toi.

Je fais une pause pour reprendre mon souffle saccadé. Elle reste là, à me contempler.

– Cette soirée, je l'ai organisée pour te montrer à quel point tu comptes pour moi... Pour que tu puisses replonger dans ce qui te tient vraiment à cœur...

Elle ne dit rien. Ses larmes roulent sur ses joues en silence. Elle me regarde avec tant de surprise et de gratitude... Comment peut-on être aussi pure ?

– Martin... Tu n'es pas un homme en fait... C'est ça hein ?

Nous rions et c'est salvateur, rafraîchissant après ces instants torrides et tant de révélations sentimentales.

– Eh bien, Chérie, je pensais pourtant te l'avoir prouvé... Mais si tu n'as pas encore compris, je peux recommencer !
– Hum... Effectivement, je ne serais vraiment pas contre une autre démonstration ! me lance-t-elle, un air coquin se dessinant sur ses lèvres. Non... Plus sérieusement Martin... Mon Chéri... J'ai l'impression que tu comprends tout ce qui se passe en moi... Qu'il suffit qu'un désir naissent en moi pour que tu le combles... C'est effrayant ! Mais tellement magique...

Elle prend mon visage entre ses mains, dépose un baiser léger sur mes lèvres, mes fossettes et mon menton... Je réagis immédiatement à cette douceur et le bas de mon corps ne tarde pas à me le faire savoir.

– J'ai l'impression d'être dans un rêve à chaque fois que tu m'embrasses, que tu me tiens dans tes bras et... Quand tu me fais l'amour... Putain ! s'exclame-t-elle en mordillant sa lèvre inférieure. C'est... Hiroshimique !

J'éclate de rire ! Et elle me suit dans cette euphorie.

– Hiroshimique ? Rien que ça ! Ravi d'apprendre que je fonctionne à l'énergie nucléaire... Superman n'a qu'à bien se tenir dis-moi !
– Hum... Je crois que Superman en est encore à l'étape bac à sable et couche culotte à côté de toi mon a...

Elle s'interrompt brusquement, ne revenant pas de ce qu'elle allait dire. Je devine ce mot et il me va droit au cœur, même si elle ne le prononce pas.

– Mon...Artichaut ? dis-je pour la faire rire.

Elle secoue la tête en souriant. Ne t'éteins pas Nina, s'il te plaît... Reste dans la lumière avec moi.

– Mon amour... J'allais dire mon amour.
– Ce sont les plus jolis mots qui existent sur cette Terre... Et que l'on a jamais prononcé pour moi... Jamais. Je t'aime... Mon amour, dis-je en la tenant dans mes bras.

Elle rougit légèrement et je la serre tout contre mon cœur. Je savoure l'écho de ses paroles et la douceur de sa peau contre la mienne.
Mes jambes s'engourdissent et je commence à bouger. Nina comprend que j'ai besoin de les dégourdir et de me mettre dans une autre position.

– Oh pardon ! Je suis trop lourde...

Je pose aussitôt mon doigt sur sa bouche en secouant la tête de gauche à droite pour lui faire comprendre que je ne suis absolument pas d'accord avec ce qu'elle dit.

– Ma beauté... Tu es délicieuse, crois-moi. Je ne veux pas que tu parles de toi en ces termes. Tu es si belle... SI BELLE ! insisté-je en la regardant droit dans les yeux.

Elle ne répond rien et semble totalement désarçonnée par ma réaction. A-t-elle si peu d'estime pour elle ? Comment l'autre connard de Stephen Brady l'a-t-il considérée toutes ces années où elle n'était que son joujou ? Rien que d'y penser, ça me donne envie de lui décapsuler la tête...

– Nous nous levons et Nina sors de son sac un paquet de lingette pour que nous puissions faire une légère toilette.

Franchement, c'est bien venu ! Leur fraîcheur me vivifie. Elles sentent divinement bon, comme elle. Comme son parfum de reine mystérieuse du Nil.

– Que préfères-tu pour la suite de cette soirée : une balade au fil des sources ou un repas en tête à tête ?

Elle réfléchit, les yeux levés au ciel et un doigt posé sur ses lèvres formant un cœur.

– Eh bien... Je dirais... Une balade en tête à tête et un dîner aux chandelles au milieu des sources !

Elle rit et s'approche de moi dans une démarche sensuelle et aguicheuse.

– Je plaisante Martin ! Mais j'avoue être tentée par la balade ! Mon superhéros du Pacifique est là pour me protéger... dit-elle dans un clin d'œil.
– Ton « superhéros du Pacifique » ?

Elle fait allusion à mon tatouage et j'adore le regard qu'elle porte sur moi, sur cette partie de mon corps, représentant une part de ma vie passée.
– Alors, pendant que le ciel nous accorde un peu de sa lumière et que ton superhéros est près de toi, que dirais-tu d'y aller maintenant ?

Elle couine comme une enfant en sautant sur place, avant de passer son bras sous le mien et de se coller à moi une dernière fois, avant de se rhabiller.
L'air est plus qu'agréable, ni trop frais, ni trop chaud. Nos bougies commencent à faiblir, mais en mec prévoyant que je suis, je me suis muni d'une lampe torche, que je laisse toujours dans le sac à dos que je prends pour me promener en moto. L'odeur d'herbe fraîche et d'humidité nous rappelle à quel point la nature est puissante.
Nous avançons sur un petit sentier, main dans la main. Je me sens léger, comme si je quittais la Terre. Nina semble apprécier le paysage dans lequel nous évoluons. La lumière du soleil couchant est magnifique et nous donne encore suffisamment de clarté pour nous promener sur les chemins de randonnées.
Au bout de quelques centaines de mètres, nous arrivons enfin devant le sanctuaire de la déesse Sequana. Cette reproduction de la divinité est somptueuse et très bien réinterprétée, bien que ses traits soient ceux des canons du XIXème siècle.

– C'est absolument... Splendide !

Nina s'avance lentement près de la grille qui protège Sequana et l'observe attentivement, en penchant sa tête tantôt à gauche, tantôt à droite. Elle a l'air totalement absorbée... Ses mains se déplacent, jaugeant, mesurant, puis viennent se poser sur ses hanches, sa taille, pour terminer leur mystérieuse danse sur ses épaules. Je n'ose pas l'interrompre dans sa réflexion mais c'est elle qui y met fin en se tournant vers moi, l'air totalement subjugué.

— Martin... Tu ne trouves pas qu'on se ressemble toutes les deux ?

Je souris. Elle vient enfin de comprendre pourquoi je lui ai dit qu'elle était ma déesse.

— Plus que ça ma beauté... Tu es son portrait craché ! Peut-être même sa réincarnation... dis-je en la prenant par la taille.
— Sa réincarnation ? Je crois, Monsieur le superhéros du Pacifique, que vous exagérez !

Elle me taquine et j'adore ça.

— Oh ! Eh bien, laissez-moi vous affirmer, Madame la divinité gauloise, que vous vous trompez ! Je connais chacune de ses courbes, et je peux te dire Chérie, que tu es sculptée de la même façon...

Nina ne dit plus rien, elle semble perdue dans ses pensées. Puis, son petit air mutin que j'adore refait surface.

— Je suis ta déesse, alors ?
— Ah, ça chérie... Je le sais depuis que tu es entrée dans mon laboratoire le 20 mai dernier... Quand je t'ai vue, je l'ai vue elle, désignant Sequana d'un petit hochement de tête.
— Et...Ça t'a plu ?
— Oh... Tu veux dire que j'ai eu mal à l'entrejambe toute la journée en pensant à toi, à ton entrée dans le labo, ta façon d'être et de t'exprimer...
— Autrement dit, tu as eu... une bonne Gaule !

Elle éclate de rire, très fière de son petit jeu de mots.

— Tu ne crois pas si bien dire mon ange... Tu ne crois pas si bien dire !
— « Mon ange ? », répète-t-elle comme si elle entendait ces deux mots pour la première fois. Ça me fait fondre ce petit nom Martin...
— Pour moi, c'est exactement ce que tu es. Tu es tombé du ciel de mon existence pour l'embellir, pour me changer, m'adoucir... Mais tu n'as pas entendu la fin de ma phrase !

Elle rit aux éclats. Ses yeux brillent d'une lueur incomparable dans ce coucher de soleil féérique.

— Ce n'est pas bien d'exagérer et de flatter les honnêtes femmes Monsieur de Villandière !
— Tout comme ce n'est pas bien de refuser un compliment et d'occulter la vérité Mademoiselle Libartet !

Nos regards s'accrochent, se veulent plus profonds. C'est un moment intensément chargé en tension sexuelle. Je ne connais rien de meilleur... Surtout avec elle !

— Je ne me voile pas la face tu sais !
— Ah oui ? Alors, je n'exagère pas non plus...

Et toc Mademoiselle tête de mule ! Un partout...

— Et, chère femme très honnête, que dirais-tu d'aller déguster un succulent repas ?
— J'en dis que c'est une formidable idée ! Je meurs de faim !

Nina est heureuse, ça se voit. Ça me comble, comme jamais je n'ai été comblé par quoi que ce soit. Si elle cherche encore son chaînon manquant, je sais que je viens de trouver celui qui manquait à mon existence. Je viens de comprendre que j'avais besoin d'aimer et d'être aimé. Plus que tout, j'ai compris que LA femme de ma vie n'avait jamais pointé le bout de son nez avant Nina, car aucune n'était aussi vraie qu'elle, aussi pure, aussi sensible... Et bordel, aucune n'était aussi belle qu'elle !

Nous repartons en direction de notre campement. Nina a posé sa main dans la mienne. Nous marchons à la même allure, comme si nous étions parfaitement synchronisés. Soudain, elle soupire. Un de ces soupires nostalgiques, qui vous laisse penser que vous êtes perdus dans vos pensées, entre noir et blanc, bien et mal, supportable et intolérable.

— Tu vois, me dit-elle, c'est formidable que tu m'aies emmenée ici ce soir.
— Ah oui ? Pourquoi ça, dis-moi ?

Je suis curieux de savoir ce qu'elle a dans la tête.

— Eh bien, vois-tu, l'Ethiopie me manque chaque jour... Et je pensais que l'archéologie me manquait tout autant. Mais à bien y réfléchir et, encore plus en étant sur un site comme celui-ci ce soir, je crois que c'est juste la quête de mon chaînon manquant qui me manque, pas mon métier et encore moins tous ces connards de fils à Papa qui m'entouraient !

Enfin, elle m'ouvre un peu plus son cœur, c'est génial... Et même si notre venue ici, a, semble-t-il l'effet contraire à celui escompté, je suis heureux que cela aide Nina à cheminer. Peut-être que son histoire passée, son deuil du métier progressera un peu à présent.

– Je suis heureux que cela t'ait permis d'y voir un peu plus clair… Je sais à quel point ton métier peut te manquer chaque jour. Moi-même, je ne sais pas comment je ferais si on m'enlevait le mien demain ! J'admire ton courage, vraiment…

Je soupire et tourne mon regard vers elle. Elle me fixe, comme si elle me sondait… Comme si elle cherchait à comprendre ce qui se passe en moi.

– Tu vas faire ça, toute ta vie ?
– Quoi, restaurateur d'objets d'arts ? demandé-je en souriant.
– Non ! Lire en moi et comprendre ce qui se passe dans ma tête ?
– Parce que je sais faire ça, moi ? dis-je un sourcil arqué et ma moue brevetée 100% « Je suis un sale gosse et en plus je suis brillant ».
– Oui tu fais ça ! Et tu le fais tout le temps… me dit-elle en riant.

Je me tourne vers elle et stoppe ainsi notre marche. J'attrape ses mains et les pose sur mon cœur. Je suis vibrant d'un amour infini pour cette femme et je veux qu'elle sache tout ce que je ferai pour elle, pour la protéger, pour qu'elle soit heureuse.

– Mon ange… Je ne sais pas si je sais lire en toi, mais ce que je peux te dire, c'est que je ferai tout pour que tu sois heureuse, que tu te sentes aimée et protégée. Et si ton bonheur se résume à retrouver ton poste d'archéologue, alors je t'accompagnerai pour que tu puisses de nouveau exercer. C'est aussi simple que ça.

Elle me scrute, ses yeux passant des miens à ma bouche, de ma bouche à mon cœur… Elle aussi peut lire en moi, me mettre à nu. Elle semble si perdue et fragile…

– Martin… En quelques jours, tu as rempli mon cœur d'émotions que je n'avais jamais connues. Plus que ça… Tu m'as, en quelques jours, rendue heureuse comme jamais personne ne l'a fait auparavant. Tu me… Répares. Tu panses mes blessures et j'ouvre mon âme à tant de perspectives. Je t'aime…

Elle m'embrasse tendrement, caressant mon torse. Ce n'est pas un baiser torride. Non. C'est un baiser profond, un baiser qui vous dit « merci ».

Lorsque nous reprenons notre souffle, nous n'ajoutons rien. Ce sont nos regards qui parlent. Ses yeux m'expriment sa gratitude et son amour. Les miens lui renvoient la profondeur de mes sentiments et leur inconditionnalité. Nous sommes enveloppés tous les deux, par une douce chaleur, qui nous transporte vers des sommets d'espoir et d'avenir. Puis, nous pressons un peu plus le pas pour regagner notre tente.

– Ce repas était exquis ! s'exclame Nina en s'étirant de tout son long, comme un chat qui se réveille de sa sieste et qui retombe immédiatement dans un profond sommeil.
– C'est vrai que c'était succulent. Je ne suis pas déçu d'avoir fait appel à mon traiteur préféré !

Thibaut nous a gâté ce soir : un petit pain surprise au foie gras et au chutney de figues, une salade périgourdine et un tiramisu aux fraises en dessert. Quant au vin… Il était incomparable ! Je revois encore les yeux de Nina lorsqu'elle a découvert la bouteille. Et sa gourmandise, quand elle a dégusté son tiramisu. On aurait dit qu'elle s'accrochait à sa verrine de peur que quelqu'un ne lui pique !
Ce que j'aime son air insouciant et enfantin lorsqu'elle mange… Je souris comme un con à la revoir déguster chacune des bouchées que j'ai porté à ses lèvres délicieuses.

– Martin ? Tu es avec moi ? me demande-t-elle l'air inquiet.

Je reviens à notre réalité et reprends mes esprits en me passant les deux mains sur le visage.

– Quoi ?
– Tout va bien ? Tu sembles plongé dans de délicieux souvenirs à en juger par ton sourire énigmatique…
– Oui tout va bien. Plus que bien même ! J'étais simplement en train de me dire que te voir manger était synonyme de plaisir et de joie… Je me délectais juste de certaines images de toi.
– Ah oui ? Hum… C'est très intéressant ça… Car figure-toi que mon met préféré se trouve là, juste devant moi… me dit-elle en posant son index sur mon torse…
– Oh Chérie… Chérie… Tu es une insatiable épicurienne ! Et j'adore ça ! Mais…

Elle m'embrasse passionnément et j'ai un mal fou à résister à son baiser.

– Ma beauté... C'est un supplice de devoir arrêter ce moment de pure gourmandise mais, il se fait tard et je veux te ramener chez toi. La nuit est humide par ici et je m'en voudrais que tu prennes froid.
– Je ne suis pas en sucre Martin tu sais !

Elle semble vexée que je lui refuse cet échange torride. Mais vraiment, la nuit est fraîche dans la vallée et c'est infesté de moustiques. Hors de question que quelqu'un d'autre que moi ne touche sa peau de déesse. Et surtout pas de sales bestioles !

– J'insiste car je détesterai te partager avec les moustiques ou avec des randonneurs demain matin. Et puis, je te veux... Toute entière... Dans un lit !
– Si c'est pour cette raison, j'accepte la sentence, dit-elle tout près de mes lèvres, le vert de ses yeux accroché aux miens. Et moi, je te veux... Dans mon salon... Ma cuisine... Sur le balcon...

Je ris. Elle est exhibitionniste en plus ! Ça c'est inédit ! Décidément, la vie ne manque pas de saveurs aux côtés de cette femme aux courbes dignes des plus grands chefs-d'œuvre de Boticelli.

– Le balcon hein ?
– Parfaitement ! Le balcon... répond-elle en m'offrant un baiser furtif.
– Et tu penses que je vais laisser n'importe qui observer ton corps sublime pendant que je te ferai tout le bien que tu voudras ? demandé-je en l'embrassant à mon tour.
– Pas de risque mon Chéri... J'habite l'immeuble le plus haut de ma rue et il est parfaitement isolé des regards.

Elle me rend mon baiser entre deux mots et je suis excité comme un dingue ! Je n'arriverai jamais à la ramener chez elle si elle continue à m'allumer comme ça. Mon corps se tend, j'ai les synapses qui crépitent. Et je m'embrase, là, tout contre son corps... L'odeur enivrante de son parfum allume tout ce qui reste de mes sens pour les porter au summum du plaisir.

J'ai pour habitude d'obtenir ce que je désire. Et en ce moment, quelque chose me dit que Nina me laissera faire...

– Oh Martin ! Je te désire tellement, dit-elle le souffle court. Je pense... Qu'à ce rythme... Tous mes vêtements... Vont finir... En combustion ! souffle-t-elle entre chaque baiser haletant que nous échangeons. Elle a un goût délicieux. Le goût du vin, des fraises et de la crème. Décidément, elle est mon dessert favori en toutes circonstances ! Je caresse son dos de haut en bas. Elle réagit à mon contact en se pressant contre mon bassin, tout en enroulant ses doigts dans mes cheveux. C'est extraordinairement bon !

— Je t'en prie... fais-moi l'amour Martin !

Qu'est-ce que je vous disais déjà ? Ah oui ! Que je finis toujours par obtenir ce que je désire... Yep !

— Oh... Ma beauté ! Soufflé-je tout contre sa gorge. Tes désirs sont des ordres...

Tout en caressant ses flancs, je l'allonge sur le plaid et me blottis contre elle, mon genou écartant légèrement ses jambes. Mes mains partent à l'assaut de son corps. Et pour la deuxième fois de la soirée, je redécouvre ses courbes, parcourant des chemins tracés comme sur une carte au trésor.

Nina me rend chaque coup de chacune de mes douces offensives. Elle se plaque un peu plus contre moi, de sorte à ce que son intimité que j'imagine prête à m'accueillir, vienne s'appuyer contre ma hanche. C'est la première fois qu'on me désire de la sorte... Et que je désire une femme d'une manière aussi... Torride et romantique ! C'est doux... C'est puissant... C'est le jardin d'Eden !

Les mains de Nina se promènent sur mon dos, empoignent mes cheveux. Ses yeux cherchent les miens, me suppliant de soulager sa délicieuse douleur.

Ses doigts partent en exploration le long de mon bas ventre, puis de mon pelvis. Leur promenade sur mon jean est... Affolante ! Lorsqu'ils trouvent les boutons, parfaite copie du mur de Berlin entre elle et moi, ils se faufilent à l'intérieur de mon boxer. Nina caresse mon membre, « mon pote » comme je l'appelle. Elle me caresse de ses mains si douces et mon corps s'affole, mes sens partent en vrille. Sa sensualité est à l'image de mon désir : intense.

Je lui ôte son T-shirt, elle déboutonne mon jean. Nos vêtements volent au rythme de nos respirations rapides. Putain, qu'est-ce qu'elle est belle ! Je vais me consumer sur place, rien qu'à la regarder...

Ma bouche encercle un de ses tétons et son gémissement m'indique que je suis le bon chemin. Sa peau brûlante et réceptive m'enivre, je me perds dans ce tourbillon de sensations dévorantes. Ma langue se dirige au sud en suivant la route qui mène entre ses cuisses et je m'empare de ses lèvres gonflées de désir. Son excitation monte d'un cran, autant que la chaleur dans cette tente. Ses mollets entourent ma tête et ma langue ne lui laisse aucun répit. Lorsque je la sens se tendre pour basculer dans le plaisir, ma bouche interrompt cette caresse divine et reprend la route vers le nord. J'arrive dans son cou et elle me supplie, dans un soupir à vous faire imploser le corps, tout au creux de mon oreille, qu'elle lèche dans un élan d'excitation qui m'emporte totalement. D'un coup de rein, je suis en elle, ce qui lui fait pousser un cri de surprise. Je dois lutter de toutes mes forces pour ne pas jouir maintenant. Cette fille est une sirène, je me perds en elle, elle me fait perdre le nord et toutes les directions que j'avais choisi de suivre avant de la rencontrer.

Nina encercle ma taille de ses jambes, nous sommes imbriqués comme un parfait casse-tête chinois. J'ai l'impression que le dessin qu'Eléonore a fait de nous, vient de prendre vie...

Elle s'appuie sur ses coudes et me lance un regard brûlant qui me coupe le souffle. Je me redresse et soutient son bassin. Elle se cambre pour aller à ma rencontre et penche sa tête en arrière. Elle est en feu et je ne peux qu'attiser ce brasier que nous avons allumé ensemble.

Je bouge, d'abord lentement pour me contrôler, puis je trouve mon rythme. Nina m'incite à augmenter la cadence en me soufflant de petits mots doux, ce qui me rend littéralement dingue. Sa respiration se fait de plus en plus rapide, elle me rend coup pour coup, nos deux bassins s'entrechoquant délicieusement. Je sens son orgasme imminent et je bouge de plus en plus vite. Je veux que nous partions ensemble pour vivre ce feu d'artifice qui se prépare au creux de nos ventres.

– Attends-moi Bébé, s'il te plaît ! soufflé-je. Regarde-moi, Nina... Je veux te voir... Je veux voir comme tu es belle lorsque ton orgasme te soulève.
– Martin ! Martin... Ah !
– Oui Bébé, oui !

Nos deux corps se rejoignent, se fondent et la puissance de notre orgasme nous fait basculer. Nous ne sommes plus que cris et grognements... Mains et bouches... Peaux et sueur...

Je l'enlace tendrement, embrasse son front, le bout de son nez, sa bouche. Je sens son sourire tout contre mon cou lorsqu'elle se blottit un peu plus contre moi.

– Je t'aime...

Sa voix est posée, assurée, elle ne tremble pas. Peut-être se rassure-t-elle enfin quand à mes intentions ? Je veux qu'elle me fasse confiance... Je ferai tout pour qu'elle n'ait plus peur, pour la protéger.

– Idem... Et je le sais depuis que je t'ai vue.

Le silence rassurant d'après l'amour nous enveloppe. Sa main est posée sur mon cœur, nos doigts entrelacés. Nous restons ainsi de longues minutes. Le calme parle pour nous. Nos battements de cœur nous offrant la plus belle des musiques. Nina soupire et je sens sa respiration devenir de plus en plus profonde et régulière. Elle va s'endormir et je préfèrerai la ramener chez elle, pour qu'elle soit dans la douceur de son lit...

Entre mes bras bien sûr. Je ne peux plus la quitter. Vivre sans elle, c'est comme rester dans un caisson sans oxygène. Je l'ai dans la peau et tout en prenant conscience de ce fait, je sais que prochainement quatre lettres viendront rejoindre l'encre sur ma peau...

– Nina... Ma beauté, ne t'endors pas. Nous allons rentrer...
– Hum... Quelle heure est-il ? Je ne veux pas aller travailler... Pas tout de suite ! Cinq minutes... Juste cinq minutes s'il te plait !

Je ris doucement en découvrant qu'elle parle dans son premier sommeil, d'une voix de toute petite fille.

– Eh jolie paresseuse... Réveille-toi !

Ses deux émeraudes s'ouvrent sur mon visage et me fixent comme si elle ne savait plus où nous nous trouvons.

– Rassure-toi chérie, tout va bien. Pas de travail aujourd'hui ! Il n'est que minuit et je voudrais te ramener chez toi. Viens...

Nous reprenons nos affaires, éteignons les bougies comme on éteint les lumières en partant de la maison et nous reprenons notre chemin pour retrouver ma moto.

– Mais, Martin... Nous laissons tout ici ? s'inquiète-t-elle.
– Oui ne t'en fais pas. Le traiteur sera là demain matin à la première heure pour tout récupérer.

Elle reste là, plantée devant la tente, entourée du halo de lumière que la lune vient déposer sur elle.

– Merci mon Chéri... Pour toute cette magie et pour être... Toi... Mon amoureux...

Qu'est-ce que j'aime l'entendre prononcer ce nectar de paroles... C'est elle qui me remercie... Elle qui me donne tant depuis quelques jours. Elle m'a ramené à la vie... Et c'est elle qui me dit merci. Elle est juste incroyable !

– Eh bien... Merci d'être toi... Celle qui comble mon cœur... Celle que j'aime... Mon amoureuse... Je t'aime Nina... Nom de Dieu... Qu'est-ce que je t'aime !

Nous nous embrassons une dernière fois dans ce lieu empreint de mystère et de magie. Main dans la main, suivant la lumière de la lampe torche, nous regagnons le parking. Nina monte derrière moi et nous reprenons la route.

Quelque chose s'est passé ce soir, nous avons franchi un cap, resserré les maillons de nos sentiments. Nous nous sommes découverts d'avantage… Et c'était magnifique.

Nous roulons en direction de Dijon, la circulation est fluide, tout est calme. Je maintiens une vitesse plus que raisonnable, vu que j'ai bu un peu de vin mais surtout parce que Nina est fatiguée et que je tiens plus que tout à sa sécurité. Elle enserre ma taille, son menton est posé sur mon épaule, comme si elle voulait me susurrer des mots doux à l'oreille.

Dans mes rétros, une lumière éblouissante et dansante se reflète. Je sers ma droite et tiens le guidon plus fermement que d'habitude. J'ai une étrange sensation qui me fait frémir. Mais je reste concentré sur la route.

Un bruit de moteur qui ronfle outrageusement, arrive derrière nous. Je surveille mes rétros et Nina se crispe. Elle aussi a ressenti quelque chose de bizarre. Malgré mon casque j'entends de la musique provenant de ce véhicule. Je vois la lueur des pleins phares aller de gauche à droite. L'enfoiré ! Il est complètement bourré ou quoi ? Nina s'accroche de plus belle. Putain ! Je me suis promis de la protéger et il faut que nous tombions sur un connard sans doute ivre mort ! Je décide de serrer d'avantage la bande d'arrêt d'urgence pour le laisser passer, mais cet abruti persiste à rester derrière moi. Et bien sûr, il n'y a aucun embranchement que je pourrai prendre pour nous sortir de cette situation merdique.

Soudain, tout s'accélère. La voiture semble freiner et fait une embardée. Elle percute la glissière de sécurité centrale et je ressens le choc à l'arrière de la moto. Je n'ai pas pu l'éviter. Je sens les mains de Nina se défaire de moi, son corps se détacher du mien. Je sens la moto glisser et le guidon m'échapper. Ma tête heurte le sol. Bruits métalliques… Odeurs d'huile et d'essence… Fumées et goût de sang… Cris de douleur… Trou noir. L'obscurité m'emporte. Je sombre. Dans ma descente abyssale, quatre lettres hantent ma tête… N.I.N.A.

Le rideau tombe. Je n'entends plus, je ne sens plus… Je suis anesthésié. L'obscurité l'emporte… Arrêt total…

Chapitre 12

Nina

J'ai froid. De mes cheveux jusqu'à la pointe de mes orteils, j'ai froid. Ça sent l'essence... L'essence et l'odeur ferreuse du sang. La route... La moto... Pourquoi je ne sens plus qu'une seule de mes baskets ? D'ici, j'aperçois la voûte céleste... Mais pourquoi est-elle si blanche ? Un, deux, un, deux... Essai 1. C'est quoi ce bordel ? La route... Essai 1, essai 1 ! La moto... La lumière ! Putain ! Pourquoi il me manque des images ? Je cligne des yeux... Un, deux, un, deux... Je respire péniblement. Essai 1... Mayday, mayday ! Putain de merde ! Pourquoi personne ne vient ? Pourquoi personne ne répond à mes appels ? Ma voix ne sort pas... Je sens le goût de mon sang dans ma gorge. J'ai peur. J'ai mal. Une sale douleur dans le bassin. La route... La moto... Bordel de merde ! Martin ! Martin où es-tu ? Je veux me redresser mais j'en suis incapable. Je hurle à l'intérieur de moi-même. Martin... Je veux Martin !

Le sang... Le froid... Mes yeux sont secs... Je peine à respirer. La lumière blanche... Le flou.

Des voix... Des voix me parviennent. Je suis là ! On est là ! Putain de bordel de merde ! Pourquoi personne ne vient ? Je lutte de toutes mes forces pour bouger, mais il n'y a rien à faire. Mes jambes m'ont abandonnée.

Les voix se rapprochent... Des lumières... J'entends des pas dans l'herbe... Je suis là ! Je vous en supplie... Trouvez-nous ! Trouvez Martin... Je vous en supplie ! Papa, s'il te plait... Aide-nous... Papa !

Le froid... May... Day.

– Victime localisée ! Brancart !
– Mon adjudant ! La deuxième victime est à cinquante mètres à onze heures ! C'est un homme. Il a une sale plaie à la jambe gauche et est inconscient !

Martin... Non est-ce que c'est Martin ? Non ! Bordel de tous les dieux de ce monde... S'il vous plait, non ! Non ! Ne me le prenez-pas ! Non...

Des mains se posent sur moi. On me palpe... Je ne sens rien. On découpe mes vêtements... Non, putain, non ! J'ai trop froid. Je ne peux pas bouger. Je ne peux pas crier. Je suis enfermée en moi-même.

Les lumières sont floues. On m'enlève mon casque, me porte et me dépose sur une surface dure. Mes yeux sont grands ouverts. Je vois sans voir... Une lumière veut entrer dans mes yeux : droite, gauche, droite, gauche. En haut, en bas. Des visages se penchent sur moi... Ils sont flous eux aussi. Leur crâne brille, ils sont argentés… Ce sont des anges, hein Papa ? Tu les as fait venir pour moi ? Papa…

Quelque chose fait du bruit sur moi, comme le froissement d'un papier de bonbon. La chaleur… Oui, la chaleur ! Et le calme… Je veux dormir. Je veux Martin ! Martin… Mar… Tin. Le silence… Plus d'image.

Le noir m'enveloppe. La nuit m'a engloutie. Je suis morte… C'est ça. Je suis… Morte.

La clairière est paisible. C'est comme un mini monde entouré de grandes montagnes vert anis aux reflets d'or. La brume caresse leur sommet. La lumière inonde cet endroit où règnent la paix et le calme.

Je suis assise sous un grand chêne, adossée à son tronc majestueux. Mes mains sont posées sur mes cuisses. J'attends… Je fixe l'horizon. Je m'emplis de ce vide reposant. Le vide… Sensation qui ne m'a pas quittée depuis… Quand déjà ? Je ne sais plus. Je ne veux pas penser… Je veux le calme. Le calme qui me répare… Toujours. Tant de sentiments contradictoires et inquiétants viennent se percuter en moi.

Un sentier se dessine à l'horizon. Il part de mon arbre et s'allonge jusqu'aux montagnes. Quelques fleurs le bordent et composent un canevas tendre et pastel.

Tiens, quelque chose bouge au loin… C'est grand… Ça avance. C'est comme un voile opaque qui flotte dans les airs. Je suis intriguée… Intriguée mais sereine. Une force intérieure me dit que je suis en sécurité. Je me lève. Je sens l'herbe sous mes pieds. Elle est fraîche et douce, ça je le sens et c'est si bon ! J'avance lentement sur ce chemin blanc. Je me sens si légère, comme si je flottais… La forme avance aussi. À présent je distingue quelques couleurs : du bleu marine, des touches de doré, du blanc. Je n'ai pas peur, c'est comme si je connaissais quelque chose de tout ça. La chaleur m'enveloppe, la douceur étend sa caresse dans mon âme et dans mon cœur… J'avance. C'est une silhouette… Oui ! C'est une silhouette qui s'avance vers moi. Je presse le pas, un besoin urgent de rencontrer celui ou celle qui bouge au même rythme que moi. C'est un sentiment de déjà-vu que je ne sais pas expliquer… Un mélange de connu et d'inconnu.

Bip… Bip… Bip. Ça vient d'où ça ? Quelque chose me sert le bras. Aïe ! Mais ça fait mal bordel ! Calme… Le calme… Le vert… Le doré. Je suis là, dans ma clairière, sur mon petit sentier de cailloux blancs. Je distingue des gants blancs, une veste bleu marine, des galons aux poignets et aux épaules… Et enfin, une casquette, bleu marine et blanc, bordée de liserés dorés… C'est un homme, grand, charpenté comme un soldat… Je fronce les yeux, comme pour zoomer et rendre l'image plus contrastée. Je m'arrête sur le visage de l'homme qui devient de plus en plus net. Un teint hâlé, des yeux bleus et ce sourire chaleureux qui me manque depuis dix ans… C'est mon père !

Non de Dieu de bordel de tous les saints ! Papa… Il est là, devant moi, dans son uniforme d'aviateur et il me sourit en me tendant les bras.

Pourquoi, tout à coup, je redeviens cette petite fille, les yeux pleins d'étoiles lorsque je le regardais quand il me racontait mon histoire du soir ?

— Papa ?

Un sanglot brise ma voix et je me jette dans ses bras. Il me sert contre son torse et c'est si bon...
— Bonjour ma bulle.
— Oh Papa !

Je pleure sur son cœur et savoure chaque seconde de la chaleur qu'il me donne. Il me caresse les cheveux et embrasse le dessus de mon crâne. Je suis si bien...

Bip... Bip... Bip. Encore ces bruits ! Putain, mais c'est quoi ce merdier ? Je sens un liquide froid qui se diffuse dans mes veines... Je n'aime pas ça. Concentre-toi Nina ! Concentre-toi... Sers tes paupières et repense aux bras de ton père. Calme... Relax. Les bruits s'arrêtent...

Je suis là, dans les bras de Papa, mon héro... Mon ange gardien que j'ai appelé si fort, qu'il est venu pour moi !

— Que fais-tu là ? Ici, dans ma clairière ? dis-je mon regard rivé au sien.
— Ah ! Ma fille... soupire-t-il. Mais je suis toujours là, près de toi, mais jamais tu ne me vois. Tu ressens juste ma présence. Et aujourd'hui, on m'a autorisé à apparaître.
— Qui « on » ?
— Je vois que tu as toujours cette soif d'apprendre et de comprendre ! On répondra à cela plus tard... Vois-tu ma fille, je suis là pour toi, car tu as besoin de moi.
— Mais Papa, j'ai besoin de toi chaque jour ! Tu es parti trop tôt !
— Je ne suis pas « parti », ma chérie... Je suis mort, il faut employer les bons mots, tu sais ça.
— Je sais Papa... Mais c'est trop dur sans toi ! Je m'accroche je te le promets, mais c'est dur de ne plus pouvoir te toucher, te parler, te voir...

Je sens une larme couler sur ma joue que mon père s'empresse d'essuyer de son pouce.

— Mais voyons chérie, tu peux faire tout ça !
— Comment ? Je ne te suis pas là Papa... dis-je en fronçant les sourcils.
— Comme tu l'as fait aujourd'hui ! Tout est ici et ici, dit-il en posant son index sur mon front et sur mon cœur. Dans ton esprit Nina, je

suis toujours là, comme un guide, une sorte de guérisseur intérieur. En fermant les yeux et en m'appelant à l'intérieur de toi, j'apparaitrai toujours pour te venir en aide. Et ton cœur fera renaître tes émotions.

– Mais je ne pourrais pas te toucher, tu ne pourras pas me prendre dans tes bras ! sangloté-je.

– Ne pleure pas ma bulle… Ne pleure pas. Scientifiquement parlant, tu as raison, on ne pourra pas. Par contre, ton esprit le pourra. Il est le réacteur de ton usine à ressentis. C'est lui qui te fait tout revivre.

Je contemple mon père, cet homme fort, beau et tellement généreux. Il m'a appris la gentillesse, la bonté et le partage. Il est mon repère, mon pilier, la clé de voûte de celle que je suis devenue.

– Je suis là aujourd'hui pour te guider sur ton chemin. C'est ce que tu m'as demandé il y a longtemps… « Un tout petit signe »… L'Ethiopie… tu t'en souviens ?

– Comme si c'était hier… Et tu m'as aidée, j'ai trouvé un indice supplémentaire dans la quête de mon chaînon manquant !

– Oui ma fille et je suis si fier de toi… Si fier ma bulle.

Il pose un regard sur moi, comme ceux qu'il avait lorsque je lui montrais mes dessins ou lorsqu'il m'apprenait à jardiner avec lui. Qu'est-ce que j'aimais le voir bricoler en sifflant.

Nous nous asseyons sur un banc de pierre, à l'ombre d'un albizia en fleur.

– Tu es heureuse ma bulle ? Je veux dire, à présent dans ta vie ?

Je soupire et baisse les yeux sur mes mains.

– Oui… et… non.

Un sentiment de honte monte en moi. Je sais que quelque part, même si je ne renoncerai jamais à ma quête, je n'ai pas tenu la promesse que j'avais faite à mon père, qui était de tout faire pour découvrir celui qui manque à notre histoire.

– Explique ça à ton Papa ! me dit-il un sourcil arqué et le sourire plein d'humour et d'amour paternel.

– Eh bien… Je suis amoureuse et ça, je croyais que ça n'arriverait plus jamais ! Ou plutôt je faisais tout pour que ça n'arrive plus jamais ! dis-je en riant et en frottant les cailloux avec mes pointes de pieds.

– Laisse-moi deviner : un grand brun, tatoué, baraqué comme un beau diable ? Je crois bien qu'il est fait pour toi mon ange !

– Bah merde alors ! Oui ! Il s'appelle Martin... Il est... Parfait !

Bip, bip, bip, bip ! Putain, ça s'emballe dans ma poitrine, je sens mon corps se soulever, comme si je venais de rebondir sur un trampoline géant.

– Accroche-toi ma bulle ! Respire... Chut... Calme-toi, je suis là, ça va aller...

La voix de mon père me berce. Les « bips » redeviennent réguliers. Je me sens redevenir légère.
Je suis là, avec Papa, sur notre banc.

– Qu'est-ce qui se passe Papa ? Pourquoi je fais des trucs bizarres avec mon corps et que ma clairière disparait par moment ?

Mon père semble chercher ses mots un instant, comme s'il ne voulait pas tout me dire. Mais je vois dans ses yeux sa sincérité et son courage, prendre le dessus.

– Tu sais que ce que tu vis actuellement n'est que dans ton subconscient ma bulle, n'est-ce pas ?

Il attend quelques secondes mais j'ai du mal à réagir. Tout ça n'est que dans mon esprit alors ? Tout est pourtant si réel...

– Tu étais avec Martin, en moto... Vous avez eu un accident.
– La route... La moto. Bordel de merde... Je me souviens de cette enfoirée de bagnole qui nous a percutés ! Où est Martin Papa ?

Je m'affole, j'ai envie de quitter cette image pour rejoindre l'homme que j'aime... Bip, bip, bip, bip ! C'est reparti, ça s'emballe là-dedans.

– Calme-toi ma bulle. Tout ira bien... me rassure-t-il en tenant ma main entre les siennes. Relâche ton corps chérie, laisse-le tranquille, tu ne peux rien contrôler en ce moment ! Laisse faire les choses...

J'entends la voix de mon père, mais je me vois, allongée sur le sol de cette clairière, le corps secoué par de violents spasmes. C'est comme si j'étais debout, bien éveillée, en train d'observer une autre moi-même, inconsciente et blessée. Qu'est-ce que c'est étrange de se sentir dédoublée ainsi...

Je parviens à reprendre mon calme et les sons d'alarme redeviennent réguliers. L'image de mon corps inanimé s'efface et je me retrouve de nouveau au côté de mon père. Bordel... Pensez à me rappeler quand je serai sortie de ce monde parallèle, de dire deux mots à tous les connards de scientifiques qui n'y croient pas et de faire de Hugh Everett un saint homme !

Mon père me regarde, il presse ma main.

− Tu veux bien dire à ton « vieux papa » pourquoi tu n'es pas heureuse ?

− Eh bien... Je n'ai pas tenu la promesse que je t'ai faite... Et... Mon métier, ma quête me manquent...

− Hum je vois... Et, as-tu déjà pensé à une autre forme de quête ?

− Une autre forme de quête ? Comment ça ... Je me tourne vers lui, mais il n'est plus là.

− Papa ? Papa ! Où es-tu ? Papa, je t'en prie ! Ne m'abandonne pas... Pas encore une fois...

Je pleure. Mes sanglots obstruent ma gorge, j'ai mal... Si mal ! Une de ces douleurs profondes, qui vous brise les côtes et vous prive de tout votre oxygène. Le chagrin... Le manque. Oui c'est ça, le manque creusant un peu plus le vide dans ma poitrine. Papa, je t'aime tellement... Reviens, je t'en supplie... L'obscurité m'enveloppe de nouveau et je sombre.

− Vous êtes de la famille Mademoiselle ?

− Je suis sa meilleure amie. Lénaïc Lebrun. J'ai fait mes études de psychologie au côté du Docteur Neuville, en traumatologie. Il m'a prévenue de l'entrée de Mademoiselle Libartet dans le service. Pour l'instant, je suis la seule proche que vous pouviez contacter. J'ai appelé sa famille qui ne devrait plus tarder à arriver. Comment va-t-elle ?

Léna. Elle est là... Le docteur... Le service... Ma famille, mais qu'est-ce qu'elle raconte ? Qu'est-ce qui ne tourne pas rond chez elle aujourd'hui ? Lénaïc sait bien que ma famille fait sa vie, sans forcément tenir compte de ce qui se passe dans la mienne !

− Elle a une mauvaise fracture au bassin, plusieurs côtes cassées et un traumas crânien sévère. De plus elle souffre de nombreux hématomes internes. Nous surveillons qu'aucune hémorragie ne se déclenche au niveau de ses intestins et de son utérus.

− Son pronostic vital est-il... engagé ?

J'entends sa voix trembler. Merde que se passe-t-il ici ?

− Pour l'instant, non. Mais nous en serons totalement sûrs d'ici 48 heures, lorsque tout risque d'hémorragie sera écarté.

Pronostic, hémorragie... Qu'est-ce que c'est que tout ce bordel ! Eh ! Regardez-moi, tous ! Je vais bien ! Pourquoi est-ce que tout le monde parle de moi comme si je n'entendais rien ? Rappelez-moi de m'interdire lorsque je serai maman, de parler de mes enfants en leur présence, sans tenir compte du fait qu'ils entendront ce que je dirai !

– Entendu, merci Docteur.

Je sens les mains de Léna se poser sur la mienne. Je crois qu'elle s'assoit près de moi.

– Alors, ma belle on a voulu se taper un petit « salto show » ?

Je l'entends sangloter. Merde... Léna. Non, non, non ! Pourquoi pleure-t-elle ? Il faut que je la rassure. J'essaie de serrer ses doigts qui tiennent ma main gauche. Impossible ! MER-DE ! Mais qu'est-ce qui se passe ? Quelqu'un pourrait-il activer le mode sans échec de mon unité centrale ? Merci !

Je persévère, mais ma main est aussi tonique qu'un œuf en gelée. Je n'y comprends rien... Bon sang ! Quand, la lumière va-t-elle se rallumer ? Et Martin, qu'est-ce qu'il fout à la fin ? Où est-il ? Il a juré de me protéger ! Et là, maintenant, j'ai besoin de lui ! Tellement besoin de lui...

– Accroche-toi ma chérie, je sais que tu es solide. Tu vas dépasser tout ça en un rien de temps hein ?

Léna me parle comme si la faucheuse était à la droite de mon lit.
Bip, bip, bip, bip, bip ! Tous ces bruits criards viennent tinter comme le triangle d'un orchestre mal dirigé, à l'entrée de mes oreilles. Je sens mon cœur décoller dans ma poitrine. Léna sert ma main plus fort comme si elle allait être aspirée par quelque chose d'effrayant. Respire Nina, bordel, respire... Tu es allongée sur ton petit nuage moelleux et tu flottes dans les airs... Calme... Calme... Cet enfoiré de Morphée qui me guette. Non ! Je lutte ! Je lutte de toutes mes forces pour ne pas sombrer et pour tenter d'ouvrir les yeux. Mais c'est peine perdue. J'ai la sensation d'avoir les paupières cousues, les sens englués dans une mélasse infame... Je veux juste que quelqu'un me ramène chez moi, où je pourrai déguster un mojito fraise... avec Martin et Léna !

Tout au bord du sommeil, les bruits et les odeurs de l'endroit où je me trouve me parviennent de loin, me laissant l'étrange sensation d'être enfermée dans un bocal. C'est curieux... À l'intérieur de moi, tout est clair quand je perçois ces drôles de sensations. La couleur qui prédomine est le blanc. On se croirait dans une pub pour la meilleure lessive du monde ! À l'extérieur, j'ai la sensation bizarre que tout est sombre. Qu'une ombre plane sur les personnes qui passent près de moi.

– Oh, non ! Nina, mon bébé !

Maman ? Pourquoi est-elle là ? Je l'entends renifler et... pleurer ! Non...

– Madame Libartet... Votre fille est forte, elle va nous revenir, faites-lui confiance.
– Je sais Lénaïc... Je sais, dit-elle en sanglotant. Tu voudrais bien me laisser... seule avec ma fille... S'il te plaît Léna ?
– Oh ! B... Bien sûr ! À tout de suite !

Une porte se referme. Je sens quelqu'un s'asseoir tout près de moi. On me prend la main droite et me caresse le visage... Ces caresses... Comme quand j'étais gosse ! Maman... J'aimais tellement les câlins que nous partagions toutes les deux ! Ce sont ses mains, je le sens. Il faut que je sorte de cet état embrumé ! Il faut que je lui dise que je l'aime malgré toutes ses erreurs... Malgré son caractère de chien et sa mauvaise manie de faire des différences...

– Ma chérie... Pardon ! Pardon de ne pas savoir te parler... Je suis tellement conne de tout garder pour moi ! J'espère que tu vois dans mes yeux à quel point je t'aime et que je suis fière de toi ! Ne me laisse pas ma fille adorée... Ne me laisse pas. Je veux pouvoir encore te tenir dans mes bras, entendre ta voix rassurante et rire avec toi... Pardon ma Nina... Pardon !

Oh, Maman... J'ai tellement attendu ces mots ! Je connais ton amour, ne t'en fais pas ! Mais tu es une telle tombe, orgueilleuse et fière... Je t'aime moi aussi ! Même si je ne te le dis pas toujours. Même si je te trouve injuste et trop intransigeante... Tu es ma mère... Mes racines !

Je ne peux pas lui répondre. Je suis si frustrée de ne pas pouvoir réagir ! Bip, bip, bip, bip ! Je me sens tomber dans un trou gigantesque... Plus de son. Plus d'image. Non !

La clairière a revêtu des allures d'aurores boréales. Le mauve étend son manteau sur ce magnifique paysage vert tendre. Pourquoi est-ce que je me sens si seule à présent ? Le doute et la peur ont pris la place de ma sérénité, dans cette danse émotionnelle incessante...

Je me sens mal, vulnérable et d'un seul coup, j'ai tellement peur de l'obscurité ! Je tente de réguler ma respiration, de la rendre calme et profonde, mais je n'y parviens pas. C'est comme si elle était contrôlée par quelqu'un d'autre que moi. Je me sens vide, aérienne, telle une bulle de savon enfermée dans un bocal de verre... Prête à éclater et s'évaporer.

Et ça me frappe subitement. Cette solitude, le fait que je me sois toujours sentie seule tout au fond de moi, malgré cinq frères et sœurs...

D'être si forte et pourtant si fragile... Si vide d'espérance et pourtant si pleine de certitudes. La certitude d'être un individu différent dans une famille dont chaque membre se ressemble et parle le même langage, contre l'espérance quotidienne de trouver ma place, d'enfin avoir un sentiment d'appartenance à un clan uni. Est-ce pour toutes ces raisons, que Papa m'appelait « ma bulle » ? Était-ce parce qu'il me savait libre mais fragile ?

Cette espérance est partie en lambeau il y a si longtemps... J'en ai fait le deuil, le jour où j'ai compris que je devais les aimer inconditionnellement sans rien attendre d'eux en retour. J'ai lâché prise et remis mes espoirs et mes certitudes dans les mains de la providence, lorsque mon père est mort et m'a dit avant de fermer les yeux : « Vis pour toi, pour ce que tu aimes. Reste telle que tu es ma reine. Ton destin, c'est l'Humanité... ».

Lénaïc a raison, ma famille ne changera pas. Ils ne sont pas parfaits mais je dois faire avec. J'appartiens à cette famille, même si ce mot n'a plus vraiment de sens aujourd'hui dans mon cœur. Qui a été là pour moi lorsque Stephen m'a humiliée ? Lénaïc. Qui m'a félicitée lorsque j'ai fait LA découverte de ma carrière en Ethiopie ? Lénaïc. Et pourtant, je m'inquiète pour chacun de mes frères, chacune de mes sœurs et pour ma maman. Je suis comme ça, je crois que c'est ce qui me rend humble. Je n'attends plus rien... « Carpe diem » comme me le dit souvent Léna.

– Tu as enfin compris ma bulle...

– Je sursaute lorsque j'entends sa voix. Mon père est là, à côté de moi. Son sourire si bienveillant se dessine sur ses lèvres. Je l'aime tant. Je l'aimerai toujours. Il sera jusqu'à la fin de mon temps sur cette Terre, mon modèle d'amour inconditionnel et d'humanisme.

– Papa ! Tu m'as fait peur !
– Je suis désolée ma chérie... Là n'était pas mon intention.

Il me prend la main et laisse dériver son regard vers l'horizon. Son profil anguleux d'acteur hollywoodien est exact au souvenir que je me suis construit. Son aura brille comme le soleil. Je ressens toute sa force, toute sa puissance. Et mon cœur s'emplit d'une émotion que je ne parviens pas à identifier...

– Comprends-tu ma fille, dans la vie rien n'arrive au hasard... Tu as passé une bonne partie de ta jeune existence à chercher des squelettes qui pourrait faire parler l'évolution de l'Humanité. Mais, cette Humanité est en toi, comme en chacun de ceux qui savent la sentir et la faire vivre... L'Humanité avait peut-être un tout autre sens lorsque tu as entrepris ta quête... Peut-être que tes fossiles n'étaient que des chimères pour te mettre enfin sur le bon chemin ?

Nous nous tournons tous les deux et je vois étinceler dans ses yeux, cet éclat de satisfaction toute personnelle, des jours où il parvenait à réparer quelque chose ou à rendre le sourire à une personne chère à son cœur.

– Papa... Nos conversations me manquaient tu sais ! Mais, j'ai du mal à te suivre... Es-tu en train de me dire que je me suis trompée de vocation ?
– Non ma bulle ! dit-il en riant. Je suis simplement en train de te faire comprendre que ton métier d'archéologue n'était peut-être pas ta finalité mais une étape dans TA quête à toi.

Je fronce les sourcils. L'ultime phrase qu'il a prononcé le jour de sa mort me revient en mémoire... « Ton destin, c'est l'Humanité ». Que voulait-il dire enfin ? J'ai toujours compris de ces mots, que j'étais faite pour ce métier, qu'il fallait que j'aille au bout de mes recherches archéologiques ! C'est ce que je lui avais promis ce jour-là !

– La réponse est en toi ma Nina... Tu es celle que tu es car ta quête professionnelle a fait évoluer ta façon d'aimer la vie et de redistribuer cet amour autour de toi ! C'est ce que tu fais avec notre famille. Ils t'appellent à la rescousse sans demander si tu es en capacité de les aider, ils prennent, ne rendent pas... Et pourtant, tu es là... Tu les aimes pour ce qu'ils sont et tu n'hésites jamais à donner sans reprendre. C'est ce que tu fais pour ces personnes à la rue, Nina...

– Mais Papa, je m'étais juré de ne plus aimer après Ste... Après lui ! m'exclamé-je en pleurant à chaudes larmes ! Je me suis barricadée, fermée à toute vie extérieure qui pourrait pénétrer ma forteresse ! Et tu es en train de me dire que je suis faite pour redonner mon amour ? Je fais tout ça, pour la famille et ces inconnus parce que... Je ne sais pas pourquoi, je le fais, c'est tout !

Il me fixe. L'air sévère de l'ancien militaire qu'il était a fait tomber son masque de Papa ours, protecteur et aimant.

– Ecoute, ma bulle. Ce salopard ne mérite même pas que tous les dieux de l'Univers s'attardent à lui botter le cul. Il s'autodétruira tout seul dans pas longtemps, je te le promets !

J'éclate de rire et soupire de bonheur à retrouver ces instants de complicité avec celui qui a toujours su parler à mon cœur.

– Comment peux-tu savoir ça ? On apprend à tirer les cartes au paradis maintenant ?

Mon père rit et ce son rauque et sifflant à la fois, me ramène à une époque où tout me semblait plus doux à ses côtés...

– Non ma bulle ! Et tu sais à quel point j'affectionne les curés, leurs sermons et toute leur bande de grenouilles de bénitier ! dit-il de son air guindé doublé de son humour gras et provocateur. Non, plus sérieusement ma Nina... Je ne suis pas au paradis, je n'y ai jamais cru, tu sais bien ! Je suis dans le cœur de ma femme et de chacun de mes enfants. Certains d'entre eux font revivre mon souvenir, d'autres le laissent dans une boîte bien fermée, pour ne pas souffrir... Et avec toi, je continue de vivre chaque jour qui passe depuis dix ans...

Ces paroles me bouleversent et m'émeuvent au point de faire céder la digue qui retenait le trop plein de chagrin et d'amour infini que je contenais en moi depuis qu'il est parti...

– Allez, mon ange... Je suis là, toujours là... Quelque part dans ton cœur. Je ne te quitte pas, jamais...

Je pleure longtemps dans ses bras et pour la première fois depuis cette dernière décennie, je sens le poids de mon existence et toutes les émotions négatives qui y sont associées, se défaire de moi.

Mes larmes se tarissent et je relève la tête vers lui. Ses yeux bleus fixent mes « agates vertes », comme il avait l'habitude de décrire mes yeux.

– Ah ! Ma bulle... soupire-t-il.

Je sais que ce regard pénétrant associé à un long soupir signifie la fin d'un moment important. C'était sa façon à lui de conclure une longue discussion, comme pour dire : « C'était un fabuleux moment. Et j'en ai savouré chaque seconde ». C'était aussi une manière de me faire comprendre qu'il avait confiance en moi et à quel point il m'aimait.

Je décide de lui couper l'herbe sous le pied, avant qu'il ne prononce les mots que je n'ai pas envie d'entendre. Ces mots qui contenaient à la fois énormément d'amour et tant de regret de devoir interrompre ces instants magiques.

– Il est l'heure c'est ça ? Tu dois... Repartir ?
– Exactement ma bulle... Tu as toujours été si intuitive, si à l'écoute du langage implicite de l'autre. Tu es le reflet exact de ce que je voulais que ma vie soit ma Nina. Sensée, passionnée et riche d'humanisme. Je vois une larme rouler sur sa joue. Une larme qui symbolise sa fierté, son bonheur passé et sa foi en mon avenir...

– Papa… C'est grâce à toi, tout ça ! Je t'aime et je ne veux pas que tu partes… Mais je sais aujourd'hui, que tu ne me laisses pas complètement. Alors, ne t'en fais pas pour moi ! File avant que Saint-Pierre, Bouddha ou je ne sais qui, te file à copier indéfiniment « Je ne dois pas arriver en retard pour l'apéro du samedi soir ! ».

Nous rions et ça m'aide à accepter que, dans quelques minutes, je me retrouverai seule face à moi-même.

Mon père me serre fort contre lui, respire l'odeur de mes cheveux et m'embrasse sur le front. Je sais qu'il est en train de redevenir flou entre mes bras. Je le sens car son corps perd en volume, en densité. Je resserre mon étreinte, mais mon père s'évapore peu à peu… J'entends sa voix devenir plus lointaine.

– N'oublie pas TA quête ma bulle. Ton chaînon manquant, c'est une part de toi… Suis ce qui vibre dans ton cœur et tu prendras toujours le bon chemin. Je t'aime…

Et comme une boule de lumière se transforme en poussière d'étoile, mon père est reparti…

J'ai été si absorbée par ce qui se passait en moi, que je n'ai pas pensé à lui demander où était Martin ni comment il va !

« Suis ce qui vibre dans ton cœur… ». Je relève la tête en direction du ciel et une étoile filante passe majestueusement devant mes yeux. Mon père vient de répondre à mes questions silencieuses et je comprends que Martin est là, quelque part dans cet endroit où nous nous trouvons et qu'il va bien.

Le mauve a laissé place à l'indigo et je suis tellement fatiguée… Si épuisée physiquement et émotionnellement que je m'allonge à même le sol de cette clairière rassurante et sécurisante. Pour la première fois depuis que je me suis retrouvée dans cet endroit, je me sens en paix. La colère cède peu à peu sa place à la sérénité, la peur… À la tranquillité. La chaleur de ces émotions qui s'installent en moi, m'enveloppe et je me sens si bien ! L'obscurité peut m'emporter avec elle. Je reviendrais toujours à mon « lieu ressource »… À mon Papa.

La lumière transperce doucement mes paupières. Je ressens une chaleur douce sur ma peau. Est-ce que je suis dans ma clairière ? Je cherche l'image en moi… Non, elle n'apparaît pas… Deux mains tiennent ma main droite. C'est une peau douce, des doigts fins… Léna. Je sais que c'est toi.

Je me sens comme à l'orée de ma conscience, entre sommeil et éveil. Une désagréable odeur d'aseptisant et de plastique me parvient. Les « bips » sont là eux-aussi… Plus proches de moi que ceux que j'entendais lorsque je dormais, ou que je rêvais, je ne sais pas trop.

Il faut que je montre à Lénaïc que je suis là avec elle. Il faut que je trouve la force de sortir de cet état embrumé. Allez, Nina ! Bouge un doigt, un seul ! Montre-lui que tu es là !

Je rassemble le peu d'énergie que je sens se diffuser dans mes veines et dans un mouvement furtif mais réel, je parviens à bouger mon auriculaire et à frôler la main de Léna.

— Nina ? Ma poupée, dit moi que je ne viens pas de rêver... Nina, je t'en supplie, réveille-toi ! Ne repars pas ma belle !

Je sens qu'elle m'attrape par les épaules et je perçois sa voix de plus en plus clairement. La température de la pièce me réchauffe peu à peu et se diffuse dans mon corps. Je fais appelle à toute cette énergie renaissante, me concentre et comme si ce fluide vital me remplissait le corps, je lève le bras et pose ma main sur celui de Léna.

— Oh putain de bordel ! Nina ma puce, tu es revenue ! Bordel, bordel de bordel ! Nina, chérie... Putain, qu'est-ce que je dois faire ? Du calme Lebrun, du calme...

Je l'entends expirer pour regagner un semblant de contrôle sur ce qu'elle et moi sommes en train de vivre.

— Nina, ma belle... Est-ce que tu m'entends ? Fais-moi un signe, chérie, si tu perçois ma voix.

Je parviens à lever mes sourcils pour lui dire que je saisis bien tout ce qu'elle est en train de me dire.

— Reste avec moi ma puce d'accord ? Je vais chercher les infirmières.

— Je l'entends qui sort en trombe de cet endroit où je me trouve et peu à peu, c'est comme si mon corps était en phase de dégel. Du sommet de mon crâne, je sens une vague de fraîcheur se propager dans mon corps, jusqu'à la pointe de mes orteils. Je suis là... Je suis bel et bien là ! Lentement, comme si la vie tout entière avait décidé de me faire une surprise, j'ouvre les yeux et découvre, non... Je redécouvre tout ce qui m'entoure, comme un bébé s'éveille au monde.

Je suis allongée dans un lit, reliée à de nombreuses machines d'où, me semble-t-il, provenaient tous ces sons stridents et réguliers que j'entendais pendant mon sommeil. Je sens quelque chose dans mon nez, des tubes avec de l'air frais qui en sort pour entrer dans mes narines. De nombreux fils me relient à tous les appareils. Je n'ai aucune idée de ce à quoi ils peuvent servir. Les murs sont beiges, les lumières douces. Je suis à l'hôpital. Génial...

Soudain, tout me revient : la nuit, la moto, cette voiture qui nous percute par l'arrière... Je suis éjectée... Martin ! Putain où est-il ? D'instinct, j'ai le réflexe de vouloir sauter de mon lit pour partir à sa recherche, mais une violente douleur me foudroie sur place. Cette douleur est si vive que j'ai la sensation que mon corps vient de se couper en deux. Mes larmes coulent sans que je puisse les contrôler. Merde ! Qu'est-ce que j'ai mal... Je dois reprendre mon calme, respirer. Aïe... Ma tête ! C'est si violent dès que j'essaie de bouger ! Bon sang, je suis en miettes ou quoi ?

Ok... Ok... Ma tête : prête à jouer le rôle d'une bombe nucléaire dans le prochain film d'Oliver Stone : checked, à moitié seulement. Mes deux bras, bien qu'ils soient couverts d'hématomes : checked. Mon buste et mon dos, douloureux, mais : checked. Mon bassin : Check... Aïe, putain ! Pas checked du tout ! Mes jambes... Je peux les bouger légèrement : checked !

Je m'accoutume peu à peu aux lumières et aux bruits. J'entends du raffut dans le couloir. Des voix que je connais me parviennent. La porte de ma chambre s'ouvre sur une infirmière, blonde au visage très doux. Elle me sourit en refermant la porte derrière elle.

– Bonjour Mademoiselle Libartet. Je suis Catherine, l'infirmière du service. Bienvenue parmi nous ! Comment vous sentez-vous ?

Elle scrute mon visage et je fais de même. J'ai cette impression étrange de tout redécouvrir, que mes yeux zooment sur les moindres petits détails de ce qui m'entoure.

– Je suis... Cassée ! J'ai soif...
– On peut dire ça comme ça, oui ! Le médecin va passer vous voir dans quelques minutes. Vous pourrez boire ensuite, sans problème.
– Martin... Où est mon petit ami, s'il vous plait ?

Je sonde son regard. La peur me saisit les tripes et remonte jusque dans ma gorge. Allez miss blouse blanche, accouche ! Les voix se font de plus en plus nombreuses dans le couloir. J'entends Lénaïc parler plus fort que d'habitude. Et puis, il y a ma mère.

– On dirait que les dragons sont lâchés, dis-je d'une voix enrouée et fatiguée, en faisant un très léger signe de tête en direction du couloir.
– Oui, en effet ! répond-elle en riant pudiquement. Je crois que toutes ces personnes meurent d'impatience de vous retrouver. Mais elles attendront que je vérifie vos constantes !

Ses gestes sont doux et rapides à la fois. Elle manipule mes bras et mes mains avec une grande délicatesse, ce que j'apprécie profondément étant donné l'état de petit-beurre broyé dans lequel je me trouve.

– Martin...
– Ne vous en faîtes pas. Il va bien. Il s'est réveillé il y a quelques jours et ne cesse de vous réclamer ! Toute l'équipe va finir par succomber d'un craquage total !
– Je veux le voir !
– Le médecin va passer... Soyez patiente, il arrivera dans quelques minutes. Lui seul peut nous autoriser à prendre ce genre de décision.

Son regard devient plus grave, comme si elle était contrariée. Elle semble en pleine lutte à l'intérieur d'elle-même. Une infirmière avec des troubles de la personnalité, c'est possible, ça ?

Lorsqu'elle semble remise d'équerre, elle revient vers mon lit.

– Je n'ai pas pour habitude de faire ce genre de choses, mais... voulez-vous que je lui passe un message ?

Elle rougit doucement, ce qui vient remettre un peu de couleurs sur ses joues.

– Vous feriez ça ? C'est tellement gentil à vous... dis-je en sentant les larmes envahir mes yeux.

Malgré ma voix éraillée et ma fatigue intense, je parviens à lui dire ce que je veux qu'elle répète à Martin. Je la remercie, les yeux brillants de gratitude et je sens son retour empathique lorsqu'elle me serre doucement le poignet.

L'infirmière sort de ma chambre et je l'entends demander à mes proches se trouvant dans le couloir d'entrer pour quelques minutes simplement afin de ne pas me fatiguer de trop.

Ma mère est la première à entrer. Des larmes plein les yeux, elle s'approche de mon lit, les mains posées sur sa bouche comme si elle adressait une prière silencieuse à une force supérieure dont elle seule connaîtrait l'existence.

Je regarde cette femme, qui m'a donné la vie, que j'aime, de qui je devrais être si proche alors que je me sens si éloignée... Mais c'est ma mère et ce matin, j'ai la sensation étrange de devoir l'aimer comme elle est, pour ses défauts qu'elle essaie d'améliorer et non pour les qualités qu'elle aurait dû porter en elle.

– Ma chérie ! J'ai eu si peur !

Elle pleure à chaudes larmes lorsqu'elle me dépose un baiser sur la joue et qu'elle prend mes mains entre les siennes

— Ne pleure pas Maman, je t'en prie...
— Ne pleure pas ! Tu es marrante toi !

Elle s'offusque de m'entendre vouloir la rassurer. Ma mère et sa fierté à la con... Le retour !

— Maman... dis-je doucement en serrant ses doigts. Ne t'en fais pas, ça va aller.
— Mais pourquoi es-tu montée sur une moto enfin ? s'exclame-t-elle les mains levées vers le ciel et la voix tremblante.
— Maman enfin ! Tu ne crois pas que...

On frappe à la porte. L'infirmière entre de dos et parait tirer un chariot. Sans doute m'apporte-t-elle de l'eau fraîche ou vient-elle me faire un examen sanguin ? Elle se retourne et ma mâchoire se décroche lorsque je le vois, là, devant moi. Comment a-t-il réussi à convaincre l'infirmière de l'emmener jusqu'à moi ? Mon ventre papillonne et j'ai une montée de désir soudaine à le voir dans sa blouse d'hôpital.

Ma mère tourne la tête, de lui à moi et ne semble pas comprendre ce qui se passe.

— Il devenait vraiment ingérable dans sa chambre, lance l'infirmière. Alors avec l'accord du médecin, Monsieur de Villandière a eu le droit de faire une petite balade !

Elle me sourit chaleureusement. Les yeux de Martin ne me quittent pas. Sa perfusion accrochée à une tige en forme de potence sur son fauteuil roulant, Martin s'avance vers mon lit. Ma mère ne le quitte pas des yeux et je crois qu'elle ressent l'électricité entre nous.

Malgré quelques contusions au visage et un plâtre à la cheville droite, Martin est beau à tomber. Je devine sa musculature sous sa blouse et un léger frisson passe sur mes lèvres. Et je comprends en cet instant, en nous voyant, lui dans son fauteuil et moi, dans ce lit d'hôpital, que jamais plus je ne pourrai vivre sans lui dans ma vie et que si notre bonne étoile n'avait pas veillé sur nous, j'aurais probablement tout perdu. Nous serions passés à côté de notre « Nous ».

Martin ne s'est pas rasé aujourd'hui. D'ailleurs à y regarder de plus près, il parait ne pas être rasé depuis plusieurs jours ! Attendez un peu... Combien de temps suis-je restée inconsciente ? Et lui ?

— Maman, quand sommes-nous ? dis-je les yeux écarquillés tant cette question me taraude.
— Mais enfin Nina, quelle importance !

– Quel jour Maman ?

Mon ton est ferme mais angoissé. Ai-je été dans le coma ? Et Martin, l'a-t-il été lui aussi ?

– Salut beauté... Ne crie pas sur ta Maman, tu veux bien ?

J'entends le petit hoquet de reconnaissance de ma mère. Mais je ne peux pas défaire mon regard de Martin. Il prend ma main droite et la porte à ses lèvres.

– Tu m'as tellement manqué ma douce, dit-il les yeux fermés en respirant l'odeur de ma peau. Nous sommes le 20 juin. Cela fait sept jours que nous avons eu l'accident. Tu es restée inconsciente tout ce temps.
– Bon ! Si ça ne vous dérange pas, vous allez peut-être vous présenter ? s'emporte soudain ma mère, assise sur sa chaise à côté de mon lit.

Nous nous tournons tous les deux vers elle, l'air désolé et c'est Martin qui prend les devants car je crois qu'il m'a sentie me tendre au ton employé par ma mère.

– Je vous présente toutes mes excuses Madame, lui dit-il calmement. Je m'appelle Martin de Villandière, c'est moi qui conduisais la moto pour ramener votre...
– Donc c'est vous qui avez failli tuer ma fille ? Pauvre inconscient ! dit-elle, les dents serrées, les yeux exorbités.
– Maman ! m'écrié-je. Martin n'y est pour rien ! Calme-toi s'il te plaît !

La porte s'ouvre, c'est Lénaïc qui ayant dû entendre ce qui se passait, a sans doute décidé d'intervenir. Martin a l'air désemparé, ses traits se sont assombris. Non, non, non ! Ce n'est pas sa faute ! Je lui presse la main pour qu'il me regarde et ça fonctionne. Il pose un regard désolé sur moi, un très léger sourire au coin des lèvres.

– Eh... Que se passe-t-il ici ? demande Léna d'une voix douce.

Le regard qu'elle pose brièvement sur Martin ne m'échappe pas. Eh ouais Lebrun, il est « mon bonus » ! Mais je ne peux pas lui en vouloir... Je suis certaine qu'il génère ce genre de réaction tous les jours... Et il faudra bien que je m'y habitue !

– Apparemment Maman a décidé de laisser parler ses peurs et de cataloguer tous les motards qui se présenteront désormais ! lancé-je d'un ton sarcastique.

Je suis fatiguée, j'ai la tête qui tourne et je suis tellement furax de passer mon temps à croire au possible repentir de ma mère... Décidément, elle ne changera jamais ! Quand ne laissera-t-elle plus ses souffrances à elle gérer notre vie ? Elle a perdu son petit frère dans un accident de moto. Il était passager... Comme moi. Mais cela ne fait pas de tous les conducteurs de moto des assassins potentiels ! Merde !

– Allons, allons, calmons-nous un peu, hein ? Martin, enchantée de faire ta connaissance même si cela se produit dans de drôles de conditions. Nina, chérie, je crois que tu as besoin de repos maintenant.

Elle me décoche un clin d'œil et je lui suis si reconnaissante de connaître mon histoire familiale et de la gérer mieux que moi en cet instant.

– Madame Libartet ? Que diriez-vous d'aller boire un jus de fruit avec moi à la cafétéria ? Nina doit se reposer, vous savez ça mieux que quiconque en tant qu'ancienne infirmière !

Je sens Maman se radoucir et constate que ses épaules s'affaissent, signe qu'elle capitule pour un court moment au moins.

– Ma chérie... Je suis désolée... Je ne voulais pas... Pardon ! Quant à vous, Martin, c'est ça ?

Il fait un signe de tête pour acquiescer et je le sens tendu.

– Pardon de m'être emportée. Nina compte plus que tout... Je m'excuse.

Ma mère a les yeux baissés, plein de larmes et comme d'habitude, je serais prête à décrocher la lune si elle me le demandait, pour ne plus voir cette tristesse sur son visage fatigué. Mais je sais que la tristesse n'excuse pas tout et au fond de moi, mes sentiments sont aigres-doux.
Léna sort de ma chambre, un bras posé sur l'épaule de Maman. Je sais qu'elle est en train de l'apaiser et d'essayer de lui faire prendre conscience de la situation. Qu'est-ce que je t'aime Léna !

– Martin... Ne crois pas un foutu mot qu'a pu prononcer ma mère d'accord ?

Il ne me répond pas immédiatement, gardant les yeux baissés sur nos mains entrelacées. Il soupire et relève son magnifique regard vers moi.

– C'est une curieuse entrée en la matière avec ta famille non ?

Nous rions doucement tous les deux. Mais me concernant, c'est de courte durée car la douleur dans ma tête est affreuse. Je grimace et porte une main à ma tempe droite, comme pour retenir ma douleur et l'empêcher de frapper trop fort dans mon crâne.

– Nina que se passe-t-il Chérie ?
– Chut ! fais-je les lèvres crispées et le souffle court. C'est ma tête... J'ai si mal !
– Je vais chercher l'infirmière !
– Non ! Non... Martin... Je t'en prie... Je n'ai... Besoin... Que de toi.

Je souffle chaque mot, en régulant ma respiration et en tentant de me détendre le plus possible. Martin lui, se tend à entendre ma supplique.

Ma douleur finit par passer et je peux de nouveau regarder Martin qui ne m'a pas lâchée, alors que je cherchais à gérer mon mal de tête.

– Même quand tu souffres tu es magnifique...
– Flatteur ! soufflé-je.

Ma voix se fait de plus en plus basse et je sais que je dois économiser mes forces. Hors de question de rebasculer de l'autre côté du mur de ma conscience ! Je referme les yeux quelques instants, juste pour me concentrer sur ce que je ressens et pour sentir la chaleur de Martin, mon homme si beau et si sexy, qui se tient à côté de moi.

Je l'entends inspirer fortement puis sangloter. Je rouvre les yeux et me tourne immédiatement vers lui.

– Martin ! Je suis là, bébé... Je suis avec toi, tout va bien !
– Ta mère a raison quelque part... Si je n'avais pas insisté pour te ramener chez toi, nous n'aurions jamais eu cet accident.

Sa voix est tremblante, je le sens s'effondrer intérieurement, lui, mon guerrier du Pacifique. Non ! Je ne le laisserai pas flancher. Et ma mère a tort, sur toute la ligne !

– Martin, non ! Tu sais que c'est faux ! Et qui te dit que cela ne nous serait pas arrivé au bas de mon immeuble ou en rentrant demain matin, hein ?

Il fronce les sourcils comme pour réfléchir à ce que je suis en train de lui dire. Je poursuis car je ne tolèrerai pas qu'il se sente coupable !

– Tu sais ce que disent les moines bouddhistes sur la destinée et le hasard ?

Il me regarde, les yeux brillants et c'est insupportable pour moi de le voir si fragilisé.

– « La vie est un jeu de hasard et chaque décision que vous prendrez orientera votre destinée. ». Tu crois en un Dieu quelconque Martin ? Moi pas ! Je ne crois qu'en la vie, en nos actes et en notre bonté. Et je sais que tu es un homme bon, qui s'il avait su que nous risquions quelque chose ce soir-là, n'aurait jamais repris la route !

Il me contemple. Ses larmes se sont taries. Je le vois faire appel à toutes ses forces pour essayer de se lever.

– Martin ! Tu vas te faire mal !

Il parvient à se hisser à côté de moi en prenant garde de ne pas me toucher, pour ne pas me faire mal.

– Sais-tu combien d'heures j'ai passé à me demander si je te reverrai ?

Je fais « non » de la tête et suis concentrée au plus haut point sur lui et sur ce qu'il veut me dire.

– 120 ! J'ai eu peur de ne plus jamais te revoir. Putain, Nina ! J'étais mort de trouille, et... C'était la première fois ! J'ai eu l'impression qu'on allait me prendre l'unique chose à laquelle je tenais vraiment. Alors, pour te répondre, je ne crois pas en un dieu quel qu'il soit. Et d'ailleurs il ne vaut mieux pas, car je pense qu'il aurait reçu de bien jolis noms de fleurs avec tout ça, et moi, j'aurais fini au purgatoire !

Il rit et je reste fixée sur sa bouche. J'ai tellement envie de la sentir sur ma peau...

Martin pose ses deux mains de part et d'autre de mon visage. Il a l'air grave et stressé. Ses yeux sont lumineux et pleins d'amour. Il se penche dans une lenteur infinie qui me fait trépigner intérieurement et ça fait tilt !

– Pass VIP !

Je le sens sourire lorsque ses lèvres se posent sur les miennes. C'est une avalanche qui vient de se déclencher depuis mon cœur jusqu'à mon bas ventre, emportant sur son chemin, toute ma colère, toute ma souffrance physique mais réveillant une frustration nouvelle en moi : celle des ébats que je ne partagerai pas tout de suite étant donné notre état à tous les deux.

– Je t'aime Nina Libartet... Comme un fou ! dit-il dans un soupire tout contre ma bouche.

On cogne à ma porte, ce qui nous fait sursauter. Martin se replace illico presto dans son fauteuil comme si de rien n'était, ce qui ne manque pas de me faire sourire.

– Entrez !

La porte s'ouvre sur un homme de grande taille, aux allures d'homme politique plus que de médecin. Je lui donne une cinquantaine d'années. Ses cheveux poivre-et-sel ainsi que sa barbe taillée impeccablement lui confère un air sympathique de vieux nounours. Sa blouse blanche est ouverte sur une chemisette à carreaux dont la poche est remplie de stylos. Ça me fait sourire, car mon père avait cette habitude.

Alors, la voilà revenue parmi nous ?

Son sourire me va droit au cœur et je sais que je ne me suis pas trompée quant à sa gentillesse. Il jette un œil à Martin, le considérant brièvement comme s'il se disait « Il n'écoute vraiment rien de ce qu'on lui dit Monsieur tatouages et cheveux longs ! ».

– Bonjour Docteur. Oui, je crois que je suis bel et bien revenue !
– Comment vous sentez-vous ?
– Eh bien... J'ai la sensation d'être passée sous une locomotive ou dans la gueule d'une vache ! Mais je crois que ça va...

Ma remarque le fait rire. Martin lui, m'observe, je sens son regard lagon-chocolat posé sur moi.

– Je vais devoir vous examiner Nina et ce jeune homme ici présent, va devoir vous laisser quelques instants !

– Non ! m'exclamé-je. Non… S'il vous plait. Martin est mon petit ami et j'aimerais qu'il reste. Je veux qu'il entende tout comme moi, ce que vous avez à me dire.

Le docteur me considère quelques instants. Je suis sûre qu'il se dit que je ne suis qu'une sale mule et qu'il ne tirera rien de plus de moi. Je le vois secouer la tête discrètement puis il me sourit de nouveau.

– Bien, comme vous voudrez ! Après tout, Monsieur ne tournera sans doute pas de l'œil ! C'est un costaud n'est-ce pas ?

Il taquine Martin qui ne sait plus où se mettre. Il décide donc de se reculer et je sens que c'est à contrecœur car il doit s'éloigner de moi.
Le docteur s'approche de mon lit et pose sur la tablette, un dossier composé de graphiques, de radios et d'analyses diverses. Il palpe mes mollets, mes cuisses ainsi que mes bras. Sa moue me semble rassurante.

– Je vais devoir palper votre ventre. Il faut me dire si je vous fais mal, d'accord ?
– Entendu.

Ses mains se posent au niveau de mon nombril et descendent en cercle de part et d'autre de ma zone ombilicale. Lorsqu'il palpe au niveau de mon ovaire gauche, je grimace et ma respiration se fait sifflante. Martin se crispe instantanément et je le vois serrer les mâchoires. Puis, le docteur ausculte mon bassin, très doucement tant je suis douloureuse. Il termine en passant ses mains derrière ma tête afin de sentir la tension de ma nuque.
Il retourne au pied de mon lit, consulte un document puis relève les yeux dans ma direction, l'air grave.

– De 1 à 10, à combien estimez-vous votre niveau de douleur aujourd'hui Nina ?
– J'ai de forts maux de tête que j'estime… Au moins à 8. Mon bassin me fait souffrir énormément. Je dirais… 9. Pour le reste, c'est parfaitement gérable, donc… 5.
– Entendu. C'est justement de ces deux principaux foyers algiques dont je dois m'entretenir avec vous. Vous avez subi un choc grave à la tête duquel résulte un traumatisme crânien sévère. Ce qui explique vos fortes douleurs dans cette zone. De plus, votre gros intestin et votre utérus ont subi eux aussi un choc violent lorsque vous avez heurté le sol. Vous êtes restée en observation durant 48 heures pour écarter tout risque d'hémorragie interne.

Je fais un léger signe de la tête pour lui montrer que je comprends tout ce qu'il est en train de me dire. Je crois me souvenir d'avoir entendu quelqu'un parler de ce risque lorsque je dormais...

– Quant à votre bassin vous souffrez d'une fracture stable aggravée. Il s'agit des fractures les plus simples à prendre en charge. Or, dans votre cas, comme cela arrive parfois, votre pubis et votre ischium ont été touchés. Vous avez eu énormément de chance car vous auriez pu présenter une dislocation totale du bassin. Ce qui vous aurait valu d'être opérée.

Il se tourne vers Martin et l'espace d'un instant, semble jauger le fond de sa personnalité.

– C'est une chance que vous ne rouliez pas vite Monsieur de Villandière. Sans votre raison et votre grande expérience de conduite d'un deux roues, votre fiancée ne serait plus là aujourd'hui.

Martin le remercie d'un hochement de tête gêné mais reconnaissant. J'espère que cela lui ôtera un peu de culpabilité...
Oh la... On rembobine la bande s'il vous plait ! Est-ce qu'il vient de dire « fiancée » là ? Est-ce que Martin a entendu ? Merde...

– Quelles sont vos recommandations Docteur ? demande Martin, l'air grave.
– Une immobilisation totale pendant un mois, une cure d'antalgiques et une rééducation en balnéothérapie, ici avec l'équipe des kinés de l'hôpital. Pour les migraines, je vais vous prescrire un traitement de fond et un de crise. Il faudra vous reposer le plus possible ! Je compte sur vous pour la surveiller jeune homme !
– Comptez sur moi Docteur ! lance-t-il en riant.
– Les hématomes internes ont diminué. Il n'y a pas de risque phlébitique et votre corps me parait récupérer tranquillement. Avez-vous des questions tous les deux ?
– Oui ! m'exclamé-je. Pourquoi suis-je restée si longtemps inconsciente ?
– C'est une bonne question effectivement ! Lorsque vous êtes arrivée aux urgences, vous étiez inconsciente. La suite des soins s'est avérée compliquée. Vous avez repris connaissance et étiez très agitée. Vous parliez, criiez, vous vous débattiez et vous prodiguer le moindre geste était très difficile pour l'équipe soignante. C'est pourquoi nous avons décidé de vous plonger dans un coma artificiel afin que votre traumas crânien et la fracture du bassin n'empirent pas.
– Oh... Ok ! dis-je, légèrement honteuse d'avoir fait un tel cirque. Merci pour toutes ces précisions Docteur.

– Je vous en prie. Reposez-vous à présent. Je repasserai vous voir demain matin. Et vous, soignez-moi cette vilaine plaie. Vous avez une sacrée bonne étoile Jeune homme ! C'est une chance de n'avoir qu'une belle entorse de cheville et cette blessure superficielle à la cuisse !

– Les équipements professionnels m'ont sauvé ! lance-t-il en joignant ses deux mains, comme pour remercier je ne sais quelle divinité.

– Très certainement... Très certainement, rétorque notre cher docteur.

Il ouvre la porte et jette avant de sortir, un dernier regard à Martin comme si ce dernier était un voyou prêt à m'agresser, ce qui ne manque pas de me faire rire intérieurement ! Cela dit, je ne serais pas contre le fait qu'il me saute dessus !

Et voilà ! Ma petite diablesse repointe le bout de son nez ! Elle m'a manqué cette fille facile ! Je souris à l'idée de tout l'érotisme qu'elle pourrait faire naître dans ma tête cabossée.

Martin me fixe, le regard lubricofasciné. Qu'est-ce que j'aime ses yeux... Je l'aime, tout court !

– Je n'ai aucune idée de ce qui se passe dans cette jolie petite tête, mais je donnerais cher pour le savoir !

– Une jolie petite tête cabossée s'il vous plaît !

Il rit et c'est réconfortant de le voir se détendre un peu.

– Cabossée, c'est ça !

Martin soupire en secouant la tête. Son sourire ne s'efface pas. Bordel, qu'est-ce qu'il est beau ! J'ai tellement de chance de l'avoir dans ma vie...

– J'ai eu peur ma belle... J'ai eu si peur de te perdre ! Ces derniers jours m'ont donné le temps de réfléchir. Et...

Il ne termine pas sa phrase. Cela me provoque un frisson dans le dos. Je n'aime pas ça...

– Martin, que se passe-t-il ? Tu me fais peur...

Il déglutit et inspire. Que veut-il me dire, nom de Zeus ? Je suis en apnée, tétanisée.

– J'ai compris, bien que je sois en putain de panique à l'idée de ce que mes mots vont te faire, que ma vie sans toi ne veut plus rien dire... Que sans ta présence, ton sourire, ton corps... Putain, ton corps bébé !

s'exclame-t-il en riant. Eh bien sans ça... Je me sens vide. Je sais que cela paraît complètement dingue, car officiellement, notre histoire réelle n'a qu'une trentaine d'heures au compteur. Mais je sais ce que mon cœur me dit et...

Mes larmes dévalent la pente de mes joues. Je n'en crois pas mes oreilles... Il m'a dit qu'il m'aimait, mais là... Il m'ouvre son cœur, il se met à nu ! Plus que ça, il me fait une place dans son existence d'une façon si belle. Il ne se met pas en avant. Il me crie la vitalité de ma place créant son besoin de moi. Cet homme est si pur, si honnête. Comment pourrais-je douter de ses sentiments après tout ce qu'il m'a fait vivre en quelques jours. C'est... Je n'ai même pas les mots pour décrire ce que je vis. Je reste là à le regarder droit dans les yeux, à attendre les mots qu'il ne me dit pas encore mais dont je ressens l'impact sur ma peau, dans mon cœur et dans mon âme.

– Et ? Martin ?
– Et... Je veux que tu partages ma vie, comme je désire partager la tienne. Je ne veux pas t'enchaîner, te réduire à une union qui t'enfermerait dans une histoire qui ne te ressemble pas, je le sais. Je ne veux surtout pas te faire revivre... Euh... Tu sais, la demande en mariage, tout ça... Mais jamais de toute ma vie, je n'ai désiré quelque chose aussi fort. Sois ma moitié, l'étincelle qui ravivera ma lumière. Sois le sucre pour mon café, le piment de mon quotidien... Je ne veux que toi. Le reste n'est rien.

Péniblement, il se lève de son fauteuil et vient s'asseoir tout près de moi en s'appuyant péniblement sur son pied droit. Il prend mes mains entre les siennes. Je laisse couler mes larmes et mon regard accroche le sien. Mes sanglots de bonheur rejoignent le rythme rock n'roll de son cœur.

Soudain, comme dans un flash sonore, tout au fond de ma tête, des paroles me reviennent, comme un écho lointain : « Je crois qu'il est fait pour toi ». Je connais cette voix... Je veux m'en souvenir... Mais c'est le blanc. Et en même temps, tout est limpide... Je sais quelle direction emprunter ! Martin... C'est lui ma route ! Il est ma boussole, je veux le suivre. Ma peur ne dicte plus sa loi en moi.

– Mon amour soufflé-je... Comment est-il possible de ressentir des sentiments si puissants, et cela, en quelques jours seulement ? Comment tout cela a-t-il pu nous arriver ?

Je tends ma main jusqu'à son visage, pour caresser sa mâchoire. Comme à son habitude, il vient au contact de mes doigts sur sa peau, qu'il embrasse dans une tendresse qui fait bouillir mon sang de désir et d'amour.

– Je t'aime Martin de Villandière. Je t'aime tant... Pour celui que tu es et surtout pour tous ceux que tu ne représentes pas ! Et... Oui ! Oui, je veux être ta moitié ! Je veux être le sel, le sucre et toute l'épicerie fine dont tu auras besoin ! Je suis tienne, je crois, depuis... Le début. Mais je ne voulais pas le voir... Et aujourd'hui, tout est clair ! Je ne peux plus vivre sans toi ! Je te veux moi aussi et j'aime que tu me veuilles, pour longtemps... De n'importe quelle manière que ce soit... C'est oui ! Désespérément oui ! Prenons le temps de nous découvrir encore et encore. La vie nous appartient !

Il inspire brusquement en riant et en sanglotant à la fois. Je crois qu'il n'en revient pas lui non plus ! Et sans le temps de le voir arriver, ses lèvres se pressent sur les miennes, pour m'offrir un baiser empreint de force, de passion et d'envie d'avenir à deux...

C'est l'instant que choisissent Lénaïc et ma mère pour revenir dans ma chambre. La porte s'ouvre mais Martin n'arrête pas pour autant de m'embrasser. Je le sens sourire tout contre ma bouche et je sens le sel de ses larmes sur mes lèvres. Ses larmes deviennent les miennes, tout comme son désir se mélange au mien. Putain de merde ! Comment allons-nous pouvoir nous abstenir ?

– Eh bien ! On vous laisse un quart d'heure et voilà qu'on vous retrouve dans une scène digne de Eyes wide shut ! s'exclame Léna en riant et en levant les mains au ciel.
– Nina ! Calme tes ardeurs bon sang ! s'offusque ma mère. Vous êtes à l'hôpital quand même !

Je ris. « Maman Tabou » dans toute sa splendeur... Il ne manque plus que « Tata Bigote » et « Tatie Joconde » pour compléter ce tableau des trois sœurs coincées du cul et moralisatrices !

Nous sommes tous les deux, front contre front, même si cela me fait un mal de chien, et nous prenons le temps de savourer cet instant de grâce que nous venons de partager. Puis Martin est le premier à se relever.

– Je vous prie de m'excuser Madame Libartet. Vous avez raison, ce n'est pas une attitude convenable pour un lieu tel qu'un hôpital.
– Heureuse de vous l'entendre dire jeune homme...

Maman plisse les yeux et sa bouche se pince sur le côté, signe qu'elle est en train de passer l'attitude de Martin au peigne fin. Je ris intérieurement de la voir faire son numéro de « Maman Super détective » et Léna, qui n'a rien loupé de la scène, se pince la bouche pour ne pas rire ouvertement !

– Je me permettais de dire à votre fille, combien je l'aime.

– Eh bien, vous ne perdez pas de temps vous ! Nina sort d'une histoire difficile et elle ne doit pas précipiter les choses ! N'est-ce pas Nina Chérie ?

Son air sévère et guindé, Maman ne lâche pas le morceau. Martin lui, ne perd pas la face. Il a l'air d'apprécier la difficulté du challenge en parfait athlète qu'il est. Quant à moi, ma petite diablesse nichée sur l'épaule, seins en avant et taille galbée, je fais face à « Maman Dragon ».

– Maman, je suis suffisamment grande pour prendre MES décisions ! Merci de t'inquiéter pour moi, mais je t'assure : je vois clair et sais où je vais avec Martin !
– Donc ? Que dois-je comprendre exactement ? demande ma mère, l'air orgueilleux et hautain peint sur son visage.
– Tu peux comprendre que je suis amoureuse comme jamais je ne l'ai été, que je vais partager la vie de cet homme et que rien ne viendra se mettre en travers de notre route !

Martin, me regarde les yeux luisants d'admiration. Léna, qui ne semble pas croire ce qu'elle vient d'entendre, a la mâchoire qui se décroche et très vite, la lumière magique de cet instant se propage sur tout son visage. « Maman Vieux Jeu » n'a rien à répondre et c'est tant mieux ! Lénaïc elle, pouffe de rire.

Je suis heureuse de tenir tête à ma mère sans pour autant la rabaisser. Je ne suis pas comme certaines de mes sœurs qui enfoncent le couteau, là où ça fait mal, juste par vengeance...

Au bout d'une demi-heure bien négociée avec les infirmières du service, ma mère après avoir fait un peu plus connaissance avec Martin, semble un peu plus apaisée. Léna est en adoration totale pour lui ! Comme je la comprends...

Au moment de nous dire au revoir, j'enlace ma mère, tendrement, avec tout l'amour que je lui porte. Notre échange est silencieux, tous nos messages passent par nos yeux. C'est autant de « je t'aime » et de « je veux le meilleur pour toi » qui ne sont pas prononcés, juste ressentis.

Lorsque Lénaïc et Maman quittent ma chambre, Martin m'embrasse à son tour et reste assis quelques instants au bord de mon lit.

– Je t'aime Nina. Tu es toute ma vie maintenant.

Je pose mes lèvres sur les siennes. C'est un baiser plein d'espoir. Il sort de ma chambre, le cœur au bord des lèvres, dans un dernier « je t'aime » chuchoté, et je fonds littéralement d'amour pour cet homme.

Allongée dans mon lit, quelque chose a changé en moi. J'ai l'intime conviction d'avoir fait un voyage intérieur et reçu un message. C'est comme une boule d'énergie qui vibre en moi, prête à exploser et à répandre sa lumière sur mon monde. Je n'arrive pas à mettre de mot sur ce qui s'est passé, mais je sais que c'est là, tout au fond de moi. Bien plus encore, même si je suis passée tout près de la mort, je suis encore plus vivante qu'avant, sereine, apaisée...

Mon avenir se profile différemment et j'ai envie de laisser faire le destin. Et si pour une fois, je m'autorisais à ne pas garder le contrôle ?

Chapitre 13

Martin

Trente jours... Voilà trente longs jours que Nina demeure loin de moi. Même si je suis allé la voir chaque jour de cette dernière semaine, une fois mon plâtre enlevé, ses sept jours de coma ont été une petite mort intérieure. Pendant mes trois jours de coma, je n'ai rien vu d'autre que son visage... Rien senti d'autre que sa peau douce comme de la soie et chaude comme un soleil d'été, malgré la douleur que m'infligeait la brûlure du bitume sur ma cuisse.

J'ai cru ne jamais la revoir. Je n'ose même pas imaginer le zombie que j'aurais été si on me l'avait prise, si on nous avait dérobé notre amour. Putain, je l'aime, je lui ai confié le jour de son réveil que je voulais faire ma vie avec elle... Ouais, je sais, ça vous paraît totalement absurde et prématuré. Mais vous savez quoi ? Quand on a trouvé la lumière, le seul sens à sa vie, on souhaite plus que tout qu'elle ne s'éteigne jamais. Imaginez simplement qu'un jour on vous prive d'oxygène, sans raison. Vous étoufferiez. C'est la même chose pour moi. Sans Nina, je meurs, je m'asphyxie.

C'est aujourd'hui qu'elle rentre de l'hôpital. J'ai insisté pour qu'elle vienne à la maison le temps de sa convalescence. Je pourrai veiller sur elle, prendre soin d'elle. Car, même si le médecin s'est montré rassurant, je ne peux pas m'empêcher de penser que c'est ma faute, que cette putain de bagnole aurait pu la tuer et me priver d'elle à jamais. Enculé de chauffard de merde... Ivre mort et sous l'emprise de cannabis. Que je ne te retrouve jamais sale connard... Je suis bouillant de rage à l'idée que nous soyons passés tout près de la mort à cause de l'inconscience d'un abruti et de sa bande de fêtards, tous plus bourrés les uns que les autres.

Je n'avais pas ressenti une telle hargne depuis le jour où j'avais découvert que mon père battait ma mère. J'avais dix ans... Et une telle fureur en moi !

– *Non ! Je t'en prie... Arrête !*
– *Ferme-la, espèce de traînée ! Il te plaisait ce client... Hein ?*

J'entends du bruit en bas, alors je me lève. J'ai peur que ce soit des cambrioleurs. Mais c'est la voix de mes parents que j'entends. À pas feutrés, j'avance dans le couloir et je reste caché, le long du mur, de manière à voir ce qui se passe dans la grande salle à manger, grâce au miroir installé juste devant l'entrée de la pièce.

Maman pleure. Elle est à genou sur le carrelage maculé de vin rouge, répandu tout autour d'elle. Elle en a plein sa robe... Sa jolie robe rose, celle qui la transforme en « Reine des mamans ». Qu'est-ce qui se passe ? Pourquoi Papa crie sur elle ? Il est bizarre ce soir. Il parle comme un robot et marche comme un funambule...

– Espèce de sale pute ! Tu voulais te l'envoyer, c'est ça ? C'est ça ? hurle-t-il.

Le bruit de la gifle est cinglant. Sa main a transpercé l'air et a terminé sa course sur la joue de Maman, qui est tombée la tête sur le sol. Je porte mes mains à ma bouche pour étouffer mon cri. La peur me saisit et je me mets à trembler, la peau parcourue d'un frisson glacial.

– Arrête, je t'en prie, pleure maman. Tu sais que je n'aime que toi...
– Foutaise ! Je vois clair dans ton jeu... Tu veux le domaine... Et tu veux ma mort, pour être tranquille avec tous tes mecs... Sale pute.

Soudain, il l'empoigne par les cheveux et la tire en arrière.
– Tu veux être baisée... Hein ? Comme une chienne... Je vais m'occuper de toi ! ricane-t-il.

Son rire me glace le sang et ce qu'il fait à Maman m'effraie. Elle crie, se débat. Papa la plaque au sol et déchire le haut de sa robe.

– Non ! Lâche-la, espèce... De porc !

Je n'ai pas pu rester là, à ne rien faire. Il allait lui faire du mal...

– Ah tu es là, toi... Espèce de petit... Bâtard ! hoquette-t-il.

Ses yeux ne sont pas les yeux de mon père. Il empeste le vin. Il a l'air méchant. Je ne reconnais pas mon papa, cet homme habituellement si gentil avec moi lorsque nous sommes dans les vignes ensemble. Pourquoi me parle-t-il si méchamment ? Pourquoi fait-il ça à Maman ?

Il se lève et se dirige vers moi en trébuchant une fois, puis une seconde avant de s'effondrer sur le tapis à quelques centimètres de moi. Maman se relève, en remettant sa robe comme elle le peut et vient se mettre devant moi. Instinctivement, je me réfugie dans son dos, tout en gardant un œil sur mon père. Maman a ouvert ses bras de part et d'autre de ses hanches comme pour créer une barrière de protection.

– *Tu as raison Josie glousse-t-il. Protège-le ton petit rejeton…*

– *Tu es pitoyable Jacques ! « Mon rejeton » est ton fils et je t'interdis de t'en prendre à lui !* crie ma mère.

Je suis mort de peur. Mes frères ne sont même pas là pour nous aider. Ils ont eu le droit d'aller dormir chez des copains car ce sont les vacances de Pâques. Je tire sur la robe de maman et essaie de la tirer vers l'arrière pour que nous allions nous mettre à l'abri dans ma chambre.

Papa ricane en se relevant. J'ai si peur qu'il fasse mal à Maman ! Mais non… Il continue d'insulter ma mère, puis, va s'affaler sur le canapé du salon. Je sens Maman se détendre un peu, juste avant de se retourner vers moi.

– *Tu vas bien mon chéri ?* chuchote-t-elle en me scrutant de la tête aux pieds.

– *Pourquoi Papa est… Différent ?*

Maman soupire et replonge ses yeux dans les miens en prenant mes mains entre les siennes.

– *Ton père… A… Des problèmes,* dit-elle. *Mais ça va s'arranger ! N'aie pas peur ! Allez, viens on va se coucher ! Maman peut dormir avec toi ce soir ?*

C'était il y a 22 ans. Et toute cette scène est gravée dans ma tête autant que dans mes tatouages. Je ressens encore une telle haine pour mon père. Je crois que jamais je ne pourrai m'apaiser. Et cet accident n'a fait que la raviver. Je l'ai sentie réapparaître en moi dès lors que les gendarmes m'ont expliqué les circonstances de l'accident. Mes tripes se sont nouées, ma gorge s'est serrée. J'ai senti mon cœur battre à tout rompre car j'ai réalisé qu'un enfoiré à bien manqué de tuer la femme de ma vie, tout comme mon ordure de père a bien failli tuer ma mère à de nombreuses reprises. Je ne lui pardonnerai jamais… Et je ne me pardonnerai jamais de t'avoir abandonnée Maman.

Retournerai-je au domaine un jour ? Je m'étais promis d'avancer, de ne pas regarder derrière moi… Mais, depuis que j'ai rencontré Nina, tout change d'orientation dans ma tête. Peut-être que je parviendrai à reprendre contact avec elle et mes frères ? Non ! Impossible ! Ils ont bougé pour moi ? Ils ont tenté de me retrouver ? Non ! Jamais. Alors, je ne vois pas pourquoi je baisserai ma culotte ! Je ne prendrai pas les devants.

Ça sonne. Mes sombres pensées s'effacent aussitôt. Nina, je sais que c'est elle. Je respire à fond, tout en sentant mes mains tremblantes et mes jambes flageolantes. Enfin, elle me revient.

Traversant le couloir à toute vitesse, j'ouvre ma porte d'entrée pour tomber nez à nez avec deux gaillards vêtus de blanc.

- Monsieur de Villandière ?
- Lui-même.

Et je la vois, là, souriante au possible, ses grands yeux verts pleins des étoiles que nous avons contemplé ensemble au sanctuaire des sources. Son teint est plus pâle que d'habitude, mais qu'est-ce qu'elle est belle...

- Nous sommes un peu en retard, désolé, me dit l'ambulancier à ma gauche.
- Il n'y a pas de mal, je comprends.
- Nous allons vous demander une petite signature sur le formulaire et Mademoiselle sera enfin libre, m'annonce le second dans un grand sourire contagieux.

Je signe, la main tremblante d'excitation et de soulagement. Je sens le regard de Nina sur moi et ma température corporelle monter en flèche. Les ambulanciers reprennent leur document, puis s'apprêtent à pousser le fauteuil de Nina jusque dans mon appartement. Non, ça c'est à moi de le faire !

- Ne vous en faites pas, je m'en occupe ! dis-je en me plaçant derrière le fauteuil.
- Comme vous voudrez, mais, c'est notre métier ! lance le premier.

Son air bonhomme le rend sympathique et chaleureux.
- Je sais, dis-je, mais ça me tient vraiment à cœur.
- Entendu ! Bonne convalescence Mademoiselle, rétablissez-vous bien.

Allez, allez, faut y aller maintenant ! L'impatience de me retrouver seul avec elle est de plus en plus insupportable. Les ambulanciers tournent les talons et repartent pour quitter l'immeuble. Je pousse Nina à l'intérieur et referme la porte derrière moi.

Enfin... Enfin, elle est là ! Je pousse un profond soupir en la voyant, ici chez moi, pour la seconde fois. Et toutes les émotions contradictoires que j'ai ressenties ces dernières 24 heures, s'entrechoquent dans ma tête et percutent ma poitrine comme le coup de pied retourné d'un moine Shaolin.

- Eh... Tout va bien mon cœur ? me dit-elle en faisant pivoter son fauteuil.

La douceur de ses paroles fond sur mon cœur comme du miel Comme cette femme m'a manqué bordel.

Je m'approche d'elle avec détermination et elle recule légèrement le buste, de surprise je crois. Ses grands yeux verts se fondent dans les miens. Je pose mes mains de part et d'autre de son visage et je caresse ses joues de mes pouces. Je ne peux pas me détourner d'elle et très lentement, je viens déposer un baiser tendre et plein d'émotion sur ses lèvres superbes. C'est électrisant, foudroyant. Nina me rend mon baiser et passe ses mains si douces dans mon cou et dans mes cheveux.

Soudain, je suis submergé par l'intensité de ce que je ressens. Un sanglot forme une énorme boule dans ma gorge et je sens mes larmes couler sur mes joues. Nina s'écarte de mon visage et l'inquiétude se lit sur ses traits. Je tombe à genou devant elle, sanglotant comme un gosse qui a peur du noir. Elle ne dit rien, attendant avec une patience angélique que je me calme. Elle caresse mes cheveux, frottant sensuellement de ses ongles mon cuir chevelu, irrigué totalement par l'amour que je lui porte.

Apaisé par sa douceur et l'acceptation inconditionnelle de mes émotions qu'elle montre à mon égard, je me redresse et je suis soufflé par le regard qu'elle pose sur moi. Ses yeux flamboient de désir et d'amour. Ma belle et douce Nina. Comment cette déesse vivante a-t-elle fait pour capturer mon cœur ? Je n'ai rien vu venir...

– Que se passe-t-il là-dedans ? me demande-t-elle en posant son doigt sur mon front.
– Il se passe que...

Je sens les larmes me gagner de nouveau et un sanglot déchirant vient broyer ma gorge. Mes pleurs me brouillent la vue et pourtant, je ne vois qu'elle. Nina, mon issue de secours, la lumière qui me sort de l'obscurité.

– Il se passe que... J'ai failli te perdre Nina !

Ma voix se brise de douleur et d'une peur post-traumatique dont je ne soupçonnais pas l'existence en moi.

– Oh... Martin ! Je suis là Chéri... Tout va bien.
– Tout va bien ? Tout va bien ? Mais... Nina ! Tu aurais pu mourir et c'est ma faute ! Si je n'avais pas insisté pour te reconduire, si j'avais décidé de rester avec toi aux sources... Rien de tout cela ne serait arrivé !

Elle soupire et prend mon menton pour que je lève les yeux vers elle.

– Martin, tu n'es pas fautif ! Ils étaient tous ivres morts dans cette voiture ! Il faut te le dire en quelle langue enfin ?

Nina lève la voix et ce ton me surprend. Merde alors, c'est la première fois qu'une femme me gueule dessus, en dehors de ma mère bien sûr ! Mais là, il s'agit de ma nana… Ma femme, celle qui comblera ma vie de bonheur je le sais. Et ça, j'ai l'impression que ça fait de moi une chiffe-molle !

– Pardon de m'énerver, me dit-elle en baissant les yeux. Mon chéri… La vie est une succession d'événements plus ou moins difficiles à vivre. Et en ce moment, disons que la vie nous met à l'épreuve ! Mais regarde : nous sommes là, tous les deux… Ensemble, encore et… Pour longtemps j'espère !

Elle rit mais paraît gênée de parler de ses sentiments. Moi, je n'entends que la fin de sa phrase : « Et pour longtemps j'espère ». Cela m'emplit le cœur d'espoir. Un cœur qui gonfle d'amour et d'envie d'elle.

– Tu dois arrêter de penser que c'est ta faute Martin.
– Mais je t'ai promis de te protéger ! Et vois ce qui s'est passé après une soirée qui aurait dû être inoubliable !
– Mais elle est inoubliable Martin ! Jamais on n'avait fait ça pour moi. Jamais on ne m'a regardée comme toi tu le fais. On ne m'a jamais touchée comme toi tu me touches… Tu n'as pas idée de ce que je ressens pour toi. Lâche ta colère Martin…

Putain… Jamais elle ne m'a ouvert son cœur de cette façon. Elle est si belle… Et elle me touche en plein cœur. C'est comme si elle le tenait directement entre ses mains pour le faire battre plus fort, quand je me sens anéanti.

– La colère c'est comme tenir un charbon ardent avec l'intention de le jeter sur quelqu'un. Au final, c'est toi qui te brûle.
– Tu me cites Bouddha maintenant ?

Je ris et elle lève les épaules comme pour s'excuser de n'avoir rien trouvé d'autre à me dire. Je la contemple encore. Elle est parfaite…

– Tu es une magicienne Nina. Comment peux-tu prendre soin des autres comme ça, alors que c'est toi qui est la plus blessée ? Comment peux-tu toujours penser aux autres, avant de penser à toi ?
– Je suis comme ça Martin… Et à dire vrai, je ne me pose pas la question !

Elle rit et moi, je suis là comme une putain de mauviette à me lamenter sur ma petite culpabilité, alors qu'elle, est là, forte et courageuse, même si elle est dans un fauteuil roulant ! Je suis vraiment un sale con !

Comment puis-je me tenir devant elle et me plaindre, alors qu'elle ne pense qu'à moi, à nous. Je suis sûr de la décision que j'ai prise à présent. J'espère qu'elle appréciera...

— Ouais, tu es comme ça... dis-je en soupirant. Et moi, je me sens totalement nul, car je ne t'arrive pas à la cheville !
— N'importe quoi ! Tu es ridicule Martin... Mais tellement sexy putain ! Et tu sais quoi ? Je meurs de faim !
— Alors ne faisons pas attendre ma Chérie ! dis-je en essuyant mes larmes et en reniflant d'une manière pas vraiment élégante !
— Tu sais, je n'ai pas faim que de nourriture...

Oh oh oh... Ma douce, ne me lance pas sur ce chemin... Ta gourmandise risquerait de me faire perdre le contrôle !

— Nina, Nina, Nina... Dois-je te rappeler que le médecin t'a imposé un repos total ? Pas de folie jeune fille ! Il te reste encore quelques jours avant de pouvoir te remettre sur tes pieds et danser le jive !
— Oui eh bien ce médecin est un horrible rabat-joie ! Et le sexy jive, c'est maintenant que je veux le danser avec toi !

Nous rions en nous dirigeant dans la cuisine et c'est vraiment bon de retrouver des émotions un peu plus faciles à vivre. En un éclat de rire, Nina a soufflé sur ma peine. Elle a délesté mon cœur de tout le poids qu'il contenait. Elle a raison, je ne dois pas me sentir coupable. Mais la voir dans son fauteuil me rappelle à quel point la vie ne tient qu'à un fil, auquel sont suspendus l'amour et le bonheur.

Je secoue la tête pour me remettre les idées en place et m'appuie le long du plan de travail.

— Alors, Chérie, que désires-tu manger ?
— Hormis toi ?

Elle me provoque, un sourcil arqué et un sourire coquin peint sur les lèvres. La bougresse, elle m'allume encore !

— Eh bien, vois-tu, je ne serai vraiment pas contre ce petit plat synonyme de promesses d'union éternelle...

Je plisse les yeux pour réfléchir un court instant et ça me revient : « si tu me dis que tu cuisines comme ça tous les jours, je t'épouse ! ».

— Bruschettas ?
— Bruschettas et Martin... Mon accord préféré...

Putain, comment résister à ça ? Comment ne pas succomber à de telles promesses sensuelles ? Cette femme va me rendre littéralement dingue. Je la regarde et je sens mon désir grimper en orbite. Je ne peux pas la toucher, je ne peux pas lui faire l'amour au risque de la blesser, car si cela arrivait encore, ma culpabilité finirait son travail pour avoir définitivement raison de moi.

Je décide de ne pas relever cette allusion à son envie de plus que de la cuisine et sors du placard deux verres en cristal. Je débouche une bouteille de Hauts de Côtes de Nuit, rien n'est trop bon pour elle et je nous sers ce nectar pourpre, dont je me délecte déjà.

Je m'approche tel un lion vers une gazelle perdue et lui tends un verre.

– À ton retour ma belle ! Tu ne peux pas savoir comme je me sens soulagé de te savoir enfin ici.

– À toi... mon amour.

Son regard ne quitte pas le mien. Je suis soufflé par ces deux mots... « Mon amour ». Mon cœur bat la chamade, j'ai chaud, j'ai envie d'elle. Putain, comme j'ai envie d'elle ! Je ne veux pas lui faire mal, mais j'ai trop besoin de sentir sa peau sur la mienne. Ses lèvres sur les miennes... Je sens mes pieds décoller du sol avant même que ma raison n'ait le temps de les retenir. Je ressens toute la densité de mes membres alourdis de désir. La force de mon amour pèse dans mon cœur et dans ma tête et poussé par cet élan charnel je m'agenouille près de Nina, prends son visage entre mes mains et l'embrasse tendrement d'abord. Mais lorsque sa langue s'insinue entre mes lèvres, je ne peux plus contenir mon besoin d'elle. Je lui rends le baiser audacieux qu'elle m'offre. Ses doigts passent dans mes cheveux et je l'entends gémir comme j'aime. Ses petits bruits de gorge attisent le feu qui prend dans mes entrailles. Nos respirations retrouvent leur rythme à l'unisson, nos peaux s'accordent et ce sont toutes nos cellules qui transpirent d'amour. Je reprends mon souffle. J'ai besoin de me maîtriser pour ne pas me jeter sur Nina, sur son corps de déesse qui m'appelle irrémédiablement.

– Oh Chérie... Il faut se calmer ! On ne peut pas... Je ne veux pas te faire mal, mais bon sang Nina... Tu m'as tellement manqué... Et j'ai trop envie de toi !

Elle rit doucement en me caressant le visage. Ses yeux verts sont comme les miroirs de mes émotions. Je sens mes synapses crépiter à voir ses deux émeraudes briller.

– Tu m'as manqué toi aussi Martin, plus que tu ne peux l'imaginer. Un mois sans que tu me touches, c'est comme devoir traverser le

Sahara sans réserve d'eau ! Je te veux tellement dans ma vie... Ta déclaration, celle que tu m'as faite à l'hôpital, le jour de mon réveil...

Elle s'interrompt et me considère un instant, les joues rosies par le désir, les cheveux en bataille à force que mes mains y fourragent. Que veut-elle me dire ...

— Eh bien... Depuis, je ne rêve que de toi, de nous, d'une vie magique, à deux... Cela ne m'était jamais arrivé... Jamais. J'esquisse des projets, dans un coin de mon esprit... Martin... Mon amour.

La puissance de ses paroles me propulse dans les airs. J'ai la sensation de flotter... De peser... De flotter ! Je ne sais plus, mais c'est si bon !

— Oh Chérie ! Tu me rends tellement heureux ! Je n'espérais rien d'autre de la vie que de me sentir en paix... Et puis, tu es arrivée, avec ton sourire et ton charme naturel de déesse... Avec toi, certaines images du passé, trop sombres, retrouvent un peu de lumière et s'adoucissent. Je m'apaise...

C'est en posant tendrement mes lèvres sur les siennes que je prends conscience du lourd fardeau que représente mon histoire familiale, que jamais je ne ressemblerai à mon père... Jamais je ne pourrai traiter Nina ni aucune autre femme, de la manière dont mon père a traité ma mère... Jamais !

Nina ouvre les yeux dans une lenteur infinie, puis, l'air sérieux et intrigué, passe sa main sur ma joue.

— Pourquoi as-tu besoin d'être en paix Martin ? Tu as l'air si... Zen d'ordinaire !
— Les apparences sont souvent trompeuses Nina...

Je soupire en me relevant pour prendre mon verre de vin et en déguster une gorgée qui vient réchauffer ma gorge. Je ne veux avoir aucun secret pour ma douce. Elle m'a confié ses peurs et sa souffrance il y a quelques semaines. Son honnêteté m'avait alors percuté de plein fouet et ébranlé sérieusement mes barricades.

— Disons que, je trimballe le lourd dossier de mon histoire familiale. Lorsque j'ai réalisé que j'aurais pu te perdre, certaines douleurs sont remontées.

Nina s'approche lentement de moi. Elle tend la main et la pose sur mon avant-bras. Ce geste plein de tendresse chasse immédiatement et comme par magie, les tensions que je sentais monter, à repenser à mon enfance. Cette femme est une magicienne… Et putain, qu'est-ce que je l'aime.

– Martin, Chéri… Si tu veux en parler, je suis là, pour toi.
– Merci… Je n'ai pas l'habitude de parler de tout ça… Mais, en même temps, je ne veux rien te cacher.

Je bois une nouvelle lampée de vin pour me donner du courage. Nina m'imite, comme si elle redoutait ce que j'ai à lui confier. Ses yeux m'encouragent à parler. Son empathie est saisissante. Je sais qu'elle ne jugera pas ce qui est arrivé, comment j'ai réagi et les choix que j'ai fait pour ma vie. Comment cette femme, mis plus bas que terre par une ordure de première, peut-elle à ce point prendre soin des autres ? Comment peut-elle faire abstraction de ce bout d'enfer qu'elle a vécu : la trahison, le mensonge, la manipulation… Je l'admire tellement.

– Tu es incroyable Nina… Te rends-tu compte à quel point tu brilles ?
– Ne change pas de sujet Martin de Villandière ! dit-elle en riant. Et pour ton info, en ce moment, je brille plus comme une ampoule grillée que comme l'étoile du berger !
– Ma chérie… Tu peux être grillée autant que tu veux, tu es toujours aussi sexy…

Le léger rougissement que provoque mes paroles ne m'échappe pas, mais je freine les ardeurs qui montent en moi, car je ne perds pas de vue que Nina attend des explications.
Tout en préparant quelques bruschettas, je commence à me livrer et instantanément, je sens les tensions revenir et longer ma colonne vertébrale.

– J'avais dix ans quand tout a commencé. Un soir, j'ai surpris mon père ivre mort, qui tabassait ma mère.

Nina ne dit rien, elle m'écoute, mais je vois qu'elle pâlit. J'ai envie de vomir rien que de penser qu'elle doit subir ça. Elle a vécu assez de merdes comme ça avant de me connaître, bordel !

– Continue Martin… S'il te plaît.

Je soupire. Décidément, elle ne lâche jamais rien !

– Bien… À cette époque, je ne savais pas tout ce qui se passait. Et franchement, jamais je n'aurais pu imaginer que mon père était devenu alcoolique et qu'il était violent avec ma mère.

Je sers les mâchoires, mes avant-bras se tendent, mes trapèzes se contractent tant, que j'ai l'impression qu'ils vont craquer. La violence des coups portés à ma mère est encore si vive dans ma mémoire, que je pourrais jurer que mes parents sont dans la pièce avec moi. J'essaie de reprendre ma respiration et de laisser redescendre la pression. Je me sens plein de rage comme à chaque fois que je me remémore ces épisodes désastreux de ma vie. Je sens toute ma tension peser dans mes bras, si bien que je coupe les poires comme un samouraï maniant le katana comme personne.

– Tout ça a continué pendant des années. Jusqu'au jour de ma majorité. Ce jour-là, alors que nous fêtions mon anniversaire, il a recommencé et j'ai décidé de tout plaquer après lui avoir dit ce que je pensais de lui. J'ai tout abandonné, laissant ma mère le cœur à vif et mes deux frères sans un mot.
– Je suis tellement désolée que tu aies eu à vivre ça…

Nina se rapproche de moi, alors que je mets les bruschettas à réchauffer dans le four. Sa mine est fermée, elle semble si triste.

– Ne soit pas désolée Nina. Personne ne peut l'être lorsque deux personnes responsables, choisissent leur vie : ma mère a choisi de continuer sa route avec son bourreau. Mon père lui, a choisi de ne pas se faire aider. Rien n'aurait pu changer…
– Et tes frères ? Tu as de leurs nouvelles ?
– Non, aucune. Lorsque je suis parti, personne n'a cherché à me rattraper ou à me retrouver. Il faut croire que cela devait en être ainsi.

Nina baisse la tête, semblant réfléchir ou pesant le poids de mes mots.

– Tu sais, je crois parfois, que nos émotions et notre amour propre, nous mettent de trop grosses barrières. Peut-être tes frères n'ont-ils pas réagi parce que ça les renvoyait à la culpabilité de ne pas avoir pris ta défense ou celle de ta mère ?

Ces quelques mots m'arrivent en pleine gueule, comme une gifle. Et si elle avait raison ? Bordel… Aveuglé par ma colère, je n'ai même jamais envisagé cette hypothèse. Mes frangins… Ils me manquent. Je secoue la tête pour effacer mes pensées, trop douloureuses pour que je les laisse broyer mon cœur. Ma belle est rentrée, et c'est tout ce qui compte.

– Peut-être… Je n'en sais rien. Mais tu sais quoi ? Tout ça, est bien trop noir pour que nous perdions la belle lumière de notre journée ! Tu as faim ?

– Tu n'as même pas idée ! lance-t-elle en me dévorant du regard.

– Je parle de nourriture, mon cœur…

– Hum… Alors, je veux bien que tu sois mon sandwich !

J'éclate de rire. Décidément, Nina ne manque pas de répartie ! Gourmande, avide et pleine de désir. Je sens « mon pote » s'agiter dans mon jean et je suis tellement navré de devoir le rembarrer ! Et ouais, désolé mon gars, Nina doit rester calme encore quelques jours !

– Tu n'es qu'une vilaine gourmande, dis-je en m'approchant d'elle pour lui déposer un baiser léger sur les lèvres. Comment vont tes douleurs ?

– Eh là-dedans ! dit-elle en faisant mine de toquer sur son bassin. Comment ça va ?

Les bras et les jambes croisées, le long de mon plan de travail, je la regarde, tout sourire, en secouant la tête. Cette femme est incroyable !

– Monsieur mon bassin va bien, il me semble !

Son sourire si éclatant désarme instantanément mon cœur qui était prêt à en découdre avec mon inquiétude. Je le sens fondre comme un caramel mou lorsqu'elle pose un regard sensuel sur ma bouche. La femme torride dont je suis tombé amoureux est de retour… Pour mon plus grand plaisir mais également pour l'exaspérante frustration que notre situation m'impose.

Bien décidé à lui renvoyer l'ascenseur, je trempe mon doigt dans la crème que j'ai utilisée pour napper les tranches de pain, puis le suce à en faire frémir le Bon Dieu et tous ses saints. Les pupilles de Nina se dilatent comme celles d'un chat et elle agrippe le col en V de son T-shirt. Cette femme est en feu et j'ai la certitude que je ne tiendrai pas encore une semaine avant de la toucher. En m'agenouillant devant elle, je prends ses mains dans les miennes et rive mon regard au sien.

– Nina, si on continue à se chauffer de la sorte, je ne répondrai plus de rien ! Sais-tu ce que ça me fait de te voir ici, dans ma cuisine, si sensuelle et si attirante ?

– Oui… Non ! Oh Martin ! Je ne tiendrai pas une minute de plus sans sentir ta peau contre la mienne ! J'ai tellement envie de toi… J'ai toujours envie de toi ! Je t'en supplie Martin, emmène-moi dans ton lit et laisse-moi me perdre dans tes bras…

Sa demande est une supplique. J'y lis et y entends un besoin vital et profond. Comment peut-on en être arrivés là en si peu de temps ? J'ai l'impression qu'elle a toujours partagé ma vie. Le coup de foudre a fait naître le désir... Le désir est devenu amour. Je l'ai dans la peau...

– Nina... dis-je en soupirant, les yeux fermés, le front appuyé sur ses mains que je tiens entre les miennes. Tu sais qu'on ne peut pas... Je refuse de te faire mal ! Le mois de rééducation à l'hôpital est passé, mais le médecin t'a demandé de remarcher progressivement, un peu chaque jour. Alors question sexe, il va falloir y aller tout en douceur !

Elle me regarde, l'air indéchiffrable. Sa bouche tremble légèrement, ses paupières sont closes. Oh non, putain ! Elle pleure... Bordel ! Je ne suis vraiment qu'un enfoiré...

– Chéri...
– Je t'en prie, ne pleure pas mon ange ! Je ne suis qu'un sale con pour te faire pleurer de la sorte !

Elle rit maintenant ! Ou je suis complètement demeuré, ou cette femme est câblée différemment de tout le monde ! Quoi qu'il en soit, j'ai dû louper un épisode ! Je dois avoir l'air complètement ahuri...

– Martin, reprend-elle, tu es tellement... Respectueux ! Avant toi...

Elle s'interrompt. Je sais où elle veut en venir, ou plutôt à qui elle veut en venir. Elle pense très certainement à cet enfoiré de musicien ! Je suis furax qu'il hante tant son esprit... Elle me fixe l'air gêné. Ma douce et belle... Il est ton passé ! Je suis ton avenir...
Je l'encourage à reprendre, d'un regard doux et rassurant. Je ne veux pas qu'elle soit gênée de me parler de sa vie d'avant. Elle vit avec et même si ça me rend bouillant de rage, je l'accepte, avec toute son histoire personnelle, qui fait d'elle celle qu'elle est aujourd'hui.

– Avant toi... Je veux dire... Tu sais...
– Stephen ?

Son sanglot acquiesce pour elle. Que lui a-t-il fait pour la mettre dans un tel état de détresse ? Putain... Mes mâchoires se serrent et se desserrent. Je sens mes muscles se tendre sous mon T-shirt. Le sale enfoiré de merde... J'espère qu'il s'en mordra les doigts jusqu'au fin fond de l'enfer !
Je la prends dans mes bras pour qu'elle laisse aller sa peine. Pourtant, même si cette souffrance est palpable, je sais qu'elle est

également synonyme de libération. Je sens que cela lui fait du bien de lâcher prise sur son passé, ne serait-ce que quelques instants.

Après plusieurs minutes, Nina sèche ses larmes du plat de la main et accroche mon regard.

– Stephen n'aurait jamais tenu compte de ce qu'aurait pu dire le médecin. Il aurait fait passer ses envies avant mon bien-être, quitte à me blesser un peu plus.

Elle baisse les yeux, comme si elle était honteuse d'avoir vécu de telles choses. Et puis quoi encore ? La honte ? C'est ça qu'elle ressent ? Mais putain ! Elle a subi sa vie ! Si quelqu'un doit avoir honte, ce n'est certainement pas elle !

Je lui prends le menton pour qu'elle relève les yeux vers moi. Jamais je ne la laisserai penser qu'elle ne vaut rien parce qu'elle a été souillée par un pauvre type !

– Nina, Chérie, ne baisse pas les yeux comme si tu étais coupable... Tu n'as pas provoqué tout ça ! Et tu as eu le courage de dire stop ! Tu es forte ma belle... Si forte.

Nina me regarde comme si je sortais d'une galaxie inconnue. Mais merde ! Ne l'a-t-il jamais rassurée, complimentée ? N'a-t-il jamais eu conscience qu'il avait un diamant inestimable entre les mains ?

– Martin... Jamais on ne m'a considérée comme tu le fais. Jamais personne n'a eu autant de respect pour moi. J'ai tellement été habituée à me battre seule, contre tout et contre tout le monde !

Elle pousse un profond soupir, puis reprend.

Depuis que tu fais partie de ma vie, je vois... Je comprends réellement ce que signifie « être deux ». Et j'envisage l'avenir autrement...

– Bébé... Ma belle, dis-je en prenant son visage entre mes mains, quand on aime, l'autre compte plus que la vie elle-même. On se doit de tout faire pour que l'être aimé rayonne et nous renvoie le bonheur qu'on sème dans son cœur.

– Le prana... souffle-t-elle tout bas.
– Le pra quoi ?

Le regard pétillant, Nina m'attire jusqu'à ses lèvres pour m'embrasser, comme si son dernier souffle tenait dans ce baiser. Je ne sais pas quelles paroles la font réagir ainsi, mais je veux bien les réitérer sans cesse !

Nos bouches se séparent et Nina entreprend de m'expliquer.

– Le prana, c'est en sanskrit, l'énergie vitale qui circule dans tout ce qui existe. Quand on prend de l'énergie à l'univers, on la fait circuler en nous, on la redonne et elle se reflète sur notre monde, sur les autres. Les personnes capables de nous renvoyer cette énergie, créent avec nous un cercle vertueux de partage et de bien-être. Et je suis convaincue que si chacun entrait dans ce cercle, c'est l'Humanité tout entière qui évoluerait vers un monde meilleur...

Elle se tait puis tourne la tête en direction de la fenêtre. Son visage capte automatiquement la lumière du soleil, traversant les vitrages et inondant la pièce de ses teintes chaudes. Après la théorie, la pratique donc... Je suis subjugué par sa beauté, par son esprit et sa sensibilité. Et j'espère à présent, que son « prana » sera des nôtres tout à l'heure...

Lorsqu'elle rouvre les yeux, je peux y lire tout l'amour qu'elle porte en elle. L'amour qu'elle porte à la vie... Tout le bonheur qu'elle met à renvoyer sa lumière aux autres.

– Tu vois Martin, ton amour, c'est notre prana. Et je veux le chérir, avec toi.
– Eh bien, je ne parle pas le sanskrit, mais je veux bien payer tous les interprètes du monde si cela te fait plaisir et te rend heureuse !
– C'est toi qui me rend heureuse dit-elle en me caressant la joue.

Soudain, une odeur de brûlé arrive jusqu'à mon cerveau embrumé. Brûlé... Four... Repas...

– Merde, merde, merde ! juré-je en me relevant et en me rendant à la cuisine en mode Speedy Gonzales. Les bruschettas !

Nina éclate de rire et me suis jusqu'au plan de travail de la cuisine pour constater l'étendue de notre incendie culinaire, alors que je sors le plat du four.

– Tu sais mon cœur, tu n'avais pas besoin d'allumer un feu dans le four. Celui qui brûle dans tout mon corps était amplement suffisant ! lance-t-elle l'air moqueur et le regard mutin.
– Je vois que Madame a un humour d'enfer !

Nous rions tous les deux comme deux gosses qui se taquinent. C'est si bon... Putain, c'était comment avant elle ? Sombre... C'était aussi sombre que ces pauvres tartines, pensé-je en me marrant intérieurement.

— Eh bien, on dirait bien qu'il faut passer directement au dessert sans passer par la case salée !

Nina glousse de me taquiner comme une ado.

— Méfie-toi ma Chérie, je pourrai te prendre au mot et te garder au chaud dans mon lit, pour faire fondre le chocolat qui se cache en toi… dis-je un sourcil arqué.

— Choix validé par le jury ! s'exclame-t-elle.

Je lui ai promis que je ne lui ferai pas mal, mais bon sang, je n'en peux plus, il faut que je l'aie tout contre moi.

— Tu crois que je peux te prendre dans mes bras ?
— Je pense oui. L'infirmier du service me soulevait tous les jours pour ma toilette et pour me déplacer afin de refaire mon lit…
— Tu es en train de me dire qu'un autre homme a porté MA Chérie ? Que quelqu'un d'autre a posé ses sales pattes sur toi ?

Elle rit devant mon air offusqué et mon ton exagérément dramatique.

— Oh mon homme, ta jalousie te va si bien ! me lance-t-elle d'un ton sarcastique et amusé.

Après m'être assuré qu'elle ne souffrait pas trop, je la soulève de son fauteuil, en passant un bras sous ses cuisses et l'autre dans son dos. Nina, passe ses bras autour de mon cou et je la soulève tout doucement pour la prendre tout contre mon torse, en veillant à ne pas donner d'à-coups et à ne pas faire de mouvements brusques. Nina se laisse porter et vient immédiatement blottir son visage au creux de mon cou.

Je respire l'odeur de ses cheveux, profite de la douceur de sa peau contre la mienne. Son souffle chaud me caresse, juste sous mon oreille… C'est divin !

Dans une lenteur infinie, pour que ce moment dure le plus longtemps possible, je me dirige vers ma chambre. Je me réjouis d'avance de voir le visage de Nina, lorsqu'elle découvrira ce qui l'y attend.

Je lève un genou pour soutenir les cuisses de Nina alors que j'ouvre la porte. Nina est toujours blottie dans mon cou et caresse ma nuque, comme si elle faisait le plein de mon odeur, comme si elle voulait rester là, à jamais, contre mon cœur qui ne bat que pour elle.

La lumière est douce dans la pièce. Et durant quelques secondes, j'apprécie le petit spectacle visuel que j'y ai monté. Je soupire de satisfaction, ce qui fait sortir Nina de son état câlino-comateux.

— Bienvenue à la maison mon cœur, dis-je dans un souffle.

Elle inspire brusquement puis retient son souffle quelques instants, tournant la tête de part et d'autre de la pièce pour détailler tout ce qu'elle aperçoit. Ses bras sont toujours accrochés à mon cou et je la soutiens comme une jeune mariée à qui on fait passer le pas de la porte en la tenant fermement contre son cœur.

— Martin... C'est absolument... Magique ! Quand as-tu fait ça ? Pourquoi ? Comment ?

Jackpot de Villandière ! On dirait bien que ça lui plait !

— Je crois que ça fait beaucoup de questions, non ?

Je lui souris et à voir l'air radieux sur son visage, je sais qu'elle est heureuse. Putain, c'est cet air là que je veux voir, chaque jour, peint sur ses traits. Je comprends en cet instant, que je viens de découvrir ma mission sur cette putain de Terre : la rendre heureuse, tout simplement. La faire rayonner chaque jour pour qu'elle déploie sa lumière divine sur chaque être qu'elle approchera. Vous pouvez penser que je me transforme en gonzesse, en véritable lopette, je m'en carre royalement ! Je l'aime et aussi viril que je puisse l'être, je mettrai le monde à ses pieds, en tutu ou en robe rose à paillettes si elle me le demandait demain... Je ferai n'importe quoi pour elle !

— Un jour, je t'ai dit que si ton bonheur était en Ethiopie, je t'y amènerai. Mais, comme la vie a décidé que pour l'instant, ta place était ici, j'ai préféré amener l'Afrique jusqu'à toi...

Elle sanglote doucement, tout en riant. Cette femme est une pépite d'émotions brutes. Son amour, sa sensibilité sont à fleur de peau, autant que sa force et son caractère sont ancrés profondément en elle.

— Oh, Martin, me dit-elle en déposant une myriade de petits baisers sur mes lèvres. J'adore ! C'est sublime ! Et tu as pensé à tout bien sûr !

Ouais M'dame ! Je dois dire que je suis fier de ma nouvelle déco... Le mur contre lequel repose mon lit a revêtu des tons d'ocre et de beige. Une très large moustiquaire blanche est suspendue au-dessus du lit, venant l'entourer totalement, comme un voile protecteur. Le lit est paré de linge en coton blanc, dans un style colonial que j'aime énormément. Les photos en sépia ont été remplacées par des vues de plaines éthiopiennes. Le meuble en bois sombre, disposé en face du lit, accueille quant à lui deux grosses lanternes en laiton et un couple de statuettes en acajou. Enfin, j'ai agrémenté la fenêtre de stores en bambou que Nina pourra ajuster comme elle le souhaite lorsqu'elle voudra se reposer.

Avançant jusqu'au lit, j'entrouvre la moustiquaire pour étendre Nina sur le lit. Ses yeux sont partout à la fois, comme ceux d'une petite fille découvrant pour la première fois une fête foraine.

– Tu es fou Martin !
– Exactement ! Absolument et totalement fou de toi !

Il faudra que je remercie Paul-Louis et Eléonore de m'avoir filé un énorme coup de main. Avec mon plâtre et mes béquilles, jamais je ne serais parvenu à ce résultat ! Et puis, je crois que ces deux-là ont appris à se découvrir autrement qu'à travers le travail au musée. Ils n'ont pas cessé de parler d'esquisses de gallo-romains, en se demandant ce qu'en penserait Nina. Ils se sont payés de sacrés fous-rires aussi. Surtout quand Eléonore à mis le pied dans le pot de peinture et qu'en chutant elle a malencontreusement dessiné une moustache très « scotich » à Paul-Louis ! Je revois leur mine à tous les deux : elle décomposée, lui totalement ahuri ! Qui aurait pensé qu'un accident de moto m'aurait amené à devenir ami avec mes collègues ?

Et puis, il y a eu Lénaïc. Cette femme est incroyable. Elle est passée me voir chaque soir, m'aidant à ranger de-ci, de-là. C'est elle qui m'a emmené acheter tout ce qu'il fallait pour recréer cet univers magique pour Nina. Mais plus que tout elle m'a parlé de son amitié avec Nina, de sa rage contre le musicien et de son envie de lui écraser la tête ! Je comprends pourquoi elles sont proches toutes les deux. Elles sont entières, authentiques et loyales. Elles veillent l'une sur l'autre. Elles s'aiment. Point.

Je suis assis à côté d'elle au bord du lit. Nina me caresse la cuisse, ce qui a pour effet de réveiller le locataire logeant dans mon pantalon… Sa poitrine se soulève et s'abaisse rapidement, signe que sa respiration s'accélère. Je ressens son désir. La pièce est chargée d'électricité sexuelle qui nous enveloppe et nous connecte. C'est une ambiance envoûtante. Ma déesse… Putain… Je connais chacune de ses courbes par cœur et en ce moment je donnerais mon âme au diable pour pouvoir les parcourir de nouveau !

Nina se déplace prudemment vers le milieu du lit et m'invite à m'allonger près d'elle. Le sourire étiré jusqu'aux oreilles, je passe délicatement mon bras sous sa nuque sans quitter son magnifique regard et Nina vient tout en tendresse, se lover contre moi. Nous ne parlons pas, nous savourons simplement la douceur de cet instant. Ma main maintient sa tête tout contre mon torse, mes doigts caressent son cuir chevelu. Son parfum d'ambre et de Lys du Nil agit comme une potion apaisante sur mon âme. Je ferme les yeux, la respiration de Nina se fait de plus en plus profonde, de plus en plus régulière. Je sais qu'elle s'est endormie et que je suis en train de basculer dans le sommeil pour la rejoindre. Si Saint-Pierre doit un jour m'ouvrir la porte de ce bon dieu de paradis, je veux qu'il soit à l'image de cet instant.

Blottis l'un contre l'autre, nous absorbons chaque particule de l'amour que nous nous offrons. Finalement, plongé dans mon subconscient, je m'aperçois que tout ce que je voulais dans la vie, c'était ressentir des choses à nouveau. Ressentir pour laisser partir ma peine et ma colère. Nina, c'est elle que j'attendais. Elle me guérit et bordel, je n'aurais jamais cru que ce serait possible

Chapitre 14

Nina

Je suis réveillée par une sensation d'engourdissement dans mon bras gauche. Une masse chaude m'enveloppe : Martin. Je suis dans ses bras. Nous nous sommes allongés il y a... Combien de temps avons-nous dormi au juste ? Malgré mon regard lourd de sommeil, je distingue clairement ses traits magnifiques. Je n'ose pas bouger de peur de le réveiller. Il a l'air si bien comme ça, sa jambe gauche relevée et son bras droit juste posé sur mon flanc. Je me demande à quoi il pense en dormant...

Tout ce qu'il m'a révélé au sujet de ses parents a rouvert un chapitre de ma vie passée et c'est bouleversant d'y avoir replongé. Notre rencontre n'était sans doute pas un hasard... D'ailleurs, depuis mon coma, j'ai la sensation d'être différente intérieurement, comme si j'avais rencontré une autre partie de moi. Mais tout est si flou, je n'ai même pas un flash, pas une image. Et même si ma raison essaie de me convaincre que pendant ce « looooong sommeil » tout était vide et blanc, je sais, je sens au plus profond de mon cœur, qu'il y avait autre chose...

Je ferme les yeux pour essayer de calmer mes émotions et mes pensées. Car dans cette turbine qui me sert de cerveau, en cet instant, après mon retour chez Martin, après sa vulnérabilité de cette fin de matinée, ses aveux sur la violence de son père, toutes mes idées rejoignent une femme que j'ai connue lorsque j'habitais Paris avec... Quand j'habitais Paris. Point. Je ne veux plus entendre le prénom de celui qui m'a anéantie. Madame Rogers était ma voisine dans cet immeuble luxueux du 16ème arrondissement. Je me demande comment elle va maintenant qu'elle est retournée dans son pays... En tous cas, le passé de Martin rejoint le mien et renforce d'avantage mon envie de donner de mon temps aux femmes qui ont souffert de violences conjugales et aux personnes sans abri, chose que même pour quelques jours, Martin a connu lorsqu'il a tout plaqué.

Je sens mes paupières devenir lourdes, si lourdes que je me laisse bercer par la douce chaleur qui m'enveloppe et m'emporte un peu plus, tout au bord du sommeil...

Il est si tard... Stephen n'est toujours pas rentré du studio et juste au-dessus, j'entends la dispute entre Bree et l'ordure qui lui sert d'époux. L'enfoiré... Qu'est-il en train de lui faire subir ? Je ne peux rien faire, elle m'a demandé de ne rien faire ! Et moi, comme une conne je lui ai promis que je n'agirais pas, de peur que sa plus grande frayeur n'arrive : qu'il la tue s'il apprend qu'elle a parlé. Je me sens sale et hypocrite de laisser faire une telle chose. Mais je crains qu'il ne mette sa menace à exécution et je suis une femme de parole...

Je sais que demain, lorsqu'il aura quitté l'appartement pour aller s'envoyer quelques « Marie couche-toi là » et pour outrageusement dépenser son fric dans les clubs de poker et les bars à escortes, Bree viendra me rejoindre pour vider son sac d'horreurs trop lourdes à supporter...

La porte d'entrée claque. Enfin mon chéri est arrivé et automatiquement, je me sens rassurée. Lorsqu'il entre dans le salon, un sourire ravageur lui fend le visage. Qu'est-ce qu'il est beau mon homme ! Mais quand il s'approche un peu plus de moi, son sourire s'efface peu à peu.

— Bah alors ? Que se passe-t-il ? Tu es toute blanche ! Tu as avalé un truc avarié ou quoi ?

Merci bien... Dans le registre « ma chérie je t'aime, mais tu as vraiment une sale gueule », on ne peut pas mieux faire ! Quelle subtilité... Il doit vraiment être encore dans l'euphorie du studio pour me dire de telles conneries !

— Non... dis-je en secouant la tête. C'est Bree... Ça a encore chauffé là-haut, et, je m'inquiète pour elle...
— Oh si ce n'est que ça ! Rien de grave alors ! Tu sais bien comment ils sont les amerloques : tout dans l'excès ! lance-t-il en riant tout en se servant un grand verre de scotch.
— Dans l'excès ? On voit que tu n'as pas entendu la violence de leur dispute ! Comment peux-tu dire un truc pareil ?
— Oh aller... Ne fais pas ta mijaurée Nina ! Tu sais bien que demain matin tout sera fini... Une bonne petite pipe façon botox et hop ! Ils repartiront pour le grand amour !

Je suis choquée... De plus en plus et profondément choquée... Comment le bad boy romantique qui a su m'attirer à lui, a-t-il pu devenir ce goujat prétentieux et insensible ? Me considère-t-il comme ça moi-aussi ? Une bonne petite pipe et hop, on oublie tout ? Bordel de merde... Je me sens si mal à présent... À y réfléchir d'avantage, je m'aperçois bien qu'il n'est plus comme avant. Il est moins doux, bestial au lit et j'ai l'impression que depuis que je lui ai dit « oui », il a radicalement changé. Mais moi et mes doutes à la con quand il s'agit de sentiments ! Je dois sûrement me tromper ! Sans doute le stress de la préparation du mariage... Et puis, quelque part, c'est vrai que Bree et Philip s'en sortent toujours...

À voir sa belle gueule, je ne peux pas lui en vouloir longtemps. Je dois m'enlever toutes ces idées à la con de la tête ! Il est là, avec moi, pas avec une de ces starlettes... Et je suis heureuse.

— On va se coucher ?

– *Ouais, commence à réchauffer le lit, j'arrive ! me dit-il sans même me regarder.*

– *Ok... Tarde pas trop... Tu m'as manqué aujourd'hui.*

Je l'embrasse rapidement, mais il ne me rend pas mon baiser. Curieux... sans doute la fatigue et la tête encore un peu dans les étoiles !

Le soleil matinal caresse mon visage, le lit est vide et froid à mes côtés. Stephen est déjà parti au boulot. Moi, je suis là, seule, sans plus aucune mission... Sans plus aucune utilité pour la recherche et pour l'Humanité.

Le mal-être quotidien que je ne parviens jamais à identifier s'installe au creux de mon ventre. Sa copine, Mademoiselle boule dans la gorge prend également ses quartiers dans cette zone de mon corps. Je me sens vide, morne... Morte. J'ai pourtant tout pour être heureuse ! Un homme parfait, un appart à en faire rougir la reine d'Angleterre et j'ai... J'ai...

Un sanglot me déchire la gorge. C'est tout ce que j'ai ! Du superflu, de l'apparence... Du matériel ! Lorsque je regarde mes mains, parfaitement manucurées, mes cheveux sublimement brushés, mes sourcils impeccablement épilés et dessinés, je ne vois pas mon « Moi ». Je ne suis plus cette Nina simple et charismatique qui faisait pâlir certains hommes tant elle savait se défendre à coup de mots brandis comme des armes blanches. Je ne suis plus qu'une ombre... L'ombre de mon ancienne Nina. Je ne suis pas heureuse... C'est évident. Et l'Afrique me manque à en crever ! Mes recherches me manquent, mes collègues, mes amis... J'ai tout perdu lorsque j'ai accepté de me donner à cet homme... Je me suis peut-être trompée de chemin... Et mon chaînon manquant semble s'éloigner un peu plus de moi...

Une larme coule sur ma joue, je tremble mais je meurs de chaud.

– *Nina ! Merde, putain ! Nina, Chérie, regarde-moi !*

La voix de Martin me sort de ma transe. J'ouvre les yeux et mon regard tombe dans ce mélange lagon-chocolat. Je suffoque tant mes sanglots sont forts et rapprochés. Martin est penché sur moi, les mains sur mes épaules. Son air terrifié me transperce le cœur.

– *Nina, calme-toi... Calme-toi. Je suis là, respire ma chérie... Respire.*

Chacune de ses paroles est un souffle qui me redonne de l'oxygène. Je finis par retrouver mon calme après plusieurs minutes qui me semblent interminables. Cet homme est mon air...

Mes larmes se tarissent et je m'éclaircis la voix.

— Je... Je suis désolée...
— Désolée de quoi mon cœur ?

Martin me fixe comme si j'étais une illuminée. Il a l'air tellement soucieux... Et tout ça à cause de tout ce bordel dans ma tête !

— Que s'est-il passé Chérie ? Tu dormais paisiblement et tu t'es mise à pleurer et à prononcer des phrases incompréhensibles. Tout va bien ? Tu as l'air totalement... Hypnotisée...

Hypnotisée, c'est tout à fait ça. Comme à chaque fois que je suis replongée dans ces souvenirs merdiques et que j'y suis gelée, congelée instantanément...

Martin fait preuve d'une patience inébranlable. Il me laisse tout le temps de retrouver mes esprits, en me caressant les joues et les cheveux. Il est comme un bonbon : dur à l'extérieur, tendre à l'intérieur...

— Je... Euh... J'ai eu un flash-back... D'avant.

Martin ne dit rien, il me regarde, un sourire compatissant et discret accroché au bord des lèvres.

— Je déteste revivre toute... Cette merde. Je me sens sale, à chaque fois que j'y repense.
— Eh ma jolie... Tout va bien, ok ? C'est fini... Je suis là pour toi maintenant.

Martin, mon Martin... Si beau et si fort... J'ai l'impression qu'il comprend tout de moi, qu'il sait lire la moindre de mes douleurs et qu'il pourra coller un pansement dessus pour que je n'ai plus mal. Je l'aime tant... Putain de bordel de merde... Je l'aime tellement ! Mon cœur se serre à le regarder, si touchant et si prévenant envers moi... Quel ange a bien pu le mettre sur ma route ? Papa ? Peut-être que c'est toi...

Le flash est comme un éclair devant mes yeux. Je suis dans une clairière, mon père est là, près de moi. Il me parle, mais je n'entends pas ce qu'il me dit. Putain, c'est tellement frustrant ! Allez, allez... je serre mes paupières au maximum pour essayer de me concentrer, mais rien... Le blanc est revenu... Mon père est reparti. Putain !

Lorsque j'ouvre les yeux à nouveau, Martin a une respiration rapide, il est affolé. Non, bordel, non !

— Tout va bien, dis-je. Je crois que j'ai eu un souvenir de quand j'étais dans le coma... Et c'est troublant !
— Tu te sens comment ? Tu as mal quelque part ? Putain, Nina, tu m'as fichu une telle peur !

Il pose ses mains sur sa poitrine comme pour vérifier que son cœur bat toujours. Je tends les bras pour poser mes mains sur ses joues et l'attirer jusqu'à moi. Je dépose un baiser tendre sur ses lèvres douces comme de la soie et je le serre tout contre moi.

- Merci mon amour... Merci. Ça va, je crois ! Autant le flash-back m'anéantit comme à chaque fois que je repense à cette période, autant cette image inattendue est... Revitalisante. J'ai vu mon père... J'étais avec lui.
- Et... Comment ça va, après tout ça ?

Nous sommes interrompus par la sonnette de l'appartement. Je vois Martin froncer les sourcils.

- Tu attends quelqu'un ?
- Pas vraiment répond-il, l'air agacé mais curieux.

Il se lève, pour je suppose, partir voir à l'entrée ce qui se passe. Une fois arrivé à la porte de sa chambre, il se retourne en s'appuyant sur le chambranle.

- Attends-moi ici belle brune... Ne te sauve pas, je reviens de suite !

Je ris devant son ton joueur et le regarde quitter la chambre. J'entends ses pas fermes et déterminés dans le couloir. Je me souviens de ce jour, il y a quelques semaines en arrière, où je faisais tout pour lutter contre mes sentiments... Quelle connerie quand j'y pense ! C'est tellement bon d'être auprès de lui.

- Eh, enculé de petit con de Cupidon, soufflé-je, merci !

Eh ouais, je sais avoir de la gratitude... Et quand des choses merveilleuses, comme la rencontre de Martin, vous arrivent, vous devez remercier la vie, les arbres, le vin et tutti quanti !
Je crois percevoir une voix à l'entrée de l'appartement, puis deux... Des voix que je connais... La porte s'ouvre sur Martin qui me sourit de toutes ses dents.

- Je crois que quelque chose devrait te remonter le moral... Aller hop debout jolie marmotte !

Je le fixe, intriguée mais amusée, car son air enjoué est vraiment impayable ! Il ne comprend vraiment pas que c'est lui qui me remonte le moral ? Rien à carrer du reste !!

Martin m'aide à me relever avec douceur et me soutient, pour que je puisse faire quelques pas jusqu'à mon fauteuil roulant.

– Chère Cendrillon, votre carrosse est avancé !
– Mon bon Prince... Vous êtes fort aimable !

Il rit et je me demande ce qu'il me cache... Alors, je freine des quatre fers en bloquant le frein du fauteuil. Je suis prise d'une bouffée d'inquiétude tout à coup.

– Martin, qui est-ce ? Je ne veux pas... Enfin, tu sais... Me voir comme ça...
– Nina, ne t'inquiète pas... Tout va bien, je te le promets. Et rassure-toi, même vêtue d'une peau de bête, tu serais magnifique !

J'éclate de rire !

– Une peau de bête, hein ? dis-je, une moue coquine s'esquissant sur mon visage. Eh bien, je préfèrerais jouer à Papa et Maman Cro-Magnon figure-toi, plutôt que de me rendre dans le salon...
– Tu n'es qu'une vilaine paléodévergondée !

Il m'embrasse langoureusement comme j'aime, et l'incendie renaît au creux de mon ventre. Alors, comme s'il vibrait sur la même fréquence que moi, il s'arrête et pose son front tout contre le mien.
– Nina... Tu me mets dans des états impossibles ! Avec toi, je perdrais le contrôle n'importe où, n'importe quand... Tu me mets en feu ! Je te promets d'assouvir tous tes appétits lorsque tu remarcheras sans peine. Encore quelques jours ...

Je soupire, haletante, entre feu et flamme, je n'ai jamais désiré un homme à ce point. Saletés de tatouages du Pacifique ! Ils finiront par avoir ma peau !

– Ok... Break hormonal !

Martin éclate de rire et je le suis car je ne peux pas faire autrement que de rire de mes propres âneries !

– Diète d'oestrogène et cure de prolactine pour Madame !

En plus d'être un Dieu du sexe et de la beauté, il est drôle. J'ai l'impression qu'il est comme moi... J'aime vraiment ça.

Allez, tu es très attendue, on y va !

Martin me pousse en douceur et nous sortons de la chambre. Lorsque nous franchissons le seuil du salon, nous sommes accueillis par des acclamations de joie et d'immenses sourires fendant le visage de nos visiteurs.

Ils sont tous là : Paul-Louis, Eléonore, Lénaïc et un homme, métisse, grand et beau comme un diable, qui se tient près de Paul-Louis.

– Ma chère Nina ! Quelle frayeur vous m'avez fait ! s'exclame Paul-Louis en me donnant une accolade « so british ». Chère enfant, vous êtes archéologue, pas cascadeuse ! Souvenez-vous en, je vous en prie !

Les manières de Paul-Louis me font sourire. Ce dandy est craquant de gentillesse autant qu'il est perfectionniste et chiant au boulot ! J'aime ce personnage haut en couleurs.

C'est au tour d'Eléonore de s'approcher de moi. Ses yeux sont brillants et ses lèvres tremblent lorsqu'elle prend mes mains dans les siennes. Puis, elle s'effondre à genou, là, devant moi. Je ne m'attendais pas à une telle réaction et je me sens un peu démunie. Heureusement, mon empathie reprend le dessus et me permet de retrouver le contrôle de la situation.

– Eh… C'est fini maintenant, Eléonore. Je vais bien. Tu veux bien me regarder s'il te plait ?

Elle relève ses grands yeux bleus de mini mannequin russe et me regarde comme je viens de le lui demander. Ses larmes coulent sur ses pommettes roses puis le long de ses joues.

– Je suis désolée de t'avoir causé tout ce stress. Je vais bien je te le promets. Je vais vite me remettre de ma fracture au bassin et je reviendrai te pourrir tes journées de boulot !

Éléonore rit et ça fait du bien de la voir s'apaiser.

– C'est quand tu n'es pas au travail avec nous que ça pourrit mes journées ! J'ai eu peur Nina… Et pour toi aussi Martin, Dieu grec ascendant ours des cavernes, lance-t-elle à Martin dans un clin d'œil tout en se relevant pour se reculer.

– Je ne relève pas tous ces surnoms car Léna s'est déjà postée devant moi, les bras croisés sur sa poitrine et la moue mi enragée, mi comique. Je sens que je vais avoir droit à son numéro de mélodrame parfaitement maîtrisé !

- Alors voilà ce qui arrive, quand je ne suis pas derrière tes fesses et que je te laisse « gérer » la situation, dit-elle en crochetant des guillemets imaginaires avec ses doigts. Tu veux me faire faire une crise cardiaque ou quoi ? Bon, enfin, tu sais que c'est parce que je t'aime que je gueule comme un putois hein ?

- Ah Léna, ta grande goule m'a manqué tu sais ! Et j'aime quand tu me sors ton numéro de diva blessée dans son orgueil ! Je t'aime poulette... Et, merci d'avoir géré maman à l'hôpital...

- Je t'aime aussi chérie... Mais ne me fais plus jamais une telle frayeur ok ? me lance-t-elle en pointant un index accusateur tout près de mon nez. Et pour ta mère... Disons que les dragons cracheurs de feu sont bien mieux au fond d'une grotte !

Nous rions ensemble quelques secondes comme quand on était mômes et qu'on piquait des fous-rires idiots, à cause d'un mot mal prononcé ou d'une de mes expressions très, très originales !

Puis Lénaïc s'approche de Martin. Elle ne le toise pas, je ne ressens aucune colère en elle. Non, au contraire, j'ai la sensation qu'elle lui est... Reconnaissante ! Pourquoi ça...

- Martin, Nina est LA rencontre de ma vie. Elle est ma sœur, plus importante que les liens du sang, notre lien est celui du cœur. Nous nous comprenons sans même nous parler. Nous sentons à distance quand l'une ou l'autre va mal.

Martin la regarde et l'écoute attentivement sans rien dire. Où veut-elle en venir nom de Dieu !

- Elle est un trésor qu'il faut chérir chaque jour que la vie veut bien nous donner. Enfin ! Tout ça pour te dire que j'y tiens autant qu'à ma propre vie... Et que je te fais confiance. Je sais que tu la rends heureuse. Je ne sais pas par quel tour de magie tu as fait ça, mais tu lui as redonné le sourire et rien que pour ça, je dois te remercier.

Léna m'envoie un regard qui signifie « je peux ? » et j'acquiesce d'un léger hochement de tête. Alors, elle prend Martin dans ses bras pour lui faire un bon gros câlin de bisounours, ce qui le prend par surprise à en juger par le petit sursaut que ce contact provoque chez lui. Il me regarde un instant, et lorsqu'il voit mon sourire attendri et les larmes qui roulent sur mes joues, il rend son étreinte à Léna.

- Merci Lénaïc. Tout ce que tu viens de me dire, c'est... De l'or en barre ! J'aime ton amie, profondément, inconditionnellement et je m'en veux terriblement pour cet accident. Alors sache que jamais, dépendamment de ma volonté, je ne pourrai lui faire de mal.

Léna pleure tout en riant, signe que Martin a touché une corde sensible et qu'il vient de marquer un point !

– Eh Nana ! Le gros lot, c'est pour toi cette fois ! Tâche de le faire prospérer sinon, je botterai ton joli petit cul !

Tous les convives s'esclaffent à entendre le ton de cow-boy de Léna ! Qu'est-ce que je l'aime celle-ci...

– Bien ! Toutes ces émotions m'ont ouvert l'appétit ! Si on dégustait quelques bricoles accompagnées de bonnes bulles ! propose Martin.

Et à en juger par les « houra » et les « Ah, oui, avec plaisir ! », tout le monde meurt de faim ici !
Paul-Louis et l'homme qui semble l'accompagner pour cette surprise partie, me rejoignent. Paul-Louis pousse mon fauteuil légèrement à l'écart en expliquant que l'air frais du balcon nous fera le plus grand bien. Mouais... Je sens qu'il y a un truc là ! Oh putain, si ça se trouve, je suis virée et ce type est mon successeur... Bordel de putain de bordel de merde...
Mais contre toute attente les deux hommes se postent devant moi et finissent par se donner la main. Non ! Ben ça alors....

– Nina, laissez-moi vous présenter Rodrigue, mon compagnon, m'annonce Paul-Louis.
– Je suis enchanté de faire votre connaissance Mademoiselle.
– Appelez-moi Nina, je vous en prie. Ravie également.

Rodrigue me sert une poignée de main chaleureuse. C'est un bel homme, sophistiqué comme Paul-Louis, mais qui me paraît plus jeune que lui. Maintenant que je connais leur situation, tout me semble clair comme de l'eau de roche. Mais ce que j'apprécie, c'est qu'ils semblent assumer parfaitement leur choix de vie. Ils ne sont pas extravertis, extravagants. Ils n'ont rien d'un « Alban » de la Cage aux folles.
J'aime immédiatement Rodrigue qui engage la conversation avec moi alors que Paul-Louis se propose d'aller aider Martin. Après tout, il est rescapé lui aussi, ne l'oublions pas !
Rodrigue s'intéresse à l'archéologie et à l'art en général. Je lui explique mon parcours, mes découvertes qui semblent le fasciner et j'apprends en échange qu'il détient un DESS en histoire de l'art. Parfait mariage des genres avec Paul-Louis !
Martin qui revient dans le salon, nous invite à nous installer dans le canapé. Lorsque Rodrigue me ramène auprès de tous ceux que j'aime, je découvre un véritable festin. Martin est fou ! Il a confectionné tout un buffet des mignardises que je préfère : des tartelettes au citron

meringuées, des chouquettes, des éclairs au café, des tartelettes amandines au cassis... Et une somptueuse pièce montée de macarons ! J'en salive comme une lionne devant un troupeau de gnous ! Mais attendez... Je ne lui ai pas tout révélé de mes goûts en matière de pâtisserie... Léna ! Quelle chipie celle-là ! Je la regarde avec mon air de « avoue Lebrun ou ça va chauffer » mais me rattendris immédiatement quand je vois sa moue et son regard de chaton abandonné. C'est elle bien-sûr qui a dû aider Martin à organiser tout ça ! Ma sœur de cœur... Tu me connais si bien !

Paul-Louis fait sauter le bouchon d'une bouteille de champagne et Eléonore l'aide à faire le service. Lorsque chacun des convives a une flûte à la main, Martin, fait tinter sa petite cuillère sur la sienne en réclamant une minute d'attention. Je me demande bien ce qu'il veut nous dire. Remercier tout le monde d'être là sans doute...

– Mes amis, je vous remercie d'être présents aujourd'hui, cela compte énormément pour moi.

Qu'est-ce que je vous disais ! Je le vois respirer profondément et fermer les yeux quelques instants comme pour reprendre ses esprits. On dirait qu'il a mal quelque part. Merde, ce doit être sa jambe qui le fait souffrir ! J'ouvre la bouche pour lui demander si tout va bien, mais sa prise de parole me coupe l'herbe sous le pied.

– Comme vous le savez, Nina et moi revenons de loin selon les médecins. Mais nous sommes là, et, même si la peur et la colère me hantent encore, je n'ai jamais autant aimé la vie !

Il rit timidement et tout le monde l'imite. Son regard vient se plonger dans le mien, alors qu'il inspire profondément de nouveau. Qu'est-ce qui se passe, on dirait qu'il a un trac fou...

– Dans mon métier, j'ai découvert de pures merveilles, vu passer de véritables trésors dans mon labo. Mais jamais je n'avais été touché par une telle grâce, une beauté sublime et une âme éblouissante malgré toute la peine que le passé a pu lui causer.

Il parle de l'ex-voto ! Il a dû obtenir des résultats plus précis, génial ! Je me sens pousser des ailes et l'envie de me lever de mon fauteuil pour courir jusqu'au musée me saisit jusque dans mes entrailles. Je sens la chaleur me gagner sans vraiment savoir pourquoi et mon ventre prendre un ascenseur vertigineux. Martin, lui, s'approche de moi, le regard brillant, respirant la virilité et pourtant tant de douceur réside dans sa démarche. Il se place devant moi, à genoux et je suis en apnée.

Je suis perdue là... Est-ce que quelqu'un pourrait éclairer ma lanterne s'il vous plait ? Je ne comprends plus rien ; tous les regards sont posés sur moi, les sourires lumineux éclairant le visage de chacun. Martin prend mes mains tremblantes dans les siennes et les porte jusqu'à ses lèvres. Un chevalier... Voilà ce qu'il est ! Ce mec, magnifique, tatoué à se damner et absobordelument doué au lit, est un putain de chevalier, comme on n'en fait plus au rayon contes de fée !

– La grâce, c'est toi... La beauté, c'est toi... Tu es l'âme qui manquait à la mienne... Nina, ma douce... Je t'ai déjà dit ce que je ressentais pour toi et ce, depuis le jour où je t'ai vue entrer dans mon laboratoire.

La grâce, la beauté, ses sentiments... Et l'ex-voto alors ? Mais ils sont tous devenus dingues ou quoi ? Je cherche le regard de Lénaïc et à ma grande surprise, je la vois pleurer à chaudes larmes. Putain de bordel de merde ! Eléonore est dans le même état. Paul-Louis tient la main de Rodrigue... Ils sont complètement givrés ma parole ! Tout ce ton cérémonieux pour des résultats d'analyses ?

Je suis encore dans le coma, c'est ça ? Eh oh ? Est-ce que quelqu'un peut me sortir de là ? J'ai l'impression d'être dédoublée, comme à côté de moi-même et de voir se dérouler toute la scène qui est réellement en train de se produire.

– Martin, que se passe-t-il ? C'est quoi tout ce suspense ? Tu as eu des résultats plus précis pour nos recherches, c'est ça ? On est en possession d'une pièce rare ? demandé-je, nerveuse.

Il éclate de rire, de ce rire caverneux et naturel que j'aime tant. Nos amis en font de même. Et je dois vous l'avouer chers lecteurs, en cet instant, je viens définitivement de perdre le nord ! Tout le monde a décidé de se payer ma tête on dirait !

Martin finit par reprendre le contrôle et relever les yeux vers moi. Le ban de merlans frits qui nous entoure est toujours figé, comme statufié par la déesse du peace and love et de la niaiserie. Et moi, je commence à sentir ma petite diablesse prendre possession de mon corps, avec ce sale con de petit ange qui essaie de pacifier mes idées ! Je vous laisse imaginer le merdier qui s'installe dans mon esprit...

– En quelque sorte oui... Ce n'est pas de notre ex-voto dont je voulais te parler... Mais, de toi... De nous. Et tu as raison : Je suis en présence d'une pièce très rare.

Il pointe mon cœur de son index, son autre main enserrant toujours les miennes qu'il a tendrement posé sur son cœur.

– Toi.
– Quoi, moi ?

– C'est toi mon trésor, me répond-il. Et tout à l'heure quand tu es revenue ici, je n'ai pas pu te dire ce qui va suivre, faute de surprise organisée, me dit-il en désignant de la main toutes les personnes présentes.

Quoi ? Mais putain, qu'est-ce qu'il essaie de me dire ? Je dois vraiment être très conne ou alors mon flair est resté au vestiaire !

– Je t'ai dit à quel point je t'aimais non ?
– Oui et j'en ai fait de même. Quel est le problème mon cœur ?

Je suis complètement flippée maintenant ! Et Léna qui pleure de plus en plus...

– Le problème, c'est que... J'aimerais que tu portes ça.

Oh la vache ! Martin, toujours à genou devant moi m'a lâché les mains pour sortir un écrin de sa poche et me présenter la plus belle bague que je n'ai jamais vue... Je n'en crois pas mes yeux. Je sens mes sourcils se froncer, mon cœur s'alourdir, ma tête tourner. De l'air, il me faut de l'air !

– Je... C'est... Est-ce que... Tu veux... bafouillé-je, en sentant mes yeux s'emplir de larmes.
– T'épouser ? Ce serait un rêve qui deviendrait réalité Chérie... Mais, je te l'ai promis, pas de pression... Pas de précipitation, même si entre nous tout est allé à la vitesse de l'éclair !

Notre petite assemblée rit et charrie gentiment Martin.

– Oui j'aimerais t'épouser, mais c'est toi qui en décideras. Laisse-moi simplement te rendre heureuse et te faire redécouvrir la vie... Cette bague, si tu l'acceptes, sera le symbole de notre bonheur et de notre renaissance à chacun. Elle est la concrétisation de nos envies, nos promesses et nos souhaits pour demain. Installe-toi avec moi, ici ou à l'endroit que tu voudras, mais sois près de moi, tout autant que je veux être auprès de toi... Au moins pour le temps que voudra nous accorder la vie.

Je pleure toutes les larmes de mon corps, et, cherchant l'oxygène qui manque à mon cerveau, je prends une grande inspiration avant de répondre à Martin, avec toute la force qui jaillit de mon cœur et qui rejoint le sien comme un pont fait d'amour et de sérénité.

– Oui... Oui à toi... Oui à nous, à demain et aux bruschettas ! Je te veux Martin de Villandière et j'accepte cette bague, signe du renouveau et de l'amour. Et de mon installation officielle chez toi !

Je vois les larmes rouler sur les joues de Martin lorsqu'il prend ma main droite et non la gauche, pour passer la bague à mon annulaire. Jusqu'au bout de sa démarche, il fait tout pour me faire vivre cette déclaration comme quelque chose d'unique et d'extraordinaire.

Ses lèvres se pressent contre les miennes, je me laisse aller à un baiser tendre et bientôt nous nous retrouvons tous les deux aspergés de champagne et noyés par les « hourras » de nos amis ! Léna scande un « Vive les fous d'amour, à moi les petits fours ! » qui fait éclater tout le monde de rire et, comme une nuée de moineaux, tout le monde se disperse dans le salon pour nous laisser un peu d'intimité.

— Est-ce qu'on t'a déjà dit que tu étais fou Martin ? demandé-je souriante, le cœur au bord des lèvres.
— Eh bien, on m'a déjà dit que j'étais un ours mal léché, un dieu grec, mais un fou... Je ne crois pas non ! Hormis toi bien entendu, et pas plus tard que ce midi !
— Alors, je déclare officiellement aujourd'hui, qu'en ce jour du 25 juin 2004, tu as complètement perdu la tête ! dis-je en riant comme une gamine.
— Non ma belle... Tu te trompes, c'est quand je t'ai vue le 20 mai que j'ai perdu la tête !
— Parce que tu te souviens de la date en plus ?

Je suis ébahie. Comment un homme viril comme lui peut-il être romantique à ce point ?

— Crois-moi ma douce, je me souviens de chacune des minutes passées à attendre que tu franchisses la porte du labo, que tu t'assois à côté de moi...
— Et, les minutes passées peau contre peau... Tu les as comptées ? demandé-je l'air coquin et aguicheur.
— Vois-tu mon cœur, tu n'as pas le sens du temps qui s'écoule...
— Ah oui ?
— Exactement ! dit-il tout contre mon oreille, ce qui a pour but de réveiller tout mon entre-jambe. Dans ce cas précis, il s'agit de compter des heures entières mon amour. Et je t'en promets tant d'autres...

Tout en me susurrant ses promesses sensuelles, il lèche discrètement le lobe de mon oreille en émettant son bruit de gorge à vous embraser la petite culotte. Je ne vais pas tenir bien longtemps à ce rythme-là...

— Eh les amoureux ! Vous expérimenterez le tantrisme plus tard !

Léna et sa grande goule ! Elle tombe toujours à pic ! Au moins, elle m'aura évité de provoquer un incendie dans ma salle de jeu...

— Je veux voir cette merveille ! Aller Nina, montre ta bague !

Son ton de pimbêche capricieuse me fait rire, d'autant plus que je sais qu'elle en joue pour amuser la galerie. Je tends ma main et Léna siffle comme un routier en rut.

— Whouh ! C'est magnifique ! Cette bague est une pure merveille, dit-elle en faisant tourner ma main pour observer le bijou sous tous ses angles.
— C'est une opale Welo. Elle vient...
— D'Ethiopie ! dis-je pour terminer la phrase de Martin.

Martin fait plus que m'observer... Il pénètre mon regard. Je plonge en lui, dans la splendeur de son être. Nos auras se mélangent, se subliment et nous enveloppent, pour que nous ne formions plus qu'un.

— Tu aimes ta bague ?
— Plus que ça Martin... Plus que ça !

J'admire cette pierre jaune qui capte la lumière et l'emprisonne dans ses dizaines de facettes. On dirait... Mon prana ! C'est exactement ça ! Bon sang... Je ne pouvais pas rêver d'un meilleur cercle vertueux, d'une si parfaite harmonie... Je suis heureuse.

— Une Welo hein ?
— Si tu ne viens pas à l'Ethiopie...
— L'Ethiopie viendra à moi ?

Martin acquiesce d'un petit hochement de tête. Cet homme, que je n'aurais jamais pensé avoir pour moi un jour, a tout simplement compris en à peine un mois, qui je suis vraiment, ce qui compte réellement pour moi. Il sait ce que je vis, ce que je ressens... C'est à peine croyable. Jamais personne, pas même ma famille, n'a compris et vu autant de choses de moi.

— Merci mon amour... Merci.
— Merci à toi de m'être revenue... Tu n'imagines même pas le bonheur que tu fabriques dans mon cœur en ce moment précis...

Nous nous retrouvons les yeux dans les yeux, et en cet instant, je peux lire dans ceux de Martin tout le caractère sacré qu'il met dans ce bijou, la pureté de ses sentiments... Et bien plus encore, je vois qu'il sera prêt à tout faire pour moi...

M'amener L'Ethiopie montée sur un anneau et me la passer au doigt... C'est comme s'il avait comblé un vide ouvert en moi depuis tant d'années... Comme s'il m'avait reconnectée à mon chaînon manquant. Oui c'est ça. C'est exactement ce qu'il voulait faire, j'en suis sûre !

Je me mets à pleurer tant ces révélations non dites me bouleversent... Tant la magie de cet instant est puissante. Je prends conscience de la chance que m'offre la vie et je lui en suis si reconnaissante.

– Wahouh... Je ne sais pas ce que vous venez de vous dire avec vos yeux, mais c'est flippant ! J'ai bien besoin d'une coupe de bulles moi ! lance Léna en nous regardant tour à tour et en s'éloignant vers la table où sont entreposées les mignardises.

Je la regarde filer comme une nuée d'été. Mon cœur respire le bonheur et la plénitude. Tout est absolument parfait.

– Léna est un phénomène n'est-ce pas ? demandé-je à Martin.
– C'est une fille surprenante, on dirait... Un Kinder Surprise !
– Un Kinder Surprise ? m'exclamé-je. Ne me dis pas que ma meilleure amie a une tête d'œuf sinon je te réduis en oeufs brouillés !

Nous éclatons de rire comme des gosses et ça fait tellement de bien après tout ce qui vient de nous arriver...

– Absolument pas ! Je dis juste que sous sa coque dure, on ne s'attend pas à découvrir autant de douceur et de tendresse. Enfin... Sous ses airs de clown, je vois à quel point elle tient à toi... Et rien que pour ça, je l'apprécie beaucoup.

Je ne pensais pas que cela compterait autant, mais je m'aperçois que c'est un grand soulagement que Martin aime bien ma meilleure amie. Et la façon qu'il a de la percevoir ne peut pas tomber plus juste. Encore un atout de Monsieur de Villandière ! En plus d'être un expert au lit, beau comme un dieu et doué tel un Einstein des vestiges historiques, il est hyperlucide... C'est bon Cupidon ! Tu as réussi à me faire définitivement craquer... N'en jette plus, la coupe est pleine !

– Et puis, je crois qu'elle a raison : c'est « flippant » de constater à quel point on peut se comprendre et lire en l'autre !

Martin sourit en baissant les yeux sur ma bague et en caressant mes doigts.
– J'ai l'impression qu'on est... connecté !

- Idem…
- Je t'aime !

Nous nous le sommes dit en même temps, ce qui ne manque pas de nous faire rire et de confirmer notre sensation de connexion mutuelle.

Le souffle chaud de ses paroles vient se déposer sur mon cœur, comme s'il venait d'y tatouer notre engagement. Un engagement sacré à mes yeux. Plus important qu'une union devant Dieu, il représente l'union de nos deux cœurs et de nos deux âmes…Jamais je n'aurais pensé être si heureuse de nouveau. D'ailleurs ai-je déjà été heureuse à ce point ? Je ne crois pas…

Eléonore s'approche de nous, l'air bizarre, comme si sa silhouette se détachait du tableau abstrait que composent le brouhaha et les mouvements de chacun de nos amis. Que lui arrive-t-il… Elle semble complètement déboussolée. Et à mon air de Néanderthalienne ahurie, Martin se retourne sur elle.

- Eléonore… Tout va bien ?

Je sens dans sa voix qu'il est inquiet, ce qui allume instantanément mon radar à emmerdes.

- Nina… Dans l'entrée…
- Quoi dans l'entrée Eléonore ? Accouche qu'on baptise, non d'une pipe !

J'ai parlé d'un ton plus sec que je le souhaitais, mais elle me fiche les jetons là !

- Eh bien, il y a un homme… Américain, qui te demande.

Martin et moi nous regardons, sans rien y comprendre Un américain ? Qu'est-ce que c'est que ce bordel encore… Je grogne intérieurement. Qui ose venir gâcher ce moment magique ?

Martin se dirige dans l'entrée, Eléonore elle, se tient près de moi, figée comme un menhir de Carnac et cette ambiance celtico-dramatique me glace le sang.

Mon chéri revient quelques secondes plus tard, suivi de près par un homme, grand et classe en costume trois pièces. Et moi, automatiquement, je me dis qu'il doit mourir de chaud dans cette tenue en ce mois de juin. Le stress de comprendre ce qui m'attend probablement…

– Mademoiselle Libartet ? Bonjour, je suis Adam Stewart, me dit-il en me tendant une franche poignée de main, un accent sorti tout droit d'un pot de yaourt américain.
– Bonjour... Euh...

Merde ce grand blond m'intimide sous ses airs de Thor. Respire Nina, retrouve ton centre d'équilibre. J'inspire et me redresse sur mon fauteuil, comme si un fil imaginaire tirait le sommet de mon crâne en direction du ciel.

– Que puis-je faire pour vous Monsieur Stewart ?
– Je suis avocat et j'ai retourné toute la city pour vous trouver ! C'est le central de police qui m'a dit de chercher at the hospital. Là-bas, au C.H.U, ils m'ont donné l'adresse de votre fiancé. Et so, I'm here !
– Et que me voulez-vous ?
– Oh so sorry ! Je travaillais pour Madame Rogers.
– Bree ?

Mes yeux viennent soudain de s'agrandir. C'est comme si une vague de chaleur immense venait de se répandre de mon cœur jusqu'à mes orteils. Bree... Ma chère Madame Rogers !

– C'est fou, je pensais à elle justement ce matin ! Quelle coïncidence ! Comment va-t-elle, dites-moi ? demandé-je anxieuse tout à coup, en voyant ses deux mains se crisper sur son attaché case.

Il s'éclaircit la voix en portant son poing serré devant sa bouche.

– Well... Sorry Mademoiselle... Madame Rogers est morte il y a trois mois.

La lave qui coulait dans mes veines vient juste de se transformer en fluide cryogénisant. Je suis de nouveau glacée de l'intérieur. Bree... Décédée ? Quand ? Comment ? Tout se bouscule dans ma tête. Je me perds de l'intérieur, dans ce dédale de questions interminables qu'est mon esprit en cet instant. Et puis, pourquoi ce viking tout droit sorti du grand ouest vient-il m'annoncer cette funeste nouvelle ?

– Je suis navré de devoir vous annoncer une so triste nouvelle, mais Madame Bree, oh ! Je veux dire, Madame Rogers, m'a demandé avant de mourir de retrouver vous, pour vous donner, this.

Blondinet Stewart ouvre sa mallette et en sort une enveloppe en papier kraft, estampillée du cachet « Stewart Law Firm ». Les yeux rivés aux miens, il me la tend et je l'en remercie, gênée et pas trop sûre d'avoir envie de l'ouvrir. Martin et Eléonore, sont là et je sens leur curiosité grandir de plus en plus. Que se passe-t-il avec Bree et putain, que se passe-t-il tout court aujourd'hui ? Aller Libartet, sors les corones que tu n'as pas et lis ce qui t'attend là-dedans bon sang !

Je déchire l'enveloppe comme si elle me brûlait les doigts et en sors le document. Ce dernier comporte plusieurs feuilles dont une lettre manuscrite m'étant adressée. C'est l'écriture de Bree. Je la reconnaitrais entre mille grâce à ses pleins et ses déliés si caractéristiques des écritures chics et soignées. En posant les yeux sur ce courrier, je sens les larmes monter et brûler mes paupières, lorsque je les ferme pour reprendre mon calme.

Je ressens tout le poids du regard des personnes qui m'entourent. Paul-Louis, Rodrigue et Léna ont rejoint notre petit comité. Enfin, je me décide à lire la lettre que Bree m'a laissée.

« *Ma chère Nina,*

Il y a si longtemps que nous ne nous sommes pas vues. Et malheureusement ma chérie, cela n'arrivera plus.

Je vous prie de m'excuser pour ce manque de tact, mais à mon âge et dans ma situation, on choisit la case « itinéraire le plus rapide » sur son GPS. Et du temps, il m'en reste si peu à présent pour vous confier tout ce que j'ai sur le coeur.

Vous avez toujours compté à mes yeux, comme une enfant chère... Comme une fille, pour tout vous dire... Une fille que je n'aurais pas portée mais que j'aurais découverte comme par magie. J'ai ressenti une affection immédiate lorsque nous nous sommes rencontrées. Il y avait dans vos yeux, cette lumière que les autres n'ont pas, signe d'une âme pure. C'est cette lumière qui me fait dire que vous êtes un être extraordinaire, une personne généreuse jusqu'au plus profond de vous-même.

Je sais que vous avez sacrifié votre vie à plus d'une reprise et j'espère profondément que vous aurez pu retrouver votre liberté, car je sais que vous n'étiez plus libre à l'époque où nous étions voisines.

Comme je vous le disais ma chère enfant, je n'aurai plus la possibilité de vous rendre visite à présent que je suis malade et en fin de vie. Les coups portés tant à mon corps qu'à mon âme auront eu raison du reste de, comment disiez-vous déjà à cette époque ? Ah oui de « mon étincelle vitale » ! Je vais mourir Nina et je sais que lorsque vous lirez ces quelques lignes, j'aurais quitté ce monde.

Ne vous inquiétez pas ma chérie, je n'aurais pas souffert plus que d'habitude. Vous aurez accompagné mes dernières pensées, venant comme à votre douce habitude m'apaiser et me réconforter.

Je garde soigneusement sur mon cœur, la photo de nous deux que vous aviez prise peu de temps avant mon retour aux Etats-Unis. Elle sera mon passeport pour l'autre monde, c'est certain...

Nina, ma douce Nina, plus que tout le reste, je veux vous remercier pour tout l'amour que vous m'avez porté durant ces quelques années, pour l'authenticité et la pureté de chacune de vos paroles, de chacun de vos actes. J'ai tant de gratitude envers vous et tant de respect pour la femme admirable que vous êtes. J'ai toujours su que vous étiez une pépite, une pierre précieuse brute, à chérir et à protéger, pour qu'elle ne perde rien de son authenticité.

Je sais ma chérie, que vous êtes plus qu'une femme et une archéologue à la recherche de l'ultime explication, avec la soif de comprendre d'où nous venons tous. Je suis persuadée que VOUS êtes celle qui peut tout changer... CELLE qui porte en elle tous les attributs de votre chaînon manquant : l'amour, la générosité, l'abnégation... Ma chère enfant, pour moi, VOUS êtes ce chaînon manquant, l'être fabuleux qui porte en elle toutes les valeurs et toutes les cellules pouvant définir ce qu'est l'humanité...

Tout ce qui m'appartenait est aujourd'hui à vous. Là où je vais, je n'aurais besoin de rien. Je sais que vous en ferez bon usage. Je suis convaincue que votre humilité, votre passion et votre grandeur d'âme vous donneront des ailes pour réaliser de grandes œuvres. À l'image de votre Lucy quittant la savane pour faire évoluer son espèce, déployez votre passion et votre âme pure sur ce monde si sombre parfois...

Il me reste à vous souhaiter bonne chance et vous dire que j'emporte avec moi, les plus beaux souvenirs de toute une vie lorsque je pense à vous.

Bien affectueusement

Bree »

Putain... de bordel... de merde ! Je n'y comprends plus rien... Tellement de choses tourbillonnent au creux de mon ventre et jusque dans ma gorge. De l'air... il me faut de l'air ! Monsieur accent au yaourt, où est-il ?
Putain...
Je lève mon regard et tout le monde a les yeux rivés sur moi. Martin fronce les sourcils, comme s'il cherchait à lire en moi. Eléonore elle, croise les mains sur son ventre.

– Que... Qu'est-ce que ça veut dire ? soufflé-je, les yeux pleins de larmes.

Martin s'avance vers moi précipitamment et se place à mon côté, comme s'il voulait me protéger. Oh... Mon guerrier du Pacifique sort les armes...

– Cela signifie Mademoiselle, que vous êtes l'héritière d'une fortune colossale, m'explique Monsieur Stewart.
– Qu... Une for... Quoi ?

Je ne peux pas croire ce que je viens d'entendre. J'ai trop chaud. Je perds pieds...

– Madame Rogers vous a désignée dans son testament comme unique héritière... C'est ce qu'elle essayait de vous dire, dans sa letter

Moi... Héritière de Bree ? Mais c'est absurde ! Je pensais à elle ce matin et voilà que tout ce bordel arrive subitement... Je n'ai pas demandé qu'elle meurt moi ! Et où sont passés mon petit ange et ma diablesse quand j'ai besoin d'eux bordel ?

– Mais pourquoi moi ? Je n'ai rien fait pour mériter ça !
– I don't know Mademoiselle. But Madame Rogers était une grande dame. Si elle a choisi vous, c'est que vous êtes digne d'elle. And son testament est formel: vous êtes désignée like unique héritière.

Je sanglote, suffoque, en ayant l'horrible impression que le sol se dérobe sous mes pieds. Martin me réconforte en me caressant le dos. Sa chaleur m'enveloppe, je veux dormir... Je veux fermer les yeux pour échapper à toute cette confusion. Tout se vide autour de moi, je n'entends plus rien... Je ne vois plus rien... Ça tourne, je suis si bien... Blanc... Noir... Fondu de sortie...

À suivre...

Remerciements

L'écriture de ce premier roman a été une véritable aventure. Lorsque j'ai abordé cette idée folle avec mon entourage, les encouragements ont été forts nombreux. Mon mari, comme à son habitude a porté ce projet avec moi, riant encore de me voir partir avec mon énergie tempêtueuse, dans un nouveau projet ! Mes amis ont soutenu mon initiative, certes un peu dingue au départ, mais qui est vite devenue vitale au fil du temps.

Quant à mes filles, quelle joie de voir briller d'admiration leurs yeux magnifiques lorsque je leur ai expliqué que j'allais écrire un livre...

Mes premiers remerciements vont à mes parents. Merci, malgré une vie compliquée, pleine d'obstacles et de souffrance, de m'avoir offert tant d'amour et de valeurs. Merci également de m'avoir appris le sens du combat et de l'adaptabilité. Merci d'avoir soutenu mes projets, mes envies folles et nombreuses ! Et, merci de m'avoir fait comprendre sans jamais me l'expliquer, alors que vos espoirs étaient réduits à néant, que la vie vaut la peine d'être vécue, qu'il faut se donner les moyens d'avancer, alors que tout vous laisse croire que vous ne valez plus rien...

Merci à mes cinq frères et sœurs. Nous sommes tous différents mais nous venons de la même terre. Merci à vos absences respectives, vos défauts et vos valeurs toutes personnelles, qui m'ont permis de me construire, non pas sans douleur, mais en sachant celle que je ne voulais pas devenir... Nous sommes tous éloignés les uns des autres et pourtant mon cœur vous fait toujours autant de place... Namasté.

Un énorme merci à Sébastien, mon amoureux, mon mari. Merci pour ta patience, ta tendresse lorsque je venais me coucher si tard et épuisée d'avoir posé sur ces pages toutes les idées que je devais absolument consigner de peur qu'elles ne s'échappent de mon esprit si je ne les écrivais pas immédiatement ! Les regards que tu poses sur moi chaque jour depuis le début, me font me sentir invincible. Merci de croire en moi. À l'image de Nina et Martin, nos deux auras se sont captées, mélangées puis sublimées, pour faire ceux que nous sommes aujourd'hui. Je t'aime...

Merci à mes deux princesses : avoir vu vos petites frimousses s'intéresser à mon histoire, aux lieux du roman, m'a motivée à 200% dans mon travail d'écriture... J'ai pu retrouver grâce à votre curiosité et vos questions, ces endroits où j'ai vécu et étudié. Vous m'avez permis de retrouver une belle partie de ma vie d'avant. Vous êtes mes trésors adorés.

Merci à mes beaux-parents d'être présents, chaque jour et de veiller sur moi, ainsi que sur mon mari et mes filles. Je vous aime comme mes propres parents.

Merci à Nico, Dom et Luc, de m'avoir permis de rester vivante durant six belles années, faites de rock n'roll et de complicité. Cover forever...

Merci tout particulièrement à Audrey, qui a été ma première bêta lectrice à rencontrer Nina et Martin. Je garderai toujours ton sms empreint d'amour et d'encouragements. Il a été une réelle source de motivation !

Merci à toutes les bêtas lectrices qui ont participé à cette aventure. Merci pour vos remarques, vos critiques objectives et justes qui m'ont aidée à faire vivre mes personnages et faire évoluer mon histoire. Sabine, un immense merci d'avoir revu et corrigé toutes les petites coquilles qui nous échappent lorsque l'on est plongé dans l'écriture.

À ma Gaëlle, ma soeur de coeur depuis toujours... Tes paroles rassurantes et sincères sont une source intarissable de bonheur, de force et d'espoir. Tu es mon alter ego, plus précieuse que la chair et le sang qui composent mes racines. Je t'aime et je serai là pour toi, éternellement.

Merci à Delphine et Stéphane, pour nos fous-rires, l'amitié partagée et l'affection que nous nous portons. Une heure de votre absence est une vie sans lumière.

Merci à Béatrice, ma belle-soeur chérie, J-F, mon beau-frère que j'aime comme mon propre frère, Luis, Florent, David et Charlotte, et, vos enfants pour tout l'amour et la joie qu'ils laissent dans notre maison à chacune de vos venues... Merci les amis. Vous êtes à mes côtés depuis tant d'années, que je n'aurais jamais assez de mots pour vous exprimer tout l'amour que je vous porte.

Laurent, Lydia, Justine et Jonathan ainsi que tous les membres de notre grande famille : merci. Vous retrouver est toujours synonyme de joie. Jonathan, mon filleul, Tata sera toujours là pour toi.

Fanny, Matthieu et vos enfants... Vous êtes entrés dans nos vies comme deux rayons de soleil... On vous aime énormément. P.S: Ma copine, j'ai moi aussi joué à la marelle avec mon téléphone !

Fanny, Vincent et vos deux adorables fils. Vous avez été des voisins merveilleux et êtes des amis très chers.

Merci à ma marraine que j'aime profondément même si le temps passe bien trop vite pour que nous puissions nous voir. La distance est une chose, l'amour immuable en est une autre...

Merci aux enfants qui bercent mon quotidien. Merci à leur famille de croire en ce que je fais pour eux et de suivre tous mes projets. Je vous souhaite le meilleur, pour l'avenir.

Merci à mon canapé de m'avoir accueillie tant de soirs depuis 18 mois et de m'avoir offert un espace de travail confortable et zen.

Merci à mes trois dieux, Bouddha le café et le chocolat, de m'avoir apporté le calme, la lumière et l'énergie nécessaires pour tenir des heures entières à écrire ! Ils ont été mon carburant privilégié durant cette folle aventure

Enfin, un immense merci à ceux qui ont décidé de sortir de notre vie, d'une façon ou d'une autre. Ils m'ont permis de renforcer mon sens de la loyauté, de dire haut et fort ce dont je ne veux plus et d'affirmer ce que je désire vraiment. La lâcheté, la trahison et l'abandon ne sont en ce sens, pas toujours synonymes de douleur et de colère.

J'ai tant de gratitude pour tous ceux qui m'entourent et qui me comblent de bonheur... Peut-être aurais-je oublié de citer certaines personnes... Mais je vous en prie, ne m'en voulez pas, car vous êtes dans mon coeur, chaque jour que la vie m'accorde sur cette Terre.
!

À toutes et tous, merci du fond du coeur de faire un petit bout de chemin à mes côtés... Je vous aime...

Alice de Méneville